Foto © Hans Günter Contzen

Robert Coover wurde 1932 im amerikanischen Bundesstaat Iowa geboren. Er lebt heute mit seiner Frau als Hochschullehrer in Providence, Rhode Island.
Romane, Kurzgeschichten und Theaterstücke machten den Autor bald zu einem bekannten Vertreter der literarischen Avantgarde seines Landes. Für seine Werke wurde er u. a. mit dem Faulkner-Preis für Literatur ausgezeichnet.
Im Rowohlt Verlag liegen ferner vor: «Casablanca, Spätvorstellung» (1990); «Pinocchio in Venedig» (1994) und als rororo Taschenbuch seine Romane «Die öffentliche Verbrennung» (Nr. 12197); «Spiel mit der Magd» (Nr. 12886) und «Geralds Party» (Nr. 13047).

Robert Coover

Schräge Töne

Stories

Deutsch von Gerd Burger

rororo

Rowohlt

Die Originalausgabe erschien 1970 unter dem Titel
«Pricksongs & Descants» bei Penguin Books, New York

Deutsche Erstausgabe
Veröffentlicht im Rowohlt Taschenbuch Verlag GmbH,
Reinbek bei Hamburg, April 1994

Redaktion: Karin Graf
Umschlagillustration Ian Pollock
Umschlagtypographie Walter Hellmann
Satz Stempel Garamond (Linotronic 500)
Gesamtherstellung Clausen & Bosse, Leck
Printed in Germany
1690-ISBN 3 499 13020 3

Für Dich, QBSP

Er stößt, sie stöhnt.

(John Cleland, *Fanny Hill*)

Und daher stellten sie mir diese Aufgabe der Gleichheit von Erscheinung und Anzahl.

(Paul Valéry, *Variations sur les églogues*)

*I*nhalt

*D*ie *T*ür: E*ine* A*rt* P*rolog*

Dies war die bittere Wahrheit: Jack zu sein, der zum Riesen geworden ist, von dem Kind, das er war, aus den eigenen vier Wänden gejagt. Ja, er hatte sich nicht die Bohne gekümmert, war an seiner grünen Ranke bis in die Wolken hinaufgeklettert und hatte dem alten Humpty einen tüchtigen Schubs gegeben, nur um jetzt – sehr viel später – zu kapieren, daß sich der Alte Mann in seiner Weisheit das vermutlich genau so gewünscht hatte.

Er holte aus, trällerte sich ein Liedchen, damit seine Hiebe gleichmäßig blieben, und fällte auch alle die hohen, beinharten Bäume, doch wußte er nur allzu gut, was er wirklich hier trieb, wußte, was sich da oben abspielte oder gleich abspielen würde, und daß der Menschenfresser in ihm sich nicht mir nichts, dir nichts in Luft auflösen und sie freilassen würde. Und schau mal, er machte sich heute auch noch an die jungen Bäumchen heran, ertappte sich dabei, mein Gott. War es Neid, sonst nichts? Tut's dir etwa leid, Alter, daß die ganze Freude und der ganze Horror für dich vorbei sind, um nie wieder aufzuleben? Ach, zum Henker damit.

Aber nein, es war nicht Eifersucht, schließlich und endlich war sie sein eigenes Fleisch und Blut. Und nur ein Kind.

Er holte aus, ein Lebensnerv riß, der Baum neigte sich, krachte, stürzte laut pfeifend und berstend zu Boden. Er beschloß, den Stamm in je fußlange Stücke zu zerhacken.

Und hör mal, er gönnte ihr die Freude, ja, das tat er, ihnen allen beiden, was das betrifft, wenn nicht gar der ganzen Welt. Er hatte ihr davon erzählt, er hatte ja gewollt, daß sie das Leben liebte, und das war nun einmal ein Teil davon, ein beträchtlicher. Alle die hastigen Klettertouren seinen Bohnenstengel hinauf und hinab hatten ihm das klargemacht. Aber er hörte sie gerne lachen und sah ihr gerne lächelnd zu, wenn sie sich wunderte, und na ja, von dem Horror hatte er nicht viel erzählt.

Er sah, daß in dem Baum ein Nest gewesen war. Die blassen, gesprenkelten Eier lagen ringsum verstreut, alle zerbrochen außer einem. Er starrte auf das heile Ei. Er zog den Hut vom Kopf, wischte sich den Schweiß vom Nacken. Aber was konnte er ändern? Nichts.

So wurde ihm bange. Um sie. Um ihn. Denn er hatte ihr ihre Sicht der Welt vermittelt, in Bruchstücken, versteht sich, nicht alles wirklich völlig durchdacht. Sie hatte zugehört, er hatte erzählt, und wegen ihrer Fröhlichkeit und seiner Liebe, seiner feigen einsamen Liebe, hatte er den Horror ausgespart. Er hatte das Blut gerochen, stimmt, aber er hatte es Essenz genannt. Und als sie darauf gestoßen war, sich alleine und bestürmt fand: was dann? Er würde ein Teil davon, nichts weiter, gefürchtet und verhaßt. Und er hatte gedacht, der alte Riese hatte im Himmel gehaust, der arme Hund!

Er hieb zornig auf den gefällten Baum ein, daß sein ganzer Körper von der Wucht der Axthiebe zitterte, voll Wut auf das Leben, weil es so hartnäckig Widerstand leistete. Das Leid der Leute. Die Liebe. Das Klammern. Eine gottverdammte Sauerei.

Da oben hockte seine alte Mutter, durchlitt ewiges Weitermachen, zog Verrottung der Auslöschung vor, war wie sie alle von verrückter Willenskraft besessen, unbekümmert und unnachgiebig. Hegte er Groll gegen sie? Ja, das tat er. Da gingen sie alle hin, setzten hoffnungslos empfindungsbegabte Geschöpfe in die unerklärliche Leere, gaben unbekümmert ab von ihren Bäuchen, Titten und ihrer Kraft, versanken dann in wirrköpfige Nutzlosigkeit, summten die alten Lieder, die alten Lügen und grinsten ihr zahnloses Grinsen, das einen zur Weißglut bringen konnte. Gott! Er hieb mit aller Kraft auf den Baum ein.

Und schlimmer noch: daß sie *imstande* war, Angst zu haben, seine Tochter, daß sie *imstande* war, zu hassen. Er würde liebend gerne sterben, um sie vor dem Tode zu erretten, mit all dem Horror leben, wenn er ihn nur ihr ersparen könnte. Aber nein, dachte er und erinnerte sich an die Toten der Welt und alle ihre vergessenen Gelüste, so leicht kommst du nicht davon, alter Kamerad, nur Könige konnten schlafen und wieder auferstehen, und alle Könige waren längst dahin.

Er hielt inne, unterbrach seine Axtschläge. Ja, ein Klopfen, er hatte es gehört. Vielleicht also heute. Vielleicht sehr bald. Er lehnte die Axt an den gefällten Baum, drehte sich besorgt zur Hütte. Er erinnerte sich an die alte Formel: Stopf den Bauch mit Wackersteinen voll.

Doch Moment mal. Früher oder später muß es passieren, nicht? Früher oder später würde sie alles wissen, wissen, daß er gelogen hatte. Er hatte ihr vorgegaukelt, daß es keine Ungeheuer gebe, keine Wölfe und Windhexen, aber ja doch, verdammt noch eins, es gab sie, es gab sie. Und wirklich packte ihn eben in diesem Augenblick eines, ließ ihn wieder zur Axt greifen, sich zeremoniell am Gemächte kratzen und wieder an die Arbeit gehen, brachte ihn mit sonderbar perverser Penetranz zum Lachen...

na mahlzeit ich grübel also wieder über die vergangenen zeiten als die tugend sich noch belohnung genug war wie man so sagte und gratis noch einen juwelengeschmückten zuchthengst dazubekam da sitz ich nun hochgestützt in den muffigen schlappen laken einst schauplatz von soviel blut und schönheit wie ich immer sage sitz hochgestützt da und sterb so dahin in meinem alten himmelbett das in rescheren tagen wie eine hübsche und elegant gedrechselte herausforderung für eine alte nutte ausschauen mochte an diesem schlimmen tag aber wände zwischen den bettpfosten aufzustellen und mich einzusargen droht so helf mir Gott und ich möcht mal wissen wo bloß meine leckereien bleiben? halt ich bis zum ende durch? wo steckt denn das vermaledeite kind? und um die schreckliche zeit totzuschlagen sing ich mir eine kleine melodische reminiszenz oder auch zwei nicht so sehr von den alten schweinigeleien die ich erduldete sondern lieber von den wilden alten träumen was ich in einer anderen welt wohl alles hätte haben können ja ich mit meinem wunschdenken enten zu herzen und kröten und eidechsen zu küssen

o ich weiß wieso sie zu spät kommt du warnst sie und es

hilft keinen deut ich weiß wer ihr das flatterhafte ohr vollgegeigt hat mit seinen alten liedlein und schrägen tönen vom-tod-der-möse-und-dem-schwanz hab ich sie nicht alle selbst gehört mein Gott und hab ich nicht seinen heißen atem gerochen bei der singerei? ja ich kenn ihn seh ihn direkt vor mir wie er sich das behaarte schwarze maul leckt und seine polyphonien aus angst und appetit komponiert wie er seine eklogen flüstert die dem unheil entstammen wie er schmachtend seine sakralen divertimenti summt ja ich kenn ihn genau und ich sag's ihr aber Omi sagt sie Omi du verstehst das nicht heutzutage ist alles anders man hat eine ganz neue –

verstehst das nicht! was glaubt sie denn wen sie da an der nase herumführt die kleine kuh? n bißchen neuer flaum auf der scham und saft in den klementinchen und gleich tänzelt sie hinaus in ihre welt wo's keine wälder gibt und keine wunder ein übergeschnapptes lächeln auf dem gesicht und die röcke hochgerafft bis zu den ohren na schön na schön ich werd ihr mal ein geheimnis zeigen heute aber feste wenn ich nicht schon zu spät dran bin und was soll's falls ja? pfeif drauf! laß sie doch auf zehenspitzen durch all das hin und her und die langweilerei tapsen und ein paarmal über ihre runtergelaßnen höschen stolpern dann sehen wir ja schon ob sie nicht wieder zu ihrer alten Omi gesaust kommt Gott schütze mich und eine andere melodei pfeift! verstehst das nicht! ha! bin ich etwa nicht die alte Schöne die das Tier geheiratet hat?

ja doch ich hab alle die alten legenden gekannt und mein herz an sie gehängt wer hätte das nicht getan der sie gehört hat? hat die Schöne nicht ne schacke Papa? haben meine schwestern immer gefragt ist die nicht n bißchen doof daß sie kröten und krähen und stinkigem alten viehzeugs nachläuft? aber ich hatte einen traum und vielleicht war der Papa nicht so recht geheuer aber er war eben durch und durch altmodisch und mußte es demnach respektieren und hat mich sogar in die ehe gegeben als ich mein Tier gefunden hatte

bloß hat sich mein Tier nie in einen prinzen verwandelt

aber Omi es ist eine neue generation! ha! kindchen ich schenk dir generationen ohne zahl unstet wie wolken und fruchtbar wie feldmäuse! erzähl mir nichts von den offenbarungen der wiedergeburtler und genitogurus! sing mir ja keine bescheuerten balladen von desodorierten welten die man vom pestgestank des rätsels und des abscheus gereinigt hat! denn ich hab mich mit dem ungeheuer meiner liebe gepaart und zugehört wie er sich hinterher den schwengel saubergeschleckt hat

und der korb mit den leckereien? bist du das da auf dem pfad mein liebling? mach rasch! denn meine not ist groß und meine weisheit schwappt gleich über und deine eigene zeit ist schon ganz nah

denn hör mal ich hab mein lebtag lang seinen kötergestank ertragen bis ich wahrhaft das gefühl hatte daß ich nicht mehr ohne ihn leben konnte und kindchen sein schnarchen konnte die toten aufwecken obwohl ich jetzt nicht mehr schlafen kann weil alles so still ist ja doch und ich hab mit ihm die pfoten in kochtöpfe getunkt und bin stehengeblieben um zuzusehen wie er ein öffentliches würstchen oder auch zwei hingelegt hat auf dem gehsteig und am strand und in belebten parks und eleganten salons und enkeltöchterchen mich hat's fast zerrissen bei dem schmerz und der furchtbaren hast seines dicken fixen schwanzes und dann wenn es noch juckte und blutete hab ich zugeschaut wie er aufs geratewohl andere hündinnen besprang und ich hab zugesehen wie meine schönheit verblüht ist mein liebling und immer noch kein Prinz kein Prinz und trotzdem glaubst du nicht daß ich dich versteh? und ich hab ihn geliebt mein kindchen ich hab das verdammte Tier trotz alledem geliebt

ja ja ich hör dich klopfen komm rein! mach schnell! bring mir meine leckereien! denn ich hab schleier zu lüften und geschichten zu berichten…

Etwas war anders. Sie stand regungslos vor der Tür der Hütte. Gespannt. Sie fühlte sich verlassen, verwaist. Und gleichzeitig entdeckt. Die Bienen summten erbarmungslos zwischen den Blumen am Pfad. Die Sonne brannte mit unablässiger, beinahe aufdringlicher Ruhe auf die weißen Schindeln. Was also war es –? Aha! Zunächst einmal: Die Tür war auf!

Ja, sie kam schon seit Jahren hierher zu Besuch, schon ewig, kam es ihr vor, und viele Male im Jahr, stets aus demselben Grund, falls es das überhaupt war, ein Grund, und immer – sie zögerte: irgendeine vage Erinnerung –? Nein, nein – immer war die Tür zu gewesen.

Na ja, na und? Sie trat einen Schritt von der Tür zurück, und etwas wie Erleichterung überkam sie und auch etwas wie Besorgnis. Es war sonderbar. Diese Tür da. Und dennoch, sonst sah alles ziemlich genauso aus: die Hütte selbst, weiß im Sonnenlicht; das Gärtchen, gepflegt und in ordentlichen kleinen Reihen, und dort drüben der kleine Schuppen, wo die Gartengeräte aufbewahrt wurden; der alte Brunnen mit dem Bottich, der unter das kleine, regenschirmähnliche Dach hochgezogen war, der Bottich selbst trocken und rissig, ohne Frage nutzlos, aber eigentlich so, wie er schon immer gewesen war; schließlich, ein Stückchen nur von der Hütte entfernt, der Wald, wo man sogar jetzt das vertraute Poch-Poch-Poch der Axt des Holzfällers hören konnte, gemessen, bedächtig, feierlich, gedämpft und doch klar vernehmlich. Es war schlicht die Tatsache, daß die Tür auf war.

Doch halt! Sie runzelte die Stirn, preßte den Korb an die Hüfte, blickte um sich. Die Sonne, genau wie eben die Sonne: War sie heute nicht irgendwie heißer, gleißender, kam es einem nicht vor, als wäre sie da oben aufgespießt, zu einem sonderbaren, tödlichen Stillstand gebracht? Und die Hütte, hatte die Hütte nicht schärfere Umrisse, das Weinlaub die Schindeln nicht fester im Griff, war die Luft nicht irgendwie voller Spinnen? Sie zitterte. Der alte Brunnen schien plötzlich einen anderen Brunnen zu verstecken, das Gärtchen von einem eigenartigeren, nie vorgestellten Gärtchen zu reden. Und selbst das freundliche, rhythmische Pochen der Axt des Holzfällers: Klang das heute nicht irgendwie zu nahe, in seiner Gleichmäßigkeit pervers penetrant?

Alte Geschichten wallten in ihr hoch wie die Zusammenfassung der einfältigen Todesängste eines alten Weibes, grelle verschlungene Bilder mit blitzenden Fangzähnen und fürchterlichen Augen, Trugbilder, die aus den Nachttunneln der Sonne hervorsprangen, um ihre Kindheit aufzufressen – verschreckt faßte sie unwillkürlich nach dem Türknauf, der messinggelb in der gleißenden Sonne glitzerte. Sie zögerte. Hinter der Tür? Der Knauf lag warm in ihrer

Faust, und sie spürte jetzt Atem und Bewegung viel bewußter. Sie starrte auf den offenen Spalt und wußte: nicht sie. Nein. Soviel war offensichtlich, ein Lebensalter war vorbei, soviel hatte der offene Türspalt ihr verraten.

Sie lauschte den gleichmäßigen Axthieben des Holzfällers. Der Wald. Ja doch, eine Begegnung, sie lächelte, als sie daran zurückdachte, sich seiner Unterwürfigkeit erinnerte, damals noch davon überrascht, aber jetzt nicht mehr. Eine Begegnung und eine Berührung. Und deshalb: Sie hatte es von vornherein gewußt. Und zu wissen, daß sie es gewußt hatte, linderte ihre Angst. Sie belächelte ein wenig das Spottbild von Korb, das sie da an sich gepreßt hielt. Na ja, es würde eine aufwendige Produktion, soviel war bereits deutlich. Ein ausgefeiltes Spielchen, herausgeputzt mit Masken und Gedichten, einem Aufmarsch legendärer Täubchen und Heilkräuter. Und warum nicht? Sie konnte sich gut und gerne seinen merkwürdig kriecherischen Heißhunger zunutze machen, solange er vorhielt. In dem Moment, als die Sonne plötzlich ihre Fesseln sprengte und nach Westen ruckte und sie über die Schwelle schubste, begriff sie, daß dies, obwohl es ein Lustspiel war, aus dem man, einmal eingetreten, nie wieder herauskonnte, trotzdem seine ureigenen Überraschungen und Zaubertricks bereithielt, seine Wachtürme und Wandschränke und sogar noch Pfade, noch Gärtchen und noch Türen.

Drinnen spürte sie, wie ihr das unmittelbar Bedrückende der Szene hinter ihr von den Schultern fiel wie ein roter Umhang. Alles, was noch davon blieb, war der dumpfe Rhythmus der Axt des Holzfällers, und selbst den konnte sie schließlich zum Verstummen bringen, indem sie die Tür fest hinter sich zumachte und den Riegel vorlegte.

*D*er magische *S*chürhaken

Ich durchstreife die Insel, erfinde sie dabei. Ich mache eine Sonne für sie, auch Bäume – Kiefern und Birken und Hartriegel und Tannen – und lasse das Wasser an die Kiesel der verlassenen Ufer schlagen. All das und noch mehr: Ich lege Schatten und Schwüle ab, ziehe Spinnweben und verstreue Ruinen. Ja: Ruinen. Ein Herrenhaus und Gästehäuser und Bootshäuser und Bootsstege. Auch Terrassen und Badehütten und sogar einen Aussichtsturm. Alles ausgeplündert, die Fenster eingeworfen und die Wände vollgekritzelt, alles vollgekackt. Ich verhänge eine heiße Mittagsstille, eine tiefe und drückende Ruhe. Aber alles kann passieren.

Diese kleine und versteckte Bucht, hier gleich unter der einstmaligen Hütte des Hausmeisters und nicht weit vom größten Bootshaus, das vermutlich einst ein eigenes Netz von Stegen besaß, ins Wasser hinaus gebaut, um die Boote vor den mächtigen Felsen entlang des Ufers zu schützen. Zumindest legt der Abfall – die an einem Ende der Bucht aufgetürmten langen, knochengleichen Planken grauen Bauholzes – dies nahe. Aber abgesehen von den Planken ist die Bucht jetzt nur eine Bucht, seicht und übersät mit Felsen und Büchsen und Flaschen. Schwärme von Ukeleien, dünn wie Fingernägel, wabern über den Boden, und Libellen schießen pfeilschnell über die friedliche Wasseroberfläche oder schweben darüber. Das rauhe Knurren des Bootsmotors – denn in der Tat hat sich ein Boot genähert, das aus dem See in diese kleine Bucht einfährt – bricht abrupt ab, als das Boot einen langgezogenen, sanften Bogen durch die Bucht schneidet und über den Grund knirschend auf eine seichte, kieselbedeckte Ecke zusteuert. Zwei Mädchen sitzen in dem Boot.

Tief ins Gras gebettet, beim Pfad zum ersten Gästehaus, liegt ein schmiedeeiserner Schürhaken. Er ist lang und schlank mit einem fein ausgearbeiteten Griff und orangerot von Rost. Er liegt im Schatten, nicht der Bäume, sondern der Gräser, die ringsum emporgewuchert sind. Ich habe ihn dorthin gelegt.

Der Sohn des Hausmeisters, den man zurückließ, als die Insel verlassen wurde, kauert nackt im Gestrüpp am Rand des Waldes, der über der Bucht liegt. Er kratzt sich und sieht zu, wie das Boot knirschend zum Halt kommt und die Mädchen aufstehen – dann macht er sich durch die Bäume und Büsche davon zum Gästehaus.

Das Mädchen, das im Bug steht – schick wie aus dem Modejournal, enge goldglänzende Hose, Rüschenbluse, seidenes Halstuch –, zögert, nimmt einen falschen Anlauf, hopst dann aus dem Boot, patscht mit einer ihrer in Sandalen steckenden Fersen gerade noch ins Wasser. Das Mädchen stößt einen kurzen, gereizten Schrei aus, hüpft auf einen Felsen, stolpert, landet schließlich im vertrockneten Unkraut auf der anderen Seite. Sie biegt die Ferse hoch und blickt sie über ihre Schulter stirnrunzelnd an. Winzige Muskeln vor ihren Ohren straffen und kräuseln sich. Sie schlägt ängstlich nach einer fetten schwarzen Fliege vor ihrem Gesicht und fragt übellaunig: «Was mach ich denn *jetzt*, Karen?»

Ich mache das Gästehaus zurecht. Ich lasse die Holzveranda vermodern und zerfetze die Fliegenschutztür und setze Ungeziefer an die Wände. Ich reiße die Lichtschalter heraus, nehme die Matratzen weg, schmeiße die Fensterscheiben ein und kacke auf den Fußboden des Badezimmers. Ich überziehe die Wasserrohre mit Rost, trete Löcher in die tapezierten Zwischenwände, hänge die Türen aus den Angeln. Wirklich, es geht kinderleicht. Mehr noch, es macht Spaß.

Einst, vor geraumer Zeit, kaufte eine steinreiche Familie die ganze Insel hier oben an der Grenze und baute alle diese Häuser darauf, die Gästehäuser und das Herrenhaus hoch oben auf dem Felsvorsprung, das Bootshaus, die Stege, die Badehäuser, den Aussichtsturm. Sie kultivierten die Insel ein wenig, säten Rasen, legten ein eigenes Abwassersystem mit Innenklos an, erzeugten elektrischen Strom für drinnen und die japanischen Lampions und Laternen draußen und kamen im Sommer von Zeit zu Zeit hierher. Sie hatten das ganze Jahr über einen Hausmeister auf der Insel angestellt, den sie in der Hütte neben dem Bootshaus unterbrachten, doch dann starb der Patriarch der Familie, und die übrigen hatten anderes zu tun. Sie kamen nicht mehr auf die Insel und vergaßen alle Hausmeisterei.

Das Mädchen in der goldglänzenden Hose sieht zu, wie das Mädchen im Boot den Motor in den Leerlauf schaltet und hochkippt, eine gelblichgraue Leine vom Boden des Boots nimmt und ihr ans Land zuwirft. Sie greift mit gestreckten Armen nach dem Seil, scheut dann zurück, läßt es zu Boden fallen. Sie hebt es mit zwei Fingern und dem Daumen auf und hält es weit von sich. Das andere Mädchen, Karen (sie trägt ein hellgelbes Kleid mit einer beigefarbenen Strickjacke darüber), schiebt einen Werkzeugkasten unter einen Sitz, blickt nachdenklich im Boot umher, springt dann an Land. Ihre Leinenschuhe patschen ins seichte Wasser, doch sie achtet nicht weiter darauf. Sie nimmt dem Mädchen in der goldglänzenden Hose das Seil ab, wickelt es um eine Birke nahe am Ufer, lächelt freundlich und geht dann mit einem Nicken auf den Pfad voraus.

Beim Haupthaus, dem Herrenhaus, gibt es eine Art Veranda oder Terrasse, gleichsam einen Balkon hoch oben auf dem Felsvorsprung, von wo man eine spektakuläre Aussicht auf den See mit seinen weiten, miteinander verbundenen blauen Flächen und seine vielen Inseln hat. Dort steht jetzt an die Steinbrüstung gelehnt, nachdenklich die Aussicht genießend, ein hochgewachsener, schlanker Mann, der eine leichte Baumwollhose, einen weißen Rollkragenpulli und ein marineblaues Sakko trägt und Pfeife raucht. Hat er etwa ein Boot auf die Insel kommen gehört? Er ist nicht sicher. Das Geräusch des Motors schien leiser zu werden, sich zu entfernen, bevor es verstummte. Doch auf dem Wasser, besonders in der Umgebung von Inseln, kann man seinen Ohren nie trauen.

Anschließend noch dies: das Herrenhaus mit seinen vielen Zimmern, seinem Gerümpel, den offenen Kaminen und Wespennestern, dem muffigen Keller, der prächtigen sechseckigen Loggia und den knallroten Türen. Obwohl die beiden Mädchen noch eine ganze Zeit lang nicht herkommen werden – erst müssen sie das Gästehaus erforschen, den Schürhaken finden –, war ich doch fleißig. In der Loggia habe ich einen grünen Flügel aufgestellt. Ich habe die Saiten herausgezerrt, dafür gesorgt, daß die Elfenbeintasten absplittern und vergilben, die grüne Farbe rissig ist. Ich gehe überaus gründlich vor, bin ein wahrer Pedant, wenn es ums Detail geht. Ich habe die Pedale des Flügels demontiert und einen alten Stiefel in den Korpus geworfen (auch diesen habe ich entworfen: er ist horizontal und hat die Form einer Harfe). Die abgerissenen Saiten hängen wie rostige Haare herunter.

Der Sohn des Hausmeisters beobachtet durch ein zerschmissenes Fenster des Gästehauses, ob sie näher kommen. Er ist stämmig und behaart, muskulös, dunkel, hat kurze krumme Beine und einen runden Rücken, auf dem die Wirbel hervorstehen. Sein Kopfhaar ist lang, und auf Kinn und Oberlippe sprießt ein spärlicher frischer Bart. Seine Geschlechtsteile hängen dick und schwer herunter, und seine Pobacken sind struppig behaart. Seine Äuglein huschen hierhin und dorthin: Wo stecken die beiden?

In der Bucht war das Sonnenlicht gleichbleibend und bedrückend; auf dem Pfad ist es gesprenkelt und abwechslungsreich. Doch selbst in diesem Abwechslungsreichtum steckt eine Art Monotonie, ein festgelegtes Muster, das nach einem starken Wind verlangt. Durch diese Muster bewegen sich die zwei Mädchen. Karen schreitet mit sachtem Schritt und erwartungsfrohem Lächeln aus, das andere Mädchen hetzt hinterdrein, macht halt, hetzt erneut los, patscht sich auf Arme, Beine, Nacken und klagt und flucht dabei. Jedesmal, wenn sie zwischen zwei Bäumen durchgeht, bleibt das Mädchen in der Goldhose stehen, fährt mit den Händen durch die Luft und rennt dann durch den Zwischenraum, doch trotzdem fallen immer wieder Spinnweben herab und verfangen sich im Haar.

Zwischen zwei Bäumen auf dem Pfad webt eine dicke Spinne – schwarz mit einem roten Herz auf dem Bauch – ein kompliziertes Netz. Zu Tode erschrocken bleibt das Mädchen auf der Stelle stehen. Die schwarzfunkelnde Kreatur ist geschickt am Werke, als wolle sie nur für das Mädchen eine schreckliche Botschaft buchstabieren. Wie konnte Karen hier durchkommen, ohne sich im Netz zu verfangen? Das Mädchen weicht einen Schritt zurück, hält sich die Hände vors Gesicht. Wie soll sie außen herum? Links ist es dunkel, rechts sonnig; sie wählt die sonnige Seite, und dort, nicht weit vom Pfad, stößt sie auf einen schmiedeeisernen Schürhaken, lang und schlank mit einem fein ausgearbeiteten Griff. Sie bückt sich tief, daß ihre goldglänzenden Pobacken über dem Gras strahlen: wie wunderschön er ist! Aus einem sonderbaren Impuls heraus küßt sie ihn – PENG! steht vor ihr ein hochgewachsener, schlanker Mann, gutaussehend, der eine dunkle Hose, einen weißen Rollkragenpulli und ein Sakko trägt und Pfeife raucht. Er lächelt zu ihr hinunter. «Danke schön», sagt er und ergreift ihre Hand.

Karen ist ein Stück vorausgegangen, beinahe außer Sichtweite, als das andere Mädchen im Gras eingebettet einen schmiedeeisernen Schürhaken entdeckt. Er ist orangerot von Rost, lang und schlank mit einem ausgearbeiteten Griff. Das Mädchen hockt sich hin, um ihn genauer zu betrachten, ihre Pobacken wölben sich goldglänzend über dem blaugrünen Gras, das lange, schwarze Haar weht ihr leicht über die schmalen Schultern und fällt vor das feingeschnittene Gesicht. «Oh!» sagt sie leise. «Wie sonderbar! Wie wunderschön!» Zimperlich berührt sie den Schürhaken, greift ihn, hebt ihn hoch, dreht ihn um. Nicht ganz so rostig auf der Unterseite – aber Käfer! *Millionen* Käfer! Sie läßt das Ding fallen, schüttelt sich, wischt sich die Hände ein paarmal an der Hose ab, schüttelt sich erneut. Ein paar Schritte weiter bleibt sie stehen, schaut zurück, mustert dann alles ringsum, konzentriert sich, wahrscheinlich will sie sich den Platz einprägen. Sie hetzt den Pfad hoch und sieht, daß ihre Schwester bereits beim ersten Gästehaus angelangt ist.

Das Mädchen in der goldglänzenden Hose? Ja. Die andere, Karen? Ebenfalls. Wahrhaftig sind sie Schwestern. Ich habe zwei Schwestern auf diese erfundene Insel gebracht und werde sie zu gegebener Zeit wieder nach Hause schicken. Ich habe sie angezogen, und es ist gut möglich, daß ich Lust bekomme, sie auszuziehen. Ich habe der einen drei Ehen zugeschrieben, der anderen gar keine, und das ist beileibe nicht das Ende meiner Großzügigkeit und Grausamkeit. Es ließe sich sogar vorbringen, daß ich ihre gemeinsamen Eltern erfunden habe. Nein, das habe ich nicht. Wir haben Optionen, die, wie ich zugebe, manchen Leuten sonderbar begrenzt vorkommen mögen...

Sie hockt sich hin, daß sich ihre Pobacken goldglänzend über dem blaugrünen Gras spannen, und küßt den sonderbaren Schürhaken, küßt den Griff und den langen, verrosteten Schaft. Nichts. Nur ein bitterer, unangenehmer Geschmack. Ich bin eine Närrin, denkt sie, eine dumme, romantische Närrin. Doch warum sonst ist sie auf diese kleine Wiese gelockt worden? Sie küßt die Spitze – PENG! «Danke schön», sagt er und lächelt zu ihr hinunter. Er bückt sich, um sie auf die Wange zu küssen und ihre Hand zu ergreifen.

Das Gästehaus ist aus grob zubehauenen Baumstämmen gezimmert, wohl angesichts der zur Verfügung stehenden Mittel kaum aus der Notwendigkeit, wahrscheinlich hielt man das für schick; das Giebeldach und die aus Baumstämmen gebeilten Säulen liefern hinlänglichen Beweis für den Austausch mit anderen Kulturen. Hier auf der schattigen Veranda steht Karen und wartet auf ihre Schwester. Karen winkt, als sie diese sieht, wie sie sich eben auf dem Pfad bückt; dann dreht sie sich um und betritt das Haus durch die kaputte Vordertür.

Er weiß, was kommt. Er kennt es von früher. Er kauert in der Tür, sein behaarter Körper ist angespannt. Sie tritt ein, sieht ihn direkt an. Er grunzt. Sie lächelt und weicht ein paar Schritte zurück. «Karen!» Seine Äuglein huschen pfeilschnell zur Tür, und er zieht sich wieder in den Schatten zurück.

Sie küßt den rostigen Schürhaken aus Eisen, küßt den ausgearbeiteten Griff, den langen rostigen Schaft, küßt die Spitze. Nichts geschieht. Nur ein ranziger Geschmack im Mund. Etwas stimmt nicht. «Karen!»

«Karen!» ruft das Mädchen in der Goldhose draußen vor dem Gästehaus. «Karen, ich habe was ganz Schönes gefunden!» Die zweite Treppenstufe der Veranda ist eingekracht. Sie hüpft darüber hinweg auf die Veranda, zieht die zerfetzte Fliegenschutztür auf. «Karen, ich – *ach, du meine Güte!* Sieh nur, was sie mit dem Haus hier *angestellt* haben! *Sieh* dir das an!» Karen, die eben in die Küche gehen will, dreht sich um und lächelt, während ihre Schwester das Zimmer begutachtet: «Die Zwischenwände kaputtgetreten, selbst die Steckdosen und die Lichtschalter herausgerissen! Denk dir nur, Karen! Die hatten sogar elektrischen Strom! Hier draußen auf dieser Insel, so weit weg von jeder Zivilisation! Und sieh nur, was sie für hübsche Tapeten hatten! Und jetzt schau's dir bloß an! Es ist so – oh! wie schrecklich schön eklig zugleich!»

Doch wo steckt der Sohn des Hausmeisters? Ich weiß nicht. Er war hier, zog sich in den Schatten zurück, als Karens Schwester hereinkam. Doch obwohl sie die Verwüstungen des Zimmers säuberlich auflistet, erwähnt sie den Sohn des Hausmeisters nicht. Das ist komisch. Habe ich ihn nicht selbst erfunden, so wie auch die Mädchen und den Mann im Rollkragenpulli? Habe ich ihm nicht einen runden Rücken verpaßt und krumme Beine und ihm Haare zwischen den Pobacken wachsen lassen? Ich weiß nicht. Die Mädchen, ja, und den hochgewachsenen Mann im Pulli – gewiß doch, er ist einer meiner ersten Erfindungen. Aber der Sohn des Hausmeisters? Um die Wahrheit zu sagen, manchmal frage ich mich, ob nicht er mich erfunden hat...

Der Sohn des Hausmeisters, dessen Geschlechtsteile hart und schwer herunterhängen, zieht sich mit funkelnden Augen zurück in den Schatten, als das Mädchen näher kommt, und geht dann leise federnd in die leeren Zimmer. Hinter einer aus den Angeln gehobenen Tür schielt er heimlich auf das plappernde Mädchen in der goldglänzenden Hose, huscht dann beinahe instinktiv ins Badezimmer, um sich dort zu verstecken. Schließlich sind sie da einander zum ersten Mal begegnet.

Karen schlendert ruhig durchs Haus, als kenne sie es genau. In der Küche hebt sie einen blauen Teekessel mit abgeplatztem Email hoch, schaut hinein. Nichts als Rost. Sie klopft mit dem Finger dagegen, ein dumpfes Geräusch. Sie stellt den Kessel auf eine Bank im Sonnenlicht. Ringsum kaputte Gegenstände: Müll eigentlich. Fenster stehen sperrangelweit offen, in den Ecken hängende Glasscherben zeigen auf die Mitte. Die Matratzen auf dem Boden sind mit Messern aufgeschlitzt. Das wenige Holz, das man noch sieht, ist verzogen. Das Mädchen mit der engen goldglänzenden Hose und dem seidenen Halstuch läuft plappernd in die Zimmer und wieder heraus. Sie macht eine weiße Tür auf, betritt ein Badezimmer, macht schnell wieder kehrt. «Du liebes bißchen!» Sie japst, offensichtlich entsetzt. Karen dreht sich um, zieht besorgt die Augenbrauen hoch. «Geh da ja nicht rein, Karen! *Geh da ja nicht rein!*» Sie krallt eine Hand in ihre Rüschenbluse. «Hundert Millionen Leute haben da *hingemacht*!» Eine einsame Fliege kommt hinter ihr aus dem Bad, summt an ihrem Ellbogen vorbei in die stickige warme Luft der Küche. Sie dreht eine Runde über einem geborstenen Tisch – auf dem Tisch liegen Zeitungen, Tapetenfetzen, Blechdosen, ein brettharter schwarzer Waschlappen –, setzt sich dann auf die Anrichte neben einem verrosteten Abwaschbekken ohne Siphon. Sie putzt sich die Hinterbeine, trippelt am Schatten des blauen Teekessels vorbei in einen Streifen hellen Sonnenlichts, der sich über die Anrichte erstreckt, und bleibt dort sitzen.

Der hochgewachsene Mann steht da, hat einen Fuß auf die Steinbrüstung gesetzt und blickt hinaus auf den blauen sonnenbestrahlten See, zieht nachdenklich an seiner Pfeife. Er ist von der Trostlosigkeit dieses Eilands zutiefst bewegt. Und doch ist es nur die Trostlosigkeit des Artefakts, oder etwa nicht, die Zerstörung der gezüchteten Arroganz des Menschen, die Natur, die das Ihre zurückfordert. Selbst die absichtlichen Verwüstungen: letztlich so etwas wie eine instinktive Reaktion auf die vergeblichen Kunstgriffe aufgezwungener Ordnung. Doch solche Vernunftschlüsse besänftigen ihn nicht. Er stützt sich auf sein hochgestemmtes Knie, starrt in die unermeßliche Wildnis, hofft in der Tat, daß er ein Boot kommen hörte, zieht energisch an seiner Pfeife und bekräftigt bei sich die Vernunft, den Menschen, die Ordnung. Sind wir etwa nur blinde Scheusale, losgelassen in einem System gedankenloser Energie, ohnmächtig, irregeleitet und unverschämt? «Nein», sagt er laut, «das sind wir nicht.»

Sie späht ins Badezimmer; ja, da ist er, hockt finster, zottig, doch mit funkelnden Augen hinter all dem Kot. Sie hört sein drängendes Grunzen und lächelt. «O Karen!» kreischt das andere Mädchen hinten im Haus. «Es ist ja so schrecklich traurig!» Hastig tritt Karen hinaus auf den Flur, zieht mit klopfendem Herzen sachte die Badezimmertür zu.

«O Karen, es ist ja so schrecklich traurig!» Das ist natürlich wieder das Mädchen in der goldglänzenden Hose. Jetzt blickt sie zum Fenster hinaus. Auf: hohes Unkraut und Gras, dicht stehende junge Birken, einen roten Rattanstuhl mit herausgeschlagener Sitzfläche, dahinter Kiefern mit grauen Stämmen. Sie denkt an ihre drei gescheiterten Ehen, ihre Affären und ihre innere Verzweiflung. Der kaputte Rattanstuhl vermittelt ihr ein Gefühl echten körperlichen Schmerzes. Wo sind all die Prinzen geblieben? fragt sie sich. «Ich meine, es sind gar nicht die Leute, die die Sachen gestohlen haben, weißt du, die Plünderer. Ich habe Leute in Paris und Mexiko und Algerien, in vielen Ländern gesehen, die sich faule Orangen und Fischköpfe aus dem Abfall im Rinnstein geklaubt und gegessen haben, und ich habe ihnen keinen Vorwurf gemacht, ich hatte nichts *gegen* sie, sie haben mir *leid* getan. Sie haben mir sogar leid getan, wenn sie es nur gemacht haben, um etwas zu stibitzen, etwas umsonst zu kriegen, selbst wenn sie gar nicht hungrig waren oder sonstwas. Aber es sind gar nicht die Leute, die Sachen suchen, die sie haben wollen oder brauchen oder nicht einmal brauchen und trotzdem nehmen, es sind die Leute, die einfach zerstören, zerstören, weil – mein Gott! weil sie einfach *Lust* haben zu zerstören! Lust! Sonst nichts, Karen! Siehst du? Irgendwer ist bloß in diesen Zimmern herumspaziert und hat mit der Faust die Zwischenwände eingeschlagen, weil er weh tun wollte, egal wem oder was, oder vielleicht hat er sie mit den Füßen eingetreten und hat die Fenster kaputtgehauen und die Vorhänge in Fetzen gerissen, und dann hat er obendrein auch noch im Bad *hingemacht*! O mein Gott! *Warum?* Warum will jemand nur so etwas *tun*?» Das Fenster vor Karen (sie hat ihr schon längst den Rücken zugekehrt) ist bis auf eine Scheibe noch unversehrt. In der einen Scheibe ist der Riß im Glas jetzt von einem Spinnennetz überspannt, das feingesponnener ist als ein Schmetterlingsflügel, als ein Sternensystem. Die Silberpfade des Netzes scheinen das delikate Craquelé des zersprungenen Glases, das noch das Loch umgibt, nachzuahmen oder vielleicht nur fortzuführen. Es ist ein neues Netz, denn nichts ist bis jetzt eingedrungen, das die ursprüngliche Konstruktion verändert hätte. Karens Hand greift danach, fährt aber dann zurück. «Karen, laß uns abhauen!»

Die Mädchen sind fort. Der Sohn des Hausmeisters springt durch das Gästehaus, hält sich mit der einen Hand, haut mit der anderen Trennwände kaputt und schlägt Fenster ein, dabei zufrieden grunzend. Er hüpft hoch auf die Anrichte, beobachtet durchs Fenster, wie sich die beiden Mädchen im Zickzack hoch zum Herrenhaus mühen, hockt sich dann vergnügt über den blauen Teekessel und hinterlegt... einen Liebesbrief sozusagen.

Ein Liebesbrief! Moment mal, das geht zu weit! Was ist denn mit dem Schürhaken passiert, ich war doch mit dem Schürhaken viel besser bedient, ich hatte da etwas aufgetan, archetypisch und vielleicht sogar schön, eine Mischung von Eros und Weisheit, Sex und Sensibilität, Musik und Mythos. Aber was soll ich mit Kacke in einem rostigen Teekessel anfangen? Nein, nein, es bringt nichts, wenn wir unsere Lügengespinste mit Respektlosigkeiten befrachten. Es reicht, daß die Haut der Welt mit unseren umstrittenen Tricks verunstaltet ist, die Stigmata menschlicher Aggression und Verzweiflung wie Lepraflecken trägt, wir müßten nicht noch zulassen, daß unsere Lieder durch Roheiten abgewertet werden. Zurück zum Schürhaken.

«Danke schön», sagt er und lächelt zu ihr hinunter, deren Pobacken goldglänzend über dem beschatteten Gras gleißen. «Aber sagen Sie mir, woher wußten Sie, daß Sie ihn küssen sollten?» – «Nennen Sie es weibliche Intuition», antwortet sie mit einem leisen Lachen und erhebt sich mit einem anerkennenden Blick. «Aber bei dem vernachlässigten Zustand, in dem er war, muß es einfach schrecklich geschmeckt haben», entschuldigt er sich und küßt sie sanft auf die Wange. «Die momentane Bitterkeit, die ich vielleicht erdulden mochte», entgegnet sie, «ist durch die Süße Ihrer Entzauberung mehr als entschädigt.» – «Meine Entzauberung? O nein, meine Liebe, es *gibt* keine Entzauberungen, lediglich Weiterentwicklungen und Spielarten des Gebanntseins. Existieren heißt buchstäblich verzaubert zu sein.» Staunend sinkt sie ihm zu Füßen.

Karen, alleine auf dem Pfad zum Herrenhaus, macht kurz halt. Wo steckt ihre Schwester? Hat etwas sie abgelenkt? Ist sie vom Weg abgekommen? Vielleicht ist sie schon vorausgegangen. Nun, es spielt letztlich keine Rolle, was kann auf einer einsamen Insel schon passieren? Sie treffen einander bald genug beim Herrenhaus. Tatsächlich denkt Karen gar nicht an ihre Schwester, sie starrt stumm, gebannt auf eine kleine grüne Schlange, die mitten auf dem Pfad liegt. Döst sie? Oder hat sie schlicht keine Angst? Vielleicht hat sie noch nie eine lebende Person gesehen, weiß nicht, was Leute alles anrichten können. Das ist möglich: Nur noch wenige Leute kommen jetzt hierher, und sie sieht wie eine sehr junge Schlange aus. Schlank, glatt, grün und schimmernd. Nein, wahrscheinlich schläft sie. Lächelnd verläßt Karen den Pfad, macht einen Bogen um die Schlange, um sie nicht zu stören. Rechts vom Pfad ist eine kleine Lichtung, dort sticht die Sonne vom Himmel; links vom Pfad ist es kühl und schattig im dichter werdenden Wald. Karen schlägt diese Richtung ein, unter die Bäume, pflückt die Blumen, die dort wild wachsen. Ihre Strickjacke bleibt an Brombeeren und Birkensämlingen hängen, also zieht sie sie aus, wirft sie sich über die Schulter, hält sie mit einem Finger fest. Nicht weit entfernt hört sie ein Geräusch, das an leise Schritte erinnert. Neugierig spaziert sie in die Richtung, um nachzusehen, wer oder was es ist.

Auf dem Pfad zum Haupthaus, zum Herrenhaus, gibt es nicht einmal Lichtsprenkel, die Sonne reicht hier nie hin, es ist dunkel und riecht modrig, eine Atmosphäre von Pilzen und Grillen und heimtückischem Geraschel toten braunen Laubs, das nie ganz trocken wird, so käme es zumindest dem Mädchen in der goldglänzenden Hose vor, sollte sie je hierherkommen. Wo steckt sie? Seine Äuglein huschen pfeilschnell hin und her. Hier, neben dem Pfad, liegen umgestürzte und verrottete Bäume, Sämlinge und Unterholz sind aufgeschossen, und Flechten sind sanft über alle Oberflächen gewuchert, ob lebendig oder tot. Merkwürdige Wesen hausen hier.

«Nennen Sie es weibliche Intuition», sagt sie mit einem leisen Lachen. Er mustert ihre feingeschnittenen Züge, ihre zarten Hände, ihre weichen, mädchenhaften Brüste unter der Rüschenbluse, ihre festen Pobacken, die goldglänzend über dem schattigen Gras glänzen. Er zieht sie behutsam auf die Füße, küßt sie auf die Wange. «Sie sind bezaubernd schön, meine Liebe!» flüstert er. «Möchten Sie sich hier nicht ein bißchen mit mir hinlegen?» – «Natürlich», antwortet sie und küßt ihn ihrerseits auf die Wange, «aber diese Hose ist schrecklich umständlich auszuziehen, und meine Schwester erwartet uns. Kommen Sie! Lassen Sie uns zum Herrenhaus hochgehen!»

Eine kleine grüne Schlange liegt regungslos mitten auf dem Pfad. Das näher kommende Mädchen sieht sie nicht, sieht nur die Insekten, die benommen umhergaukeln, das Mädchen in der engen Hose, die auch hier im tiefen Schatten noch immer golden glänzt. Ihre Hand flattert unablässig vor ihrem Gesicht herum, es war gewiß das Ungeziefer, das diese Leute zuletzt hier verjagt hat.

«Karen, ist das der richtige Weg?», und sie tritt beinahe auf die Schlange, die vielleicht gedöst hat, aber jetzt mit einem verzweifelten Peitschen ihres schimmernden grünen Schwanzes ins feuchte Laub schnellt. Bei dem jähen schurrenden Huschen vor ihren Füßen schreckt das Mädchen zusammen, fährt herum, umklammert mit den Händen die Oberarme, befürchtet das Schlimmste, doch obwohl sie mit weitaufgerissenen Augen direkt auf die Geräuschquelle starrt, sieht sie nichts. Weshalb nur hat sie sich von ihrer Schwester überreden lassen hierherzukommen? *«Karen!»* Jetzt ignoriert sie die Spinnennetze und rennt geradewegs durch all die Mücken und Fliegen den Pfad hoch, laut den Namen ihrer Schwester rufend.

Der Sohn des Hausmeisters, vorsichtig auf einem moosbedeckten Felsen balancierend und zwischen dicken Ästen hervorlugend, beobachtet, wie das Mädchen den Pfad hochkommt. Karen beobachtet den Sohn des Hausmeisters. Von hinten ist sein hervorstechendstes Merkmal der Rücken, breit und rund, beinahe bucklig, wo aufs Geratewohl dunkle Haarbüschel sprießen. Hinter dem Wall des massigen Rückens ist sein Kopf nur ein kleiner behaarter Klumpen. Seine Arme sind so lang, wie seine Beine kurz sind, und die Ellbogen wie die Knie zeigen nach außen. Dichtes Haar wuchert zwischen seinen Pobacken und an seinen Oberschenkeln. Lächelnd hebt das Mädchen einen Kieselstein auf, um nach ihm zu werfen, doch da hört sie ihre Schwester ihren Namen rufen.

Auf das hochgestemmte Knie gestützt seine Pfeife rauchend, starrt der hochgewachsene Mann an der Brüstung in die Wildnis und sinnt über die Zerstörung der Insel nach. Bäume sind aufeinander umgestürzt, und riesige Gebiete der Insel, einst gerodet und zweifelsohne Schauplatz von Gartenfesten, die in der ganzen Umgebung berühmt waren, sind jetzt so gut wie undurchdringlich. Brombeeren und Zwerghartriegel wuchern zwischen Steinbrech und Wintergrün, und alles in Sichtweite hat Moospolster angesetzt. Flechten: die symbiotische Vereinigung, so erinnert er sich, von Pilzen und Algen. Er lächelt und hört im selben Moment, als sei sie h sein Lächeln ins Leben gerufen worden, eine Stimme auf dem Gartenpfad. Ein Mädchen. Wie reizend, endlich soll er Gesellschaft bekommen! Zumindest zwei Mädchen, denn er hat die Stimme auf dem Pfad hinter dem Herrenhaus gehört, und unter ihm, sicheren Fußes durch Bäume und Büsche huschend, bewegt sich ein zweites Geschöpf in einem gelben Kleid, das einen beige Pullover über der Schulter trägt. Sie sieht ein bißchen schlicht aus, eigentlich nicht sein Typ, aber ungleiche Organismen können bisweilen durchaus wechselseitig vorteilhafte Partnerschaften eingehen, oder etwa nicht? Er klopft die Asche aus seiner Pfeife und stopft sie erneut.

Manchmal vergesse ich, daß das ganze Arrangement meine Erfindung ist. Ich fange an, mir die Insel als irgendwie wirklich vorzustellen, ihre Gegenstände als solide und eigensinnig, ihr ruinöser Zustand nicht so sehr ein ästhetischer Entwurf als vielmehr ein geschichtliches Ergebnis. Ich ertappe mich dabei, wie ich in blaue Teekessel luge, nach Spinnweben schlage und sinnend ein grünlichgraues Gewächs auf der Schmalseite einer Steinbrüstung betrachte. Ich frage mich, ob es Leute hierher verschlagen mag, ohne daß ich es weiß; ich frage mich, ob ich sterben und der Teekessel weiterexistieren könnte. «Ich habe zwei Schwestern auf diese erfundene Insel gebracht», sage ich. Das ist keine Extravaganz. Wirklich bin ich derjenige, der sie mit Neugier und Geschichte, Appetit und Rhetorik ausgestattet hat. Wenn sie Namen und Kummer haben, habe ich dafür gesorgt. «Tatsache ist», so füge ich hinzu, «daß sie ohne mich nicht einmal Mösen hätten.» Das soll nun nicht (Ich unterbreche hier, um Ihnen zu sagen, daß ich alles getan habe, was ich tun werde. Ich tauche hier noch einmal auf, um Ihnen dies mitzuteilen, da mir dies ein ebenso geeigneter Platz dünkt wie jeder andere. Obwohl Ihnen noch mehr bevorsteht, ich Ihnen sogar noch mehr zumuten werde, ist dies wirklich das Letzte, was ich Ihnen mitteile. Doch kann das Ende in der Mitte stehen? Ja, ja, das tut es immer...) beunruhigen, lediglich eine Wahrheit handgreiflich machen – und doch bin *ich* ein wenig beunruhigt. Es ist eine Sache, das Haarbüschel zwischen meinen Pobacken zu entdecken, eine völlig andere, mich dabei zu ertappen, wie ich Karens Schwester die goldglänzende Hose herunterzerre. Oder vielleicht ist es auch dasselbe, doch auf jeden Fall macht es mir Sorge. Woher rührt diese Illusion, dieses Gefühl von «Kompaktheit» bei einem blauen Teekessel oder einem eisernen Schürhaken, goldglänzenden Pobacken oder einem grünen Flügel?

In der sechseckigen Loggia des Herrenhauses steht ein Flügel, grellgrün gestrichen, obschon jetzt aufgrund von Alter und Mißbrauch abgeplatzt und rissig. Man kann sich leicht ein Kind an einem solchen Flügel vorstellen, einem Flügel dermaßen heiter und spielbereit, vielleicht sogar zwei Kinder, und die Sonne scheint – nein, im Gegenteil, auf dem See tobt ein Sturm, der Himmel ist aufgewühlt, pechschwarz und sturmgepeitscht, die Kinder sind hier drinnen sicher vor Sturm und Wind, das kleine Mädchen auf der rechten Seite, der Junge auf der linken, beide schubsen einander ein wenig, stecken auf den Tasten ihre Reviergrenzen ab, eine Großmutter (oder vielleicht auch nur eine Dame, aber wieso eigentlich nicht eine Großmutter?) sitzt auf einer Fensterbank und blickt hinaus auf den schäumenden blauschwarzen See, und die Kinder spielen den «Flohwalzer», lachen dabei, machen bestimmt ein wenig Lärm, und die Großmutter oder Dame schaut von Zeit zu Zeit herüber, zeigt ein geduldiges Lächeln, sofern sie zufällig zu ihr hochsehen, dann – na ja, aber es ist nur eine Mutmaßung, wer weiß, ob es Kinder gab oder sie sich selbst an einem Schlechtwettertag einen Deut um einen grünen Flügel scherten, am allerwenigsten um den «Flohwalzer»? Nein, es ist bloße Phantasie, die Sorte Phantasie, die dem Mädchen in der goldglänzenden Hose durch den Kopf geht, die soeben nach unten faßt und eine Taste anschlägt. Man hört keinen Ton, versteht sich. Das Elfenbein ist abgesplittert und vergilbt, die Pedale sind demontiert, die Saiten abgerissen und hängen wie rostige Haare herunter. Das Mädchen wundert sich, daß sie so unfrisiert ist, spürt, daß ihr eine Locke in die Stirn hängt, aber es gibt keine Spiegel. Gestohlen oder zerschlagen. Sie blickt um sich, aus irgendeinem Grunde in Nostalgie versunken, starrt auf die elegante Dachkonstruktion der Loggia, den gewaltigen, steingehauenen Kamin, den alten Schuh in der Tür, das Wespennest über einem herausgebrochenen Fenster. Sie seufzt, tritt hinaus auf die Terrasse, steil und stolz über dem See. «Es ist ein trauriger Ort», sagt sie laut.

Der hochgewachsene Mann in dem marineblauen Sakko steht da, hat einen Fuß auf die Steinbrüstung gesetzt und blickt hinaus auf den blauen sonnenbestrahlten See, zieht nachdenklich an seiner Pfeife, während er von dem Mädchen in der engen goldglänzenden Hose gezeichnet wird. «Ich habe irgendwie erwartet, Sie hier zu finden», sagt sie. «Ich habe auf Sie gewartet», antwortet der Mann. Ihre Dreiviertelansicht des Mannes von hinten erlaubt ihr nur, seine Nasenspitze, die Kante des Pfeifenkopfes und den Kragen seines weißen Rollkragenpullis in die Zeichnung aufzunehmen. «Ich hatte Angst, es könnten noch andere dasein», sagt sie. «Andere?» – «Ja. Kinder vielleicht. Oder die Großmutter von irgendwem. Ich habe überall, wo ich hinkam, so viele Namen gesehen, auf Wänden und Türen und Bäumen und sogar in den grünen Flügel da drüben geritzt.» Sorgsam füllt sie auf ihrer Zeichnung die dunklen Umrisse seines marineblauen Sakkos aus. «Nein», sagt er, «wer immer sie waren, sie sind lange fortgegangen.» – «Es ist ein trauriger Ort», sagt sie, «und allzusehr wie mein eigenes Leben.» Er nickt. «Sie meinen der aussichtslose Kampf gegen unergründliche blinde Kräfte, junge Träume, die zuschanden werden?» – «Ja, etwas in der Richtung», sagt sie. «Und daß man kurz und klein geschlagen und ausgenommen und beschissen wird.» – «Hmmm.» Er richtet sich auf. «Einen Moment noch», sagt sie, und er nimmt seine Pose wieder ein. Dem Mädchen ist eine leidliche Ähnlichkeit mit dem hochgewachsenen Mann gelungen, außer daß seine Beine kurz geraten sind (vielleicht hat sie versäumt, die Zeichnung richtig zu zentrieren, und hatte unten am Blatt nicht mehr genügend Platz) und seine Pobacken nackt und struppig behaart.

«Es ist ein trauriger Ort», sagt er und betrachtet sinnend die unermeßliche Wildnis. Er dreht sich um und sieht, daß sie ihn angrinst und mit den Ohren wackelt. «Karen, du machst dich über mich lustig!» beschwert er sich lachend. Sie setzt einen Fuß auf die Steinbrüstung, stützt sich auf ihr Bein, steckt sich einen eisernen Schürhaken zwischen die Zähne und blickt finster hinaus auf den See. «Stop! Aufhören!» lacht er. Sie zieht an dem eisernen Schürhaken, pustet imaginäre Rauchkringel in die Luft, verwandelt dann den Schürhaken in einen Krückstock, humpelt hin und her und macht eine alte Großmutter nach, die kleine Kinder scheucht. Als nächstes schultert sie den Schürhaken wie ein Gewehr und inspiziert alle eingeworfenen Fensterscheiben, die auf die Terrasse gehen, grollt oder heult vor jeder übertrieben laut. Der Mann krümmt sich vor Lachen, bis er zu Boden geht. Plötzlich entdeckt Karen ein heil gebliebenes Fenster. Sie hüpft auf und nieder, schlägt einen Purzelbaum, dreht Pirouetten, springt hoch und knallt die Hacken zusammen. Sie zeigt auf das Fenster, küßt es, zeigt wieder darauf. «Ja, ja!» lacht der Mann, «ich seh's, Karen!» Sie zeigt auf sich, dann auf das Fenster, wieder auf sich. «Du? Du bist wie das Fenster, Karen?» fragt er verwundert, doch immer noch lachend. Sie nickt heftig, drückt ihm den eisernen Schürhaken in die Hand. Er ist schmutzig und rostig, und er fühlt sich unwohl mit dem Ding. «Ich verstehe nicht...» Sie reißt ihm den Schürhaken aus den Händen und stößt ihn – *Krach!* – durch das Fenster. «O nein, Karen! Nein, nein...!»

«Es ist ein trauriger Ort.» Karen hat sich zu ihrer Schwester auf die Terrasse, den Balkon gesellt, und sie blicken hinaus auf den See, zwei Mädchen allein auf einer verlassenen Insel. «Traurig und doch haargenau richtig für mich, schätze ich. Oh, ich bereue nichts, Karen. Nein, ich hatte unrecht, unrecht wie immer, aber ich bereue es nicht. Es wäre albern, deswegen fix und fertig zu sein und Trübsal zu blasen, oder etwa nicht, Karen?» Das Mädchen spricht natürlich vom Scheitern ihrer dritten Ehe. «Etwas geht gut und geht kaputt, und dann machen wir uns bereit, wieder von vorn anzufangen.» Karen sieht sie scheu an, wendet dann den sanften Blick wieder hinaus auf den See, der unter der Nachmittagssonne blau wie das gedämpfte Blau eines Flusses ist. «Die Sonne!» ruft das Mädchen in der goldglänzenden Hose, obwohl nicht klar ist, wieso sie daran gedacht hat. Sie versucht zu erklären, daß sie irgendwie wie die Sonne ist oder die Sonne wie sie, doch sie verliert den Faden. Zuletzt unterbricht sie sich und blökt los: «O Karen! *Ich bin so unglücklich!*» Karen sieht besorgt hoch: ihre Schwester hat keine Tränen in den Augen, beißt sich jedoch schmerzlich auf die Unterlippe. Karen lächelt sie an, ein wenig verlegen, weil sie das Ganze vielleicht nicht recht begreift, und schließlich lächelt ihre Schwester, die Augen einen Moment lang zukneifend, dann die Lider wieder aufreißend, matt zurück. Ein Augenblick der Gnade kommt über sie, aber Karen kehrt ihm ungeschickt den Rücken zu.

«Nein, Karen! Bitte! Hör auf!» Dem Mann, der auf den Boden der Terrasse hingesunken ist, laufen vor Lachen die Tränen über die Wangen. Karen hat einen alten Schuh gefunden und hält diesen jetzt auf Armlänge vor sich, macht mit dem Oberkörper und dem freien Arm übertriebene stumme Gesten, als halte sie einen Monolog über das traurige Los des Schuhs. Sie stellt den Schuh auf den Terrassenboden und hockt sich darüber, verdeckt ihn mit ihrem gelben Kleid. «Nein, Karen! Nein!» Sie springt auf, klackt in der Luft die Hacken zusammen, hebt den Schuh auf und späht hinein. Ein breites Lächeln zieht über ihr Gesicht, und sie vollführt, den Schuh in die Höhe haltend, ein Tänzchen. Mit einem kleinen Knicks präsentiert sie dem Mann den Schuh. «Nein! Bitte!» Vorsichtig, doch noch immer lachend, schaut der Mann hinein. «Was ist das? O nein! Eine Blume! Karen, das ist echt zuviel!» Sie rennt ins Herrenhaus, kehrt mit dem grünen Flügel auf dem Rücken zurück. Sie läßt ihn so hart auf den Boden knallen, daß ein Bein abbricht. Sie findet einen eisernen Schürhaken, stützt damit den Flugel ab, setzt sich auf einen imaginären Klavierhocker, um zu spielen. Sie hebt die Hände hoch über den Kopf, greift dann mit extravagant herrischen Gesten in die Tasten. Der Flügel, versteht sich, ist komplett ausgenommen, es ertönt keinerlei Geräusch, doch Karens kräftige Finger fliegen nur so über die kaputte Tastatur, bis sie zuletzt mit einem Crescendo gewaltiger Akkorde bei einem bravourösen Schlußakkord anlangt, den Karen mit solcher Kraft hinlegt, daß die beiden verbliebenen Beine des Flügels wegknicken und er auf dem Terrassenboden zusammenkracht. «Nein, Karen! O mein Gott!» Aus den Trümmern fliegt eine Wildgans auf, die in heller Panik lostrompetet und hinaus auf den See flattert. Karen trägt den Flügel wieder ins Haus, man hört ein splitterndes Krachen, und sie kommt zurück, den Schürhaken schwenkend. «Vorsicht!» Sie hält den Schürhaken mit beiden Händen hoch und vollführt mit nach außen gedrehten Zehen ein Tänzchen im Schweinsgalopp über die Terrasse. Sie bleibt abrupt über dem Mann stehen, stößt ihm den Schürhaken vor die Nase, hebt ihn dann langsam an ihre Lippen und küßt ihn. Sie schneidet eine Grimasse. «O Karen! Puuh! Bitte! Du bringst mich noch um!» Sie küßt den Griff, den Schaft, die Spitze. Sie rümpft die Nase und schüttelt sich, hebt den Rock hoch und wischt sich die Zunge damit ab. Sie blickt den Schürhaken finster an. Sie umfaßt das zum Herumstochern gedachte Ende fest und schlägt den Griff mehrmals gegen die Steinbrüstung, als wollte sie seine Festigkeit prüfen. «O Karen! Oh!» Dann hebt sie den Schürhaken hoch über den Kopf und drischt mit aller Macht zu – PENG! – ZACK! Es ist der Sohn des Hausmeisters, der vor Schmerzen aufbrüllt. Sie läßt los und wirbelt weg von ihm, als er vor Verzweiflung und Wut nach ihr schlägt. Sie taumelt in eine Ecke der Terrasse und verkriecht sich dort wimmernd, blaß und verschreckt, während der Sohn des Hausmeisters sie schwer atmend mit vornübergebeugtem Rücken und angespannten Pobacken umkreist, bereit loszuspringen. Plötzlich rast das Mädchen auf die Brüstung los und macht einen Satz darüber, der Sohn des Hausmeisters hechtet hinterdrein, und beide rennen los, hasten hektisch durch Bäume und Gestrüpp, lassen den hochgewachsenen Mann im weißen Rollkragenpulli alleine und vom Lachen ermattet auf der Terrasse zurück.

Über dem See tobt ein Sturm. Zwei Kinder spielen den «Flohwalzer» auf dem grünen Flügel. Ihre Großmutter stochert mit einem eisernen Schürhaken in der Glut des offenen Kamins, geht dann zu ihrem Sitzplatz auf der Fensterbank zurück. Die Kinder sehen zu ihr hinüber, und sie lächelt ihnen zu. Plötzlich kommt eine sonderbare nackte Kreatur in die Loggia gesprungen, die idiotisch grinst. Die Kinder und ihre Großmutter schreien in heller Panik auf und hetzen aus dem Zimmer und aus dem Herrenhaus, laufen um ihr Leben. Der Besucher hopst auf die Klavierbank und bleibt dort hocken, starrt spöttisch fragend auf die Elfenbeintasten. Er greift nach einer, und sie läßt eine Note erklingen – verschreckt reißt er die Hand zurück. Er greift nach einer anderen – eine andere Note. Er schlägt mit der Faust zu – PLONG! Aha! Noch einmal:

PLONG! Erregt hüpft er auf der Klavierbank auf und nieder, hämmert mit der Faust auf die Tastatur. Er hopst hoch auf den Flügel, erblickt drinnen Drahtsaiten und zerrt sie heraus. TWOING! TWOING! Mit der einen Hand hält er seine Geschlechtsteile und rupft mit der anderen die Saiten heraus, entzückt grunzend. Dann erblickt er den eisernen Schürhaken. Er schnappt ihn, bewundert ihn, springt dann freudig im Zimmer hin und her, zerschlägt Fensterscheiben und haut die Möbel kurz und klein. Das Mädchen in der goldglänzenden Hose tritt ein und nimmt ihm den Schürhaken weg. «Lust! Sonst nichts!» schimpft sie. Sie haut ihm mit dem Schürhaken auf den Allerwertesten, und vor Schmerz und Erstaunen aufjaulend, springt er davon, setzt über die Steinbrüstung und verdrückt sich im überwucherten Wald.

«Lust!» sagt sie. «Sonst nichts!» Ihre Zeichnung ist beinahe fertig. «Und das sind noch nicht die schlimmsten! Die schlimmsten sind die, die es einfach geschehen lassen. Wenn sie ihren Hausmeister hierbehalten hätten...» Der Mann lächelt. «Es gab nie einen Hausmeister», erklärt er. «Wirklich? Aber ich dachte immer –!» – «Nein», sagt er, «das ist nur eine Legende der Insel.» Sie scheint von dieser neuen Erkenntnis verblüfft. «Dann... dann begreife ich nicht...» Er zündet seine Pfeife wieder an, schlendert herüber, um ihre Zeichnung zu mustern. Er lacht, als er die struppig behaarten Pobacken sieht. «Wunderbar!» ruft er aus, «aber nicht sehr ähnlich, fürchte ich! Schauen Sie!» Er läßt seine dunkle Hose herunter und zeigt ihr seinen Hintern, glatt wie Marmor und haarlos wie der eines Filmsternchens. Ihre Neugier freilich gilt nicht seinen rasierten Pobacken, sondern den Haaren um sein Geschlecht: Die dichten, adretten Locken fächern in beide Richtungen aus wie die Fittiche eines Adlers oder einer Wildgans...

Die beiden Schwestern kehren in die Loggia zurück, weil ihr Besuch sich dem Ende nähert; die in der goldglänzenden Hose versucht noch immer zu erklären, was mit ihr und der Sonne ist, wie sie sich in einem äußeren Feuer verzehrt, während sie im Inneren einen eiskalten Kern birgt. Ihr Blick fällt erneut auf den grünen Flügel. Es ist offensichtlich, daß sie noch etwas sagen will. Doch als sie weiterplappert, hat sie ihr Publikum verloren. Karen steht abgelenkt vor dem grünen Flügel. Zögernd hebt sie einen Finger, schlägt eine Taste an. Kein Ton, nur ein dumpfes Klacken. Ihre Schwester gibt eine neue Einsicht zum besten, die sie soeben gewonnen hat, daß es nämlich nicht die Leute sind, die stehlen, oder nicht einmal die, die lustvoll Sachen zerstören, sondern die, die dies geschehen lassen, denen es einfach schnurzegal ist. Sie führt Beispiele an. Einmal nickt Karen, aber vielleicht nur bei etwas, das sie soeben gedacht hat. Ihr Finger fährt hoch, schlägt zu. Klack! Wieder. Klack! Ihr ganzer Arm gibt dem starken, kräftigen Finger Antrieb. Klack! Klack! Das Mädchen in der goldglänzenden Hose und dem seidenen Halstuch hat etwas wirklich Schönes an sich, wie sie gestikuliert und spricht. Ihre Augen sind sorgenvoll und weise. Klack! Karen schlägt auf die Taste. Plötzlich bricht ihre Schwester mitten im Satz ab. «Oh, es tut mir leid, Karen!» sagt sie. Sie starrt auf den Flügel, stürzt dann aus dem Zimmer.

Ich verschwinde nach und nach. Das ist Ihnen zweifellos aufgefallen. Ja, und zwar aufgrund einer zweifellos errechenbaren Formel aus Ereignishaftigkeit und Seitennumerierung. Doch ehe wir zu einer Entfernung auseinanderdriften, die kein Geständnis mehr erreicht (obwohl ich Sie warnen muß: wie Zenos Schildkröte bin ich immer bei Ihnen), hören Sie zu: Es ist genau, wie ich befürchtet hatte, meine erfundene Insel nimmt tatsächlich ihren Platz in der Weltgeographie ein. Tja, diese Insel hört sich ziemlich genau an wie die alte Sommerfrische der Dahlbergs auf Jackfish Island oben im Rainy Lake, sagen die Leute, und ich frage mich: Kann das passieren? Irgendwer erzählt mir: Ich habe gehört, daß jemand vor kurzem die ganze Insel gekauft hat und sie wieder herrichten will, vielleicht ein Urlaubszentrum aufbauen oder sonstwas. Auf *meiner* Insel? Unerhört! – und doch scheint es möglich. Ich sehe auf einer Landkarte nach: Ja, da ist Rainy Lake, da ist Jackfish Island. Wer hat diese Landkarte erfunden? Nun, ich muß es wohl gewesen sein, keine Frage. Und auch die Dahlbergs, versteht sich, und die Leute, die mir von ihnen erzählt haben. Ja, und morgen erfinde ich vielleicht Chicago und Jesus Christus und die Geschichte des

Monds. Genau wie ich Sie erfunden habe, lieber Leser, während ich hier in der Nachmittagssonne herumlag, tief ins blaugrüne Gras gebettet wie ein alter eiserner Schürhaken…

Über dem See tobt ein Sturm, und das Wasser ist schaumgepeitscht und schwarz. Der Wind heult um die Ecke der Steinbrüstung, und die Kiefern wanken und knarren. Die beiden Kinder, die auf dem grünen Flügel den «Flohwalzer» spielen, streiten sich, wer auf der Klavierbank und der Tastatur das Sagen hat. «Kommt her», sagt ihre Großmutter von ihrem Platz beim Fenster, «und ich erzähle euch die Geschichte vom ‹Magischen Schürhaken›…»

Es war einmal eine reiche Familie aus Minnesota, die kaufte eine Insel im Rainy Lake oben an der kanadischen Grenze. Sie bauten ein Haus darauf und Gästehäuser und Bootshäuser und einen Aussichtsturm. Sie installierten einen Stromgenerator und ein Abwassersystem mit Innenklos, hielten sich einen Hausmeister und errichteten Bootsstege und Badehütten. Nannten sie die Insel Jackfish Island, oder hatte sie diesen Namen schon, als sie sie kauften? Die Legende besagt dazu nichts, und das sollte sie auch nicht. Was sie allerdings besagt, ist, daß die Familie, als sie die Insel aufgab, einen eisernen Schürhaken zurückließ, den Jahre später bei einem Besuch auf der Insel ein wunderschönes junges Mädchen küßte, vielleicht nicht gerade eine Prinzessin, aber doch der Gelegenheit ganz und gar ebenbürtig. Und als sie das tat, da geschah etwas ganz Außergewöhnliches…

Es war einmal eine Insel, die war der Zerstörung anheimgefallen und wurde von sonderbaren Waldkreaturen bewohnt. Manche Leute dachten, dort habe einst ein Hausmeister gelebt, der entweder gestorben war oder anderswo einen Job gefunden hatte. Andere sagten nein, es habe nie einen Hausmeister gegeben, das sei bloß eine kindische Legende. Wieder andere glaubten, daß es wirklich einen Hausmeister gab und er noch dort lebte und für den tragischen Zustand der Insel verantwortlich war. All das besagt überhaupt nichts. Unumstritten ist lediglich die Tatsache, daß niemand, der der Insel einen Besuch abstattete, ob er nun den legendären Magischen Schürhaken suchte oder aber den Verlust einer geliebten Person rächen wollte, je zurückkehrte. Nur ihre Namen blieben zurück, hastig auf Wände und Decken gekritzelt und in Bäume geritzt.

Es waren einmal zwei Schwestern, die statteten einer verlassenen Insel einen Besuch ab. Sie spazierten mit ihren Neigungen und Skrupeln auf den Pfaden herum, träumten ihre Träume und sorgten sich um ihre Sorgen. Sie erschreckten eine Schlange und vermutlich auch ein oder zwei Vögel, warfen ein paar Fensterscheiben ein (es gab nur noch wenige, die man einwerfen konnte) und blickten von der Terrasse des Haupthauses sinnend hinaus auf den See. Sie schrieben ihre Namen über den steingehauenen Kamin in der sechseckigen Loggia und kackten in den Korpus eines alten grünen Flügels. Eine von ihnen zumindest; die andere bekam ihre Hose nicht herunter. Auf der Insel fanden sie einen wunderschönen eisernen Schürhaken, und als sie nach Hause fuhren, nahmen sie ihn mit.

Das Mädchen in der goldglänzenden Hose hastet aus dem großen Haus und den dunklen Pfad hinunter, wo vorhin die Schlange schlief, vorbei an dem ausgeplünderten Gästehaus und den sonnengesprenkelten Pfad hinunter zum Boot. Zu beiden Seiten brummeln Fliegen und Bienen träge in der Sommersonne. Ein kleiner getüpfelter Frosch, der das Ende des Tages nicht mehr erleben wird, hockt stieren Blicks auf einem Stein, rülpst, hopst in die Dunkelheit. Eine weiße Motte schwebt lautlos in das Netz einer Spinne und zappelt dort vor der Hinrichtung ein Weilchen umher. Plötzlich bleibt das Mädchen auf dem vom Sonnenlicht gesprenkelten Pfad wie angewurzelt stehen, ihr Atem geht in kurzen Stößen, sie sieht sich um. War das nicht –? Ja, ja, das ist die Stelle! Sie beginnt zu lächeln. Und tatsächlich, da liegt er! Sie wartet auf Karen.

Es war einmal eine wunderschöne junge Prinzessin in enger goldglänzender Hose, so eng, daß kein Mensch sie ihr ausziehen konnte. Ritter kamen von weit und fern, und sie schnauften und prusteten und grunzten und stöhnten, doch die Hose wollte partout nicht abgehen. Ein vorschneller Ritter ging sogar so weit, die Klinge seines Schwertes vorne in die Hose zu stecken, weil er sich abmühte, der Prinzessin die Hose mit Gewalt abzureißen, doch alles, was ihm gelang, war, daß ihm zu seinem Schrecken und lebenslanger Schande das Schwert zersprang. Zuletzt ließ der König feierlich eine Erklärung verkünden. «Wer auch immer vermag, die Hose meiner Tochter herunterzubekommen», ließ er erklären, «der soll sie zur Braut haben!» Da dies vielleicht nicht die verlokkendste Trophäe war, nachdem die Prinzessin in früheren Wettkämpfen bereits dreimal verheiratet worden war, fügte der König hinzu: «Und obendrein soll ihm der Magische Schürhaken verliehen werden, dessen Wunderkraft und Wunderwerke im ganzen Königreich wohlbekannt sind!» – «Der alte Mann zäumt den verdammten Gaul am Schwanz auf», beklagte sich ein Ritter bitterlich bei einem Kameraden, als er diese Erklärung vernahm. «Wenn ich den verdammten Schürhaken hätte, dann könntest du verflucht noch mal Gift darauf nehmen, daß ich ihr ohne Schwierigkeiten die verdammte Hose ausziehe!» Wie es der Zufall wollte, wurde diese unbedachte Bemerkung von einem sonderbaren kleinen zwergenhaften Geschöpf mitangehört, das nackt und unrasiert im Unterholz an der Straße hockte, und kaum waren die Worte ausgesprochen worden, als dieser wunderliche Geselle beschloß, den Magischen Schürhaken zu stehlen und die Schöne für sich zu gewinnen. Solch ein Unterfangen wäre selbst dem unerschrockensten Ritter unmöglich erschienen, wieviel mehr dann einem so unglücklichen Geschöpf wie diesem armen nackten Scheusal mit den struppig behaarten Lenden, doch die Wahrheit, stets merkwürdiger als das Erfundene, war, daß sein Vater einst Haushofmeister des Königs gewesen und der Sohn inmitten der Geheimnisse und Geheimkammern des Hofes aufgewachsen war. Man stelle sich daher das Erstaunen des gesamten Königreiches vor, als schon am nächsten Tag der Sohn des Haushofmeisters, vierschrötig, nackt und rauhborstig, vor den König trat und mit Grunzen und übertriebenen Gesten seine Absicht verkündete, die Prinzessin von der Hose zu befreien und den Preis für sich zu gewinnen! «Tatsächlich!» schrie ihr Vater. Das Lachen des Königs dröhnte durch den

Palast, und alle Ritter und Hofdamen lachten mit, sorgten für den ausgelassensten Tumult. «Bringt sofort meine Tochter her!» donnerte der König, dem das drollige Spektakel großes Vergnügen machte. Die Prinzessin, die amüsiert war, allerdings auch ein wenig Angst vor dem sonderbaren Männlein empfand, trat schüchtern vor, daß die goldglänzenden Pobacken in den grellen Lichtern des Palasts gleißten. Der Sohn des Haushofmeisters zog prompt den Magischen Schürhaken hervor, zeigte damit auf die Prinzessin, und – PENG! – plumpste die goldglänzende Hose – plop! – auf den Palastfußboden. In erregtem Chor entfuhren «Ohs!» und «Ahs!» des Erstaunens und der Bewunderung der Menge der Edelleute, die diesem überaus unerhörten Augenblick beiwohnten. Knallrot, zitternd, ungeduldig packte die Prinzessin den Magischen Schürhaken und küßte ihn – PENG! – stand in glänzender Rüstung in Weiß und Marineblau ein schmucker Ritter vor ihr, der eine Pfeife rauchte. Er zog sein Schwert und erschlug den Sohn des Haushofmeisters. Dann steckte er, das Mädchen anlächelnd, das wie in einer Pfütze in ihrer goldglänzenden Hose stand, sein Schwert in die Scheide, klopfte die Asche aus dem Pfeifenkopf und kniete vor dem König nieder. «Euer Majestät», sagte er, «ich habe das Ungeheuer erschlagen und Eure Tochter gerettet!» – «Keineswegs», erwiderte der König düster. «Ihr habt sie zur Witwe gemacht. Küß den Narren, meine Liebe!» – «Nein, bitte!» flehte der Ritter. «Hört auf!»

«Sieh nur, Karen, sieh nur! Schau, was ich gefunden habe! Denkst du, wir können ihn mitnehmen? Es tut doch niemandem weh, oder, ich meine, wenn du alles andere hier anschaust –? Er ist einfach schön, und ich kann den Rost abputzen und –?» Karen blickt auf den Schürhaken im Gras, zuckt die Achseln, lächelt zustimmend und wendet sich ab, um den Hügel hinunter zum Boot weiterzustapfen, von dem man durch die Bäume tiefer unten, am Ende des Pfads, eine kleine, weiße Kante erspähen kann. «Karen –? Könntest du bitte –?» Karen dreht sich um, blickt ihre Schwester mit geneigtem Kopf spöttisch fragend an – lacht dann, ein tiefes, grunzendes Geräusch wie ein halbes Gurgeln, geht zurück und hebt den Schürhaken hoch, bürstet mit der Hand die Insekten herunter. Ihre Schwester greift entzückt danach, aber Karen grunzt erneut, behält den Schürhaken, trägt ihn hinunter zum Boot. Dort wäscht sie ihn im Wasser des Sees sauber, scheuert ihn mit Sand. Sie trocknet ihn an ihrem Kleid ab. «Mach dir nicht das Kleid schmutzig, Karen! Er ist sowieso rostig. Wir machen ihn sauber, wenn wir zu Hause sind.» Karen hält den Schürhaken einen Augenblick lang zwischen ihnen hoch, bevor sie ihn ins Boot wirft, und beide lächeln, als sie ihn sehen. Noch feucht, blitzt und funkelt er im Sonnenschein mit Tupfern regenbogenfarbenen Lichts.

Der hochgewachsene Mann steht gelassen vor ihr, raucht seine Pfeife, eine Hand in der Tasche seines marineblauen Sakkos. Außer dem Sakko trägt er nur einen weißen Rollkragenpulli. Das Mädchen in der goldglänzenden Hose küßt ihn. Vom Scheitel bis zur kleinen Zehe. Nichts passiert. Nur ein bitterer Geschmack nach Wildgans im Mund. Irgend etwas stimmt nicht. «Karen!» Karen lacht, ein tiefes, grunzendes Geräusch, packt dann den Mann und hebt ihren Rock hoch. «Nein, Karen! Bitte!» ruft er lachend. «Hör auf!» PENG! Aus dem Rock zieht Karen einen schmiedeeisernen Schürhaken hervor, lang und schlank mit einem fein ausgearbeiteten Griff. «Er ist wunderschön, Karen!» ruft ihre Schwester aus und greift danach. Karen grunzt erneut, hält den Schürhaken einen Augenblick lang zwischen ihnen hoch, und beide lächeln, als sie ihn sehen. Er funkelt im Sonnenschein, ein hübsches Souvenir von einem schönen Tag.

Bald ist die Bucht wieder still, die Ukeleie und Libellen sind zurückgekehrt, und nur das leiseste Murmeln nahe am Ufer bei dem alten, nassen Bauholz verrät die kürzliche Störung. Das Boot ist bereits weit draußen auf dem See, zeigt uns beim Rückzug sein Heck. Die Familie, die diese Insel hergerichtet hat, weiß nicht, daß die Mädchen hier gewesen sind, und erführen sie davon, würde es sie auch nicht verwundern. Tatsache ist, daß sie mit jenem Anflug von Göttlichkeit, der den Reichen zu eigen ist, wahrscheinlich vergessen haben, warum sie überhaupt alle diese Dinge auf der Insel gebaut haben oder was in sie gefahren war, daß sie sich ernstlich damit beschäftigten und gute Stunden damit verplemperten, diesen oder jenen Gegenstand auszusuchen, um die neugeschaffenen Räume zu schmücken, oder all das zu tun, was üblicherweise getan werden muß, beispielsweise diesen oder jenen eisernen Schürhaken auszusuchen. Das Boot ist beinahe außer Sichtweite, in der Tat so weit weg, daß es nicht mehr möglich ist, die Insassen zu erkennen oder auch nur festzustellen, wie viele es sind – alles nur ein verschwommener Fleck auf dem Strahlenteppich, den die untergehende Sonne auf den See zaubert. Der See ist ruhig. Hier werden ein paar Schatten länger, stirbt ein Frosch, liegt eine sonderbare Kreatur erschlagen, zwitschert eine Prachtmeise.

*M*orris in *K*etten

Wir haben ihn, diesen Bericht erstatte ich der Nation. Schlaflose Suche, unnachgiebiges Bemühen im Dienste des Gemeinwohls: Unser Dank den Häschern! Morris hat sich endlich ergeben. Tag und Nacht durch unser komplexes System öffentlicher Grünflächen hindurch verfolgt (Morris, der alte Querkopf, protestierte: «Aber es bleiben doch nur die Grünflächen!» Torfkopf! wisse also, daß dieses nicht dein Verbrechen ist!), aufgespürt anhand der nichtkaschierbaren Niederbringung von Schafkötel, zuletzt dank einer Ansammlung passiver Ausflügler in einem Hinterhalt gefangen. Das Verhör war kurz, das Geständnis nicht unbedingt: alexandrinische Dreistigkeit! Es wird *nicht*, ich wiederhole, *nicht* öffentlich verbreitet werden. Morris ist in Ketten, seine Schafe sind beseitigt. Er hat um Exil gebeten – sie alle tun es! – und wird es nicht bekommen.

Die Hatz war lang und nicht frei von Pein. Morris wandelte auf alten Pfaden, erzwang, daß man tiefverwurzelte grüne Aussichten erdulden, sich erbarmungslos den Weg durch die feuchten Wucherungen unserer historischen Hebephrenie bahnen mußte. Es war womöglich ein Epos eigener Art, unsere besten Köpfe waren an dem Unternehmen beteiligt, und eines jedenfalls muß man dem Gefangenen lassen: Sein Mumm und seine Verschlagenheit verliehen ihm erst die Erhabenheit. Natürlich wurde viel Zeit vertan, Unnötiges riskiert. Unser Grundirrtum bestand vermutlich in der Jagd als solcher. Doch sowie die bemerkenswerte Dr. med Dr. phil. Doris Peloris das Kommando übernommen hatte, erfolgte alsbald das Ende. Sie holte die nötigen Daten ein, wies die

Jäger ein, legte unter Verwendung mechanischer Grillen eine Falle und wartete den unerbittlichen Ausgang ab. Alle Ehre gebührt Frau Dr. Peloris! Ihre Weisheit erweist sich als Segen für den Staat!

Begegnungen mit Morris waren niemals rar, doch Morris stellte sich nie zum Kampf. Feigheit? Wer könnte dies schon sagen? Er hatte schließlich für seine Schafe zu sorgen. Dann und wann drangen Fetzen schriller Flötenmusik an unser Ohr, und unter Mißachtung der melodischen Marter pflegten wir uns zu nähern, ihn zu umzingeln und vorzurücken, erhaschten einen kurzen Blick auf seinen Spitzbart, seine Schaffellweste und die Lederhose – und dann: *fort!* Wie dies erklären? Mitsamt seinen Schafen. Einige Zeit: Verwirrung, Schweigen, miese Stimmung bei der Mannschaft. Dann: Ein entferntes Echo der Flötentöne von Morris, und die Jagd ging weiter. Es schien beinahe, als wollte Morris uns herausfordern. Aber simpler Gesang gegen unsere Wissenschaft! Er unterlag natürlich. Wie jedermann weiß, sind unsere Grünflächen nicht untereinander verbunden. Noch ist unklar, wie Morris die Betonschneisen überwand, doch ist es andererseits kein Geheimnis, daß er Freunde in der Stadt hat. Kategorien der Unerlösten, die noch zu katalogisieren sind.

(schlüpfn nachtgleich durch ihre lichtblinkendn nichtarkaden und platschn hier unten durch die gefliestn abwasserkanäle das sag ich euch wenn die so dicht aufeinander wohnen wolln müssn sie weniger kackn es ist eklich drin zu waten der arme alte Rameses und die mädels ihre wolle ist ganz verklebt von dem dreck und keine sonne ums auszutrocknen und über uns das schrille kratzen von stahlabsätzn die ins betonpflaster stechn dann dies gejaule von sirenengekreisch was aber gewiß nich halb so schlimm ist wie die ziegenmelker die mich manchmal zu tod erschreckn / na die pest solln die altn pelzbeiner an den hals kriegn! ist wirklich nicht so als ob ich mirs ausgesucht hätt gott weiß es *ich* für mein teil hab keine mission! ich such bloß luzerne und lotus nichts weiter und heutzutag ist so was verflucht schwer zu findn das sag ich euch / echt kaum zu kapiern daß wir ihre alten opis verzückt ham aber irgendwas is eindeutig faul mit dieser brut keiner von denen kanns ab daß ein alter held seinen wunden arsch in ruhe hinpflanzt oder ein liedchen zu ende flötet und das verdammte ried wimmelt nur so vor den scheißern verflucht! die wackre herde wird mir krank und hat kaum fleisch auf den knochen die räude sitzt ihnen in den häuten und alles steckt voller kletten und dornen nichts als saurer schaum in den müdn altn zitzen und trotzdem wern sie uns schnappn wern sie uns schnappn ich muß gleich loskotzn! die fatzkes die meinens echt ernst verdammich noch eins! siehste die fressen? siehste die augen? die verstehn keinen spaß und wenn wir sie nicht zuerst alle machn alte pelzbeiner dann wern uns die stahlglastrampel da fertig machn drum solln sie die *pest* an den hals kriegn hört ihr? die *pest* solln sie an den hals kriegn!)

Es gab anfängliche Krisen, dies wurde durchaus eingeräumt. Niemand zweifelte natürlich am unausweichlichen Ausgang: Der völlig unbedeutende Morris gegen die Unfehlbarkeit all unserer Großrechner immerhin. Ordentlich zusammengestellte und angewandte Daten mußten den verschlagenen alten Gesellen über kurz oder lang besiegen. Doch vielleicht aufgrund einer Unterschätzung der perversen Vitalität des Gegners waren diese frühen Expeditionen allzuoft durch Unordnung, was wir nunmehr unstrittig als Unordnung erkennen, unterlaufen, waren wenig mehr als eine zufällige Reihung spontaner Strafexpeditionen von der Sorte, die dem raster- und verantwortungslosen Leben eines Morris am besten entsprach. Er hielt sich einfach auf der abwindigen Seite, ließ ein paar dünn widerhallende Flötentöne in unseren Stadtmauern erschallen und führte seine panischen Verfolger von einer Sackgasse in die nächste. Die Zeiten wurden ernst. Das Ganze hörte auf, ein bloßes Gesellschaftsspiel zu sein. Es gab Berichte über die Zusammenrottung neuer Herden. Man hörte neue Flöten, klägliche Versuche, keinesfalls mit der Meisterschaft eines Morris zu vergleichen, gar keine Frage, doch die Harmonien im alten Stil waren unverkennbar. Aufruhr drohte. Dr. Doris Peloris wurde das Kommando übertragen.

In einem weltweit übertragenen Auftritt versicherte Dr. Peloris den Bürgern, daß es nichts zu befürchten gab. «Alle nur denkbaren Ursachen für Panik werden ausgemerzt», bekräftigte sie mit solch maschinenklarer Präzision, daß ihre Worte in die Unsterblichkeit eingehen mußten. «Wir werden der Idyllatrie ein Ende machen. Die wohlüberlegte Dissonanz, auf deren Grundlage unser modernes Staatswesen sorgsamst strukturiert ist, läßt sich nicht so leicht zersetzen.»

In den bangen Tagen, die folgten, brüteten Dr. Peloris und ihr handverlesener Stab bestens ausgebildeter Urbanologen hoch über der Stadt über den Dossiers früherer Vorfälle. Polly und die übrigen Systemanalytiker nahmen oktale und symbolische Verbesserungen am Operationsprogramm vor, zergliederten alte Softwaresysteme, fügten die Daten auf der Basis neuer Deskriptoren zusammen und erarbeiteten so ein neues Standardprogrammierpaket für das Projekt, das heute unter dem Namen Projekt Bockshorn bekannt ist. Boris, der Kartenspezialist, bereitete detaillierte Fließdiagramme vor und erstellte dreidimensionale transversale Mercatorprojektionen des gesamten Systems von Grünflächen, auf denen er die Bewegungen von Morris kartierte, doch sowohl er wie Dr. Peloris waren sich einig, daß man über eine ungenügende Ausgangsbasis verfügte. «Selbst ein Nichtschema verrät irgendwann ein geheimes System», erläuterte Frau Dr. Peloris allen Anwesenden vertraulich, «aber bislang ist das System unserer Zielperson, welches weitgehend instinktiv zu sein scheint, schlicht unersichtlich.» Nan, ihre persönliche Assistentin, transformierte mittels Rückgriffs auf das neu aufbereitete Datenmaterial Morris' persönliche Gewohnheiten, soweit diese bekannt waren, sowie die natürlichen Gegenstände, die ihn anzuziehen schienen, seine eigenen Mindestbedürfnisse sowie die seiner Tiere, das manifeste psychosexuelle Verhalten etc. in mathematische Formeln auf Echtzeitbasis, aber selbst diese Berechnungen erwiesen sich als nicht schlüssig. «Nein, Nan», sagte Dr. Peloris ernst, den Bleistift zwischen die Zähne geklemmt, «offensichtlich muß zunächst einmal die Jagd als solche weitergehen.»

Sie berief das Expeditionscorps zu einer Notbesprechung ein, machte alle Beteiligten auf die schwierigen Aufgaben, die vor ihnen lagen, aufmerksam und sprach freimütig von alten Versuchungen. «Sie lachen. Dennoch sind wir, lassen Sie es uns zugeben, zu einem gewissen Grad schon angesteckt. Ebensosehr als Folge unserer eigenen zaghaften Anfangsversuche wie durch Morris. Wir können beinahe Anklänge von Ungezügeltheit in unseren Grünflächen einräumen, haben den wilden Ruf der Zuversicht noch nicht erstickt. Womöglich erregt uns doch noch das Funkeln körperloser Augen, die im dunklen Wald erglimmen, der Anblick der nackten Brüste badender Najaden oder nußbrauner Torsi mit fellbedeckten Schenkeln, reizt uns der Ruf der Schierlingspfeifen mit ihrem einen Ton. Kurz, wir sind noch nicht von der Sünde des Einfachen befreit. Doch wir müssen, um es altmodisch auszudrücken, an unsere Kinder denken. Sie dürfen die alten Legenden und die wahrnehmbare Wirklichkeit nicht verwechseln. *Sie* sind es, die uns zwingen, den kontaminierten Samen unserer unglückseligen Herkunft ein für allemal auszurupfen.» Begeisterter Applaus. Boris registrierte die Intensität auf seinem Phonometer und notierte die Zahl für Nan, damit diese den Wert in ihr Dienstbuch eintragen konnte. Er deutete mit einer Kopfbewegung auf Polly, und beide beobachteten mit besorgtem Stirnrunzeln Pollys unbewegte Gelassenheit, ihr hintergründiges Lächeln. «Unsere Strategie unterteilt sich in zwei Teile», fuhr Dr. Peloris fort, «die Verfolgung und die Falle. Der zweite Teil hängt selbstredend vom ersten ab, welcher im Kern eine Erkundung der Fakten darstellt, allerdings gleichzeitig die komplementäre Funktion erfüllt, den Gegner zu schikanieren und zu erschöpfen, um vorhersagbar uniforme Verhaltensmuster zu erzwingen: je müder, desto unachtsamer.»

Nach der Konferenz sprachen Boris und Nan Frau Dr. Peloris auf Polly an. «Sie läßt ihre Gedanken schweifen», sagte Boris. «Ihr Hintern ist allzu feist», bemerkte Nan. Dr. Peloris nickte versonnen. Es war wohlbekannt, daß Polly zu ihren Lieblingen zählte. «Träumt sie etwa *wirklich* von dem süßen Vogel, von dem hellen Stern?» seufzte Dr. Peloris. «Nun, unser Interesse an ihr schwindet.»

(dritte nationale grünfläche nennen sies aber trotzdem is klar daß sie mir echt ans herz gewachsn is ich plan meine touren nicht groß abers sieht ganz so aus als ob wir oft genug da rast machn: silberpappeln und uralte buchen rauschn versonnen in der grünen brise die ulmen und haselnüsse hie und da und die westwinde machn den tanzenden schatten beine und dann noch ein munteres bächlein um ein bad im mondschein zu wagn und die läuse zu ersäufn und überall efeuranken und fingerhut und koloquinten vermischt mit lachendem akanthus und nem süßen weichen dreispannendikken bett aus blaugras: is vielleicht nicht das glücklichste tal dochs is glücklich genug is glücklich genug/ und der alte Rameses dem gefällts hier auch das will ich aber auch hoffn verdammt noch eins er wird alt der junge na ich muß dem racker jedesmal verdammt noch eins fast mit der peitsche kommn damit er aus diesem kleinen altn tal abzieht er hat einfach keine lust mehr auf diese langen streifzüge die hastige reinmampferei und ich für mein teil nimms ihm nicht krumm/ außerdem ist der platz echt hübsch na ja sicher stimmt meistens sind ein paar touristen da aber ich sag euch die sind nicht verkehrt die störn uns nich groß *die* sinds jedenfalls nich die uns nervn und überhaupt wißt ihr ich für mein teil bin *keineswegs* ein ungeselliger kumpan im gegenteil mir machts tüchtich spaß den lütten was auf der flöte vorzupfeifn daß sie laune spürn und ein tänzchen drehn auf eine runde oder auch zwei und ihre altn denen gefällts ebenso laßt euch bloß kein quatsch erzähln/ und obendrein na ja hier und da an *glücks*tagen find ich sogar gelegenheit den altn stab ins zarte grün zu steckn wie der dichter sagt: n bißchen flottes touristengerammle im unterholz wenn die polente pennt *jawoll* verdammt noch eins! *weiber!* könnt nich sagn daß der alte Morris je eins ausgelassn hat: na ich hab mir alle vorgeknöpft außer neugeborne und steinalte kadaver/ na ja außer einer vielleicht doch das is ne andere geschichte ein zartes volkstümliches liedlein aus der unerfahrnen vorpubertät: es war ein sonniger mittag im heißn drängen des jungen frühlings trieb die herde in ein wäldchen mit mächtigen altn eichen tauchte mein festes haarloses fleisch ins kühle bächlein gleich daneben und hielt ein nickerchen hernach am ufer hatt mir das hemd um den hintern gewickelt und ließ mich vom alten phoebus trockenleckn und probierte meine erstn kreischenden stümpereien auf ner rohrflöte und sah hoch und was denkt ihr? da sah ich daß dieses kleine gänsemädel gleich neben mir liegt! na ja ich war bloß ein jüngelchen ich sprang auf und schnappte mir meine buchse und zeigte dabei meine glänzende weiße kruppe und *das* ließ sie gleich laut loskichern/ dann gemütlich in meinem ledernen beinkleid ließ ich zu daß sie mich zu sich runterzieht und so sind wir ins plaudern geratn ich sagte das war doch wahrhaftig ein schöner tag oder nicht? und sie erwiderte ja doch das war *wirklich* ein schöner tag und ich sagte ihre gänse sind ja mächtig schmuck und weiß und sie erwiderte meine schäfchen ja die sind auch schmuck und weiß und genau in dem moment kletterte eins auf ein anderes drauf und verdammt noch eins wenn wir da nicht *beide* gleich loskichern mußtn *ich schwörs!* kommt mir wirklich doof vor wenn ich jetzt wieder davon erzähl/ sie sagte die sonne scheint ihr ins gesicht und zog mich auf sich runter damit ich ihr schatten geb ich probier nen verdurstenden kuß ihr süßer atem roch nach pogonien ihr breites halbmondförmiges lächeln die steifen falten ihres frühlingskittels wogtn über gliederkurven und hobn sich in tiefrotem luftholn ihre zehen grüßtn die sonne alte ganter umkreistn sie wie in heiliger ehrfurcht lilienweiße finger kostn meine lose lederne buchse und packtn was an wie ein milchgeschwollenes euter einer ziege ihre augen glänzend und braun locktn mich an und ich reimte verrückte gedichte tief drin in meinem aufgeregten schädel nervös knöpfte ich das geblümte leibchen auf weißhelle brüste schlüpftn aus dem schatten meine bebenden lippen beugtn sich hinunter zu den knöspchen – abscheulicher geschmack! ich fuhr zurück! *ein ganterbiß verdammt noch eins!* narbig und blutig flappte ne blaue brustwarze raus mit irgendnem schleimigen klumpen verdreckt daß ich ihr beinah in ihr armes dummes gesicht hätt kotzn wolln!/ ich patschte mir aufs maul und flugs von ihr runter zog mir die klamottn an und die ganze zeit lag das kleine gänsemädel nur brettsteif bei dem bächlein hielt ihre geschundnen titten ins milde lüftchen und lächelte das breitzahnige mondförmige lächeln so verrückt daß man verrückt werdn mochte *wahnwitziger wacholderstrauch!* ich trieb meine überraschte herde mit der gerte aus dem wäldchen so schnell wie die schäfchen nur abhaun konntn ließ einfach das gänsemädel da liegn und die gänse marschiertn feierlich im kreis um sie rum und wißt ihr was ich wills euch sagn ich konnte den frechn bogen ihres dickn hügeligen bauchs eine ganze meile weit sehn bis mir der nächste berg bei gott die sicht nahm! verdammt noch eins! na ja ich bin nie wieder dagewesn das dürft ihr glaubn aber ich hab n paar Sachen gemacht seither na ja wer weiß? vielleicht noch schlimmer jawoll vielleicht – *hoho!* heh weißt du Rameses sieht ganz so aus als müßtn wir weiter verdammt noch eins! hab doch soeben da oben hinter dem hügelchen ihren kleinen feisten späher entdeckt! die wern uns schnappn noch vor – *ach!* schau mich doch nicht so an, alter gesell! was kann ich dafür! und schau wir ham doch noch die ganze nacht vor uns oder etwa nich? die dritte nationale grünfläche! na ja die ungeradn zahln findn gottes wohlgefalln und stimmts etwa nicht?)

Dr. Peloris arbeitete eine detaillierte Aufgabenliste aus, instruierte das Team in grundlegender Methodologie. Doch bevor die Expedition ans Werk gehen konnte, ereignete sich ein unvorhergesehener Zwischenfall: Polly verschwand. Nan fluchte, Boris schüttelte das alte struppige Haupt. Ein ganzer Tag wurde mit der Suche vertan. Endlich fanden wir sie am Ufer eines der Kanäle in der Dritten Nationalen Grünfläche, den drallen weißen Leib auf ein Lager von Kapuzinerkresse aus Plastik ausgebreitet, die Augen glasig und ein albernes Lächeln auf den knallroten Lippen.

«Polly auf der Wiese», kommentierte Nan mit einem Zungenschnalzen und verfertigte einen Makrofilm von der Szene.

«Morris?» wollte Dr. Peloris von dem Mädchen wissen.

«Morris war nicht hier.» Pollys langsame, bebende Stimme drang aus einer hohl hallenden Entfernung zu uns. «Nein. Er nicht.» Ungehobelte Verkündigung! Ein Mann kniete nieder und bekreuzigte sich beim Blut der Wunde.

«Morris!» schrie Frau Dr. Peloris durchdringend und erblaßte, doch da war der Mann bereits verschwunden.

Ein düsteres, beklommenes Schweigen senkte sich über die Mannschaft. So etwas hatten die meisten ganz und gar nicht erwartet. Dr. Peloris horchte das Mädchen gründlichst aus und diktierte dann ihrer Assistentin einen Feldbericht, der die augenscheinlichen Ursachen und Folgen detailliert vermerkte. «Und, ach, Nan», endete Dr. Peloris mit heller Stimme, die wir alle hörten: «Versiegeln Sie das Ganze mit einem Schwanenring.» Ihr allzeit präsenter Humor brach den Bann. Wir lachten herzhaft und standen auf der Stelle beflissen und einsatzbereit da. Freudig nahmen wir unsere Ausrüstung in Empfang und fuhren zu unseren Posten. Dies bedeutete für den alten Morris den Anfang vom Ende.

Unterdessen tauchte der bärtige Schafhirte in einer Grünfläche nach der anderen auf. Er entwischte uns jetzt seltener. Sobald wir ihn sichteten, dokumentierten wir sein Verhalten rund vier Stunden lang und zeigten uns dann absichtlich, um den Kerl wieder auf Trab zu bringen. Die Schafe waren langsam, weideten allzu gemächlich, schliefen, soffen, zeugten Nachwuchs, schissen auf die Grünflächen unserer öffentlichen Anlagen, bekötelten auch noch den letzten unserer alten Hügel. Hätte Morris es ohne sie schaffen können? Die Frage ist akademisch. Morris schloß sie ein und sie ihn, sein Tempo ließ sich nur nach dem ihren beschreiben.

(als hätt ich nich eh schon genug scherereien am hals brockt mir der alte Rameses noch nen aufstand ein der alte mistkerl! hat seinen alten kumpel Morris gefressn seit ich ihm die marmeln abgezwackt hab und zum henker ich wollts doch selber nich aber die herde hat sich über alles tragbare maß vergrößert und ich mußte irgendwo eingreifn denn sie wurdn so lahm bis ich kaum noch vom fleck kam: ich habs ja versucht die sache dem alten bock zu erklärn aber er wollte einfach nich hörn er mußte ja unbedingt seinen täglichn draufhopser ham also was blieb mir groß übrich? hab ich eben ein paar der jungen burschn geröstet und dem altn widder den schwanz gestutzt aber nein ich hätts nich tun solln verdammt noch eins! ich hätts nich tun sollen! der alte Rameses! was war bloß in mich gefahrn? wenn ich bloß zeit hätte mich mal hinzuhockn und nachzudenkn! wenn du sie zum eunuchen machn willst mußtes anpackn solang sie noch jung sind verdammt noch eins/ das wars also er sieht zu daß wir quitt wern und so marschiern wir also heut nachmittag da mit müh und plag hoch in die Berge um nen grünen hügel zu findn und rast zum verschnaufn zu machen wir sind zum umfallen kaputt sind einfach zuviel rumgerannt und rumgeklettert! mußtn sogar ein armes altes mutterschaf zurücklassn weil sie einfach zu langsam war vom trächtigsein ich hab sie im stich gelassn ohne irgendwen der auf sie aufpaßt deswegen verdammt noch eins fast losgeflennt/ aber jetzt eben ging die sonne friedlich in der ebene unter die herde fraß sich am guten bergklee satt und ich mit nem fetten batzen geröstetem hammel aus meinem ranzen während mein becher mit schneeweißer milch überschäumt und haste nich gesehn nick ich prompt ein und träum von der alten heimat den schlanken mädels und kuschligen halbvergessnen nummern und lieg grad bequem im gras mit ner feschen kleinen phyllis von grad mal vierzehn und noch nie gemäht und ich witsch grad rein in ihr mieder und sie japst hastig und leckt mich im ohr als ich mit nem mal aufwach und mitten in der bekacktn herde hock und eins der altn mädel stupst mich mit ihrer feuchten nase ins gesicht und das glöckchen vom altn Rameses tönt ganz in meiner näh/ kann erst nich klar sehn die sonne ist untergegangn und der mond erstn fingernagel aber ja doch! sie stupsn mich rüber zu dem altn bock! ich hab immer noch die alte heimat im bedöstn kopp und krieg die landschaft nen moment lang nich richtig zusammn: doch dann fällt der groschen! der steilhang! die *gottverdammtn mutterschafe schubsn mich zum steilhang rüber!* ohomeinlieber ich probier auf teufel komm raus auf die füße zu kommn aber die luder werfn mich einfach wieder um ich kann kaum was sehn nur immer ihre weiße wolle die wie n gespenst im mondlicht schwebt die dunkelheit schluckt ihre hufe und schwarzen schnauzen und ich hör immerzu das glöckchen wie n blechernes totenglöckchen näher und näher kommn *wahnwitziger wacholderstrauch! jetzt ists aus mit mir bei gott!* und mein herz klopft und vielleicht schrei ich sogar und dann o mein gott erhasch ich klar und entsetzlich nen blick von der kante: blasse vision der ebene tief unter mir/ der alte Rameses er rückt langsam zurück immer sachte zur seite damit ich platz hab um runterzupurzeln und ab die post und ich pack fuchsteufelswild nach dem alten grobian aber alles was ich erwisch is sein verdammtes glöckchen und die mutterschafe schubsn jetzt nich ganz gradaus wo der alte leithammel sich zur seite verzieht sondern fummeln tapsig und verwirrt rum und ich weiß jetzt gehts jede minute abwärts – doch plötzlich ruckzuck pack ich das glöckchen dem nächstn mistvieh auf den buckel und schubs es klappernd und blökend nach rechts und über den steilhang: die halbe herde folgt koppheister nach bis man das glöckchen nich mehr hört und ich schnapp endlich zu und klammer mich am altn Rameses seinem hinterlauf fest/ und dann endlich isses vorbei und ich taumel rüber zu den felsen klapp zusammen japs nach luft Rameses seine truppen zerschmettert zieht leine und trabt rüber ins nahgelegne wäldchen tu die ganze nacht kein auge zu aber in der früh ist klar der alte bock und ich ham unsern burgfriedn gemacht: was uns jetzt noch scherereien einbrockt ist jedenfalls keiner von uns zwein)

Täglich strömten Daten in das himmelhoch aufragende Hauptquartier von Dr. Doris Peloris. Nur selten entwischte Morris nunmehr unserem Netzwerk von Beobachtern, und auch dann nur für kurze Zeit. Die geringfügigsten Vorfälle wurden auf Notizblöcken, Lochkarten, Filmen und Tonbändern verzeichnet. Beobachter rapportierten seine Geräusche, Gerüche, Bewegungen, Entschlüsse, Erwerbungen, Ausscheidungen, Emissionen, Irritationen und Träume. Sein längstes Abtauchen währte nur drei Tage: Nach Ablauf dieser Zeit wurden mehrere tote Schafe in einer Schlucht entdeckt, Morris knapp eine Stunde später in den Bergen, den sogenannten, geortet. Der Bericht wurde im Eiltempo zu Frau Dr. Peloris hoch über der Stadt expediert.

«Kleinigkeit», antwortete Dr. Peloris mit warmem Lächeln und wandte sich von ihren Maschinen ab. «Jetzt haben wir ihn.»

Man gab Weisung, ein paar Stunden abzuwarten und Morris dann aus den Bergen zu verjagen. Dr. Peloris verlegte das Hauptquartier in einen geschickt getarnten Biwak inmitten der Dritten Nationalen Grünfläche. Dort bereitete sie den Empfang des alten Schäfers vor.

«Sehen Sie, Nan», erklärte sie an diesem Abend ihrer Assistentin, «es ist jetzt sicher, daß Morris binnen der nächsten fünf Tage in diesem Tal kampieren wird, neben diesem Kanal und dem Wäldchen dort drüben. Die Ordnung seiner Unordnung, wie sie die Diagramme von Boris und die aufbereiteten Daten aufgedeckt haben, *zwingt* Morris dazu, ganz gleich welche Operationen sein Verstand unternehmen mag, um zu dem zu gelangen, was er für eine Entscheidung halten dürfte. Es sei denn, versteht sich, dies schlösse das Vorwissen ein, daß wir ihn hier erwarten. Und wer weiß? Vielleicht würde nicht einmal dieses Wissen ausreichen, um die Macht des Musters über die schiere Verstandestätigkeit zu brechen. Wäre die Lage nicht so kritisch, könnte mir das Experiment gefallen.» Nan lächelte verhalten und zündete Dr. Peloris die Zigarette an. «Gewisse Vorsichtsmaßnahmen werden unsere Aufgabe erleichtern, Nan. Bitte sorgen Sie dafür, daß das Wasser im Kanal mit geringfügig erhöhter Fließgeschwindigkeit betrieben wird, und lassen Sie, sofern nötig, kleine Hindernisse einbauen, welche die Oberfläche durchstoßen. Bis Morris gefangengenommen wird, darf der Himmel nicht bewölkt sein. Falls diese Order ernstliche Konflikte mit anderen Abteilungen verursacht, steht es Ihnen frei, sie so abzuändern, daß sie nur für die Nächte gilt, aber auf keinen Fall darf es in der Zeit von Mitternacht bis circa eine Stunde nach Sonnenaufgang Wolken geben.»

«Temperatur, Frau Doktor?»

«Etwa dreiundzwanzig Grad, Luftfeuchtigkeit geringfügig über Normalwert.»

«Jawohl, Frau Doktor. Noch andere An–?»

«Sobald der Gegner ins Zielgebiet eingedrungen ist, sorgen Sie dafür, daß es milde nach Kiefer, Immergrün und Hyazinthen riecht. Gehen Sie aber überaus behutsam vor, denn man kann schnell überdosieren und dadurch bei unserer Beute Mißtrauen wecken. Die mechanischen Grillen sollen bei Sonnenuntergang angestellt werden, aber immer nur eine nach der anderen, bis etwa gegen fünf Uhr früh der Maximalwert erreicht ist. Sorgen Sie dann ungefähr zur selben Zeit für eine Lautsprecherdurchsage, damit an den Ausgängen der Grünfläche starker Betrieb herrscht. Um sechs rücken wir dann vor.»

Nan sah hoch, direkt in den festen Blick der grauen Augen von Frau Dr. Peloris. Sie nickten, lächelten einander wissend zu. Sechs.

(also verdammich noch eins wißt ihr was? hab ein nagelneues lämmchen rausgeholt heut abend grad als der alte phoeb zur nachtruh ging und dem ereignis ein weiches goldrotes leuchten schenkte das kleine muttchen war selber noch ganz jung: ihr erstes – wies wohl kommt daß sie beim ersten mal solch süße mütter sind? liegt wohl am schmerz und der angst dabei denk ich mir – aber *verdammich noch eins!* ich wußts doch! wußts doch schon ewig und drei tage lang habs bloß vergessn denk ich vergeß alles und jedes verdammt vergeß auch alle die altn lieder/ der verstand wird einem ganz mürbe bei all dem verfluchtn herumgehetze von weide zu weide! für so was sind wir einfach nich gebaut was Rameses? alt wirste Morris verdammich noch eins! na ja natürlich hab ich nochn *bißchen* saft in der buchse ich geb jedenfalls *noch lange nich* auf das kann ich euch flüstern aber ich bin trotzdem zum henker auf der abwärtsführendn seite des altn lebensbogens jaja die zeit verwüstet einfach alles stimmts etwa nich!/ is heut aber echt schön hier draußn müssn glatt ne million sterne sein da oben! wißt ihr ich hab mal probiert sie zu zähln zum teufel ich war jung und hatte blödsinnige ideen im kopp ich hab mir gedacht es is immer dieselbe zahl da oben zu sehn könnt ihr euch so was vorstelln? hatt keine ahnung hatt keine ahnung von nix/ he! hört euch bloß die grillen da an! na sone grillen hab ich seit meiner kindheit nicht mehr gehört! hab aufgeschnappt sie hättn die kleinen schieter ausgemerzt aber ich schätz die gebn nicht so schnell auf ich schätz niemand tut das und am wenigsten du und ich he Rameses?/ tja weißte was alter hammel wir hättn nicht zurückkommen solln ich spür unheil in den knochen das tu ich aber es sieht eh ganz so aus als obs egal ist – nein: wenn du dir überlegst daß sie uns irgendwo doch schnappn dann können wir doch genausogut losziehn und die grünen kräuter reinmampfn statt in den hinterhöfen abfälle runterzuwürgn meinste nicht auch?/ und he! schnupper mal den frühling alter eunuch! hör dir mal die racker von grillen an! kriegt man glatt laune eins der *altn* liedlein zu flöten!)

ihre haare waren schwarz wien silberfuchs
ihre zähnlein weiß wie gold
die wäldchen so stumm wie der listige luchs
die bächlein verschlammt und hold
die bächlein verschlammt und hold

ihre ohren zwinkerten ach so verschossen
ihre äuglein lauschten mir artig und rot
wie süß wär das leben, so sang ich verdrossen
wären wir doch nur alle schon tot
wären wir doch nur alle schon tot

sie lachte und stieß mir ihr messer sogleich
in die blutende brust so sanft und fest
ganz heiter bin ich, mägdelein, auf einen streich
nun gib mir doch bitte den rest
nun gib mir doch bitte den rest

die jungfrau war schamlos, gab mir erst keinen kuß
prompt legt sie sich nieder, voller scheu, voller arg
und alles kam, wie es kommen muß
jetzt liegt sie als hure im sarg
jetzt liegt sie als hure im sarg

falls einem dies liedlein blödsinnig klingt
ein unding, verworren und allzulang
denk er im traum sich, wie wenig das leben bringt
und wieviel mehr als der tod der gesang
und wieviel mehr als der tod der gesang

Der Sonnenaufgang erfolgte um fünf Uhr fünfundfünfzig. Neben dem Wasser, am Rand eines Pappel- und Rotbuchenwäldchens lag der Schäfer mit seiner Herde, dem östlichen Himmel zugewandt. Um exakt sechs Uhr früh tauchten Dr. Doris Peloris und ihr Stab aus ihren Verstecken auf, marschierten aus verschiedenen Richtungen auf den Schäfer zu. Er fuhr hoch, aber entdeckte dann das immer dichter werdende Gedränge von erwartungsvoll dreinblikkenden Touristen, die hinter Dr. Peloris und ihrem Team auftauchten: Er leistete keinerlei Widerstand.

«Sie haben Schafe gehütet», sagte Dr. Peloris.

«Kein Wunder, meine Dame. Ich bin Schäfer.»

Die Assistentin von Dr. Peloris schnaubte verächtlich: «Fruchtloser Syllogismus eitler Eklogik!»

Dr. Peloris lächelte. «Meine schwarze Tasche, Nan.»

«Ja, hörense, gute Frau, ich will hier keinen –»

«Hören Sie», korrigierte Dr. Peloris. Sie zog ein Stethoskop und andere Geräte aus ihrer schwarzen Tasche hervor. «Machen Sie sich frei.»

«Mich –?»

«Keine Unverschämtheiten bitte! Dies ist für mich nicht weniger unangenehm als für Sie. Ich meine diese übelriechenden, ekelhaften Häute, die Sie anhaben, wie nennen Sie sie doch? Beinkleider, Schnürstiefel – mir einerlei, *jedenfalls runter damit!*»

Morris starrte seine Häscher und die herandrängenden Gaffer unbehaglich an. Dr. Peloris zog eine Schere aus ihrer Tasche. Morris brummte, zog seinen Wams und die Hose aus.

Man hörte gedämpfte Pfiffe, und Dr. Peloris' Assistentin schnappte hörbar nach Luft.

«Was ist los, Nan?»

«Die ... die *Beine*, Frau Doktor! Die *Haare* –!»

Dr. Peloris lächelte und klemmte sich das Stethoskop ins Ohr. «Ich dachte, Sie wüßten das», entgegnete sie.

Während Dr. Peloris ihre Untersuchung vornahm, exterminierte ihr Mitarbeiterstab mittels subkutaner Injektionen systematisch alle Schafe. Die Tiere starben schnell und, wie es schien, mit einer gewissen Befriedigung. Morris, mittlerweile nackt, stand teilnahmslos dabei. Einzig der Tod des Leithammels schien ihn zu berühren. Es bildete sich eine einzelne Träne, die ihm über die braune Wange rann. Die Assistentin von Dr. Peloris vermerkte es in ihrem Untersuchungsprotokoll.

Die Untersuchung selbst dauerte nicht lange: Augen, Ohren, Nase, Hals, Herz, Lunge, Blutdruck, routinemäßiges Abtasten nach Leistenbrüchen und Hämorrhoiden, Palpieren der Prostata, verschiedene unverzichtbare Messungen. Dann wurden Röntgenaufnahmen, Blutuntersuchungen und Enzephalogramme gemacht und auf der Stelle ausgewertet. «Jetzt noch eine Samenprobe bitte», sagte Dr. Peloris, wandte sich ab und packte ihr Stethoskop wieder in die schwarze Tasche.

Morris, barbarisch und kaltäugig, rührte sich nicht von der Stelle.

«Nan!» sagte Dr. Peloris und machte über die Schulter eine Kopfbewegung in Richtung des Gefangenen.

Die Assistentin zog einen Gummihandschuh über die linke Hand und träufelte ein wenig Öl in die Handfläche. Morris versuchte einen letzten verzweifelten Satz, doch Boris und ein zweiter Mann ergriffen ihn und hielten ihn fest. Die Schar der Touristen drängelte sich näher heran. Nan ging auf Morris zu und führte drei oder vier sachkundige Bewegungen aus. Das gebräunte und bärtige Gesicht von Morris wurde noch dunkler, seine Augen wurden weit und glasig, in seinem Mund schienen mit einemmal lauter kräftige Zähne zu wachsen. Nan reichte Dr. Peloris das Reagenzglas. Dr. Peloris machte einen raschen Abstrich und äugte in ihr Feldmikroskop. «2-A!» rief sie laut aus und stieß einen leise anerkennenden Pfiff aus. «Nicht übel für einen Mann in seinem Alter!»

Morris hing jetzt schlaff in den Armen der beiden Männer. Seine Wangen waren teilnahmslos nach unten gesackt. Sein Widerstand war gebrochen. Der Sieg war unser!

Dr. Peloris wandte sich Morris zu, lächelte freundlich. «Es gibt immer noch einen Platz für Sie in unserer Welt», sagte sie. «Sie sind mehr als gesund genug, daß es sich lohnt, eine Rehabilitation zu wagen. Ich bin durchaus in der Lage, Sie entsprechend zu empfehlen. Vielleicht fürs erste eine Tätigkeit in einer unserer Hammelfabriken? Hätten Sie daran Interesse?»

Morris starrte Dr. Peloris wie betäubt an. Er klappte den Mund zu. Langsam, überlegt, störrisch schüttelte er den Kopf.

«Legt ihn in Ketten», befahl Dr. Peloris. Sie schloß ihre schwarze Tasche und eilte schnurstracks davon, während die versammelte Menge applaudierte.

Dies also beendet unseren Bericht. Dr. Doris Peloris wurde mit allerhöchsten Staatsehrungen ausgezeichnet, doch sind sich selbstverständlich alle Bürger bewußt, daß ihr nicht genügend Ehrungen zuteil werden können. Mag ihr die Geschichte all das erweisen, was unsere bescheidenen Möglichkeiten übersteigt! Obschon Morris in Ketten bleibt, ist seine Geschichte hiermit womöglich noch nicht beendet. Man hat ihn den Urbanologen überstellt, und ein berühmter Urbaniater hat ein persönliches Interesse an seinem Fall entwikkelt. Zwar räumt man ein, daß Morris eine Herausforderung darstellt, für die es in diesem jungen Wissenschaftszweig bislang keinen Präzedenzfall gibt, doch scheint eine Reintegration nicht gänzlich undenkbar. Man darf also im allgemeinen Einvernehmen der Hoffnung Ausdruck verleihen, daß solches geschehen möge!

(Doris Peloris hervor schon der chor is und Morris sonor is und Boris ganz ohr is doch leider verbohrt is – damit müßte doch *irgendwas* anzufangn sein beim wacholderstrauch noch eins dann kommt noch führ uns und gleich drauf verführ uns und auch noch verhur uns nein nich so elegant nich so elegant kriegs nich mehr hin wie früher verdammt / *achh! Rameses!* warum bloß um alles in der welt mußtn die drauflos und dir das antun? das sind doch lauter hirnverbrannte misttypen die da frei rumlaufn!)

*D*as *P*fefferkuchenhäuschen

1

Ein Tannenwald am hellen Nachmittag. Zwei Kinder trotten hinter einem alten Mann her und werfen Brotkrumen auf den Boden, trällern Kinderlieder. Satte, erdige Grüntöne sickern in den dunkler werdenden Hintergrund mit seinen Tupfern und Sprenkeln aus gefiltertem Sonnenlicht. Flecken von Rot, Violett, Hellblau, Gold, Dunkelorange. Das Mädchen trägt einen Korb zum Blumenpflükken. Der Junge ist mit den Krumen beschäftigt. Ihr Lied handelt davon, wie Gott für die kleinen Kinder sorgt.

2

Armut und Resignation lasten schwer auf dem alten Mann. Seine Stoffjacke ist geflickt und abgetragen, über den Schultern von der Sonne ausgebleicht, an den Ellbogen durchgewetzt. Er hebt die Füße nicht, schlurft durch den Staub. Hat weißes Haar. Ausgedörrte Haut. Geheime Mächte der Verzweiflung und Schuld scheinen ihn erdwärts zu ziehen.

3

Das Mädchen pflückt ein Blümlein. Der Knabe sieht neugierig zu. Der alte Mann starrt ungeduldig in die Tiefe des Waldes, wo schon die Nacht zu kauern scheint. Die Schürze des Mädchens leuchtet in Grellorange, der fröhlichen Farbe frisch gepflückter Mandarinen, und ist hübsch in Blau und Rot und Grün bestickt; das Kleidchen allerdings ist schlicht und braun, am Saum zerrissen, und das Mädchen geht barfuß. Vögel stimmen in den Gesang der Kinder ein, und Schmetterlinge schmücken den Wald.

4

Die Gebärden des Knaben sind verstohlen. Er läßt die rechte Hand nach hinten wandern, läßt eine Krume zu Boden fallen. Das Gesicht hat er halb zur Hand gewandt, doch seine Augen hängen wachsam an den Füßen des alten Mannes vor ihm. Dieser hat schwere, dreckbespritzte Schuhe mit hohem Schaft und Lederriemen an. Wie die Haut des alten Mannes sind auch die Schuhe trokken und voller Schrunden und Runzeln. Die Hose des Knaben ist bläulich-braun, am Aufschlag abgescheuert, seine Joppe zeigt ein verblaßtes Rot. Wie das Mädchen geht auch er barfuß.

5

Die Kinder singen Kinderlieder über Maienkörbe und Pfefferkuchenhäuschen und einen Heiligen, der seine eigenen Flöhe verspeiste. Vielleicht singen sie, damit ihnen die jungen Herzen leichter werden, denn schon winden sich die ersten braunroten Schwaden der Dämmerung um die Baumstämme und Zweige des immer dichter werdenden Waldes. Vielleicht singen sie auch, um die List des Knaben zu verbergen. Wahrscheinlich aber singen sie ohne jeden Grund, aus gedankenloser kindlicher Gewohnheit. Um die eigenen Stimmen zu hören. Oder ihr gutes Gedächtnis zu bewundern. Oder um den alten Mann zu unterhalten. Um die Stille zu vertreiben. Um ihre Gedanken zu verbergen. Ihre Erwartungen.

6

Die Hände und Handgelenke des Knaben, die aus der zu klein gewordenen Joppe hervorschauen (die Manschetten aus verblaßtem Rot sind gar keine Manschetten, sondern nur die zerrissenen Enden, die ausgefransten Kanten des brüchig abgetragenen Ärmels), sind braungebrannt, ein wenig schmutzig, kindlich. Die Finger sind kurz und dick, die Handfläche zart, die Handgelenke schmal. Drei Finger hat er eingezogen, die die Brotkrumen halten und kneten, sie dann in die richtige Position bugsieren, während Zeigefinger und Daumen sie sparsam, immer einen nach dem anderen, zu Boden schnippen, indem sie einen Augenblick damit spielen, sie zu einem Kügelchen drehen und spaßeshalber oder abergläubisch drücken, bevor sie sie loslassen.

7

Die blaßblauen Augen des alten Mannes schwimmen feucht in tiefen dunklen Säcken, halb verschleiert von schweren Oberlidern, struppige weiße Augenbrauen hängen darüber. Tiefe Falten laufen fächerförmig von den feuchten Augenwinkeln seitwärts, knicken an der Nase nach unten, kreuzen die braungebrannten Wangen und enden bei dem schmalen Mund. Der alte Mann stiert unverwandt geradeaus, aber was sieht er? Vielleicht nichts. Irgendein unsichtbares Ziel. Irgendeinen unwiderruflichen Wendepunkt. Eines jedenfalls läßt sich über die Augen sagen: Sie sind müde. Ob sie nun zuviel oder zuwenig gesehen haben, sie machen nicht den Eindruck, als wollten sie noch mehr sehen.

8

Die Hexe ist in ein zerzaustes Sammelsurium schwarzer Lumpen gehüllt. Ihr langes Gesicht ist ausgezehrt und fahl, und ihre Augen funkeln wie glühende Kohlen. Ihr eckiger Körper windet sich hierhin und dorthin, daß die schwarzen Lumpen fliegen – Schimmer von Blau und Amethyst blitzen in dem schwarzen Durcheinander auf. Ihre verkrümmten blauen Hände packen gierig in die Luft, zerfetzen ihr das Gewand, zerkratzen ihr grausam das Gesicht und den Hals. Sie kichert stumm, kreischt dann unversehens wie von Sinnen auf, schnappt eine vorbeitrippelnde Taube und reißt ihr das Herz aus dem Leib.

9

Das Mädchen, jünger als der Knabe, hüpft vergnügt und mit wehenden blonden Locken den Waldpfad entlang. Ihr braunes Kleidchen ist derb und schlicht, aber ihre Schürze ist heiter, und weiße Unterröcke blitzen unter dem zerrissenen Saum hervor. Ihre Haut ist frisch und rosa und glatt, sie hat Grübchen an den Knien und Ellbogen, dazu rote Bäckchen. Ihr junges Auge blickt munter von Blümchen zu Blümchen, von Vögelchen zu Vögelchen, von Baum zu Baum, vom Knaben zum alten Mann, vom grünen Gras zum heranrückenden Dunkel, und alles scheint sie gleichermaßen zu entzücken. Ihr Körbchen ist randvoll. Weiß sie überhaupt, daß der Knabe Brotkrumen auf den Boden fallen läßt? Weiß sie, wohin der alte Mann sie beide führt? Natürlich, aber es ist nichts! Ein Spiel!

10

Es gibt in dem Wald, auch jetzt noch, ein sonniges Fleckchen mit Bäumen, an denen Pfefferminzdrops wachsen, und mit Sträuchern aus Zuckerwatte, wo die Luft so frisch und prickelnd schmeckt wie Limonade. Bächlein aus Honig fließen murmelnd über Kieselsteine aus Kaugummi, und Lutscher wuchern wie Gänseblümchen. Das ist der Platz, wo das Pfefferkuchenhäuschen steht. Kinder kommen hierher, aber, so sagt man, keines geht je wieder fort.

11

Die Taube schimmert in weichem, glänzendem Weiß, hält das Köpfchen hoch und die Brust geschwollen, die Spitze ihres Schwanzes kaum eine Feder breit über dem Boden. Von oben sähe man den Vogel gegen den fahlen Pfad – eine Mischung aus Ocker und Grau und den schroffen braunen Farbstrichen der Tannennadeln –, aber aus der eigenen Höhe, im Profil betrachtet, hebt sich das reine Weiß der Taube grell gegen die dunklen Malven und das fette Moosgrün des Waldes ab. Nur das Schnäbelchen des Vogels bewegt sich. Hält eine Brotkrume umfangen.

12

Das Lied handelt von einem mächtigen König, der zahlreiche Schlachten gewann, aber das Mädchen singt allein. Der alte Mann hat sich umgedreht und schaut jetzt den Knaben neugierig, wenngleich leidenschaftslos an. Auch der Knabe hat sich umgedreht, jetzt nicht länger verstohlen, hält die Hand ausgestreckt, ohne daß eine Krume aus seinen Fingerspitzen fällt. Er starrt mit aufgerissenem Mund und schreckensweiten Augen den Pfad hinunter, den sie zu dritt entlanggegangen sind. Er hält die linke Hand empor, als sei sie dort in dem Augenblick erstarrt, in dem sie protestierend zuschlagen will. Tauben picken seine Brotkrumen auf. Seine ganze List war vergebens. Vielleicht hat der alte Mann, der in solchen Sachen eben doch nicht so unbeschlagen ist, die ganze Zeit über gewußt, daß es so kommen würde. Das Mädchen singt von hübschem Tand, der auf dem Markte feilgeboten wird.

13

So tief kauert sich die Hexe über ihr Opfer, daß sie nichts weiter zu sein scheint als ein über einen Stock drapierter Haufen schwarzer Lumpen. Ihre blassen Hände mit den langen Fingernägeln krümmen sich nach innen zur Brust und massieren den Gegenstand ihrer Aufmerksamkeit, während sie den Kopf tief zwischen die hochgezogenen Schultern gesenkt hält, die fahle Hakennase zwischen die rastlosen Finger steckt. Sie hält inne, kichert leise, späht nach links, nach rechts, hebt dann das Herz vors Auge. Das blankgewienerte Herz der Taube glitzert wie ein Rubin, wie eine polierte Kirsche, wie ein funkelnder, herzförmiger Heliotrop. Es schlägt noch. Ein sachtes ausstrahlendes Pochen. Die schwarzen knochigen Schultern der Hexe erbeben vor Freude, vor Gier, vor Geilheit.

14

Ein wildes Gewische und Geflatter in Weiß: die Flügel der Taube schlagen! Hände halten den Körper, den Kopf, den Hals gepackt, kleine Hände mit kurzen dicken Fingern. Die Flügel der Taube flattern vor dem dämmrigen Grün des Waldes auf und nieder, doch sie wird auf die ockerfarbene Erde gepreßt. Der Knabe stürzt sich auf die Taube, die Hände vom Schnabel und von den Krallen blutig gekratzt.

15

Man nähert sich dem Pfefferkuchenhäuschen über Pflastersteine aus verschiedenen Waffelsorten, läuft durch einen Garten kandierter Früchte und Beete handtellergroßer Lutscher in adretten kleinen Reihen.

16

Jetzt kommt kein Lied von den Lippen des Mädchens, statt dessen ein gequälter Aufschrei. Das Blumenkörbchen fällt zu Boden, die Könige und Heiligen sind vergessen. Sie kämpft mit dem Knaben um den Vogel. Sie tritt den Knaben, wirft sich auf ihn, zieht ihn an den Haaren, zerrt an seiner roten Joppe. Er hockt über der Taube, hält sie fest und versucht, das Mädchen mit dem Ellbogen abzuwehren. Beide Kinder weinen, der Knabe vor Zorn und Enttäuschung, das Mädchen vor Schmerz und Mitleid und wehem Herzen. Sie verhaken die Beine ineinander, dreschen mit den Fäusten aufeinander ein, Federn stieben in die Luft.

17

Die blaßblauen Augen des alten Mannes starren nicht mehr geradeaus, sondern zu Boden. Der scheele Blick, die Trauer, die Müdigkeit sind verflogen; die Augen blicken konzentriert. Die tiefen Falten, die von den feuchten Augenwinkeln fächerförmig seitwärts laufen, verdichten sich nach innen, er zuckt zusammen als leide er an einer inneren Verletzung, eine ganz bestimmte Angst, eine uralte Weisheit. Er seufzt.

18

Das Mädchen hat den Vogel davongetragen. Der Knabe, dessen kleine Brust sich schwer hebt und senkt, kniet auf dem Pfad und beobachtet das Mädchen. Sein Ärger ist weitgehend verflogen. Seine ausgeblichene rote Joppe ist zerrissen; seine Hose ist voller Staub und Tannennadeln. Das Mädchen hat die Taube beschützend unter den Rock gesteckt und sitzt, leise schluchzend, mit geöffneten Knien über den Vogel gebeugt. Der alte Mann bückt sich und hebt ihre grellorange Schürze hoch, dann den Rock und den Unterrock. Der Knabe wendet sich ab. Die Taube liegt warm geborgen zwischen den kleinen runden Schenkeln des Mädchens. Sie ist tot.

19

Die Schatten sind länger geworden. Die Ocker- und Lavendelfarben und die Grüntöne haben sich in Grau verwandelt. Doch der Körper der Taube leuchtet noch in der dichter werdenden Dunkelheit. Das Weiß der zerrupften Brust scheint der Bedrohung der Nacht die Stirn bieten zu wollen. Die Taube ist über und über mit Blumen bedeckt, die jetzt zu welken beginnen. Der alte Mann, der Knabe und das Mädchen sind verschwunden.

20

Die Balken des Pfefferkuchenhäuschens bestehen aus Lakritzstangen, als Mörtel dient Toffee, und die Wandschindeln sind aus Pfefferkuchen mit Karamelüberzug. Schornsteine aus Zuckerstangen sprießen aufs Geratewohl auf dem Dach aus Schokolade, und die Fenster sind mit Baiser eingefaßt. O was für ein Häuschen! Und das Allertollste ist die Haustür.

21

Der Wald ist düster und tief. Zweige recken sich in die Luft wie Arme. Braune Tierchen wieseln vorbei. Der Knabe macht keine verstohlenen Gebärden mehr. Das Mädchen trägt ihr Blumenkörbchen, das Hüpfen und Singen ist ihr vergangen. Die beiden gehen Arm in Arm mit weitaufgerissenen Augen weiter, stieren unverwandt nach vorne in den tiefen Wald. Der alte Mann stapft immer weiter, geht voran, mit seinen schweren Schuhen mit den Lederriemen durch den feuchten Matsch des Unterholzes schlurfend.

22

Die Augen des alten Mannes, die im Sonnenlicht so blaß gewesen waren, scheinen jetzt im späten Dämmerlicht zu funkeln. Vielleicht ist es die Tränenfeuchte, in der sich das letzte Aufflackern des Tageslichts spiegelt. Der scheele Blick ist wieder zurückgekehrt, doch es ist nicht mehr das Schielen der Müdigkeit: eher das des Widerstrebens. Er macht den Mund auf, als ob er etwas sagen, schimpfen wollte, doch seine Zähne bleiben aufeinandergepreßt. Die Hexe zappelt und zittert, daß die schwarzen Lumpen nur so durch die Luft fliegen, peitschen, flattern. Aus ihrem hageren Busen zieht sie das pochende rote Herz einer Taube hervor. Wie es glänzt, wie es rast, wie es im Zwielicht tanzt! Der alte Mann sträubt sich jetzt nicht mehr. Geilheit löscht allen Ausdruck aus seinem Gesicht und treibt ihm die Tränen in die alten Augen, wo jetzt das Spiegelbild des rubinroten Herzens funkelt. Grimassierend stürzt er nach vorne, will die kichernde Hexe bespringen und jagt durch Brombeergestrüpp, das ihm die Kleider zerfetzt.

23

Ein wilder Aufschrei gellt durch die Stille des düsteren Waldes. Vögel flattern aus dem Gezweig, und im Unterholz schreckt allerlei ängstliches Getier auf. Der alte Mann macht auf der Stelle Halt und hebt schützend eine Hand vor sich, während die zweite wie aus demselben Instinkt heraus nach hinten greift, um seine Kinder zu beschirmen. Das Mädchen läßt das Blumenkörbchen fallen, schreit entsetzt auf und wirft sich dem alten Mann in die Arme. Der Knabe erbleicht und zittert, als fahre ihm ein eiskalter nasser

Wind um den jungen Leib, doch mannhaft bewahrt er die Fassung. Man vermeint, allerlei Gestalten zappeln und wabern zu sehen, und Dämpfe quellen aus dem Waldboden hervor. Das Mädchen wimmert, der alte Mann hält sie eng an sich gedrückt.

24

Die Betten sind einfach, aber robust. Der alte Mann hat sie eigenhändig gezimmert. Die Sonne geht unter, das Zimmer liegt im Schatten, die Kinder sind sicher in ihre Bettdecken gewickelt. Der alte Mann erzählt ihnen eine Geschichte von einer guten Fee, die einem armen Mann drei Wünsche gewährte. Die Wünsche wurden vergeudet, wie er weiß, aber auch die Geschichte ist für nichts und wieder nichts. Er schmückt die Erzählung mit allerlei Einzelheiten über die gute Fee aus, wie süß und lieb und hübsch sie ist, läßt dann die Kinder die Geschichte mit ihren eigenen Wünschen, ihren eigenen Träumen zu Ende erzählen. Doch tief darunter wird ihm eine unmenschliche Forderung aufgezwungen. Warum nur muß das Gute aller Wünsche zunichte werden?

25

Das Blumenkörbchen liegt umgestürzt neben dem Waldpfad, die welken Blumen sind ringsum verstreut. Schatten dunkler als getrocknetes Blut breiten sich unter seiner gähnenden Öffnung aus. Die Schatten sind lang, denn die Nacht bricht herein.

26

Der alte Mann ist ins Brombeergestrüpp gestürzt. Die weinenden Kinder helfen ihm, sich zu befreien. Er hockt auf dem Waldpfad und stiert den Knaben und das Mädchen an. Es ist, als könne er sie nicht erkennen. Ihr Weinen erstirbt. Sie kuscheln sich enger aneinander, stieren ihrerseits den alten Mann an. Sein Gesicht ist zerkratzt, seine Kleidung zerfetzt. Er atmet unregelmäßig.

27

Die Sonne, die Lieder, die Brotkrumen, die Taube, das umgestürzte Blumenkörbchen, der lange Übergang zur Nacht: Wo, fragt sich der alte Mann, sind nur all die guten Feen hin? Er geht voran, bahnt einen Weg durch die Zweige. Die Kinder folgen, still und angsterfüllt.

28

Der Knabe wird blaß, und auch sein Herz pocht, doch mannhaft bewahrt er die Fassung. Die Hexe krümmt sich, daß ihre schwarzen Lumpen nur so flattern, und leckt an den verkrüppelten Zweigen. Mit leisem, verführerischem Kichern hält sie ihm das blankgewienerte, kirschrote Herz einer Taube entgegen. Der Knabe leckt sich die Lippen. Sie weicht einen Schritt zurück. Das glühende Herz pulsiert sachte, gleichmäßig, erregend.

29

Die gute Fee hat leuchtendblaue Augen und güldenes Haar, einen süßen, weichen Mund und zarte Hände, die liebkosen und trösten. Flügel aus hauchzartem Gespinst wachsen aus ihrem glatten Rükken; aus ihrem makellosen Oberkörper zwei feste Brüste mit Spitzen so hell wie Rubine.

30

Die Hexe weicht, dem Knaben das flammende, pulsierende Herz entgegenhaltend, zurück in den dunklen Wald. Der Knabe folgt ihr zögernd. Zurück. Zurück. Mit einem Funkeln in den verschwollenen Augen zieht die Hexe das rubinrote Herz nah an ihre dunkle, hagere Brust, dann über ihre Schulter und weg von dem Knaben. Gebannt folgt er dem Herzen, drängt sich an der Hexe vorbei. Ihre verkrümmten bläulichen Finger krallen sich in seine schäbigen Kleider, in seine blaßrote Joppe und seine blaubraune Hose, überraschen sein zartes, junges Fleisch.

31

Die Schultern des alten Mannes sind zur Erde niedergebeugt, sein Gesicht ist gramzerfurcht, sein Nacken resigniert nach vorn gedrückt, doch seine Augen leuchten wie glühende Kohlen. Er hält sein zerfetztes Hemd an die Kehle gepreßt, stiert unverwandt den Knaben an. Der Knabe steht alleine und zitternd auf dem Pfad und starrt in die furchtbare Waldesdunkelheit. Allerlei Gestalten wispern und winden sich. Der Knabe leckt sich die Lippen, tut einen Schritt nach vorn. Ein entsetzlicher Schrei gellt durch die Stille des Waldes. Der alte Mann zieht eine Grimasse, schubst das wimmernde Mädchen beiseite und schlägt den Knaben.

32

Keine Brotkrumen mehr, keine Kieselsteine mehr, keine Lieder und keine Blumen mehr. Die Ohrfeige hallt durch den furchtbaren Wald, wird von Echo zu Echo lauter, bis sie schließlich einen Ton ergibt, der wie Flüstern und Kichern klingt.

33

Das Mädchen küßt unter Tränen den mißhandelten Knaben, drückt ihn eng an sich, schützt ihn vor dem verzweifelten alten Mann. Der alte Mann, ganz bestürzt, streckt unsicher eine Hand aus, berührt sacht die schmale Schulter des Mädchens. Sie schüttelt seine Hand ab – beinahe erschaudernd – und schmiegt sich enger an den Knaben. Der Knabe strafft die Schultern, Farbe kehrt in sein Gesicht zurück. Das Antlitz des alten Mannes ist wieder von den vertrauten Falten des Alters und der Verzweiflung zerfurcht. Tränen steigen ihm in die blaßblauen Augen. Er sieht weg. Verläßt die Kinder mit dem letzten Tageslicht.

34

Aber die Haustür! Die Haustür ist herzförmig und so rot wie eine Kirsche, allzeit halboffen, sei sie von der Sonne oder vom Mond beschienen, ist süßer noch als eine Backpflaume, verlockender noch als eine Zuckerstange. Sie ist rot wie Klatschmohn, rot wie ein Äpfelchen, rot wie eine Erdbeere, rot wie ein Heliotrop, rot wie eine Rose. O was hat dieses Häuschen für eine Haustür!

35

Die Kinder, mutterseelenallein in dem fremden, schwarzen Wald, kauern kreuzunglücklich unter einem großen, knorrigen Baum. Eulen schreien, Fledermäuse flattern bedrohlich durch die verästelten Zweige. Vor ihren müden Augen krümmen sich raschelnd allerlei merkwürdige Gestalten. Die Kinder halten einander eng umfangen und singen bibbernd Wiegenlieder, aber sie finden keinen Trost.

36

Der alte Mann stapft schweren Schrittes aus dem dunklen Wald. Sein Weg ist markiert, aber nicht etwa von Brotkrumen, sondern von toten Tauben, gespenstisch weiß in der Öde der Nacht.

37

Das Mädchen bereitet eine Matratze aus Blättern und Blumen und Tannennadeln. Der Knabe sammelt Zweige, die sie zudecken, verstecken, beschützen sollen. Aus ihren armseligen Kleidern machen sie Kissen. Fledermäuse schreien, während die Kinder bei der Arbeit sind, und Eulen blinzeln hinunter auf die beiden Körper, so gespenstisch weiß, so jung, so zitternd. Die Kinder kriechen unter die Zweige und verschwinden in der Dunkelheit.

38

Beklommen hockt der alte Mann im dunklen Zimmer und starrt auf die leeren Betten. Kraft eines Geheimnisses der Nacht erfüllt die gute Fee ihre Umgebung mit einem strahlenden Glanz. Ist es das natürliche Leuchten ihres schlanken, behenden Körpers, oder ist es der Stern an der Spitze ihres Zauberstabs? Wer kann das wissen? Ihre Flügel aus hauchdünnem Gespinst schlagen rasch, und sie schwebt, die Brüste mit den rubinroten Spitzen zeigen nach unten, die Beine baumeln herab, die Knie mit den kleinen Grübchen sind ein klein wenig gebeugt und die leuchtenden Pobacken dafür nach oben gewölbt, um der Nacht ein Schnippchen zu schlagen. Wie gut die gute Fee ist! In dem schwarzen, leeren Zimmer braucht der alte Mann mit einem Seufzer einen Wunsch auf: Er wünscht seinen armen Kindern alles Gute.

39

Die Kinder nähern sich jetzt dem Pfefferkuchenhäuschen. Sie gehen unter Bäumen durch, an denen Pfefferminzdrops wachsen, stecken ihre Finger in die Sträucher aus Zuckerwatte, schnuppern die Luft, die so prickelt wie Limonade, hüpfen daher und trällern Kinderlieder. Unsinnige Lieder von scheckigen Rossen und Drachentötern. Abzählverse und Rätselreime. Sie überqueren Bächlein aus Honig, die murmelnd über Kieselsteine aus Kaugummi fließen, und pflücken die Lutscher, die ringsum wuchern wie Osterglocken.

40

Die Hexe huscht und flattert durch den nachtschwarzen Wald, ihr Gesicht ist von Haß, von ihrer ganzen unergründlichen Wesensart entstellt. Ihre Augen lodern wie glühende Kohlen, und ihre schwarzen Lumpen fliegen nur so durch die Luft. Ihre verkrümmten Hände krallen gierig nach den Zweigen, verheddern sich in den nächtlichen Spinnweben, graben sich tief in Baumstämme, bis das Harz unter den Nägeln der Hexe zu rinnen beginnt. Darunter schlafen der Knabe und das Mädchen den Schlaf der Erschöpfung. Ein gespenstisch weißes Bein samt Knie mit Grübchen und weichem rundem Schenkel lugt unter der Decke aus Zweigen hervor.

41

Noch ein Wunsch! Blümchen und Schmetterlinge. Satte, erdige Grüntöne versickern im Hintergrund mit seinen Tupfern und Sprenkeln von heller Nachmittagssonne. Zwei Kinder folgen einem alten Mann. Sie werfen Brotkrumen auf den Boden, trällern Kinderlieder. Der alte Mann stapft mit bleiernem Schritt voran. Die Gebärden des Knaben sind verstohlen. Das Mädchen – doch nein, es hat keinen Zweck, wieder werden die Tauben kommen, es gibt keine vernünftigen Wünsche.

42

Die Kinder nähern sich dem Pfefferkuchenhäuschen durch einen Garten mit kandierten Früchten und handtellergroßen Lutschern, hüpfen über Pflastersteine aus verschiedenen Waffelsorten. Sie probieren die Wandschindeln aus Pfefferkuchen mit dem Karamelüberzug, schlecken an den Baisers an den Fensterscheiben, küssen einander die zuckersüßen Lippen. Der Knabe klettert auf das Dach aus Schokolade, um einen Zuckerstangenschornstein abzubrechen, und purzelt herunter, plumpst in eine Regentonne voll Vanillepudding. Das Mädchen streckt sich, um ihn aufzufangen, und rutscht auf einer Backpflaume aus, landet auf allen vieren in einem klebrigen Steingärtlein aus kandierten Maronen. Unter fröhlichem Lachen lecken sie einander wieder sauber. Und wie großartig ist erst der rot-weiß gestreifte Schornstein, den der Knabe vor ihr hochhält! Wie bunt! Wie süß! Doch die Haustür: Hier halten die beiden inne und holen tief Luft. Die Haustür ist herzförmig und rot wie ein Heliotrop, die gewienerte Oberfläche gleißt in der Sonne. O was für eine Haustür! Sie glitzert wie ein Rubin, wie ein Kirschbonbon, und pulsiert sachte und strahlend. Ja, wundervoll! Köstlich! Unübertrefflich! Doch hinter der Tür: Was hört man da für schwarze Lumpen flattern?

*S*ieben exemplarische *P*rosastücke

Dedicatoria y Prólogo a don Miguel de Cervantes Saavedra

Quisiera yo, si fuera posible (maestro apreciadísimo), excusarme de escribir este prólogo, nicht allein, weil die Tollkühnheit, Euch mit solcher Vertraulichkeit anzureden und Eure Eminenz mit diesen stümperhaften Prosastücken in Verbindung zu bringen, gewißlich – und durchaus zu Recht – auf mein Haupt *el mal que han de decir de mí más de cuatro sotiles y almidonados* häufen wird, sondern auch, weil wir uns in der Mitte eines Buchs befinden, wo Prologe unangemessen erscheinen. Aber genau wie Eure *novelas* «exemplarisch» im einfachsten Wortsinne waren, weil sie die unterschiedlichen Schreibideen repräsentieren, an denen Ihr nach 1580 bis ins Jahr 1612 gearbeitet habt, so repräsentieren auch diese sieben Erzählungen zusammen mit den drei Prosastücken des «Empfindsamen Kameraauges», die ebenfalls in diesem Band enthalten sind – annähernd alles, was ich mir bis zum Beginn der Arbeit an meinem ersten Roman im Jahre 1962 ausgedacht hatte und für gut genug erachte, diese späte Preisgabe zu verkraften. Zudem hatte ich das Gefühl, daß ihre Gegenwart hier zu Anmerkungen einlädt.

Ejemplares habt Ihr Eure Erzählungen genannt, weil *«si bien lo miras, no hay ninguna de quien no se pueda sacar un ejemplo provechoso»*, und ich hoffe, wenn ich meinen Prosastücken dieselbe Eigenschaft zuschreibe, bin ich nicht zu fern Euren Zielen, welche ich als mannigfaltig begreife. Denn auch sie sind *ejemplares*, da es ja Eure Absicht war, «*poner en la plaza de nuestra república una mesa de trucos, donde cada uno pueda llegar an entretenerse sin daño de barras, Digo, sin daño del alma ni del cuerpo, porque los ejercicios honestos y agradables antes aprovechan que dañan*» – vortrefflich, *don* Miguel! Denn wie unser gemeinsamer Freund *don* Roberto S. mitgeteilt hat, muß uns jedes literarische Werk mit einer phantasievollen Erfahrung versehen, die für das Wohlbefinden unserer Phantasie nötig ist... Wir brauchen alle Vorstellungskraft, die wir aufbringen können, und sie will trainiert und bei guter Verfassung gehalten werden» –, und deshalb gelten Eure *novelas* als Musterbeispiele der Verantwortung gegenüber jener höchst ehrwürdigen und frommen Bürde, die diesem Metier auferlegt ist: Sie erzählen gute Geschichten und sie erzählen sie gut.

Und doch liegt noch mehr darin, wenn ich Euch recht verstehe. Denn Eure Erzählungen haben auch die zwei Seiten jeder guten Erzählkunst exemplarisch veranschaulicht: Sie kämpften gegen den unbewußten mythischen Bodensatz des menschlichen Lebens und unternahmen den Versuch, das nicht Zusammenfaßbare zusammenzufassen, brachen adoleszente Denkweisen und erschöpfte Kunstformen auf und erschlossen neue Vielschichtigkeiten. Ja, die Euch gelungene Verknüpfung von poetischer Analogie und wahrheitsgetreuer Geschichte (ganz zu schweigen von Wirklichkeit und Illusion, Vernunft und Wahnsinn, dem Erotischen und dem Lächerlichen, dem Visionären und dem Skatologischen) hat in der Tat den Roman hervorgebracht – vielleicht waren Eure Werke vor allem anderen Exempel einer Revolution der Erzähltechnik, einer Revolution, die uns – nicht unähnlich der Art und Weise, wie Ihr von den Konventionen des Ritterromans mißbraucht wurdet – bis heute prägt.

Ob es nun Erasmus oder Aristoteles oder jener getrost zu vergessende Italiener war, der Eurem künstlerischen Auge den Anstoß gab, sich nunmehr nicht auf Ewige Werte und Schönheit, sondern auf den Charakter, die Handlungen der Menschen im gesellschaftlichen Kontext und auf exemplarische Geschichten zu konzentrieren, ist einerlei, denn Eure Zeit erlebte den Anbruch des neuen Zeitalters der Wissenschaft, und ein solcher Umbruch lag in der Luft. Die Stadt des Menschen war nicht länger mehr ein blasser Abklatsch der Stadt Gottes, eine Spiegelung des Makrokosmos im Mikrokosmos, sondern im Gegenteil war alles da, was es gab, war sie weder Mikro- noch Makrokosmos, enthielt aber gleichzeitig alle Möglichkeiten, die Verheißung all dessen, was der menschliche Verstand mit Hilfe der Wissenschaft zuwege bringen mochte. Für Euch, *Maestro*, schickte sich das Universum an, die Pforten aufzutun; es ließ sich nicht länger in magischen Zahlen begreifen und auch nicht länger in einer kompakten und aufs wunderbarste geplanten Himmelskugel einschließen. Die Erzähltechnik nahm sich einen Fingerzeig von Lazarillo und den Abenteurern der Neuen Welt zu Herzen und wurde zu einem Prozeß der Entdeckung, und bis auf den heutigen Tag brechen junge Autoren wie majestätische – ja vom Himmel selber gesalbte! – *pícaros* auf in die Gefilde der Erzählkunst, um wieder und wieder ihr Menschsein zu entdecken.

Aber, *don* Miguel, der Optimismus, die Unschuld, die Aura der Möglichkeiten, die Ihr erfahren habt, all das ist weitgehend ausgelaugt, und auch das Universum macht Anstalten, die Pforten wieder vor uns zuzuschlagen. Wie Ihr scheinen wir ebenfalls am Ende eines Zeitalters und an der Schwelle eines anderen zu stehen. Auch wir wurden von den Kritikern und Analytikern in eine Sackgasse manövriert; auch wir schlagen uns herum mit einer «Literatur der Erschöpfung», obwohl unsere Nichthelden ironischerweise nicht länger mehr unermüdliche und ermüdende Amadise sind, sondern hoffnungslos niedergeschlagene und bettlägrige Quixotes. Es sieht ganz so aus, als hätten wir uns von einem offenen, anthropozentrischen, humanistischen, naturalistischen, ja sogar – bis zu dem Grade, zu dem man den Menschen als Wesen begreifen kann, das sich sein eigenes Universum erschafft – optimistischen Ausgangspunkt zu einem anderen Punkt bewegt, der geschlossen, kosmisch, ewig, übernatürlich (im nüchternsten Wortsinn) und pessimistisch ist. Die Rückkehr zum Sein hat uns wieder zu einem Plan zurückgeführt, zu mikrokosmischen Abbildern des Makrokosmos, zur Erschaffung von Schönheit innerhalb der Grenzen kosmischer oder menschlicher Notwendigkeit, zur Strapazierung des Sagenhaften, um hinter die Phänomenologie, hinter die Erscheinungsebene, hinter die als zufällig wahrgenommenen Ereignisse, hinter die bloße Geschichte vorzustoßen. Doch solche Vorstöße sind vor allem – genau wie die Aufbrüche Eurer Ritter – Herausforderungen der Grundannahmen eines absterbenden Zeitalters, exemplarische Abenteuer der poetischen Vorstellungskraft, hochgesinnte Expeditionen in die Neue Welt, ganz gleich, daß die alte Schindmähre bloß noch ein Haufen Knochen ist.

Durch Euer Beispiel lehrt Ihr uns, *Maestro*, daß große Erzählungen über die Zeiten hinweg ihre Bedeutung als sprachliche Mittler zwischen den Generationen behalten, als Waffe gegen die Randbereiche unseres Bewußtseins und als mythische Bekräftigung unseres prekären Zugriffs auf die Wirklichkeit. Der Romanautor benutzt vertraute mythische oder historische Formen, um den Inhalt dieser Formen zu bekämpfen und den Leser *(lector amantísimo!)* zum Wirklichen zu geleiten, weg von der Mystifikation zur Klarstellung, weg von der Zauberei zur Reife, weg vom Geheimnis zur Offenbarung. Und insbesondere der Notwendigkeit neuer Wahrnehmungsweisen und Erzählformen, die sie zu fassen vermögen, widme ich, mit dem Barbierbecken auf dem Kopf, diese Geschichten. Falls sie für eine solche Bürde wie diese weitschweifige Vorrede allzu schmächtig scheinen, *don* Miguel, dann betrachtet sie bitte umgekehrt als bloßes Vorwort zu all dem, was sich sonst noch um dieses Büchlein-innerhalb-eines-Buches rankt, als Vorwort zu den anderen Arbeiten, die bereits in Druck gegangen sind, und zu all denen, die noch folgen werden. *«Mucho prometo con fuerzas tan pocas como las mias; pero ¿quien pondrá rienda a los deseos?»* Ich bitte Euch nur dieses eine zu beachten: *que pues yo he tenido osadía de dirigir estas ficciones al gran Cervantes, algún misterio tienen escondido, que las levanta. Vale.*

1 Das Quiz

Ausgangssituation: Fernsehquiz, Live-Publikum. Die Bühne ist mit Stroboskopen ausgeleuchtet, und überall staksen Kameras auf Insektenbeinen einher. Der Moderator, sackförmig eingeschnürt im schwarzen Anzug hinter einem Tisch/Rednerpult, blinzelt mit nachgeäffter Bescheidenheit in die Kamera und die Lampen, einen einstudierten Flunsch auf dem weichen Mund und die Augenbrauen in mild jovialem Erstaunen hochgezogen. Ihm gegenüber das Podium: der Gealterte Clown, die Reizende Dame sowie Mister America, feist wie der Kontinent und weißköpfig wie ein Seeadler. Zwischen der Dame und Mister A steht ein leerer Stuhl, der jetzt zum entzückten Gequieke aller mit einem Zuschauer besetzt wird, den man trotz seines Protests aus dem Publikum zerrt, eine unscheinbare Person, die als Teilnehmer wider Willen vorgestellt wird oder schlichter noch als Spielverderber. Das Publikum: wie stets, fügsam, aufgeschlossen, gutmütig, furchteinflößend. Und der Spielverderber, fragst du, wer ist der? Narr! Du bist's!

«*Willkommen!*» grüßt der muntere Moderator mit weit ausgebreiteten Armen, und das Publikum, ganz auf die donnernde Reaktion gepolt, antwortet donnernd: «BEI DER ENTSCHEIDENDEN FRAGE!»

Du zappelst, weil du von der Dame (die dich erregt) und von Mister America (der dies nicht tut, trotzdem sei er gesegnet) in die Zange genommen bist, doch dein Gezappel wird fehlinterpretiert: Die Reizende Dame schlägt die Wimpern hoch, schielt verlegen und hechelt erregt durch ihr gespitztes Mündchen, als sauge sie mit dem Strohhalm einen Milchshake leer, woraufhin der Moderator, anscheinend am anderen Ende des Strohhalms, vernehmlich Luft durch die Zähne zieht: «Tzz, tzz!» und dazu sanft tadelnd mit dem Doppelkinn wackelt. Das Publikum heult frohgemut auf, und wer kann ihm deswegen einen Vorwurf daraus machen? Du, Sportsfreund, findest dich damit ab, den Test in Frieden durchzustehen, und begrüßt die Zuschauer mit einem schüchternen Lächeln, zappelst nicht länger herum.

Darauf folgt ein kurzer Augenblick der Ruhe, doch der Gealterte Clown verdirbt ihn, krächzt eine altbewährte Stichelei: «Spielverderber, spielt viel derber!»

Das Publikum kreischt erneut auf. Die Kameras schwenken herum, verbeugen sich, springen vor, weichen zurück. Lichter flammen auf, verlöschen, wirbeln um ihre Achse, schlagen zu.

«Das erinnert mich an die alte Geschichte vom Stichling mit den drei Stacheln!» kichert der Clown.

Heuler und Zurufe. Der Moderator quittiert den Radau mit verschämtem Gepruste und einem Finger an den weichen Lippen. Nein, nein! Er zwinkert dem Publikum zu.

Mister America stößt dich mit dem Ellbogen an und brummelt dir unter dem Getöse der anderen zu: «Details! Details! Das ganze Spiel dreht sich darum, mach keine Fehler!» Also doch noch ein Freund.

Jetzt denk nach. Stichling. Süßwasserfisch. Süßwasserfisch: ein Seemann, der noch nicht trocken hinter den Ohren ist. Seemann: Samen. Ja, aber noch nicht trocken hinter den Ohren: naß? verdorben? ein strammer Junge? Stich: Strich. Womöglich Strich und Faden. Ling: Kling: Pling: Ding: Dingsda. Vetter aus? Cousine aus? Vielleicht. Stich die Cousine in den Ring? In den Ring: Kampf. Kampf Krampf: Kampfer. Auch Sauerampfer, Pusteblume, Holzapfel. Holzapfel: der Gerichtsdiener, ja richtig, der Gerichtsdiener in... wo? *Die Komödie der Irrungen!* Ja! Nein.

«Und also dieser Stichlingsmann da, der ruckelt rüber zu dem Stichlingsweibchen, und sie zeigt ihm ihren purpurroten Bauch. Aber Hallo, Jungs! Schon läuft die Kiste! Zarap! Sie zischen ab in seine Bude!»

Gegröl und Gekreisch. Der Moderator verlegt sich auf gefälliges Gelächter. Die Lampen pulsieren. Die Reizende Dame entblößt schüchtern ihren Bauch. Nicht im geringsten purpurrot, sondern sahnig mit einem Schimmer von Lachsrosa. Schreie und Pfiffe. Laute Rufe: Aber Hallo, Jungs und Zarap. Lachsrosa: schamloser. Da sind wir wieder. Stichling: kitzlig. Bauch: der Rücken auch. Ein entzückend schöner obendrein.

«Ich denke doch», kichert der Moderator anzüglich, «daß wir anfangen könnten.»

«Zu spät, Freundchen!» krächzt der Clown. «Unser Sportsfreund hat schon angefangen!»

Wieherndes Gelächter und meckernde Rufe. Du verkneifst dir die Suche nach weiteren Fingerzeigen im Nabel der Reizenden Dame, fürchtest dich vor dem Getöse, vor den Bajonetten der Linsen, den Keulenschlägen der Stroboskope: Die Augen der Welt. Auf dich gerichtet, Sportsfreund.

«Denk nach!» flüstert Mister America. «Sie deckt's auf!»

Zischen: fischen. Aber was: Schuppen? Panzer? Gräten oder Knochen? Flossen sind Schwanzflossen und Bude ist Bau: ein Tier! Ja! Aber purpurrot: wieso nicht einfach rot? Weil der Purpur von den Schildläusen kommt: Insekten – aber mehr noch! *Getrocknete Körper von Insektenweibchen!* Ruckelt: nuckelt oder zuckelt. Aber Bude ist auch Bruchbude: Frauenbäuche getrocknet und dann in Stücke zerbrockt. Trocken im Bau gehockt. Das ist denkbar. Stich: mich: dich – da steckt ein Reim drin, soviel ist offensichtlich. Und ein Tier. Das zuckelt. Und Holzapfel aus –?

Kurzes Schweigen...

«Seid ihr bereit?» will der Moderator wissen, und das Publikum antwortet: «Ja!»

Bereit: be-reit. Blauer Reiter. Grüner Samen. Seefahrt: Seefisch. Lachsrosa.

«Dann also weiter!» Runde Silben, getrocknet und in Stücke gebrockt. «Ich bin mir doch einigermaßen sicher – das heißt», der Moderator hüstelt und kichert, «Ich *glaube* – DARF ICH MIR DIESE FREIHEIT HERAUSNEHMEN?»

«Aber ja! Ja doch!» tobt das Publikum.

«Natürlich darf er das», flüstert Mister America. «Er stellt die Frage nur aus Bosheit.»

«Jawohl», seufzt der Moderator und fährt weihevoll fort, «denn wenn man sich einigermaßen sicher ist, so ist dies nichts weiter als der Widerhall und Refrain dessen, was man glaubt!»

Nach kurzer ehrfürchtiger Pause lebhafter Beifall.

«Hussa!» trötet der Gealterte Clown, und der fette Mann nickt. So könnte es durchaus sein.

«Deshalb, wenn Sie mir erlauben, *glaube* ich auch», fährt der Moderator fort, «mit beinahe ans Kategorische grenzender Sicherheit –» bei «-heit» schraubt er seine Stimme so hoch, daß sie wie bei einem Halbwüchsigen überschnappt, was beim Publikum ein frohlockendes «Aah!» und gefälliges Lachen hervorlockt, das wie ein loser Husten klingt, «– ich bitte um Verzeihung!»

Wohlwollendes, anerkennendes Lachen.

«Das *solltest* du aber auch, Sohnemann!» bellt der alte Clown. Gelächter. «Das gehört sich nämlich nicht!» Lautes Gelächter. «Jetzt aber hübsch sauber bleiben!» Tosendes Gelächter.

«Hinweis! Hinweis!» schnaubt der fette Mister America.

Sauber. Unbefleckt. Eine Jungfrau. Eine Kammerjungfer. Aha! Der Gerichtsbüttel Schlehwein mit Holzapfel in –? *Die lustigen Weiber!* Nein. Schlehwein: schlohweiß: Schlehbusch: hmmm, wieder bei grün. Grün und zischen: grüne Heringe. Ein unbefleckter Bauch. Holzapfelrosa. Mal kurz hinübergeschielt: immer noch da. Hübsch. Vorsicht, nicht anfassen. Die Augen der Welt. Bleib unbefleckt.

«Ich glaube also, was ich als beweisbare Kategorie begreife –»

«So gefällt's mir schon besser, Sohnemann.» Mehr Gelächter und Beifall.

«Danke schön.»

«Keine Ursache, Freundchen.» Der Clown schneidet eine Grimasse. Gelächter.

«– daß alle hier auf dem Podium Versammelten mit den Regeln und Verfahren unseres kleinen – unseres so wundervoll *amüsanten* kleinen Spiels bestens vertraut sind.»

Aus den Menschenmassen, die hinter den Scheinwerfern dicht gedrängt nebeneinandersitzen, donnert Bravogeschrei, so freudig überschwenglich, daß offensichtlich jeder Einspruch ausgeschlossen ist, aber du sagst trotzdem: «Ich nicht.»

Stillschweigen. Feindselig vielleicht.

Der Moderator, in die Stille, als könne er es überhaupt nicht glauben: «Wie bitte?»

«Der Sportsfreund kennt ihnen nicht», brüllt der Clown, und du schreckst hoch.

«Der Sportsfreund kennt sie nicht», korrigiert der Moderator.

«Hab ich ja gesagt, er kennt ihnen nicht!» erwidert der Gealterte Clown. Brüllendes Lachen. Nichts Ernstes. Alles nur Spaß.

«Wer das meiste Geld hat, gewinnt», murmelt Mister America, der jetzt schwerer atmet, halblaut. Ist er erregt? Unwahrscheinlich. Wächst er? Ja, er dehnt noch aus, die alte Schmalzbacke, der Wachstumsprozeß wurde früh in Gang gesetzt und das Sicherheitsventil verstopft, also türmen sich die Zellen immerzu auf, und zwar rasch, denn dein eigener Rumpf auf der Bank rutscht unter dem Druck merklich auf die Dame zu. Sie ist ganz mit sich beschäftigt, pudert sich Nase und Dekolleté, benutzt eine Kameralinse als Spiegel. Die Augen der Welt: weiße Augäpfel und Pupillen so rosa wie Himbeeren.

Sie dreht sich um, hebt das Hemdchen, lächelt dir zu. «Kennt was nicht?» fragt sie gurrend.

«Kennt nüscht nicht!» witzelt der alte Zirkusmann auf der anderen Seite neben ihr. Hat er etwa seine alte knorrige Faust zwischen ihren Beinen? Aus dem Publikum: die gewohnte Reaktion. Sie verehren ihn heiß und innig. Eingefallen und quittengelb im Gesicht, von Falten durchzogen, vor Schüttellähmung pausenlos zuckend, mit seinem weißen Haar und seinen braunen Zähnen ist der Clown ein Überbleibsel der Glorreichen Manegentradition. Aber keine große Hilfe. Im Gegenteil.

«Was heißt hier nüscht?» insistiert die Reizende Dame. «Also echt, Jungs! Ihr wollt mich an der Nase rumführen! Was heißt hier nüscht?»

«Meine Liebe…!» bittet der Moderator mit sanftem Kichern und zieht dabei die Augenbrauen liebevoll flehend hoch. Gejauchze und Gepfeife aus dem Publikum.

«Also echt!» lacht die Dame liebenswürdig. «Ihr könnt es mir ruhig sagen! Ist es etwas, das ich anziehen kann?»

«Schon ganz warm, die Dame!» kräht der Clown unter allgemeinem Gelächter und patscht ihr kräftig auf den Hintern.

«Kümmere dich um deinen eigenen Kram!» flüstert Mister America, der jetzt mindestens die halbe Bank einnimmt, während seine Augen in den Fettpolstern verschwinden, die Nähte an seinem Anzug aufplatzen, die Knöpfe abspringen. «Jetzt geht's los!»

«Würde ich es aller Voraussicht nach oberhalb der Taille tragen», fragt die Dame, errötet dann und schlägt die Augenwimpern nieder, «oder unterhalb?»

«Kommt ganz auf deine Skrupel an!» kreischt der Clown, und die Menge tobt.

Ha! Skrupel: Stichelei: Stichling. Jetzt wird's warm. In der Tat sehr warm: eng an die Reizende Dame gepreßt. Sind das etwa ihre Zehen unter deinem Hosenbein? Keine voreiligen Schlußfolgerungen. Ist beispielsweise ohne weiteres dem alten Clown zuzutrauen, wenn er damit einen Lacher abkassieren kann.

Der feiste Mister A ächzt leise, schnaubt und prustet wie ein

Trabergespann beim Rennen, während sein Anzug in Stücke reißt und das Fleisch hervorquillt. In Stücke, im Stück, am Stück. Kleidungsstück: Holzstück: Holzapfel: das Holzauge, das wachsam ist. Schwanzflossen und Bau. Aber was ist mit dem Panzer? Das Holzauge ist wachsam und – was? Holzapfel und Skrupel? Holzapfel: Rosenstock: Stacheln: Stichling. Er dreht sich im Kreis. «Kommt ganz drauf an –!» japst Mister America. Jetzt kann es nicht mehr lange dauern. Die eigenen Zellen sind gegen ihn. Das Fleisch ist rosa wie knackige Äpfelchen. «Kommt ganz drauf an –!»

Kommt drauf an: hängt davon ab. Aber wer hängt wovon ab oder von wem?

Der alte Clown krümmt sich vor Lachen, will sich über den verknoteten Knöcheln vor Lachen schier ausschütten. Humor.

Die Dame: Schönheit, Erregung, das Leben selbst.

Mister America: schwer zu erraten. Ansehen vielleicht oder Gerechtigkeit. Einbezogensein.

Die Mannschaft.

Und der Spielverderber? Sie haben es einwandfrei auf deinen *Verstand* abgesehen. Humor, Leidenschaft, Nüchternheit und Wahrheit. Auf *dich* also kommt's an, an dir hängt alles, hängen sie alle. Vielleicht ist es so.

Sonderbares Schweigen. Du blickst hoch und entdeckst, daß der Moderator mit den beringten Fingern auf das Rednerpult klopft und dich ausdruckslos anstarrt. Ja, ja, es ist soweit! Sie wollen es wissen! Die Kameras stürzen vor, ziehen sich zurück. Die Lampen leuchten grell. Du, bewegungsunfähig eingekeilt, kommst ins Schwitzen. Wirst gekühlt von den umhüllenden Speckwülsten des Mister America, erhitzt von der lachsrosa Dame. Rosa wie knakkige Äpfelchen. Wie ein Holzapfel. *Ende gut, alles gut?* Wohl kaum.

Dennoch liegt in der Stille, redest du dir zumindest ein, scheint es: ein Hauch von Hoffnung. Der Moderator ist entspannt, lächelt freundlich. Zieht die Augenbrauen in gelassener Erwartung hoch. Das Publikum ist gedämpft, läßt ein geduldiges Murmeln hören. Schafft er es? Schaffst du es? Der fette Mann ist kurz vorm Verenden, bläht sich auf und schnarcht vernehmlich. Die Reizende

Dame sieht zu, bewundert. Ermutigt. Sie brauchen dich. Du schöpfst Kraft aus dieser Tatsache und räusperst dich.

«Jetzt aber dalli, *dalli*!» ruft der Moderator aus. «Kennt Er etwa nicht den alten Kehrreim? Denn die Kopie gefällt uns nie, und was verloren ist, das hat man nicht im Kopf!»

Beifall und Bravorufe quittieren seine Eloquenz, und die Komplimente nimmt der Moderator in Pose geworfen und lächelnd entgegen.

Aber was soll das bedeuten? *Was soll das bloß bedeuten?* «Wer stumm bleibt, bleibt dumm, und Wankelmut tut selten gut!» schreit der Moderator, der jetzt richtig in Fahrt kommt, von den Wellen der lautstarken Hosiannarufe getragen. «Ob trist oder heiter, das Spiel *geht weiter*!»

Nichts, überhaupt nichts. Denk nochmal zurück. Im Stück, am Stück. Stückwerk. Holzstück. Holzauge. Schneller! Bruchbude und getrocknet und in Stücke gebrockt. Die Menge tobt. Der Moderator steht auf und verbeugt sich. Purpurroter Samen grün wie –? Grün wie –? *Schneller!* Könnte sie es anziehen? Anziehen? Ausziehen! Das ist es! Nur immer weiter so! Nur immer weiter –!

«Zu –!» japst Mister America, blind und schlaff, beinahe gesichtslos, er hat nicht genug Luft, um den Satz zu beenden, und doch steht sein Mund weit offen, müht er sich nach Leibeskräften ab.

Du sprichst: «Ich denke –»

«*Bewundernswert!*» lächelt der Moderator bitter und provoziert das Publikum zu sarkastischem Gelächter. «Na und?»

«– daß, wenn das zu Erratende ein Tier ist –»

Unerwartete Lachsalven. Die Dame errötet, schlägt die Wimpern nieder. Der Moderator, vor Kichern puterrot und mit Tränen in den Augen, ruft: «Guter Gott! Es wäre zu arg, wenn ich es mir anders ausmalen müßte!» Juhu! lärmt das Publikum, lauter denn je, ja selbst die Kameras verfallen in krampfhafte Zuckungen.

«Bleib sauber, Sohnemann!» gackert der Gealterte Clown.

«Aber –»

«Ich sagte, *bleib sauber*!»

Sauber, aber ein Saubär? Unglaublich!

«– spät!» schließt der fette Mann, läßt einen fahren und stirbt. Tot. Der einzige Freund im Saal. Du empfindest es nicht als Verlust, aber auch nicht als Erleichterung. Die Herausforderung ist immer noch dieselbe.

«Kommen Sie, *kommen Sie*, mein Herr!» plärrt der zutiefst amüsierte Moderator, der aber jetzt aufsteht und drängt. «Sie *müssen* sich doch konkrete Konjunktionen konstruiert haben, nachdem soeben solch kleverer Kommentar *qua* Kommentar kolossalst konsonant konstituiert worden ist!» Ohrenbetäubender Beifall.

Jetzt aber los! Heraus damit! Die Wahrheit ist: «Die Wahrheit ist –»

«Die Wahrheit ist», schreit der Moderator und zeigt zornig mit dem Zeigefinger auf ihn, *«daß Sie verloren haben!»*

«Aber ich habe noch nicht einmal –!»

«Wozu sind Sie denn hier», explodiert der Moderator, der jetzt alle Geduld verliert, «wenn nicht, um den Versuch zu wagen, diesen Wirrwarr zu entwirren? Kurzum, Spielverderber, Sie wären gut beraten, sich daran zu erinnern, daß DER KULT DER KLUGHEIT DER SPARSTRUMPF DES SCHARFSINNS IST!» Tosender Beifall, Bravorufe, Gejohle, Geschrei. «DER VERSTAND IST DAS BAND, DAS GEWISSEN ALLEN WISSENS!» Unkontrollierbarer Tumult. Der Moderator reißt sich die Fliege vom Hals und wirft sie der stampfenden, kreischenden Menge wie eine Rose zu. Die Lampen lodern grell auf. «VERSAGT! SIE HABEN VERSAGT! UND SIE HABEN DIE KONSEQUENZEN ZU TRAGEN!»

«Aber die Wahrheit ist –»

«Die Wahrheit ist», krächzt der alte Clown und hüpft auf den Tisch; die Reizende Dame ergreift seine zitternde Pfote und hopst ebenfalls hoch zu ihm:

«Es lebte einmal eine junge Bauchtanzpuppe –»

Die Dame zieht sich bis auf einen kurzen Unterrock aus, während das Publikum pfeift und Münzen auf die Bühne schmeißt. Irgendwo spielt eine Blaskapelle türkische Musik. Mit den Daumen schiebt die Dame das Hängerchen die Hüften hoch, bis es auf halbmast steht. Trag es: ertrag es, hell wie Holzbeeren und haarig wie Hundsaugen…

«Die dachte, ihre Kunst wäre niemandem schnuppe»

Über oder unter? Hüfte: Klüfte. Skrupel, lachsrosa wie knackige Äpfelchen. Purpurrot. Frauenbäuche, schnellen hoch und stoßen vor...

«Doch eines Nachts vor dem Klo
Brach sie sich den Po –»

Die Reizende Dame bleibt abrupt stehen, knickt die Knie nach außen, zittert wie eine Spastikerin, zielt mit dem Nabel genau auf dich: Das Auge der Welt – taumelt dann, immer noch halb gebückt mit weitaufgerissenen Augen und Schmollmündchen zum konvulsivischen Entzücken der ganzen Welt, und fällt – BUMM! – steif wie ein Schildkrötenpanzer auf den Tisch...

«Und starb unter großem Hallo!»

Die Lachkrämpfe des Publikums erreichen neue Höhepunkte, als die Dame sich in letzten Zuckungen renkt und dann wie versteinert daliegt, die Beine hoch in die Kameras gereckt.

«Ja, die Wahrheit ist», japst der schallend lachende Moderator, als er dazu wieder in der Lage ist, sich die Augen mit einem Leinentuch trocknend:

«Mach keine Sperenkerln,
Keine Fisimatenterln,
Beim Rätselenträtseln halt Wort –»

Die Reizende Dame erwacht wundersamerweise wieder zum Leben und lockt dich mit einem Zwinkern des Auges der Welt hoch auf die Tischplatte. Lachsalven und donnernder Beifall. Pfiffe, Buhrufe, feindselige Pfuirufe. Die Kameras ducken sich zu Boden, springen vor, stoßen zu, ziehen sich zurück. Der fette Mann war, wie du erst jetzt erkennst, überhaupt nicht Mister America, sondern Mister Amentia. Das hättest du dir denken können. Das ändert alles...

«– Denn ob Matt oder Schach,
Ob Ruhm oder Schmach,
Einerlei, unser Spiel heißt –»

Der Clown und die Dame greifen dich jeder an einem Arm. Eine Schlinge wird heruntergelassen – ja, ja, bleib nur gelassen …

«– La Mort!»

«Ich dachte –» Aber das Publikum übertönt dich. Na ja, sie haben ihren Spaß, vergiß das nicht. Man legt dir die Schlinge um den Hals.

«Sie dachten –?» fragt der Moderator, und die Menge beruhigt sich wieder.

«Ich dachte, es wäre alles nur zum Spaß.»

«Mit anderen Worten», lächelt der Moderator müde, «Viel Lärm um Nichts.»

«Das ist es! *Das ist es!* Ja! *Genau das* wollte ich ja die ganze Zeit –»

Der Moderator schüttelt den Kopf. Im Innersten ist er ein abgebrühter Bursche. «Tut mir leid.» Er stützt sein Kinn in die feiste Faust, sein Lächeln verrät, daß er alles weiß. Er nickt dem Clown und der Dame ernst zu.

«Bleib sauber, Sohnemann!» brabbelt der gealterte Clown und stupst dich gutgelaunt mit dem Ellbogen in die Rippen. Eine Woge von Gelächter. Immerzu Gelächter. Eine zweite Konstante.

Die Schlinge kratzt. Kitzelt dich am Hals. Du willst schlucken. Du kannst nicht schlucken.

Der parfümierte Atem der Reizenden Dame streicht dir ins Ohr. «Bleib nicht so lange fort, Liebling», gurrt sie und befördert dich mit einem kräftigen Klaps auf den Hintern ins Jenseits. *Juhu!* Ab geht die Post!

Der Holzapfel war wachsam und es kam ganz darauf an

Die Lampen werden größer – ZACK!

gleißen purpurrot auf …

Die Augen der

Bis dann, Sportsfreund.

2 *Das Lesezeichen*

Von den sieben Personen (Jason, seiner Frau, dem Kriminalinspektor und den vier Kriminalbeamten) befinden sich nur Jason und seine Frau im Zimmer. Jason sitzt in einem Sessel und hält ein Buch in der Hand, in dem er ohne Zweifel gelesen hat, obwohl er nun zusieht, wie seine Frau sich fertig macht, um ins Bett zu gehen. Jason: Er ist groß und männlich, etwa fünfunddreißig, hat starke, schwielige Hände und eine sensible Nase; er ist sehr in seine Frau verliebt. Und sie: Sie ist schön, zärtlich und hat eine direkte und charmante Ausdrucksweise, wenn wir sie reden hören sollten. Sie wirkt entspannt.

Nackt bewegt sie sich leichtfüßig durchs Zimmer, legt einen Pullover in eine Kommodenschublade, hängt Jasons Sakko, das er aufs Bett geworfen hatte, auf einen Kleiderbügel, hebt einen Kamm vom Fußboden auf, der von der Kommode heruntergefallen war. Die Frau bewegt sich weder geziert noch befangen. Welche Bedeutung auch hinter ihrer Bewegung stecken mag, sie liegt in der Bewegung selbst und nicht in den Überlegungen der Frau.

Zuletzt schlägt sie die Bettdecken zurück (das Bett steht gegenüber von Jason an der anderen Wand), fährt sich durch ihr kurzes blondes Haar, krabbelt auf allen vieren auf das frische Laken, klopft sanft die Kissen zurecht, rollt sich auf den Rücken, faltet die Hände unter dem Kopf und sieht durchs Zimmer zu Jason hinüber. Sie beobachtet mit offensichtlicher Freude an kleinsten Bewegungen, wie er erneut sein Buch aufnimmt, die richtige Seite findet und ein Lesezeichen einlegt. Er steht auf, erwidert fast eine Minute lang ihren Blick ohne zu lächeln und lächelt dann, während er sein Buch auf den Tisch legt. Er zieht sich aus, hängt seine Hose über den Rücken des Lehnsessels und wirft die übrigen Sachen auf das Sitzpolster. Bevor er das Licht hinter dem Sessel ausknipst, blickt er noch einmal durchs Zimmer zu seiner Frau hinüber, deren gebräunter Körper munter und entspannt daliegt, ein Auf und Ab weich geschwungener Linien auf der großen weißen Leinwand des Betts. Seine Frau lächelt, vielleicht in einfühlsamer Erkenntnis des Vergnügens, das Jason an ihr findet. Er knipst das Licht aus.

In der Dunkelheit bleibt Jason einen Augenblick vor dem Sessel stehen. Das Bild seiner Frau, wie er es soeben gesehen hat, verblaßt langsam (wie wenn man am Strand liegend die Spiegelung der Sonne auf dem geschwungenen Rücken des Meeres betrachtet und dann die Augen fest zumacht, bis das Bild der gespiegelten Sonne seinen Glanz verliert, grün wird und sich dann langsam in schwebende ungewisse Assoziationen verflüchtigt), verwandelt sich nach und nach vom Bild ihres nackten Körpers, wie er die frisch gewaschenen Bettücher knittert, zu einem Bild von Schönheit an sich, unbestimmt und unstrukturiert, als tauche sie soeben aus einem tiefen ockerfarbenen Nebel auf, sei aber noch nicht eindeutig bestimmt, eine abstrakte Schönheit, die freilich das umwerfende Lächeln und die musikalischen Augen seiner Frau enthält. Jason, immer noch mit dem Gesicht zum Bett, geht stetigen Schritts darauf zu, die rechte Hand vorgestreckt, um in der Dunkelheit nach dem Bett zu tasten. Als er den Platz erreicht hat, wo er das Bett erwartet, ist er verdattert, daß er es nicht findet. Er geht wieder zurück und stolpert gegen … wogegen? die Kommode! Durch die Kommode neu orientiert, geht er wieder los und stößt nach einiger Entfernung gegen eine Wand. Er will nach seiner Frau rufen, doch da hört er sie plötzlich lachen: Sie spielt mir einen Streich, sagt er sich mit einem halben Lächeln. Kühn stapft er in Richtung des Lachens los, nur um – völlig überraschend – wieder beim Sessel zu landen! Er tastet nach der Lampe und drückt auf den Schalter, doch das Licht geht nicht an. Er drückt mehrere Male auf den Schalter, aber die Lampe funktioniert einfach nicht. Sie hat den Stecker herausgezogen, sagt er sich, ohne es allerdings wirklich zu glauben, weil er sich nicht vorstellen kann, warum sie das tun sollte. Noch einmal stellt er sich vor dem Sessel in Position und geht durchs Zimmer in Richtung Bett. Diesmal sind seine Schritte allerdings nicht zuversichtlich, ist er auch, obwohl er beinahe etwas Ähnliches erwartet, nicht weniger erschreckt, als er nicht beim Bett, sondern an einer Tür landet. Er tastet sich an der Wand entlang an einem Heizkörper und einem Papierkorb vorbei, bis er in einer Ecke landet. Er geht an der zweiten Wand entlang, arbeitet sich jetzt systematisch vor, hat aber noch keine fünf Schritte getan, als er das zärtliche Lachen seiner Frau direkt neben seinem Ohr hört. Er dreht sich um, und da ist das Bett... unmittelbar hinter ihm!

Obwohl er bei der merkwürdigen Suche alle Lust auf den Liebesakt verloren hat, gewinnt er sie bei ihrem frohen Lachen und der Berührung ihrer kühlen Schenkel im Dunkeln rasch wieder. Tatsächlich scheint das ganze Erlebnis, die dabei empfundene Angst und das Rätselhafte daran, ein neues Drängen hervorgerufen zu haben, einen beinahe brutalen Wunsch, einen Augenblick lang den Verstand mitsamt seinen Unzulänglichkeiten zu tilgen und der Leidenschaft, edel oder auch nicht, ihren gierigen Lauf zu lassen. Jason ist überrascht, daß seine Frau trocken ist, doch die Eingangspforte ist entspannt und gibt seinem beherzten Eindringen nach. In einem Augenblick des Erschreckens fragt sich Jason, ob dies wirklich seine Frau ist, aber da es gar keine andere Möglichkeit gibt, verwirft er seine Bedenken als absurd. Er beugt sich über sie, um sie zu küssen, und bemerkt dabei einen sonderbaren und unangenehmen Geruch.

In diesem Moment gehen die Lichter an, und der Kriminalinspektor und seine vier Beamten stürmen ins Zimmer.

«Also wirklich!» schreit der Kriminalinspektor und macht auf der Stelle halt. «Das ist ja *äußerst* widerlich!»

Jason sieht nach unten und muß feststellen, daß es wirklich seine Frau ist, die da unter ihm liegt, sie ist jedoch schon in Verwesung begriffen. Ihre Augen sind offen, aber glasig, starren ausdruckslos zu ihm hoch, aber weit hervorquellend, wie in Todesangst vor ihm. Das Gesicht ist gelblich und die Haut zu den Ohren hin gestrafft. Der Mund steht offen, zu einem sonderbar grausamen Grinsen verzerrt, und Jason sieht, daß das Zahnfleisch völlig ausgetrocknet ist und die Zahnhälse freigelegt sind. Die Lippen sind schwarz, und das blonde Haar, jetzt lang und verfilzt, liegt über dem Kopfkissen ausgebreitet wie ein Pissoirmop, den man zum Trocknen hingelegt hat. Um die Warzen ihrer verschrumpelten Brüste wächst irgendein haariges Zeug wie Schimmel. Jason versucht, sich verzweifelt von ihrem Körper zu befreien, muß aber zu seinem tiefsten Entsetzen feststellen, daß er feststeckt!

«Diese Frau ist seit drei Wochen tot», sagt der Kriminalinspektor mit echtem Ekel.

In dem Bemühen, sich zu befreien, prügelt Jason heftig auf die Schenkel ein, stößt ein Bein vom Bett, daß es ausgerenkt und schlaff herunterbaumelt und die langen gelben Zehennägel über den Parkettboden kratzen. Die vier Kriminalbeamten ergreifen Jason und zerren ihn gewaltsam vom Leichnam seiner Ehefrau herunter. Einen Augenblick lang folgt der Kadaver aufs grausigste Jasons Bewegungen, wie ein Blatt Papier einem Kamm folgt, nachdem man diesen durch Haare geführt hat; dann plumpst der Leichnam, durch sein Eigengewicht befreit, als schlaffer Haufen auf die arg verschmutzten Bettlaken zurück. Die vier Männer schleppen Jason zu dem Tisch, wo noch immer sein Buch mit dem Lesezeichen liegt. Sie pressen ihn gegen den Tisch, und der Kriminalinspektor zieht ohne Umschweife Jasons Genitalien flach auf den Tisch und klopft sie mit dem Griffstück seiner Dienstwaffe zu Brei.

Der Inspektor läßt Jason sich krümmend und windend auf dem Fußboden liegen und wendet sich ab, um mit seinen vier Kriminalbeamten im Schlepptau hinauszustapfen. An der Tür zögert er, dreht sich noch einmal zu Jason um. Eine Spur von Mitgefühl flakkert über sein Gesicht.

«Sie verstehen natürlich», sagt er, «daß ich, im strengsten Sinne genommen, keineswegs ein Traditionalist bin. Ich will damit sagen, daß ich keineswegs die Tradition *qua* Tradition als geheiligten Wert um ihrer selbst willen anerkenne. Andererseits reiche ich keineswegs denjenigen die Hand, die der Tradition von vornherein den Charakter eines heimtückischen Übels unterstellen und es deshalb für zwingend notwendig erachten, Sitte und Brauch mit Stumpf und Stiel auszumerzen. Ich persönlich bin, wenn Sie erlauben, überzeugt, daß es einen Mittelweg gibt, nach dessen Maßgabe wir einsehen, daß Neuerungen ihren besten Nährboden in Traditionen finden, die ihrerseits wiederum durch die Neuerungen gerechtfertigt werden, von denen sie ins Leben gerufen wurden. Mithin glaube ich, daß Recht und Brauchtum unverzichtbar sind, es allerdings ständig unsere Aufgabe bleibt, beides zu überprüfen und zu überdenken. Trotzdem möchte ich *bei manchen Sachen einfach loskotzen*!» Mit feuerrotem Gesicht dreht er sich zu den vier Kriminalbeamten um. *«Jetzt schafft endlich den beschissenen Leichnam weg!»* brüllt er.

Nachdem er sich die rosarote Stirn mit einem Taschentuch abgewischt hat, hält er sich dieses vor die Nase und dreht dem Bett den Rücken zu, während die vier Männer den verrenkten Leichnam von Jasons Frau an den Füßen wegzerren. Der Kriminalinspektor bemerkt das Buch auf dem Tisch, das Buch, das Jason gelesen hat, und geht hinüber, um es in die Hand zu nehmen. Es sind ein paar Blutspritzer darauf. Er blättert es mit der einen Hand rasch durch, während er mit der zweiten nach wie vor das Taschentuch vor die Nase hält, und obwohl auf seinem Gesicht verhaltene Neugier abzulesen ist, läßt sich nur schwer sagen, ob sie echt ist. Das Lesezeichen fällt neben Jason auf den Fußboden. Der Kriminalinspektor legt das Buch wieder auf den Tisch und geht aus dem Zimmer.

«Das Lesezeichen!» japst Jason verzweifelt, doch der Kriminalinspektor hört ihn nicht und will ihn auch nicht hören.

3 Der Bruder

genau hier genau hier in der Mitte von dem verdammten Feld sagt er will er das Ding zusammenbauen er und seine bescheuerten Ideen und also sag ich «wie zum Teufel willst du's runter ans Wasser bringen?» aber er schaut bloß an mir vorbei und läßt den Blick schweifen seine Augen rollen wie immer wenn er einen neuen verrückten Einfall hat und er sagt ich soll mir da mal keine Sorgen machen ob ich ihm bloß mal bitte helfen kann in Gottes Namen und weil er nicht weiß wie er es sonst rechtzeitig schaffen soll und obwohl man noch meschuggener sein muß als er um ja zu sagen sag ich ja daß ich selbstverständlich mitmach daß ich's immer tun würde verrückt wie mein Bruder ist hab ich nicht viel anderes gemacht seit ich auf der Welt bin und meine Frau sie sagt «ich kapier das nicht ich versteh einfach nicht wieso du immer das Kindermädchen für den alten Narren spielen mußt der hat doch weiß Gott noch nie was für dich getan und du hast hier genug zu tun die Felder müssen gepflügt werden das Jahr ist sowieso schon schlecht genug mein Gott und jetzt hebt dieser rotäugige Bruder von dir mal wieder ab wie 'ne verdammte Wolke und weil er keinen Schimmer hat was in aller Welt er anfangen soll baut er ein verdammtes Schiff auf dem Land mein Gott und was kommt als nächstes? du bist ein verdammter Narr laß dir's gesagt sein» aber packt mir trotzdem ein paar belegte Brote ein und auch für meinen Bruder der Himmel weiß daß *seine* Frau nichts mehr mit ihm zu schaffen hat und sagt er soll ruhig verhungern was sie angeht sie hat die Schnauze voll seit damals als er sie drei geschlagene Tage lang bei Regen und sonstwas draußen auf einem Hügel hat sitzen lassen weil er gesagt hat sie würde Gott sehen und sie hat überhaupt nichts gesehen und wäre fast auch noch krepiert vor Hunger nichts da außer Beeren und seine Jungs die sind auch nicht so helle aber zumindest fassen sie bei seinem verdammten Schiff mit an also sind's nicht bloß wir zwei Gott sei dank wenigstens *das* denn es ist ja kein gottverdammter Angelkahn den er da bauen will Tatsache ist daß es verdammt noch mal das riesigste Ding ist von dem ich je gehört hab und seit Wochen seit *Wochen* sag ich euch haben wir nichts anderes getan als Kiefern fällen und sie auf sein Feld schleppen was wirklich ziemlich hoch oben auf einem Hügel liegt und mein Gott das ist echte *Knochen*arbeit das kann ich euch sagen und meine Frau sie seufzt und sagt ich bin echt verrückt e-c-h-t verrückt und sie ist im vierten Monat schwanger und versucht meine Arbeit zu tun und die ihre auch und trotzdem wenn ich heimkomm nachdem ich den ganzen Tag lang Bauholz rumgeschleppt hab hat sie noch genug Mumm um mir die Schultern und den Rükken zu massieren und uns ein warmes Essen zu kochen das lange schwarze Haar hinten im Nacken zu einem Knoten zusammengebunden daß es ihr herrlich über den Rücken fällt und ihre Augen so sanft aber auch so müde mein Gott und ich sag zu meinem Bruder «schau mal ich hab 'ne Menge Arbeit um die Ohren Kumpel du mußt dieses idiotische Teil da selber fertigbauen ich will dir ja helfen soweit ich kann das weißt du aber» und er sieht beiseite und sagt «die ist total unwichtig deine Arbeit» und ich sag «das ist sie zum Henker noch mal nicht wie sollen denn meine Frau und ich was zum Beißen haben wie stellst du dir das eigentlich vor ich meine wo glaubst du denn kommt der Fraß her den du die ganze Zeit futterst Mann? du kannst schlecht das gottverdammte Schiff essen das hier bloß rumsteht um in der Dreckssonne zu verrotten» und er seufzt bloß tief und sagt «nein deine Arbeit ist einfach total unwichtig» und er hockt sich auf einen Felsen wirkt ganz erschöpft und starrt in die Ferne und sieht so aus als würde er um Himmels willen gleich losflennen also mach ich mich wieder ans Werk und schlepp ihm Holz hoch und er hat schon mit dem Kiel und den Spanten angefangen Gott weiß wie *ausgerechnet er* je mitbekommen hat wie man ein Schiff zusammenzimmert so weg vom Fenster wie *der* nun mal ist mein Gott er war zwanzig als ich zur Welt kam und das erste woran ich mich erinner ist daß ich ihn rumführen mußte damit ihm nicht irgendein verdammter Maulesel tritt ihn der nie irgendwas auf normale Art und Weise anpakken konnte der bloß ein fetter Wirrkopf von einem Riesenbaby war na ja jedenfalls steh ich also immer ein paar Stunden früher auf um mich um meine Landwirtschaft zu kümmern meine Frau verliert sonst noch das Baby wenn sie weiter so rumfuhrwerkt wie sie's getan hat und dann schufte ich an dem Schiff bis zum Sonnenuntergang und immer so weiter und die Tage derart heiß und trocken und meine Frau versorgt mich mit gutem Essen sonst wär ich mit Sicherheit aus den Latschen gekippt und egal was ich sag um aus dem Ganzen rauszukommen mein Bruder sagt bloß «du kommst jetzt und hilfst mit alles andere ist total unwichtig» und wir hämmern also immer weiter drauflos und mein Gott das verdammte Ding ist groß genug für hundert Leute und immerhin denk ich mir *immerhin* kann man drin wohnen und das gar nicht mal so übel immerhin taugt's zu irgendwas aber meine Frau sie seufzt bloß und sagt da wird nichts Gutes bei rauskommen und fährt mir mit der Hand durchs Haar aber sie bittet mich nicht mehr daß ich aufhöre mitzuhelfen weil sie weiß es nützt nichts und sie hat sich in letzter Zeit ein bißchen in sich zurückgezogen und macht sich bereit und immer noch schuften wir an dem verdammten Ding dem verdammten Schiff und die Tage vergehen und mein Bruder sagt wir müssen fester ranklotzen wir haben nicht mehr viel Zeit und ab und zu schafft er's daß ein paar Nachbarn kommen und mithelfen weil ihnen die Größe und die Neuartigkeit der Sache imponieren und sie darüber ein paar Witze reißen können aber sie bleiben nicht länger als einen Tag oder zwei und ziehen kopfschüttelnd ab und fluchen leise und sind sauer daß sie sich überhaupt haben breitschlagen lassen und ich ich kriege bloß die Hälfte meiner Felder bestellt und kümmer mich ums Vieh so gut ich kann meine Frau sorgt mehr fürs Viehzeug als ich kann aber zumindest werden wir nicht verhungern sagen wir wenn's nur ein bißchen regnet und endlich kriegen wir das verdammte Ding fertig mein Gott und wir schmieren's innen und außen mit Teer dicht und packen eine Art Phantasiedach obendrauf und ich geh nach Haus an jenem letzten Tag und ich werd nie wieder da hin gehen werd mich *nie mehr* zu irgendwas überreden lassen von ihm und ich stink tierisch nach Teer und meine Frau sie weint und weint und ich sag zu ihr sie soll sich mal keine Sorgen mehr machen ich werd jetzt immer daheim bleiben und auch ich weine ein bißchen aber sie merkt's überhaupt nicht weil sie bloß daran denkt wie einsam es für sie gewesen ist und wie schwer und überhaupt und einen Tag lang schlafe ich nur den ganzen verdammten Tag lang und den Rest der Woche schufte ich auf dem Hof und eines Tages kommt mir eine Idee und ich geh rüber zu meinem Bruder und hol mir ein paar Stücke Holz die übriggeblieben sind und wißt ihr was? da wohnen sie alle auf dem verdammten Schiff da mitten im nirgendwo er und seine Jungs und ein paar Frauen und die Frau meines Bruders ist auch da aber sie ist stinksauer und meckert an ihm rum er soll aus dem verdammten Schiff aussteigen und nach Haus kommen und er sagt sie hat bloß noch einen Tag dann kommt er und zerrt sie mit Gewalt aufs Schiff aber er sagt es nicht wie eine Drohung oder sonstwas eher wie eine Tatsache eine simple Tatsache daß er sie morgen mit Gewalt aufs Schiff zerrt na ja ich bin nicht der Typ der sich in Ehekrach einmischt weiß Gott also schnapp ich mir das Holz und zisch ab nach Hause und an dem Abend bau ich eine kleine Wiege 'n ziemlich hübsches Stück mit eingeschnitzten Tierfigürchen und glattgeschmirgelt und nach dem Abendessen schenk ich sie meiner Frau als Überraschung und sie weint und weint und umarmt mich fest und sagt geh nur nie wieder fort und bleib ganz nah bei mir und überhaupt und ich fühl mich so verdammt wohl und kuschlig warm dabei und bin so froh daß die Sache mit dem Schiff vorbei ist und wir holen uns bißchen Wein herauf und wir beschließen daß das Baby entweder Nathaniel oder Anna heißen soll und so trinken wir ein Gläschen auf die Gesundheit von unserem Nathaniel und wir lachen und wir seufzen und trinken ein Schlückchen auf unsere Anna und meine Frau sie streicht mit dem Finger zart über die Tierfigürchen und sagt sie sind wunderschön und das sind sie eigentlich nicht ich bin nicht besonders geschickt bei solchen Sachen aber ich weiß was sie sagen will und dann sagt sie «wo hast du denn das Holz her?» und ich sag «es ist noch vom Schiff übrig» und sie sagt ein Weilchen gar nichts und dann sagt sie «warst du denn heute wieder drüben bei ihm?» und ich sag «ja nur um mir das Holz zu holen» und sie sagt «was macht er denn jetzt wo das Schiff fertig ist?» und ich sag «komisch sie wohnen jetzt alle in dem verdammten Ding alle außer der Alten sie war auch da und hat ihn angeblafft daß er senil wird und wo er wohl glaubt daß er hinsegelt und ob er keine Angst hat daß er unterwegs mit einem Oktopus zusammenstößt und daß er lieber nach Haus kommen soll und er sagt sie spinnt wohl es ist doch überhaupt kein Wasser da und sie sagt genau das sagt *sie ihm* doch schon ein halbes Jahr lang» und meine Frau lacht und es ist das froheste Lachen das ich von ihr gehört hab in den letzten sechs Monaten und ich lache und wir beide trinken noch ein Gläschen und meine Frau sagt «also wohnt er da in dem Riesending ganz allein?» und ich sag «nein er hat seine Jungs bei sich und ein paar junge Mädchen die vielleicht die Frauen der Jungs sind oder so was ich hab keine Ahnung ich hab sie nie zuvor gesehen und alles mögliche Viehzeugs und Vögel und Sachen wie ich sie noch nie gesehen hab» und meine Frau sagt «Viehzeugs? was denn für Viehzeugs?» und ich sag «och alle möglichen Sorten keine Ahnung 'ne ganze verdammte Menagerie die das Schiff vollstopft und vollstinkt *du meine Güte* was für ein Saustall» und meine Frau lacht wieder und ist ein bißchen beschwipst vom Wein und sagt «ich wette er hat keine Schweine dabei» und «o doch ich hab sie mit eigenen Augen gesehen» sag ich und wir lachen und stellen uns vor wie die Schweine in der Riesenwanne rumwühlen und sie sagt «ich wette er hat keine Dohlen dabei» und ich sag «doch ich hab zwei gesehen oder vielmehr gehört man konnte ja kaum noch was anderes hören» und wir lachen wieder und stellen uns die ollen Krähen und seine Alte vor und die Schweine und alles und meine Frau sie sagt «*ich* weiß was er nicht hat ich wette er hat keine Läuse» und wir lachen beide wie verrückt und als ich wieder in der Lage bin sag ich «o doch hat er welche es sei denn er hat ein Bad genommen» und wir lachen beide bis uns die Tränen kommen und wir trinken den Wein aus und meine Frau sagt «schau mal ich *weiß* was er nicht dabei hat er hat keine Termiten» und ich sag «du hast recht ich kann mich nicht an Termiten erinnern vielleicht sollten wir ihm ein paar schenken» und meine Frau sie drückt mich an sich ist plötzlich ganz still und sagt «echt er bewegt sich echt Nathaniel bewegt sich» und sie legt meine Hand auf ihren dicken Bauch und der kleine Kerl strampelt mächtig rum und ich sag ein bißchen ängstlich «tut's weh? meinst du denn daß –?» und «nein» sagt sie «es ist alles gut» sagt sie und also sag ich mit meiner Hand auf ihrem Bauch «Prost Nathaniel» und wir trinken unsere Gläser bis zur Neige und wachen am nächsten Morgen auf und halten uns immer noch in den Armen und es regnet und *Gottseidank* sagen wir und weil es kräftig pladdert bleiben wir daheim und werkeln im Haus herum und wir sind froh weil der Regen genau rechtzeitig gekommen ist und am Abend riecht alles grün und frisch und köstlich und es regnet immer noch ein bißchen aber nicht zu schlimm also beschließ ich einen Spaziergang zu machen und geh zu meinem Bruder rüber weil ich mir denk ich frag ihn mal ob er ein paar zahme Termiten haben will für seine Sammlung und da bei Gott steht seine Frau oben auf dem Schiff und ich weiß nicht ob er sie mit Gewalt an Bord gezerrt hat oder ob sie zuletzt doch freiwillig mitgekommen ist aber sie sagt keinen Ton was verdammt ungewöhnlich ist und die Jungs sagen auch keinen Ton und mein Bruder der sagt auch keinen Ton sie stehen alle bloß da oben und stieren in die Ferne und ich brülle zu ihnen hoch «prima Regen was?» und mein Bruder er schaut zu mir runter wie ich da im Regen steh und immer noch sagt er keinen Ton sondern hebt irgendwie komisch die Hand und legt sie dann wieder auf die Reling und ich beschließe lieber doch nichts von den Termiten zu sagen und es fängt wieder stärker zu regnen an also dreh ich mich um und geh wieder nach Haus und ich erzähl meiner Frau was los war und meine Frau sie lacht bloß und sagt «sie sind *allesamt* verrückt er hat's endlich geschafft daß sie *allesamt* verrückt sind» und sie hat mir eine spezielle Pastete mit frischer

Fleischfüllung gebacken und so vergessen wir sie ganz aber bei Gott am nächsten Tag regnet es stärker denn je und das Wasser fängt schon an Pfützen zu bilden und nach einer Woche Regen seh ich schon daß die Ernte ziemlich im Eimer ist und ich hab meine liebe Not das Vieh zu füttern und meine Frau sie weint und klagt daß wir Pech haben und genausogut ein Schiff hätten bauen können statt all das Zeug anzubauen und immer noch kapieren wir das alles nicht ich mein wir kommen gar nicht auf die Idee nicht einmal als der Regen runtergeschüttet kommt wie ein Ozean den man ausgegossen hat und jetzt sammelt sich das Wasser allmählich in Seen richtig großen Seen und ums Haus steht das Wasser knöcheltief und sickert herein und bald wird die ganze verdammte Bude unter Wasser stehen und ich sag immer wieder vielleicht sollten wir rüber ins Schiff von meinem Bruder gehen bis sich das Unwetter verzogen hat aber meine Frau sie sagt «niemals» und dann fängt sie wieder an zu weinen bis ich schließlich zu ihr sag «wir können nicht so stolz sein ich geh hin und frag ihn» und so mach ich mich im Sturm auf den Weg und kann kaum sehen wo ich langgeh und rutsch manchmal aus daß mir die Suppe bis zum Hals steht und zuletzt komm ich zu dem Schiff und brülle hoch und mein Bruder kommt rausspaziert und glotzt zu mir runter und er sagt keinen Ton der Dreckskerl er glotzt mich bloß an und ich brülle hoch zu ihm und sag «he geht das in Ordnung wenn ich und meine Frau bei euch unterschlüpfen bis sich das Unwetter verzogen hat?» und immer noch gibt er keinen verdammten Muckser von sich er hebt bloß die Hand in derselben beknackten Geste und ich brülle ihn an «he du blöder Scheißer ich bin pitschnaß gottverdammich und meine Bude steht voll Wasser und meine Frau die kriegt demnächst ein Baby und die wird mir noch krank wenn sie naß bis auf die Knochen rumhockt und friert und das einzige worum ich dich bitte –» und genau in dem Moment während ich noch rede dreht er sich um und geht wieder rein ins Schiff und ich kann's kaum glauben ich bin doch sein Bruder aber er kommt nicht wieder raus und ich stell mich unter das Schiff und dresch mit den Fäusten drauf und schrei ihn an und beschimpfe ihn mit allen Beleidigungen die ich kenn und ich schrei nach seinen Jungs und nach seiner Frau und nach allen an Bord und kein Mensch kommt raus «DU GOTT*verdammter* MISTKERL» schrei ich aus Leibeskräften und schluchze halb und fühl mich elend und dann weil ich zu kaputt bin um noch irgendwas zu unternehmen dreh ich mich um und mach mich wieder auf den Weg nach Haus aber der Regen donnert jetzt wie verrückt runter und an manchen Stellen muß ich schwimmen und ich schaff's einfach nicht mehr weiter und da fällt mir ein Hügel in der Nähe ein und ich halte darauf zu und als ich da bin kletter ich auf den Gipfel und es ist ein gutes Gefühl wieder festen Boden unter den Füßen zu haben auch wenn alles schlammig und glitschig ist und ich kotz und würg da oben eine ganze Weile und kletter noch höher rauf und das nächste was ich weiß ist daß ich aufwach und der Regen pladdert mir noch immer ins Gesicht und das Wasser hat schon den halben Hügel überschwemmt und ich schau mich um und seh daß das Schiff von meinem Bruder schwimmt und ich wink dem Schiff zu aber niemand winkt zurück und dann schau ich rasch zu meinem Haus hinüber und alles was ich sehen kann ist das Dach und plötzlich krieg ich Angst Angst um meine Frau und ras los nach Haus muß die meiste Zeit schwimmen und weine und schreie und immer noch gießt es wie verrückt und jetzt na ja jetzt sitz ich wieder hier oben auf dem Hügel auf dem bißchen was noch davon übrig ist und ich schätz mal daß mir noch ein Tag bleibt wenn's so weiterregnet und es sieht nicht so aus als ob's aufhört und ich seh das Schiff von meinem Bruder nicht mehr futsch bloß Wasser wie *wie* hat er das nur gewußt? der Dreckskerl und doch muß ich ihm eins lassen es ist ja nicht schwer zu sehen wer hier verrückt ist ich kann mein Haus nicht mehr sehen und hab meine Frau einfach dringelassen da wo ich sie gefunden hab ich hab's kaum ausgehalten sie anzuschauen so wie sie war

4 *Im Bahnhof*

Um 21:27 kauft Alfred beim Bahnhofsvorsteher einen Fahrschein für den D-Zug um 22:18 nach Winchester.

Das ist Alfred: untersetzt, von der Arbeit gebeugt, buschiger weißer Schnurrbart auf der Oberlippe, das weiße Haar oben beinahe völlig weg, Gesicht und Nacken sonnengebräunt und ledrig, sieht aus wie etwa zweiundfünfzig. Er trägt einen altmodischen grauen Anzug, der ihm zu weit und vom Knie abwärts verdreckt ist, dazu ein blaues kariertes Hemd, ohne Krawatte, am Hals zugeknöpft, klobige lehmverschmierte Schuhe. In der linken Hand (mit einem Goldring) hält er seine fast quadratische Mütze mit weichem Schirm, während er mit der rechten den Fahrkartenkauf abwickelt. Er stopft den Fahrschein in die Manteltasche, hebt dann den kleinen Beutel hoch, der vor seinen Füßen liegt.

Der D-Zug um 22 : 18 nach Winchester: Er befindet sich gegenwärtig nicht im Bahnhof, und sonst muß dazu nichts weiter gesagt werden. Er dient hauptsächlich zur Personenbeförderung und hat Elektroantrieb, nebenbei bemerkt. Er fährt immer um 22 : 18 von Gleis 2 ab.

Wenn wir nun annehmen, daß sowohl Alfred als auch der D-Zug real sind (vom Fahrscheinkauf zu schweigen), dann mag es manchen vielleicht merkwürdig vorkommen, daß Alfred bei der Abfahrt des Zuges nach Winchester präzise einundfünfzig Minuten nachdem er seinen Fahrschein gekauft hat – also rechtzeitig – nicht im Zug sitzt.

Um aber zurückzukehren...

Nachdem er seinen Fahrschein erhalten und ihn mit der für alte Männer typischen Geste des Die-ganze-Hand-in-die-Tasche-Steckens weggepackt und seinen kleinen Beutel hochgehoben hat, schlurft Alfred mit schwerem Schritt vom Fahrkartenschalter die paar Meter zu einer Bank, die direkt auf die Zugangstür zu Gleis 2 und die darüber angebrachte Uhr blickt. Abgesehen von Alfred und dem Bahnhofsvorsteher ist der Bahnhof menschenleer. Ein paar Deckenlampen verbreiten trübes Licht. Eine nackte Glühbirne, die in einem grünen Metallschirm steckt, erleuchtet das kleine Büro des Bahnhofsvorstehers grell. Der Bahnhof riecht nach modrigem Holz.

Alfred legt seinen Beutel auf die Bank und setzt sich daneben. Beim Hinsetzen seufzt er, als sei schon der bloße Akt des Sichhinsetzens eine furchtbare Anstrengung für ihn. Als er sitzt, seufzt er ein zweites Mal und stiert dann unverwandt auf die Zugangstür zu Gleis 2, die Mütze auf dem Schoß haltend.

Hinter ihm schreibt der Bahnhofsvorsteher in ein großes, hochformatiges Hauptbuch und blickt dabei hoch zur Uhr über der Zugangstür zu Gleis 2. 21 : 29. «Angenehmer Abend», sagt er.

«Ja, recht angenehm», sagt Alfred. «Morgen regnet's vielleicht.»

«Zieht 'n Tiefdruckgebiet ein, hab ich gehört.»

«Jawoll. Gut für die Ernte, andrerseits», sagt Alfred.

«Viel Angeln gewesen in letzter Zeit?»

«Nein, leider nicht. Zu verflixt heiß zum Angeln.»

«Was hamse denn hauptsächlich erwischt?»

«Och, Barsche. Döbel.» Die ganze Zeit über stiert Alfred unentwegt zur Zugangstür zu Gleis 2, sitzt zusammengesackt und ausdruckslos da, die Mütze auf dem Schoß.

«Hah, Tatsache. Sie angeln Döbel, wie?»

«Jawoll», sagt Alfred. «Sind klein, schmeckn aber prima.»

«Jawoll, das tun sie. Tja. Und wie geht's der Familie?»

«Kann mich nich beklagen. Die Frau hat 'n bißchen gekränkelt, aber's geht ihr besser, seit's Sommer gewordn ist.»

«Oh? Nichts Ernstes gewesen, hoff ich doch.»

«Nein», sagt Alfred. «Bloß so 'ne Frauengeschichte.»

«Der Happen da sieht ziemlich lecker aus», fährt der Bahnhofsvorsteher mit leicht erhobener Stimme fort. «Hat Ihre Frau für Sie hergerichtet?»

Alfred hantiert nervös in seinem Beutel, zieht eine fettige braune Papiertüte hervor. Er holt daraus einen Apfel, ein Ei, ein Taschenmesser und eine in Wachspapier gewickelte kleine Hähnchenkeule hervor. Er legt den Apfel, das Messer und das Ei in seine umgedrehte Mütze, läßt die Papiertüte neben den Beutel fallen und packt das Hähnchen aus. Es ist bereits teilweise aufgegessen. Alfreds Hände zittern. «Jawoll ja», sagt er leise. «Sie is 'ne gute Köchin.» Er zögert, beißt dann entschlossen in das Hähnchen.

«Ein Mann hat Glück, wenn er 'ne gute Frau und gutes Essen und gute Arbeit hat», sagt der Bahnhofsvorsteher.

Alfred reißt ein Stückchen von der Hähnchenkeule ab und kaut es bedächtig, geistesabwesend. Bis jetzt hat er den Blick nicht von der Zugangstür zu Gleis 2 abgewandt. Die Uhr über der Tür zeigt 21 : 33. Er hört zu kauen auf, macht den Mund auf, als ob er etwas sagen wolle, tut dies aber nicht.

Der Bahnhofsvorsteher schaut ihn durch die Glasscheibe des Fahrkartenschalters an. Nach einem kurzen Weilchen sagt er: «Und 'ne...»

«Und 'ne...», sagt Alfred, den Mund immer noch voll mit halbgekauter Hähnchenkeule. Aber seine Augen blicken verdutzt, und er fährt nicht fort.

«Und 'ne gute...»

«Und 'ne gute Ehefrau!» ruft Alfred. Beide Männer lachen. Alfred fängt wieder zu kauen an.

«Tja, sieht ganz so aus, als ob der alte 22:18er heut abend pünktlich kommt», sagt der Bahnhofsvorsteher und wendet sich wieder seinem Hauptbuch zu.

«Prima», antwortet Alfred. «Prima. Möcht nich zu spät heimkommn. Nich Samstagabend.» Er wickelt die Hähnchenkeule in das zerknüllte Wachspapier, steckt es mit dem Apfel und dem Ei wieder in die Papiertüte. Der Apfel ist angebissen, und die Bißstellen sind braun geworden. Es ist geraume Zeit her, daß jemand an dem Apfel herumgeknabbert hat. Das Ei ist noch ganz. Alfred macht den Leinenbeutel auf der Bank neben ihm erneut auf, späht hinein, packt die Papiertüte zurück, macht den Beutel zu. Er seufzt. Dann bemerkt er das Taschenmesser, das noch in der Mütze in seinem Schoß liegt. Dumpf starrt er es an. Dann packt er mit einem Mal, als ob er erschrocken sei, das Messer, macht den Beutel erneut auf, wirft das Messer hinein, zieht den Beutel mit einem Ruck zu. Sichtlich mitgenommen, lehnt er sich zurück und kaut, erneut auf die Zugangstür zu Gleis 2 starrend, weiter mechanisch auf seinem nicht heruntergeschluckten Stück Hähnchenfleisch herum.

Beide Männer bleiben eine Zeitlang stumm. Schließlich klappt der Bahnhofsvorsteher sein Hauptbuch zu und schielt zur Uhr. 21:42. «Was machen die Tomaten dieses Jahr?» erkundigt er sich.

«Ach, prima wie man sich's nur denken kann. Sie brauchen halt – *schaun Sie!*» Alfred fährt plötzlich herum und blickt den Bahnhofsvorsteher gerade an, seine blauen Augen sind feucht, wie von Tränen. «Meinense nicht, daß ich diesmal vielleicht –?»

«Sie brauchen halt...» intoniert der Bahnhofsvorsteher sanft, aber bestimmt.

Alfred seufzt, wendet sich zurück zur Tür, kaut auf der Hähnchenkeule herum. «Brauchen halt 'n bißchen Regen», sagt er düster.

«Die ganze Gegend könnt 'n bißchen Regen brauchen», erwidert der Bahnhofsvorsteher.

Genau in diesem Moment, um 21 : 44, wird die Tür des Bahnhofs aufgerissen, und ein Mann stolpert herein. Er ist groß und dünn, hat ungekämmtes dunkles Haar, einen Dreitagebart. Armeehose, graues Unterhemd, Turnschuhe, die Schnürsenkel sind gerissen und zusammengeknotet. Mit sich bringt der Mann eine gewaltige Wolke von abgestandenem Alkoholdunst, und seine Augen, obwohl blau und fast nachdenklich, sehen auf kein bestimmtes Ziel. Er peilt eine Bank an, verfehlt sie, knallt gegen eine Wand. Dort angelehnt, holt er tief Luft, läßt die Augen nach oben rollen.

Alfred beobachtet ihn die ganze Zeit. Sein Gesicht ist kreidebleich geworden, seine Hände zittern. Der Bahnhofsvorsteher beobachtet Alfred.

«Geliebte Brüder!» plärrt der Eindringling, grinst einfältig und stemmt sich von der Wand weg auf die Beine. Er schwankt. «Das Thehema von meim Vortrach lautet...» Er knallt erneut gegen die Wand, schnappt nach Luft. Alfred sieht gelähmt zu. «Das Thehema... das Thehema... ach, *scheiß drauf*!» und der Mann taumelt von der Wand weg, bricht über der Rückenlehne der nächstgelegenen Bank zusammen.

Alfred schielt ängstlich zum Bahnhofsvorsteher hinüber, der ihn noch immer gelassen beobachtet, dann wieder zu dem großen Mann, der zusammengeklappt über der Bank hängt, dann hoch zur Uhr (21 : 54), wieder zurück zu dem Mann.

Der Fremde hebt langsam den Kopf, rappelt sich, indem er sich mit beiden Händen von der Bank abstützt, hoch, bis er halb aufrecht steht, schaut zu Alfred herüber, aber mit trübem Blick, ohne klares Ziel. «Vater unscher» grölt er, saugt dann die Spucke von seinen Lippen und schluckt sie herunter, «Vater unscher, der du bisch im Himmel... im Himmel... *er frisch seine gottverdammten Kinder auf*!» Und indem er verdutzt auf die Bank unter sich starrt, kotzt der Mann über die ganze Sitzfläche, purzelt dann zu Boden und bleibt dort mit den Händen über dem Gesicht liegen.

Alfred, der hektisch kaut, hantiert an seinem Beutel herum, sieht hoch zur Uhr. 22:01.

Der Mann am Boden schüttelt sich, quält sich dann mit großer Anstrengung auf die Füße. Seine Augen schielen, und ein langer Faden Erbrochenes tropft ihm aus dem Mund. Er wischt sich den Mund ab, läßt dann die Hände kraftlos seitlich herabbaumeln. Er krümmt sich, als verspüre er unwiderstehlichen Brechreiz. Sein Gesicht ist weiß wie ein Laken. Die Bartstoppeln auf seinem Kinn glitzern. Er tapst einen unsicheren Schritt auf Alfred zu, bleibt stehen, tut einen zweiten Schritt. Alfred zieht den Beutel auf. «So *helft* mir doch!» schreit der große Mann und schaut in diesem Moment Alfred an – dann gerät er ins Wanken, seine Augen rollen nach oben, und er kippt vor Alfred um. Alfred läßt den Beutel fallen, streckt die Hände vor, fängt den Mann im Fallen auf, bettet ihn sachte mit dem Rücken auf dem Fußboden. Vor Aufregung hat er versehentlich den Bissen Hähnchenkeule heruntergeschluckt. Er blickt schuldbewußt auf seine Hände, dann auf seine Füße. Seine Unterlippe zittert.

«Alfred!» schimpft der Bahnhofsvorsteher. «Alfred! Schäm dich, *schäm dich*!»

Alfred stehen Tränen in den Augen. Er hebt den Kopf und sieht hoch zur Uhr, wischt sich die Tränen aus den Augen. 22:13. Er stößt einen kurzen, gequälten Schrei aus, schnappt sich den Leinenbeutel, kramt verzweifelt darin herum. Er zerrt die Papiertüte heraus, stochert darin herum, wirft sie fort. Wieder kramt er in dem Leinenbeutel, zieht das Taschenmesser heraus, wirft den Beutel fort, beugt sich über den am Boden liegenden Mann. 22:14.

«Nun?» drängt der Bahnhofsvorsteher schroff. «Nun, Alfred?»

Alfred kneift die Augen zu, holt tief und verzweifelt Luft. Er schlägt die Augen wieder auf, läßt sich über dem Mann auf dem Fußboden in die Knie fallen. Er klappt die Klinge aus dem Messer, packt den umgefallenen Mann beim Haar. Abgehackt atmend schläft der Mann. Unter dem weißen Schnurrbart zieht Alfred die Lippen auseinander, beißt die Zähne zusammen. Ein leises tierisches Wimmern entweicht zwischen ihnen. Als müßte er gegen eine unsichtbare Hand ankämpfen, zwingt Alfred die Messerklinge nach unten, legt sie schließlich an den Hals des Mannes, zieht sie aber mit einem kurzen, gequälten Aufschrei gleich wieder weg.

«Es ist 22 : 16, Alfred», verkündet der Bahnhofsvorsteher ruhig. Draußen kann man die Ankunft des D-Zugs um 22 : 18 nach Winchester hören.

Das Messer fällt Alfred aus der Hand. Er weint. Er schlägt die Hände vors Gesicht.

Der Bahnhofsvorsteher kommt aus seinem Büro, kniet sich neben Alfred, hebt das Messer auf. «Jetzt schau mal zu, Alfred», sagt er. «*Schau zu!*»

Wimmernd und schluchzend schaut Alfred durch die Finger zu, wie der Bahnhofsvorsteher dem Fremden mit drei schnellen Schnitten den Kopf vom Rumpf trennt. Die Augen im Kopf werden plötzlich weit aufgerissen, der Körper zuckt einen Moment lang in Krämpfen. Blut sprudelt aus dem Hals des Mannes und verdreckt Alfreds Hose, wo er am Boden kniet. Alfred schluchzt in einem fort neben dem langgestreckten Körper, der noch immer in schwachen Eigenreflexen zuckt, während der Bahnhofsvorsteher den Kopf ins Büro trägt. Der Bahnhofsvorsteher kommt zurück, hievt den Leichnam auf die Schultern und schleppt ihn zur Tür hinaus. Man hört, wie der Kadaver eine Treppe hinunterpoltert.

Als der Bahnhofsvorsteher zurückkommt, kniet Alfred immer noch schluchzend auf dem Fußboden. Die Uhr über der Zugangstür zu Gleis 2 zeigt 22 : 18, und draußen hört man einen Zug schrill pfeifen und dann losfahren. Der Bahnhofsvorsteher blickt zu Alfred herunter, seufzt kurz, schüttelt den Kopf, geht dann zur Zugangstür zu Gleis 2. Dort steht ein Stuhl, welchen der Bahnhofsvorsteher jetzt unter die Uhr schiebt. Er klettert auf den Stuhl, öffnet das Glas, das das Zifferblatt schützt, und dreht die Zeiger, bis sie auf 21 : 26 stehen. Er steigt vom Stuhl, schiebt ihn zurück in die ursprüngliche Position, geht in sein Büro zurück. Alfred mustert die Uhr, schaudert, klaubt müde seine verstreuten Besitztümer zusammen und packt sie erneut in den Leinenbeutel. Der Bahnhofsvorsteher schlägt erneut sein Hauptbuch auf. Alfred geht mit der Mütze in der Hand hinüber zum Fahrkartenschalter.

5 *Klee tot*

Klee, Wilbur Klee stirbt. Ist vielmehr tot. Ich weiß, ich weiß: zu früh. Das sollte nach einem Paket hoffentlich raffinierter Vorbereitungen erst am Ende kommen: und mithin, geneigter Leser, wird Wilbur Klee in den Kreis seiner Väter aufgenommen. Doch was kann man machen? Er ist bereits von uns gegangen. Der Mann vom Einwohnermeldeamt hat mit gewohnter Eilfertigkeit die Akte geschlossen, unmittelbar vor der Mittagspause, um genau zu sein, und der Mann vom Einwohnermeldeamt ist als Herumscharwenzler im öffentlichen Dienst, der er nun einmal ist, nicht von der Sorte, die zulassen könnte, daß irgendein Querkopf den Lauf der Dinge durcheinanderbringt, wie er nun einmal ist und – wie unser Amtmann es ausdrücken würde – zu sein hat. Nicht einmal gegen eine Bestechung, jedenfalls gewiß nicht gegen eine, wie ich sie anbieten könnte, nicht einmal gegen Freikarten für den Zirkus. Kurzum, der Mann vom Einwohnermeldeamt ist ein griesgrämiger Dreckskerl völlig jenseits des Einflusses menschlicher Jammerlappen; und somit ist Klee unwiederbringlich tot.

In manchen Sprachen kann man sagen: *sich sterben*, beispielsweise: ich sterbe mich, du wirst dich sterben, er hätte sich gestorben und so weiter, womit einem listenreich der Gedanke nahegebracht wird, daß womöglich die eigene Hand dabei im Spiel gewesen ist. (Was, wenn ich dies nebenbei bemerken darf, bei Wilbur Klee der Fall gewesen zu sein scheint.) Aber unglücklicherweise beherrsche ich keine dieser anderen Sprachen – dann würde ich Ihnen weiß Gott nicht mein unerträgliches Deutsch um die Ohren schlagen –, und selbst falls ich eine beherrschte, wäre es unvorstellbar, daß ich sie fließend beherrschen würde, vor allem die Konjugationen, so daß meine Umschreibungen Sie ohnehin nur zum Lachen brächten und vergessen ließen, daß der springende Punkt eben ist, daß *Klee tot ist und es höchstwahrscheinlich selber getan hat*, zur Hölle mit Freunden, Familie, Geliebten, Arbeitgebern, Göttern, Ländern und sonstwem, der oder die irgend etwas mit ihm vorhatte. Vorausgesetzt, daß er tatsächlich mit irgend etwas aus unserer Aufzählung geschlagen war, und wer auf Erden kann bezweifeln, daß er das war?

Doch andererseits ist die alte Millicent Gee nicht tot, weder durch eigene noch durch fremde Hand. Vielleicht kennen Sie Millicent Gee überhaupt nicht...? Nun, ich kann Ihnen deswegen keinen Vorwurf machen. Sie wohnt, wenn man das so sagen will, in der State Street zwischen der Twelfth Avenue und der Fourteenth Avenue, wobei das Fehlen der Thirteenth Avenue eine bewußte Auslassung und keineswegs ein Versehen unserer Stadtväter war, die allen Grund hatten, Pech vorauszuahnen, wohnt dort in einem mehrstöckigen, unrenovierten Stadthaus. Millie, eine glaubhafte, wenn auch etwas heruntergekommene, bereits reichlich senile alte Dame, residiert mutterseelenalleine im Souterrain, zusammen mit ihrem alten Schafbock, den sie taktlos Lothario nennt, mit ihren brackigen Aquarien und ihrer gewaltigen – und für unsere Zwecke namenlosen – Heerschar untereinander vielfach verwandter Katzen, die Millie kleine Freuden aus zweiter Hand schenken, welche die tägliche Sorgenlast erleichtern helfen: kleine Ficker! Man hat Millie bisweilen gackernd lachen gehört (ihre Fenster stehen immer offen, ob Winter oder Sommer, kleine quadratische Fenster auf Bürgersteighöhe, und doch von innen oberhalb der Reichweite Millies, was die Tatsache erklären hilft, daß sie diese Fenster nie zugemacht hat – was bitteschön ist in dieser zusammengeschusterten Welt nicht hoffnungslos verhunzt?) und muß wohl annehmen, daß sich dies auf die Katzen bezieht. Die Fische sind schon seit einiger Zeit tot.

Was Millie auf den diversen Stockwerken oberhalb des Souterrains hält, kann man nur raten, und was mich angeht, so ist dies ihre Sache. Gerüchte sind reichlich im Umlauf, doch soll man ihnen nicht trauen. Vor allem: sie nicht ermutigen. Die Verfassung sagt genug über die Ausstreuung von Gerüchten, das muß meinerseits nicht erörtert werden. Dank sei Gott für die Verfassung. Was *auch immer* Millie da oben hält, eines jedenfalls ist sicher: Es ist wenig wahrscheinlich, daß es ein Mensch ist oder war. Das würde Millie keinesfalls zulassen. Und vielleicht ist da oben überhaupt nichts. Gewiß scheinen wir impulsiv dazu gedrängt, leere Räume vollzustellen, irgendein gottverdammtes Ding, irgendeinen x-beliebigen Gegenstand, ob real, eingebildet oder sonstwas, einfach hinzuknallen, wo jetzt erfreulicherweise nichts sein mag, eine friedliche Leere, unbefleckt und unbevölkert, und vielleicht ist dies genau das, was Millie da oben versteckt, wer weiß?

Aber damit wir nicht unserer eigenen Befangenheit auf den Leim gehen, muß soviel gesagt sein: Millie ist, allen gegenteiligen Versuchen zum Trotz, keineswegs vollständig von der Menschheit geschieden, und daher gibt es Grund anzuzweifeln, daß sie den ganzen Platz da oben sich selbst überlassen hat. Ihr Sohn – Gott weiß, wie sie zu ihm gekommen ist – spielt keine Rolle in ihrem Leben, offenbar aus eigenem Entschluß. Er wohnt nicht länger bei der alten Millie, sondern residiert woanders in einem Einzimmerapartment. Er kommt gelegentlich vorbei, um den je nach Jahreszeit gebotenen Andachtsübungen beizuwohnen, an denen er sich mit Laune und aller Liebenswürdigkeit beteiligt, adrett herausgeputzt in seinem kleegrünen Anzug und dem Zylinderhut mit der Straußenfeder, welcher, wie ich aus berufener Quelle weiß, etwas mit seinem Beruf zu tun hat und daher keinesfalls belacht werden darf. Es hätte, selbst wenn ich dazu in der Lage wäre, wenig Sinn, viel mehr über den Sohn zu sagen, er besucht seine Mutter nie, belächelt allein schon die Vorstellung von Pflichterfüllung oder Opfergaben und ist in Wirklichkeit vielleicht überhaupt nicht ihr Sohn, sondern lediglich das Opfer gutgemeinten, aber verbohrten Getratsches. Um die Wahrheit zu sagen, ich wünschte, ich hätte gar nicht erst die Rede auf ihn gebracht. Bitte vergessen Sie, daß ich ihn überhaupt erwähnt habe, wenn Sie können. Außerdem bin ich mir nicht völlig sicher, warum ich Ihnen eigentlich von Millie erzählt habe. Sie hat ganz gewiß nichts mit Wilbur Klee zu schaffen. Tatsächlich muß ich schon bei dem bloßen Gedanken daran lächeln, so ein altes, bewußtloses Omchen. Vielleicht war es lediglich, bevor ich mich Klee stelle, um Ihnen vorzuführen, daß ich eine Geschichte erzählen kann, ohne den Helden zu einem unheimlichen und spektakulären Ende zu bringen, und wer außer Millie könnte dieser Held schon sein? Doch aus welchen Beweggründen auch immer ich auf diesen Umweg kam, lassen Sie mich abschließend sagen: Gott schütze die alte Millicent Gee! Das ist das mindeste, was ich tun kann.

Was Wilbur Klee angeht, so habe ich auch über ihn nicht viel mehr zu sagen, wie Sie bestimmt gerne hören, nur dies: daß er von einem hohen Ausgangspunkt herabsprang und jetzt tot ist. Ich denke, Sie können meinen Worten vertrauen. Der Pudding beweist sich sozusagen beim Essen. Muß ich Ihnen denn sagen, von *welchem* hohen Ausgangspunkt die Rede ist? Ihre Fragen, mein Freund, sind töricht, eine Krankheit des westlichen Denkens. Andererseits, wenn Sie eine Kausalverknüpfung von Ursache und Wirkung annehmen wollen – daß er tot ist, *weil* er von einem hohen Ausgangspunkt heruntergesprungen ist –, nun, dann können Sie dies gerne tun, ich gebe zu, daß dieser Gedanke mir mehr als einmal gekommen ist und meine ganze Erzählung gefärbt hat. Fraglos gibt es *irgendeinen* Zusammenhang: Die immer noch feuchten Überreste von Klee liegen in ihren jetzt mehreren, unzusammenhängenden Einzelteilen um einen zentralen Punkt direkt unterhalb des hohen Ausgangspunkts verstreut, von dem er erst vor einem Moment gesprungen ist. Aber weiter möchte ich nicht gehen, danke schön. Ich lehne es ab, mich in eine dieser beinahe endlosen und zweifelsohne gelehrten Streitereien verwickeln zu lassen, welche die Weisen der Nation so in Trab halten und beschäftigen. Ich will das nicht bagatellisieren, ein jeder muß seinen Spaß haben, wo er ihn findet, es ist nur, daß man, wenn ich nicht vorsichtig bin, denken könnte, ehe man auch nur mit mir fertig wäre, Klee sei gestorben, um die Physik zu retten. Daß Klee tot ist, läßt allerdings weniger Raum für Einspruch: Er wird nie wieder derselbe sein, und nur die schlimmste morbide Gefühlsduselei könnte sich in Anbetracht seines gegenwärtigen Zustands noch eine passende Zukunft für ihn ausmalen. Hier ist also der Punkt, an dem ich unbeirrt an meinem Standpunkt festhalte: Klee ist tot. Was das übrige angeht, falls Sie wie ich glauben wollen, daß er sich selbst das Leben genommen hat, prima! Das macht es mir sicherlich leichter, das hier abzuwickeln. Aber ich werde mich nicht dogmatisch anstellen.

Wer war Klee, fragen Sie? Ich weiß es nicht, es ist mir auch egal. (*Falls* ich es wüßte, glauben Sie denn, ich hätte wegen einer Sache wie diesem – oder überhaupt einem – Todesfall mein Schweigen gebrochen? Wirklich, mein Freund, Sie tun mir unrecht und vergessen mein Gelübde. Obwohl das keine Herabsetzung ist. Ich gestehe, ich selbst vergesse es häufig.) Wilbur Klee war Wilbur

Klee, das ist der Ausgangs- und Endpunkt. Und vielleicht bin ich bereits zu kühn vorgeprescht, vielleicht heißt er gar nicht so, womöglich habe ich den Namen nur erfunden, höchstwahrscheinlich sogar angesichts meines merkwürdigen und prinzipienlosen Hangs zu Logogriphen – aber gleichwohl! Ob er nun so hieß oder auch nicht, der Name taugt ebensogut wie ein anderer.

Doch genug von Klee! Es ist an der Zeit, eine erste Auswertung vorzunehmen, an der Zeit, wie es die Schreiber von Bilderbüchern so enigmatisch formulieren, das Ganze zum Abschluß zu bringen und Aus und Amen zu sagen, aus den Wolken eine Prophezeiung herauszulesen und die Flatter zu machen... doch aus irgendeinem Grunde erinnert mich das Ganze an den Fall von Orval Nulin Evachefsky. Hoffen wir also auf irgendeine Verbindung, irgendwelche Erkenntnisse, und fahren wir fort.

Orval wurde genau heute vor zweiundvierzig Jahren als zweiter Sohn von Felix und Ilse Evachefsky auf einer kleinen Farm im Osten geboren, die Felix mit den Ersparnissen seiner verstorbenen, neu eingewanderten Eltern gekauft hatte. Orvals frühe Jahre verliefen ohne größere Ereignisse. Er war ein kräftiger, aber ängstlicher Junge von durchschnittlicher Intelligenz, durchlief die Porter County High School als beliebter Sportler und desinteressierter Schüler. Die Zeiten waren schwierig, die Welt war groß und respekteinflößend, die kleine Farm hoch verschuldet, also blieben Orval und seine beiden Brüder, Perk und Willie, der erste älter als Orval, der zweite jünger (die einzige Schwester Marge war verheiratet und lebte ein ganzes Stück entfernt in Huffam County), nach der High School zu Hause, um ihrem Vater zu helfen. Der alte Felix hatte seinen rechten Arm bei einem Unfall mit der Dreschmaschine verloren und hätte zweifellos auch noch die Farm eingebüßt, hätten nicht Perk, Orval und Willie mitangepackt. Er verlor sie sowieso, wie sich erweisen sollte, nicht viele Monate, nachdem alle drei Jungs während des Krieges zum Militär eingezogen wurden, da sie es versäumt hatten, sich als Farmarbeiter registrieren zu lassen. Felix starb zwei Jahre später als gebrochener und desillusionierter Mann, der gänzlich auf staatlichen Unterhalt angewiesen war. Trotzdem würden manche Leute sagen, daß er Glück hatte, weil er nicht lange genug lebte, um vom glanzlosen Tod im-

Dienste-am-Vaterland seiner Söhne Perk und Willie zu erfahren. Nur Orval kehrte aus dem Krieg zurück, allerdings nicht vollkommen unversehrt: Ein ansonsten wohlmeinender Kumpel hatte ihn mit einer gewissen Maggie Wilson bekannt gemacht, die ihn ihrerseits mit Treponema Pallidum bekannt gemacht hatte, und die Behandlung war langwierig und psychisch kräftezehrend. Nach seiner Entlassung hauste Orval mehrere Monate lang isoliert und unrasiert in der Wohnung seiner Mutter (sie war nach Felix' Tod hierher in die Stadt gezogen), und wäre die alte Dame nicht für alle äußeren Erscheinungen völlig unzugänglich gewesen, hätte sie bei ihrem Sohn leicht einen Hang zu morbider Melancholie feststellen können. Doch glücklicherweise ermutigte ein alter Freund Orval, die staatlichen Ausbildungsbeihilfen für ehemalige Armeeangehörige in Anspruch zu nehmen, und so besuchte Orval eine Wirtschaftsakademie, wo er alsbald – zumindest allem Anschein nach – seine Sorgen vergaß. Dort traf er Sissy Ann Madison, rettete sie vor dem Einerlei der Geschäftswelt und machte sie dafür mit dem Einerlei des Hausfrauenwesens bekannt, wenn auch nicht, ohne unmittelbar vor den Feierlichkeiten einige Wochen merkwürdiger und irrationaler Panik zu durchleben. Orval und Sissy Ann brauchten schmerzlich lange, ehe sie den Zustand erreichten, den die Leute vollkommene Eintracht nennen, und wirklich brauchten sie allzu lange für Sissy Ann, die wegen der Verzögerung immer nervöser wurde und gewiß eigene Lösungen gesucht hätte, wäre ihr genügend Einfallsreichtum beschieden gewesen. Einstweilen entwickelte sich Orval, obwohl ihm die meisten Kunstfertigkeiten des Geschäftsmannes und oft auch die Übertölpelungskünste skrupelloser Kollegen abgingen, allmählich zu einem verläßlichen und gewissenhaften Verkaufsspezialisten, untadelig loyal gegenüber seiner Firma und beschämend ehrlich bei seinen Verhandlungen. Dann, wie es oftmals geschieht, als Orvals Selbstvertrauen wuchs, fand Sissy Ann langsam mehr Gefallen an ihm und überraschte ihn schließlich mit entsprechender Ausgelassenheit am Abend vor ihrem neunten Hochzeitstag mit der Nachricht, ein Kind sei unterwegs. Eine Art Delirium befiel Orval. Er! Vater! Zum ersten Mal seit mindestens sechzehn Jahren dachte er an seinen eigenen Vater, jenen mürrischen, aber stolzen alten Mann, und am Tag nachdem ihm Sissy Ann die Neuigkeit berichtet hatte, spendierte er spontan jedermann in der Firma eine Zigarre, obwohl er noch beinahe acht Monate zu warten hatte. Nun, für dergleichen hat man in der Geschäftswelt Verständnis und nimmt es in aller Regel nicht gram. Orvals Verkaufsvolumen schnellte im Laufe der nächsten paar Monate auf schwindelnde Höhen, sein Selbstvertrauen erreichte einen neuen und aufheiternden Gipfel und kurzum, das Leben meinte es außerordentlich gut mit Orval Nulin Evachefsky... bis Sissy Ann eines Tages im Spätherbst, nur einen Monat vor der Entbindung, einen sonderbaren roten Fleck im Gesicht bekam. Sie dachte sich nichts dabei, obwohl ihr ein bißchen komisch war, doch dann tauchte am nächsten Tag ein zweiter Fleck auf, und allmählich machte sie sich Sorgen. Und doch war ihre Besorgnis die reinste Gelassenheit im Vergleich zu dem, was mit Orval passierte. Er brauchte gar nicht erst den zweiten Fleck, der erste reichte bereits vollauf, um alle die vergessenen und ungebeichteten Ängste seiner mißlichen Vergangenheit, insbesondere das grinsende Schreckgespenst von Maggie Wilson und ihren Spirochäten, heraufzubeschwören. Er taumelte, Hut und Aktentasche vergessend, vom Frühstückstisch und kam Stunden später zu sich, mit einem Stück kalten Toastbrot in der Hand in der Hafengegend herumstolpernd. Mit Hilfe von drei Gin Rickeys gelang es ihm, sich bis Abendanbruch zusammenzureißen und den Weg nach Hause zu finden, doch sein Schlaf wurde von entsetzlichen Visionen aus dem Reich der Biologie zerrüttet. Am nächsten Tag ging er, den zweiten Fleck auf Sissy Anns Gesicht kaum bemerkend, ohne Hut, Aktentasche, Kreditkarten oder Krawatte fort. Ob er ins Büro ging oder nicht, ist leider unbekannt. Doch um 12:47 fuhr Orval mit dem Aufzug in den siebenunddreißigsten Stock des Federal Building und sprang um 12:52 ohne das geringste Zögern aus einem Fenster auf der Westseite, spießte sich unten auf der Straße auf einer Parkuhr auf, zum immensen Schrecken der sechsunddreißigjährigen Schullehrerin Carlyle Smith, die gerade im Begriff war, einen Penny in die Parkuhr zu stecken. Unmittelbar bevor sie von Orvals Tod erfuhr, bekam seine Ehefrau Sissy Ann von ihrem Frauenarzt mitgeteilt, daß sie an einem ziemlich akuten Fall infektiöser Wundrose litt. Der

Arzt gab ihr eine Penizillinspritze in den Hintern und schickte sie ins Bett.

Nachdem ihr Mittagessen – ein unbeschreibliches Gemenge aus schwarzem Fleisch, grünlichbrauner Soße und dicken, pappigen Klumpen einer ungewissen, teigartigen Masse – endlich beendet ist, tauchen die Männer der Berufsfeuerwehr rülpsend aus Jenny's Kneipe mit Hausmannskost auf, überqueren den kleinen Platz und machen sich dann mit Fensterkittmessern und Plastikeimern voller Seifenwasser ans Werk, Klee ein für allemal aus unserem Gesichtskreis zu entfernen und damit, so hoffen wir, aus unseren Gedanken. Der Feuerwehrhauptmann, ein verhutzelter Karrierist mit Krähenfüßen, einer krummen, bläulichen Nase sowie stadtbekannter Reputation für eine enge Auslegung des Gesetzes, kreischt obszöne Kommandos in ein Mikrophon, das an eine Verstärkeranlage mit drei gewaltigen Lautsprechern und einem scheußlichen Heulton angekoppelt ist (ein vierter Lautsprecher ist zwar vorhanden, jedoch nicht angeschlossen).

Die wachsende Ansammlung von Zuschauern drängt sich eng um den Ort des sogenannten Unfalls, begafft mit erstaunlich ausdruckslosen Gesichtern die schwitzenden Feuerwehrleute in ihren schwarzen Regenmänteln. Einer von ihnen, ein Koloß von Feuerwehrmann, dessen Uniform im wahrsten Sinne des Wortes aus den Nähten platzt, stapft grimmig hinüber zum – wie nennt man das? – Aufprallpunkt, wo er sich gleichsam aus Protest gegen die herandrängende Menge mit ihren stumpfen Mienen bückt und unanständig furzt, was freilich, wie sich herausstellt, gänzlich unbeabsichtigt war: Obwohl die Menge sichtlich entzückt ist, läuft sein feistes Gesicht deutlich rot an, und er macht sich mit übertriebenem Eifer an die Arbeit. Dabei sammelt er lediglich in einem kleinen Beutel die Bruchstücke von Klees Gebiß ein, die über das Pflaster ausgestreut liegen wie ... äh ... wie Meilensteine en miniature, wollen wir sagen, die die Pfade des von Klee vergossenen Lebenssaftes markieren. Nun, wir könnten noch mehr sagen, doch das geht in gefährliche Richtung.

Beachten Sie freilich dieses Detail: Ein Fitzelchen Papier, völlig unleserlich und vielleicht sogar unbeschrieben, liegt, von einem Fingergelenk beschwert, nicht weit von uns entfernt am äußeren

Rand des Streuguts vom Hauptaufprall. *Ist es möglich, daß die destruktiven Elemente in Klees Wesen bereits eine ganze Zeit lang zwar wenig und wirkungsvoll – wenn auch mit großer Anstrengung – unterdrückt waren, Klee aber die Notizen und Themen, welche diese Elemente in verzweifelten Augenblicken hervorbrachten, perverserweise aufbewahrte und daß diese Notizen, allzu aufrichtig, allzu unbeantwortbar, letzten Endes entscheidend zu seinem unvermeidlichen, doch nicht weniger abrupten und verstörenden Ende beitrugen?* Hmmm, aber vielleicht offenbare ich hier nur meine Gutgläubigkeit. Denn das Stückchen Papier mag gut und gerne schon auf dem Pflaster gelegen haben, bevor Klee so melodramatisch des Weges kam, und wäre demnach ein Zufallsdetail ohne jede Bedeutung. Tatsächlich, ich gestehe, sieht es mehr wie ein Reklamezettel aus. Die Straßen liegen immer voll damit, heute mehr noch als sonst. Was ist das Leben letztlich anderes als eine Karawane lebensechter Fälschungen?

Alle Überreste von Klee sind nunmehr aufgeklaubt und in einen mit Wachstuch ausgeschlagenen Einkaufsbeutel gestopft worden – sonderbar, wie wenig von ihm übrig war, daß alles da hineinpassen sollte! –, und die Feuerwehrmänner schuften schwer mit Wasser und Scheuerbürsten. Ziemlich langweilige Sache. Kaum die Sorte Schauspiel, die Menschenmassen stehenbleiben läßt, besonders, wenn ein Zirkus in der Stadt gastiert, und es versteht sich von selbst, daß alle weitergehen. Das dürfen wir ebenfalls getrost. Bleibt nur noch zu sagen, daß Orval Nulin Evachefsky an einer Gemütsstörung litt, deren Charakteristika Melancholie und irrationale Schrecken waren, welche mehr oder minder im Griff gehalten wurden, ihn aber dann, als sie als Folge von Sissy Anns Flecken freie Gewalt über ihn bekamen, rasch zu seiner Selbstauslöschung drängten. Ob freilich Klees Selbstmord das Ergebnis eines bloßen Defekts in seinem privaten Denkvermögen war oder ob, einfacher, Denkvermögen *an sich* Klees Defekt ausmachte, das werden wir, wie ich leider feststellen muß, nie wissen. Und selbst wenn wir es irgendwie herausfinden sollten, obwohl ich mir es nicht vorstellen kann, selbst dann böte dies Klee verdammt wenig Trost. Letztendlich ist wohl das beste, was wir tun können, dem armen Pechvogel die tröstliche Verzerrung der Individuation zuzuschreiben, und ich für mein Teil habe das Gefühl, daß wir Besseres verdienen, egal ob das für Klee gilt oder nicht. Wir haben weiß Gott nicht den ganzen Heckmeck angezettelt, nur um einen tröstlichen Grabstein auszusuchen. Nein, nein, am Ende bleibt uns in Wahrheit so gut wie nichts: ein übersehener Eckzahn, die Verstärkeranlage, die immer noch heult, eine schmutzige und abgeknickte Straußenfeder, der leise Nachgeruch des Furzes des Feuerwehrmannes. Alleingelassen. Und gut und gerne fünfzehn oder zwanzig Minuten zum Fenster rausgeworfen.

Es tut mir leid. Was kann ich sagen? Selbst ich hatte mehr erwartet. Sie haben völlig recht, daß Sie wütend sind. Hier, nehmen Sie diese Freikarten, der Mann vom Einwohnermeldeamt, serviler Narr, der er nun einmal ist, wollte sie nicht nehmen, also können genausogut Sie hingehen. Ich bin Ihnen etwas schuldig, und das ist alles, was ich habe.

6 J.s Ehe

Es begann nicht anders, als man erwarten durfte. Nach einer exzessiven Zeitspanne hemmungsloser Selbsterniedrigung, ekstatischer Liebeserklärungen, Angst, Verzweiflung und totaler Unmöglichkeit jeder erdenklichen Art dauerhaften Glücks (allesamt von ihr erwidert und gewöhnlich ähnlich, wenngleich selten so heftig) entschloß sich J. zuletzt – oder vielleicht war er die ganze Zeit über entschlossen gewesen, der Rest bloße Poesie –, sie zu heiraten. Das brauchte also seine Zeit, doch es gab zugegebenermaßen ernstliche Hindernisse bei der Affäre: Zum einen war er wesentlich älter. Und obwohl sie gewiß intelligent und einfallsreich war – er war bei weitem umfassender gebildet. Wirklich wäre es nicht unfreundlich zu sagen, und er zwang sich, dies einzugestehen, wenn ihn seine vernünftigsten Augenblicke marterten, daß sie viele der schönsten Sachen, die er zu ihr sagte, nicht begriff oder vielmehr nicht den Sinn begriff, sondern nur das augenscheinliche Gefühl, das Drängen, die innige Bewunderung, die dahinterstand. Und bewunderte er wirklich sie oder vielmehr die Vergegenständlichung eines möglichen Bewundernswürdigen? Eine klare Antwort auf *diese* Frage traute sich J., offen gestanden, nicht zu. Und allgemeiner und mithin vielsagender gesprochen, waren alle seine ärgsten Befürchtungen über das letztliche Elend jeglicher Existenz, die unausweichliche Zerrüttung der Liebe, den immer rascher fortschreitenden Prozeß des körperlichen und geistigen Verfalls, die Torheit menschlicher Leidenschaft und so fort ja absolut real, waren wirklich mehr als Befürchtungen. Sie waren sein Los, das wußte er. Doch es gab keine Alternative außer dem Tod, also entschloß er sich, sie zu heiraten.

Zu seiner großen Verlegenheit war sie aber von seinem Antrag geschockt, zumindest dem Anschein nach, und bat sich Bedenkzeit aus. Erst viel später begriff er, daß eine völlig neue Befürchtung in ihr aufgekeimt war, eine Befürchtung, die zweifellos schon die ganze Zeit unter der Oberfläche geschlummert hatte, freilich stets von dem Verdacht besänftigt worden war, J. sei in Wahrheit nichts körperlich Greifbareres als seine Worte, Worte, die ihr bisweilen das Herz durchbohrten, wahr, das Blut in Wallung brachten, kraftvolle Worte, bisweilen sogar schmerzlich; doch ihre Kraft und ihr Schmerz nagelten einen nicht hilflos an die Erde, *konnten* dies gar nicht, konnten nicht wahrhaftiges Blut fließen lassen.

Da er damals jedoch ihr Verhalten falsch auslegte, wurde J. ärgerlich, forcierte er seine Zuneigung mit untypischer Mißmutigkeit. Sie rannte davon, fauchte ihn haßerfüllt an. Er zog sich zurück, verfiel in eine anhaltende und irgendwie morbide Melancholie, war außerstande, einen Hammer zu heben oder ein Sägeblatt zu bewegen. Sie knöpfte ihn sich vor. Sie weinte, umarmte ihn, versuchte pathetisch, alles zu erklären. Er legte dies wiederum falsch aus und erneuerte seine Attacke. Sie schrie erschreckt auf und floh. Erneut verfiel er in reuevolle Verwirrung. Er wurde krank. Sie pflegte ihn. Und so ging es fort, bis ihm, um es knapp zusammenzufassen, schließlich klar wurde, daß sie, obwohl sie ihn liebte und, abstrakt zumindest, eine gesunde Sehnsucht nach Mutterschaft hatte, nichtsdestotrotz allein schon bei der Vorstellung des Liebesaktes in helle Panik geriet.

Was war es? Ein Leben mit den irregeleiteten Mahnungen steinalter, verunstalteter Großmütterchen, den elenden alten Märchen vom Blut und den Torturen der Unterwelt (an die zu denken einen ja bereits die Position der Frau bei dem Vorgang zwang), oder ein frühes schlimmes Erlebnis, vielleicht ein dominanter Vater? Es war letztlich unerheblich. Denn im Augenblick des gegenwärtigen Handelns wird die Vergangenheit mit all ihren beunruhigenden Komplexitäten belanglos. Dies jedenfalls glaubte J., und sobald ihm die unmittelbare Ursache ihrer Probleme schließlich klar geworden war, verspürte er unendliche Erleichterung. Nicht nur sein Stolz war besänftigt, sondern was die Sache als solche anging, so stand nun ihrer Verehelichung nichts mehr im Weg. Auf der Ebene, auf der sie beide sich bewegten, so erklärte er ihr, die Stimme passend gedämpft, die Augen verdüstert und die Stirn gerunzelt – die Wahrheit war nun einmal die Domäne, wo er sie leiten konnte –, auf dieser Ebene könne man Sex nicht ohne Liebe begreifen, die Liebe freilich ohne jeden Bezug auf Sex charakterisieren; kurzum, das eine sei das Ganze, das andere ein bloßer Teil davon, der gewiß zur Vervollkommnung des Ganzen beitrage, aber nicht unerläßlich sei. Genauer, fügte er hinzu: Was immer ihre Bedingungen seien, er könne sich ein Leben ohne sie einfach nicht vorstellen, und falls sie beide später den natürlichen Akt der Liebenden gemeinsam vollziehen sollten, nun, um so besser natürlich, aber sie würden dorthin, sofern überhaupt, nur mit ihrer ausdrücklichen Ermutigung und ihrem ureigenen Tempo gelangen.

Alles, was er da sagte, war wahr (jedenfalls in diesem Augenblick), sie akzeptierte es, selbst wenn es die Verläufe menschlichen Handelns, soweit sie diese begriff, nämlich zweifellos genauer als er, außer acht ließ. Doch unabhängig davon und wesentlich wichtiger: Sie erfaßte mit einemmal, und zwar eher intuitiv als verstandesmäßig, daß sie bei diesem Mann – und möglicherweise bei keinem anderen – allzeit die Oberhand behalten würde bei dieser einzigartigen Angelegenheit des, obschon dies nicht ihr Wort war, Sex. Na schön, sagte sie. Na schön, ja, sie werde ihn heiraten, und nicht lange danach tat sie dies.

Ihre Hochzeitsnacht war wahrlich wunderschön: die Pracht der Feierlichkeiten, die stille Vertrautheit eines Spaziergangs zu zweit unter dem rätselhaften Licht eines gewaltigen Mondes, die unerwartete Wonne, die in der Spiegelung einer flackernden Kerze auf einer Karaffe alten Weines entdeckt wurde, schließlich das lautlose Weinen in den Armen des anderen während einer ganzen Nacht, die in ihren zahllosen Dimensionen unendlich schien. Kurz vor Sonnenaufgang fing J., der auf der Bettkante saß (beide waren natürlich bekleidet; es sollte noch eine Weile dauern, bis jene erste Kunst der Nacktheit erlernt wurde) und vor tiefempfundener Zärtlichkeit überströmte, an, seiner Angetrauten die Schläfen zu streicheln; mit dem ersten dünnen Lichtstreif des neuen Tages schlief sie neben ihm ein, und J. weinte erneut, weil er die Bedeutung und Wichtigkeit ihres Schlafes begriff.

Trotz all seiner Zweifel, Befürchtungen und seiner unterdrückten Ungeduld wegen der Einschränkungen, ganz zu schweigen von seiner allgemeinen Einschätzung des Universums, welche, wie bereits aufgezeigt, nicht gerade ermutigend war, genoß J. dennoch mehrere Monate lang ein unglaubliches Glücksgefühl. Alles fiel ihm jetzt erstaunlich leicht, jedes belanglose Detail des Daseins bereitete ihm enormes Entzücken: ein Trupp Ameisen beispielsweise oder die Farbe eines Holzscheits oder eines Kieselsteins, ihr Fußabdruck im Staub. Allein wenn er zusah, wie ihre Hand nach einem Becher griff oder einen Kamm ins Haar steckte, blieb ihm die Luft weg. Jede seiner Handlungen war ihr gewidmet, ihrer bloßen Existenz. Das Bett zimmerte er ihr mit eigenen Händen, den Tisch ebenso, auf dem es nie an Geschenken von ihr an ihn fehlte, kleinen Flöten und auch Püppchen, und die Stühle, auf denen sie saß, hatte er ebenfalls getischlert. Beinahe von Anbeginn an erlebten sie eine unaussprechlich schöne Gefühlsharmonie, und selbst das letzte und weiß Gott: *geringfügige* Hindernis zu ihrem vollständigen Glück schien gewiß am Ende ihrer allesverzehrenden Liebe anheimfallen zu müssen. J., der von seiner sexuellen Anziehungskraft überzeugt war, selbst bei seinem stolzen Alter, schließlich und endlich war er gar nicht so alt – nein, um sein Alter sollte man nicht allzuviel Aufhebens machen –, war geduldig, unendlich geduldig, und auch sie schien, zumindest die meiste Zeit über, ebenso begierig wie er, zur rechten Zeit ihre Ehe zu vollziehen.

Eines Abends, gerade vor Sonnenuntergang, stand J. zufällig unten am Meer. Er hatte vergessen, weshalb er dort war, vielleicht wollte er nichts weiter als vor dem Abendessen müßig umherschlendern, aber es schien doch ganz und gar notwendig, daß er dort sein *sollte*, just in diesem Augenblick, just als die sterbende Sonne zäh und tiefrot ins trübe Meer schmolz, just als die Berge in der Ferne schimmernd von Orangegrün zu Blau wechselten, just als die ersten Anzeichen der Nacht die Pinien über J.s Kopf weckten. Dies alles war nicht, *nicht* schön, nein, es wäre absurd, wollte man dieses oder sonst irgendein natürliches Gesamtbild als schön bezeichnen, aber es war, als *könne* es schön sein, als schlummere dort irgendwo latent die Möglichkeit von Schönheit, die vorher gar nicht existent gewesen war, also *irgendein Funke*, reine Illusion natürlich, aber – und da drehte er sich gerade rechtzeitig um und sah, wie ihm seine Frau auf dem Pfad entgegenkam. Gelähmt und angewurzelt stand er da, ohne ein Wort zu sagen, ganz und gar hingerissen von ihrer anmutigen Bewegung, vom blassen Licht, das über ihren schlanken Körper spielte, und vor allem von ihren Augen, die lächelnd seinen verlegenen Blick erwiderten. O mein Gott, ich liebe dich! konnte er mit Mühe flüstern, als sie nahe genug war, um es zu hören. Und in jener Nacht vergrub er in fiebrigem Jubel sein Gesicht zwischen ihren Brüsten und liebkoste sie, und sie ließ es geschehen. Dann endlich, überwältigt von einem Übermaß an Rührung, fiel er in einen tiefen Schlaf voller wunderbarer Träume, welche er sich später unglücklicherweise nie wieder ins Gedächtnis rufen konnte.

Ihre eigentliche zunehmende Vertrautheit vollzog sich in einer komplizierten Folge von Vorstößen und Rückstößen, die hier nicht einzeln aufgezählt werden müssen. In manchen Augenblikken sah sich J. massiv ermutigt, vielleicht durch eine urplötzliche Handlung ihrerseits, daß sie ihm über den nackten Rücken strich, wenn er eben über seine Drechselbank gebückt stand, daß sie seine Hand an ihren Busen drückte, sich weich in seine Arme schmiegte, während sie noch im Halbschlaf neben ihm im Bett lag. Doch bei anderer Gelegenheit schockte er sie unwissentlich, daß sie in Tränen ausbrach oder aus dem Zimmer rannte, oder er weckte sie auf, weil seine Hand allzu zudringlich auf ihrem Schenkel lag. Und tatsächlich sah es so aus, als seien seine ärgsten Befürchtungen gerechtfertigt gewesen, als müsse er tatsächlich den Rest seiner Jahre damit zubringen, sich schlaflos und gemartert neben ihrem prächtigen, aber gänzlich unempfänglichen Körper hin und her zu wälzen. Dann ertappte er sich dabei, daß er das Wasser beneidete, in dem sie badete, oder den Stuhl, den er schnitzte, damit sie sich darauf setzen konnte, ertappte sich dabei, daß er alleine dasaß und bitterlich weinte, das Gesicht in einem Kleidungsstück von ihr vergraben.

Doch dann, eines Abends nach dem Essen, ohne jede Vorwarnung, kam er ins Schlafzimmer und sah sie ausgezogen neben dem Bett stehen. Sie war erstaunlich schön, reizender, als er sich das in seinen quälendsten und bizarrsten Träumen ausgemalt hatte. Er schnappte nach Luft, traute seinen Augen nicht, ging einen schwankenden Schritt auf sie zu. Sie wurde rot, schlug die Augen nieder. Mit zitternden Fingern riß er sich das Hemd vom Leib, rannte zu ihr hin, drückte sie an seine Brust, nein, sie war keine bloße Erscheinung, er küßte ihr unter Tränen die Ohren, das Haar, die Augen, den Nacken, den Busen. Er war schier außer sich, hatte Angst, ohnmächtig zu werden. Seine Hände suchten verzweifelt, ungeschickt, glitten über ihren glatten Rücken, gruben sich tief zwischen – Nicht, sagte sie. Bitte nicht. Es lag an der Art, wie sie dies sagte, nicht etwa an den Worten, die offensichtlich bedeutungslos waren, sondern an der Art, wie sie die Worte *formte*, als würde sie diese mit höchstem Geschick und absoluter Gewißheit meißeln und wie mächtige Steintafeln zwischen sie stellen. Bestürzt suchte er einen Augenblick nach Worten, trat zurück und konnte nur noch stammeln: Ich begreife nicht –? Ich erwarte ein Kind, sagte sie.

Was in den Augenblicken und auch den Wochen, die sich dem anschlossen, folgte, ist natürlich eine altbekannte Geschichte und keine besonders unterhaltsame obendrein. J. wurde krank, litt häufig unter Fieberwahn, und sie pflegte ihn geduldig, bis er wieder gesund war. Sie zog sich jetzt unbefangen vor ihm aus, allerdings mit einer Selbstversunkenheit und Gleichgültigkeit gegenüber seiner Gegenwart, daß es einem jüngeren Mann, der nicht so lebenstüchtig war wie J., dauerhaft den Verstand geraubt hätte. Sie erklärte ihm schlicht, ihre Schwangerschaft sei ein Akt Gottes, und er sah sich gegen alles Geheiß der Vernunft genötigt zuzugeben, daß dem so sein mußte, konnte sich freilich nicht vorstellen, was einen Gott veranlaßt haben mochte, solch eine nutzlose und, nun ja, in gewisser Weise beinahe vulgäre Sache zu tun. J. dachte stets ausdauernd über alles nach, selbst über Bagatellen, die andere entweder vernünftigerweise ignorierten oder beobachteten und beim Beobachten sogleich wieder vergaßen, und über *das hier*, soviel ist gewiß, dachte er sogar noch mehr nach als gewöhnlich. Jeden Tag, während er niedergeschmettert im Bett lag, wälzte er die Sache im Kopf hin und her, und in fiebrigen Träumen entzündete das Mysterium sein Gehirn und löste hinter seinen Augen winzige schmerzliche Explosionen aus, die manchmal selbst dann noch anhielten, wenn er schon wach war. Doch kein noch so enormer mentaler Kraftakt ergab eine bedeutungsvolle Antwort; ihm war schlicht unvorstellbar, daß irgendein Gott sich dermaßen in die öden Privatangelegenheiten von diesem oder einem anderen menschlichen Wesen einmischen sollte, so unaussprechlich belanglos waren sie füreinander. Zuletzt gab J. einfach auf, schmiß es zu dem Rest der unerforschlichen Absurditäten des Lebens, und von dem Zeitpunkt an ging es ihm beinahe von Tag zu Tag besser.

Zu seiner Ehre muß man sagen, daß einer der Gründe, warum er langsam wieder gesundete, ihr sich verschlimmernder Zustand war. Sie sprach wenig darüber, verhielt sich ihm gegenüber so großzügig wie stets, lächelte nicht seltener, und doch konnte man ihr Leiden nicht übersehen, ob still oder nicht: Dies war nicht leicht und würde es nicht sein. Mitleid zwang ihn, sein eigenes Elend zu vergessen, und von Tag zu Tag schien er, obwohl man den Eindruck bekam, er altere sogar noch mehr, immer eindrucksvolleres Format zu gewinnen. Er verlegte sich mit neuem Eifer auf seine Zimmermannskünste, schaffte heimlich kleine Lebensmittelrationen als Versicherung gegen den herannahenden Winter für sie beiseite und lernte, viele der Aufgaben in seinen Tagesablauf einzubauen, die sie beide früher selbstverständlich als die ihren erachtet hatten. Der letzte Monat war besonders bitter, das große Unglück der Reise zur Unzeit, die merkwürdige Grausamkeit der Elemente und so weiter, doch sie nahm alles hin mit großer Beherztheit, größer sogar als seine, ertrug mit Würde die fleischzerreißende Agonie der Geburt, wand sich auf dem Lehmboden wie ein verendendes Tier, aber edel, schön. Es war – jener Augenblick der sonderbaren Geburt – J.s mystischster Augenblick, sein einziger unbestreitbarer Einblick in die Gesamtheit der Existenz, ein Einblick allerdings, den er später, unnötig zu sagen, widerrief, später im Licht seiner überreizten und geschundenen Emotionen begriff. Und es war auch der Höhepunkt seiner Liebe zu ihr; später entfernten sie sich leise und leidenschaftslos voneinander, bis J. in späteren Jahren außerstande war, sie sich oder einer anderen Person auch nur zu beschreiben.

Die Ehe an sich als formale Tatsache blieb bis zum Ende (in diesem Falle J.s) bestehen, was nicht früh erfolgte, blieb vor allem deshalb bestehen, weil nichts unternommen wurde, um sie zu beenden. Der Junge spielte in diesem Verlauf nur eine bescheidene Rolle, nahm selbstredend eine ganze Zeit lang die Aufmerksamkeit der Mutter in Beschlag, aber sonst nur wenig mehr. Was J. anging, so konnte er sich trotz seiner generellen Bereitschaft, den Jungen zu lieben, doch nie wirklich dazu bringen, dies rückhaltlos zu tun, und aus diesem oder auch aus anderen Gründen zeigte der Junge J. gegenüber von früher Kindheit an völlige Gleichgültigkeit. Auch gut; J. wurde es ohnehin allmählich zur liebsten Existenzform, wenn man ihn nicht weiter behelligte.

Eines allerdings passierte, obwohl der Vorfall vielleicht gar zu banal ist, um hier überhaupt berichtet zu werden, vielleicht nicht einmal wahr ist, wie zweifellos eine ganze Reihe von Leuten meinen, obwohl J. mit den ihm Nahestehenden freimütig darüber sprach (vielleicht hatte er es geträumt, er konnte dies nie abstreiten, es mochte einer von diesen wunderschönen Träumen aus jener früheren zauberhaften Nacht gewesen sein, die er vergessen zu haben meinte): nämlich daß J. ungefähr vier oder fünf Monate nach der Ankunft des Jungen endlich seine Ehe vollzog. Er hatte dieses Vorhaben ganz vergessen, aufrichtig gesagt, war soweit, das Leben, wie es eben sonderbarerweise war, unhinterfragt zu akzeptieren (eine Hinterlassenschaft seiner langen Krankheit und folgenden Heilung), hatte sich müde von der Arbeit schlafen gelegt, als sie ins Zimmer kam, die Brüste noch entblößt, weil sie das Baby gestillt hatte, und sich neben ihm aufs Bett setzte. Sie lächelte matt, vielleicht galt es nicht einmal ihm, er war sich nicht sicher, wollte es nicht einmal wissen, und dann fing sie an, ihre Brüste mit einem feuchten Schwämmchen zu waschen, das sie zu diesem Zweck mitgebracht hatte. J. stand beiläufig auf, wie er es schon viele Male getan haben mochte, nahm ihr den Schwamm aus den Händen (sie gab ihn bereitwillig, schläfrig her), wusch ihr die Brüste (es war merkwürdig, daß sie ihn so wenig interessierten: hatte er sie erst vor so kurzer Zeit in solch schrecklicher Verzückung geküßt? es war eigentlich sehr lange her) und dann den Nacken und den Rükken. Er zog sie aus, ihr erschöpfter Körper war willfährig, ging dann hinaus zum Brunnen, war selber immer noch ganz nackt (später kam ihm dies außergewöhnlich vor, es verlieh dem Ganzen jene Sonderlichkeit, die ihn an der Wirklichkeit des Geschehens zweifeln ließ), tauchte den Schwamm in frisches, kühles Wasser und ging zurück, um sie zu Ende zu waschen. Als sei dies nichts weiter als der Rest einer altvertrauten Prozedur, drang er anschließend in sie ein, hatte einen mehr oder minder zufriedenstellenden Erguß, drehte sich zur Seite und schlief bis zum Morgen. Sie war schon einige Augenblicke früher eingeschlafen.

J. starb, somit die Ehe beendend, viele Jahre später wenig anziehend mit dem Gesicht in einem Glas Rotwein auf einem Wirtshaustisch. Es war nicht besonders angemessen, da er nicht einmal im fortgeschrittenen Alter viel trank. Er hatte soeben zu jemandem, der in seiner Nähe saß, gesagt (und dabei seinen alten Wunschtraum für sich behalten, daß es damals ein Kind für ihn gegeben hätte, eine Art Zeugnis, das er hinterlassen konnte), das Leben habe sich genauso entpuppt, wie er es erwartet habe. Er war jetzt sehr ungeschickt bei seiner Tischlerei, litt an Schwindsucht, verlebte bereits ganze Tage, ohne sich nachher an sie erinnern zu können, pinkelte pünktlich jede Stunde und manchmal in die Hose, konnte weder einzeln noch zusammengenommen betrachtet irgendeinen Tag in seinem Leben begreifen, und so weiter, kurzum typisches Wirtshausgebrabbel, doch er fügte hinzu, das einzig Sonderbare, das er nicht genau vorhergesehen habe, und vielleicht sei dies ja das Wichtigste überhaupt, sei die Tatsache, daß trotz alledem nichts Tragisches daran sei, nein, nichts, worüber man sich groß aufregen sollte, im Gegenteil. Dann, ohne Übergang, eine geistige Schwäche, die in den späteren Jahren häufiger bei ihm auftrat, kam ihm ein eher untypischer Gedanke daran, wie sie, seine Frau, am Morgen nach der Hochzeitsnacht eingeschlafen war oder allem Anschein nach eingeschlafen war; er lachte auf (jenes schrille Röcheln alter Männer), daß die Person, die ihm zugehört hatte, erschrak, und starb dann, wie oben beschrieben, an einem Anfall schwindsüchtigen Hustens.

7 *Der Wandersmann*

Ich stieß auf der Straße auf ihn. Ich hielt an, stieg aus, ging schnurstracks hinüber zu ihm, wo er saß. Auf einem alten Meilenstein. Sein langer, verfilzter Bart war gelblich grau, seine Augen waren matt vom Straßenstaub. Seine Kleidung war von einer undefinierbaren Farbe und roch modrig. Er war keine angenehme Erscheinung, doch was konnte ich machen?

Ich blieb eine Weile vor ihm stehen, die Hände in die Hüften gestemmt, doch er beachtete mich nicht. Ich dachte: zumindest aufstehen wird er. Er tat es nicht. Ich wirbelte mit der Stiefelspitze ein wenig Staub zwischen uns auf. Der Staub sank zu Boden oder verschwand in der Schmutzansammlung des Mannes. Doch immer noch starrte er gedankenverloren vor sich hin. Abwesend. Vielleicht (dachte ich): gedankenlos. Und doch konnte ich sicher sein, daß er lebendig war, da er von Zeit zu Zeit tief seufzte. Er hat Angst, mich zur Kenntnis zu nehmen, schlußfolgerte ich. Das mag der Fall gewesen sein oder auch nicht, jedenfalls taugte die Überlegung zunächst als nützliche Hypothese. Die Sonne war stechend, die Luft trocken. Es war still, wenn man vom Verkehr absah.

Ich räusperte mich, trat von einem Fuß auf den anderen, zog umständlich mein Notizbuch aus der Brusttasche, klopfte geräuschvoll mit dem Bleistift darauf. Ich war entschlossen, meine Pflicht zu erfüllen, egal wie unerquicklich dies werden mochte. Andere Leute fuhren vorbei. Sie warfen mir ein bedauerndes Lächeln zu, das ich mit einem freundlichen Nicken erwiderte. Der Wandersmann trug einen schwarzen Schlapphut. Büschel gelbgrauen Haares lugten wie verdorrtes Getreide durch die Löcher darin. Ohne Zweifel wimmelte das Haar vor Ungeziefer. Noch immer wollte der Mann mich nicht ansehen.

Zuletzt hockte ich mich hin und schob mein Gesicht vor seinen stieren Blick. Langsam – schmerzlich, wie es schien – richtete er seine Augen auf die meinen. Sie schienen einen Moment lang aufzublitzen, doch ich bin nicht sicher warum. Es mochte ebensogut Freude wie Zorn sein, vielleicht auch Furcht. Nur dies: Seine Augen blitzten auf; sein Gesicht blieb schlaff und ausdruckslos. Und es war kein Funkeln, nichts, das man exakt hätte aufzeichnen können, es war nur das allerkürzeste Aufflackern, ein Aufglimmen. Dann wieder matt. Verschleiert, beinahe wie mit einer Art Schleim zugeschmiert. Und seine Augen verloren jede Blickrichtung. Ich weiß nicht, ob er in jenem kurzen Moment klarer Wahrnehmung meine Dienstmarke bemerkte oder nicht. Zu dem Zeitpunkt wünschte ich, daß er dies tue, denn dann konnte es keine weiteren Zweideutigkeiten mehr geben. Doch offen gestanden hatte ich meine Zweifel, daß er es tat. Er hat eine weite Reise hinter sich, dachte ich mir.

Ich war von der Mutmaßung ausgegangen, daß er Angst vor mir hat. Dies ist im allgemeinen eine verläßliche Mutmaßung. Jetzt spürte ich ernstliche Zweifel. Es mochte Ungeduld gewesen sein, schlußfolgerte ich, oder Wut – oder sogar: *Verachtung*! Der ungewohnte Gedanke versetzte mir einen Stich. Ich setzte mich in den Staub. Ich fühlte mich sonderbar leicht, entrückt. Ich nahm mir mein Notizbuch vor. Es stand nichts drin! Mein Gott! *Es stand nichts drin!* Hastig schrieb ich etwas hinein. Da! Schon nicht mehr so schlimm. Ich kam wieder zu mir. Einmal mehr vermutete ich, daß es Angst war. Dazu war ich in der Lage. Ich stand auf, klopfte mir den Staub von der Hose, hockte mich dann wieder hin. Und diesmal: mit einer gewissen Selbstsicherheit. Die Pflichterfüllung, das richtige Pflichtbewußtsein, das ist unser bester Lehrer: Mein Katechismus fiel mir langsam wieder ein. Der Wandersmann würde nicht länger im Vorteil sein.

Ich befragte ihn nach dem Woher und Wohin, bekam keine Antwort. Ich vermerkte sein Schweigen in meinem Buch. Ich schrieb das Wort *Stummheit* auf, radierte es dann wieder aus.

Wahr, ich hätte mir Gewißheit verschaffen können, brauchte lediglich die Stimmbänder abzuklopfen, doch bei der Aussicht, meine Finger in die Höhlen hinter diesem modrigen Bart zu stekken, wurde mir übel, zudem war die Frage nicht besonders dringlich. Überdies fiel mir daraufhin eine zweite Methode ein: Sofern es mir nur gelang, einen Laut aus ihm hervorzulocken, irgendeinen Laut, dann würde dies beweisen, daß sein Sprachapparat noch in Ordnung war. Natürlich ergab die Tatsache, daß er keinen Laut von sich gab, noch nicht den schlüssigen Nachweis von Stummheit, doch ich war zuversichtlich, daß ich irgendeinen Laut hervorlocken und damit dem Problem ein Ende bereiten könnte.

Ich schnallte mir das Gewehr vom Rücken und schob ihm den Lauf unter die Nase. Sein stierer Blick ging ungehindert am Gewehrlauf vorbei durch meine Brust und hinaus in den unendlichen Raum. Ich fragte ihn nach seinem Namen. Ich fragte ihn nach dem Namen des Präsidenten. Ich fragte ihn nach meinem Namen. Ich erinnerte ihn an den Ernst seiner Gesetzesübertretung und an meine unbegrenzten Machtbefugnisse. Ich fragte ihn nach dem Tag. Ich fragte ihn nach dem Ort. Er blieb eisern. Ich senkte den Lauf und stieß ihn ihm in die Brust. Der Lauf schlug heftig in die dicken Mäntel, die er anhatte, und irgend etwas zersprang, doch er sagte nichts. Nicht ein Mucks. Er zuckte nicht einmal mit der Wimper. Ich wurde zornig. Innerlich ermahnte ich mich zur Mäßigung. Und noch immer weigerte sich dieser alte Mann – ich sage *weigerte sich*, obwohl es vielleicht gar keine Frage des Willens war; tatsächlich *war* es dies auch nicht, *konnte es gar nicht* der Fall sein –, mich anzusehen. Ich senkte den Gewehrlauf und stieß ihn ihm in die Lende. Ich hätte ebensogut in ein Kissen stoßen können. Es sah so aus, als nehme er meine Anstrengungen überhaupt nicht zur Kenntnis.

Ich stand ungeduldig da. Ich wußte natürlich, daß viel auf dem Spiel stand. Wie konnte ich das etwa nicht wissen? Die Leute, die vorbeifuhren, zeigten jetzt weniger Mitgefühl, mehr Neugier, mehr – ja: mehr Mißbilligung. Ich spürte, daß ich unter dem Kragen in Schweiß ausbrach. Ich lockerte meine Krawatte. Ich brüllte den Mann an. Ich befahl ihm aufzustehen. Ich befahl ihm, sich hinzulegen. Ich fuchtelte ihm mit dem Gewehr vor der Nase herum. Ich befahl ihm, den Hut abzunehmen. Ich feuerte einen Schuß über seinen Kopf weg. Ich trat ihm Staub ins Gesicht. Ich trampelte mit meinen Stiefeln auf seinen papierdünnen Schuhen herum. Ich befahl ihm, mich anzusehen. Ich befahl ihm, einen Finger zu rühren. *Er rührte noch nicht einmal einen Finger!* Ich brüllte ihn an. Ich brach ihm mit dem Gewehrkolben das Nasenbein. Doch noch immer saß er da, saß da auf dem alten Meilenstein, saß da und starrte vor sich hin. Ich war so wütend, ich hätte weinen mögen.

Ich beschloß, eine neue Taktik zu versuchen. Ich kniete vor ihm nieder. Ich schob mich erneut in seine Blickrichtung – sofern man so etwas Vages überhaupt so bezeichnen konnte. Ich fletschte die Zähne. Ich befahl ihm, sich hinzusetzen. Ich befahl ihm, abwesend vor sich hin zu starren. Ich befahl ihm unter Androhung der Todesstrafe, die Augen nicht auf ein Ziel zu richten. Ich befahl, daß Blut aus der zu Brei geschlagenen Nase ströme. Er gehorchte. Oder vielmehr: Er blieb exakt so, wie er schon vorher gewesen war. Ich war nicht eben zufriedengestellt. Ich hatte mir eine gewisse Befriedigung erwartet, einen teilweisen Rückgewinn meines Selbstvertrauens, doch ich war enttäuscht. Tatsächlich war ich frustrierter als je zuvor. Ich sah die Leute, die vorbeifuhren, gar nicht mehr an. Ich wußte, daß sie mich mißbilligend musterten. Der Schweiß rann mir über den Rücken, so heftig spürte ich ihren Spott.

Ich biß die Zähne zusammen. Es war Zeit. Ich sagte ihm, wenn er nicht den Mund aufmachte, würde ich meine Befehle ausführen und ihn an Ort und Stelle erschießen. Meine Befehle, um genau zu sein, hatten diesen Ort nicht festgelegt, doch andererseits schlossen sie ihn auch nicht aus, und wenn er sich nicht vom Fleck rührte, welche Wahl blieb mir? Noch während ich ihn darum bat, den Mund aufzumachen, wußte ich, daß er es nicht tun würde. Noch während ich meine Worte wählte und aussprach, erwog ich bereits das alte Dilemma. Wenn ich ihn in die Brust schoß, war es gut möglich, daß ich danebenschoß oder das Herz nur streifte. Er würde langsam sterben. Es mochte mehrere Tage dauern. Ich bin zu menschlich, als daß mir diese Überlegung Freude machte.

Wenn ich ihn andererseits in den Kopf schoß, dann würde er gewiß augenblicklich sterben, doch das würde sein Antlitz scheußlich zurichten. Der Anblick verstümmelter Köpfe behagt mir nicht. Nein, gar nicht. Ich habe mir oft gedacht, daß ich für meinen Teil, wenn es soweit ist, lieber eine Kugel in die Brust verpaßt bekäme. Die Brust scheint mir weiter weg als der Kopf. Tatsächlich könnte ich beinahe Gefallen am Sterben finden, wenn mir gestattet wäre, langsam und träumerisch anzusehen, wie das Blut in einiger Entfernung aus meiner Brust hervorquillt. Umgekehrt bereitet mir der Gedanke an einen raschen, harten Schlag in den Schädel ewige Qual. In Anbetracht dieser Überlegungen schoß ich ihn in die Brust.

Wie ich befürchtet hatte, starb er nicht sofort. Zunächst einmal veränderte er sogar weder Gesichtsausdruck noch Lage. Seine Mäntel waren dick und zahlreich. Ich konnte die Löcher sehen, die die Gewehrkugeln gebohrt hatten, doch ich sah kein Blut. Was konnte das bedeuten? Ich wurde von einem plötzlichen, heftigen Fieberanfall der Ungeduld geschüttelt. Nur mit energischer Selbstbeherrschung konnte ich mich davon abhalten, ihm die Kleider vom Leib zu reißen, um die Wunde zu untersuchen. Ich dachte mir: Wenn ich jetzt nicht sofort Blut sehe, *entgleitet mir wieder alles*! Ich zitterte. Ich wischte mir mit dem Handrücken über den Mund. Dann, langsam, zeigte sich ein dunkler Fleck auf den Fetzen. Gerade noch rechtzeitig! Der Fleck wurde größer. Ich seufzte. Ich setzte mich zurück und legte das Gewehr quer über meine Knie. Jetzt galt es nur abzuwarten. Ich blickte von Zeit zu Zeit kurz zur Straße hinüber und nahm ohne weitere Umstände das anerkennende Nicken entgegen.

Der Fleck breitete sich aus. Es würde nicht lange dauern. Ich saß da und wartete. Bald waren seine Mäntel durchtränkt, tropfte das Blut zwischen seinen Knien den Meilenstein hinunter. Plötzlich sah er mir fest in die Augen. Seine Lippen bewegten sich, die Zähne kauten an seinem Bart herum. Ich hatte nur den Wunsch, daß er schnell aufhörte. Ich überlegte sogar, ihm ein zweites Mal in den Kopf zu schießen. Und dann machte er den Mund auf. Er sprach rasch, verzweifelt, ohne Punkt und Komma oder Satzstrukturierung. Lediglich ein unablässiger Ausbruch stumpfsinnigen Geredes. Er sprach von Konstellationen, Gelenkstrukturen, Mythologien und Liebe. Er sprach von Glauben und Lymphknoten, von Ausgrabungen, Kategorien und Prophezeiungen. Immer hastiger sprach er. Seine Augen glänzten. Harmonielehre! Blattbildung! Etymologie! Eingebungen! Leid! Seine Stimme wurde schrill. Immaterialität Vatermord Ideenbildung Hitzschlag Tugend Aussageprädikat – ich wurde ärgerlich und schoß ihm in den Kopf. Daraufhin fiel er endlich um.

Meine Arbeit war getan. Wie ich befürchtet hatte, sah er scheußlich zugerichtet aus. Ich wandte ihm den Rücken zu, schnallte mir das Gewehr sorgfältig auf den Rücken, knotete mir die Krawatte wieder fest. Erfolgreich verdrängte ich seinen gegenwärtigen Zustand und erlangte wieder meinen früheren Eindruck von ihm, als er noch unversehrt war. Dieser Eindruck war nur wenig besser, das gebe ich zu, und doch er war ein erster wesentlicher Schritt, den Mann gänzlich zu vergessen. Im Streifenwagen gab ich die Details des Vorfalls über Funk durch und bestellte das Entsorgungskommando zum Schauplatz. Ich fuhr ein Stück weiter die Straße hinunter, parkte, kritzelte die wichtigsten Angaben in mein Notizbuch. Den vollständigen Bericht würde ich später schreiben, sobald ich im Revier war. Ich vermerkte die genaue Uhrzeit.

Nachdem dies getan war, steckte ich das Notizbuch zurück in die Brusttasche, lehnte mich zurück und starrte abwesend aus dem Fenster. Ich war unruhig. Meine Gedanken waren noch nicht ganz frei von dem alten Mann. Bisweilen tauchte er vor meinem inneren Auge auf, größer als die Landschaft vor mir. Ich nahm an, weil ich mich auf sein Niveau heruntergebückt hatte: Meine Beweggründe waren selbstverständlich lobenswert gewesen, doch die Folgen solch einer Geste, sofern man sie zur Gewohnheit werden ließ, konnten sich verheerend erweisen. Ich würde dem in Zukunft aus dem Wege gehen. Das Gewehr stieß mir gegen die Wirbelsäule. Ich rutschte etwas tiefer, um dem Druck abzuhelfen, lehnte den Kopf an die Rückenlehne. Ich beobachtete den Verkehr. Nach und nach wurde ich ganz davon in Anspruch genommen. Er strömte gleichmäßig, friedlich, besessen von seiner ungebrochenen Eleganz und Präzision. Im Detail gab es Abwechslung, doch der Strom an sich war einheitlich. Einheitlich. Der Gedanke wärmte mich. Der Verkehr strömte weiter und immer weiter, und die unerfreulichen Bilder, die mich beunruhigt hatten, strömten mit ihm fort. Schließlich richtete ich mich auf, ließ den Motor an und fädelte mich in den Strom ein. Ich fühlte mich gelassen und glücklich. Ein Teil des Ganzen. Ich habe Gefallen an meiner Arbeit.

*D*er *A*ufzug

I

Jeden Morgen, ohne Ausnahme und ohne auch nur einmal bewußt darüber nachzudenken, fährt Kurt mit dem Aufzug in den vierzehnten Stock, wo er arbeitet. Auch heute wird er dies tun. Doch als er ankommt, findet er die Eingangshalle leer, das alte Gebäude noch erfüllt von all den ihm eigenen verblassenden Schatten und Verschwiegenheiten, trostlos, wenn auch stumm erwartungsvoll, und Kurt fragt sich, ob es heute nicht doch anders kommen mag.

Es ist halb acht: Kurt ist früh dran und hat den Aufzug ganz für sich. Er steigt ein: Was für eine enge Zelle! denkt er, wobei ihm der Schreck bis ins Mark fährt, und tritt mutig vor das Brett mit den numerierten Knöpfen. Eins bis vierzehn, plus «K» für den Keller. Spontan drückt er auf «K» – sieben Jahre und immer noch nicht im Keller gewesen! Er schnaubt verächtlich auf, daß er solch ein Angsthase ist.

Nach einem Augenblick der Stille gehen die Türen mit geräuschvollem Rumpeln zu. Die ganze Nacht Habtacht gestanden und auf diesen Moment gewartet! Der Aufzug sinkt langsam in die Erde. Weil die miefigen, unheilschwangeren Gerüche des alten Gebäudes ein unerklärliches Gefühl von Grauen und Verlust in ihm erregt haben, stellt sich Kurt mit einem Mal vor, daß er sich auf dem Abstieg in die Hölle befindet. *Tra la perduta gente,* jawohl! Ein leichtes Schaudern schüttelt ihn. Und wenn, so beschließt Kurt tapfer, wenn es nur so wäre. Das alte Gefährt bleibt mit einem durchdringenden Zittern stehen. Die automatische Tür geht gähnend auf. Nichts, nur ein Keller. Er ist leer und beinahe finster. Er ist totenstill und bedeutungslos.

Kurt lächelt innerlich über sich, drückt auf die Nummer «14». «Los jetzt, alter Charon», verkündet er vernehmlich, «zur Hölle geht's in der entgegengesetzten Richtung!»

2

Kurt wartete kläglich darauf, daß ihm der Gestank von Darmwinden in die Nase stieg. Immer dasselbe. Er tippte auf Carruther, doch er konnte es nie beweisen. Nicht einmal das leiseste Tönchen, das etwas verraten hätte. Aber es war Carruther, der stets den Reigen eröffnete, und obwohl die anderen Gesichter wechselten, war Carruther immer mit dabei.

Sie waren zu siebt im Aufzug: sechs Männer und das junge Mädchen, das den Aufzug bediente. Das Mädchen beteiligte sich nicht daran. Sie war gewiß gekränkt, aber zeigte nie auch nur eine Andeutung davon. Sie legte einen solchen Gleichmut an den Tag, daß nicht einmal die derben Anzüglichkeiten Carruthers ihn durchbrechen konnten. Noch viel weniger mischte sie sich in die ordinären Wortwechsel der Männer ein. Und doch waren diese, vermutete Kurt, bestimmt eine Qual für sie.

Und, ja, er hatte recht da war es, erst schwach, beinahe süßlich, dann allmählich immer dichter, ekelhafter, bedrückender –

«Heh! Wer ließ den Furz da furt?» kreischte Carruther und gab das Startsignal.

«Kurt ließ ihn furt, den Furz!» kam die unerbittliche Antwort. Und dann donnernd lautes Gelächter.

«*Was!* Läßt unser Kurt schon wieder einen furt?» grölte ein anderer, während das allgemeine Geheul mit gefletschten Zähnen und hochgezogenen Lippen allmählich eine immer engere Schlinge um Kurt zog.

«*Mönsch bitte,* Kurte! Mach Schluß mit dem Gefurte!» brüllte wieder ein anderer. So würde es weitergehen, bis sie aus dem Aufzug ausstiegen. Der Aufzug war klein: ihr Lachen füllte ihn aus, hallte von den Wänden wider. «Nicht so hurti, Kurti! Laß keinen Furz mehr *furti*!»

Ich bin's nicht, *ich bin's wirklich nicht*, beteuerte Kurt. Aber nur stumm. Es war zwecklos. Es war Schicksal. Das Schicksal und Carruther. (Mehr Gelächter, mehr brutales Gestichel.) Einige Male hatte er protestiert. «Mönsch, Kurt, du bist doch bloß bescheiden!» hatte Carruther gedonnert. Stentorstimme, Riesenkerl. Kurt haßte ihn.

Einer nach dem anderen stiegen die anderen Männer auf verschiedenen Stockwerken aus, hielten sich dabei die Nase zu. «Kurt, unser kurzer Furzer!» schrien sie dann allen Leuten zu, die ihnen beim Aussteigen entgegenkamen, und erreichten damit stets einen Lacher im ganzen Gang. Die Luft wurde mit jedem Öffnen der Tür ein kleines bißchen erträglicher.

Zuletzt war Kurt immer mit dem Mädchen allein, das den Aufzug bediente. Sein Stockwerk, das vierzehnte, war das oberste. Als das Ganze losging, vor langer Zeit, hatte er versucht, dem Mädchen beim Aussteigen einen entschuldigenden Blick zuzuwerfen, doch sie hatte ihm stets die Schulter gezeigt. Vielleicht dachte sie, er wollte sie auf die doofe Tour anmachen. Schließlich sah er sich gezwungen, immer nur so schnell wie möglich aus dem Aufzug zu verduften. Sie würde auf jeden Fall annehmen, daß er der Schuldige war.

Natürlich gab es eine passende Abfuhr für Carruther. Ja, Kurt kannte sie, hatte sie unzählige Male geprobt. Den Mann konnte man nur mit seinen eigenen Waffen schlagen. Und er würde es tun, bestimmt. Wenn es an der Zeit war.

3

Kurt ist allein im Aufzug mit der Fahrstuhlführerin, einem jungen Mädchen. Sie ist weder schlank noch dick, sondern füllt ihre orchideenfarbene Uniform aufs charmanteste aus. Kurt grüßt sie auf seine übliche freundliche Art, und sie erwidert seinen Gruß mit einem Lächeln. Ihre Augen treffen sich für einen kurzen Moment. Die des Mädchens sind braun.

Als Kurt den Aufzug betritt, drängeln sich freilich bereits mehrere andere Leute darin, doch als der Aufzug durch das alte, nach Moschus riechende Gebäude nach oben klettert, steigen die anderen, einzeln oder grüppchenweise, aus. Schließlich ist Kurt allein mit dem Mädchen, das den Aufzug bedient. Sie umfaßt den Steuerhebel, lehnt sich dagegen, und der Käfig müht sich ächzend nach oben. Kurt spricht sie an, erzählt einen gutgelaunten Witz über Aufzüge. Sie lacht und

Allein im Aufzug mit dem Mädchen, denkt Kurt bei sich: Falls dieser Aufzug abstürzen sollte, würde ich mein Leben opfern, um sie zu retten. Ihr Rücken ist gerade und grazil. Ihr orchideenfarbener Uniformrock sitzt eng, spannt sich unter ihren ausladenden Hüften, malt dort eine Art Höhle ab. Vielleicht ist es Abend. Ihre Waden sind muskulös und kräftig. Sie umfaßt den Steuerhebel.

Das Mädchen und Kurt sind allein im Aufzug, der nach oben steigt. Kurt konzentriert sich auf ihre runden Hüften, bis sie gezwungen ist, sich umzudrehen und ihn anzusehen. Sein Blick wandert gelassen über ihren Bauch, ihre eng geschnürte und mit einem Gürtel versehene Taille, über ihre strammen Brüste, trifft auf ihren erregten Blick. Mit geöffneten Lippen holt sie tief Luft. Sie umarmen sich. Ihre Brüste pressen sich sanft gegen ihn. Ihr Mund schmeckt süß. Kurt hat vergessen, ob der Aufzug nach oben fährt oder nicht.

4

Vielleicht wird Kurt den Tod im Aufzug finden. Ja, wenn er eines Mittags zum Essen gehen will. Oder zum Drugstore, um Zigaretten zu holen. Er wird im vierzehnten Stock auf den Knopf im Flur drücken, die Tür wird aufgehen, ein dunkles Lächeln wird ihn lokken. Der Aufzugschacht ist tief. Er ist dunkel und stumm. Kurt wird den Tod an seinem Schweigen erkennen. Er wird nicht protestieren.

Er wird *sehr wohl* protestieren! O Gott! egal was
das Gefühl der Leere unter dem Atem ein Ruck
Der Schacht ist lang und eng. Der Schacht ist dunkel.
Er wird nicht protestieren.

5

Kurt fährt wie immer und ohne auch nur einmal darüber nachzudenken mit dem Aufzug in den vierzehnten Stock, wo er arbeitet. Er ist früh dran, aber nur ein paar Minütchen vor der Zeit. Fünf andere Leute steigen mit ihm ein, man begrüßt sich. Obwohl er versucht ist, kann er das «K» nicht riskieren, drückt statt dessen auf die «14». Sieben Jahre!

Als die automatische Tür zugeht und der Aufzug seinen langsamen, klagenden Aufstieg beginnt, denkt Kurt zerstreut über die Kategorien nach. Dieser kleine Raum, so banal und so beengt, vermerkt er mit einer gewissen melancholischen Befriedigung, dieser Aufzug enthält sie alle: Ort, Zeit, Ursache, Bewegung, Größe, Stoff. Bliebe alles uns selbst überlassen, würden wir sie wahrscheinlich entdecken. Die Mitfahrer plappern mit selbstgerechtem Lächeln (schließlich sind sie pünktlich) über das Wetter, die Wahlen, die Arbeit, die heute auf sie wartet. Sie stehen allem Anschein nach unbewegt und bewegen sich doch. Bewegung: Vielleicht ist das auch schon alles. Bewegung und ihr Medium. Energie und Massepartikel. Kraft und Materie. Das Bild nimmt ihn völlig gefangen. Der Aufstieg und die passive Umgruppierung der Atome.

Im siebten Stock hält der Aufzug an, und eine Frau steigt aus. Nur ein Hauch ihres Parfüms bleibt. Kurt ist der einzige, der – bei sich, versteht sich – ihre Abwesenheit registriert, als der Aufstieg von neuem beginnt. Eine Person weniger. Doch die Totalität des Universums ist gesättigt: Jeder Mensch enthält es komplett, Verlust ist unvorstellbar. Dennoch, wenn das so ist – und ein kalter Schauder läuft durch Kurts Körper –, dann ist die Totalität gleichsam ein Nichts. Kurt betrachtet sich die vier verbliebenen Mitfahrer, und eine Welle des Mitleids wogt hinter dem Schauder heran.

Man muß stets der Möglichkeit des Handelns gewahr sein, führt er sich vor Augen. Aber anscheinend braucht ihn niemand. Wenn er doch heute die Arbeit für sie erledigen, ihnen die Gnade eines Tages der inneren Einkehr bescheren könnte…

Der Aufzug bleibt, an Stahlseilen schwebend und vibrierend, im zehnten Stock stehen. Zwei Männer steigen aus. Noch zweimal Halt, und Kurt ist allein. Er hat sie sicher hochgeleitet. Obwohl er wie stets in seiner unerbittlichen Melancholie befangen ist, lächelt Kurt, als er im vierzehnten Stock aus dem Aufzug steigt. «Ich freue mich, daß ich an all dem hier teilhaben kann», verkündet er mit lauter Stimme. Doch als die Aufzugtür hinter ihm zugeht und er den ins Nichts führenden Abstieg hört, fragt er sich: Worin besteht jetzt die Totalität des Aufzugs?

6

Das Stahlseil reißt im dreizehnten Stock. Einen Augenblick herrscht tödliche Bewegungslosigkeit – dann ein jäher, atemberaubender Fall! Das Mädchen, schreckensbleich, dreht sich zu Kurt um. Sie sind allein. Obwohl innerlich sein Herz vor Entsetzen seine Kammern zu sprengen droht, bleibt er äußerlich gefaßt. «Ich denke, es ist sicherer, wenn man auf dem Rücken liegt», sagt er. Er hockt sich auf den Boden, aber das Mädchen bleibt vor Schreck wie angenagelt stehen. Ihre Schenkel unter dem orchideenfarbenen Rock sind rund und glatt, und im Schatten – «Kommen Sie», sagt er. «Sie können sich auf mich legen. Mein Körper wird einen Teil des Aufpralls abfedern.» Ihre Haare kosen ihm die Wange, ihre Pobacken schmiegen sich wie ein Schwamm in seine Lenden. Sie weint vor Liebe, ist gerührt, daß er sich aufopfert. Um sie zu beruhigen, umklammert er ihren bebenden Bauch und streichelt das Mädchen sanft. Der Aufzug pfeift beim Fallen.

7

Kurt hatte im Büro Überstunden gemacht, die Sachen erledigt, die vor dem nächsten Tag abgehakt sein mußten, Routineangelegenheiten und doch Teil der ununterbrochenen Notwendigkeit, die sein Alltagsleben bestimmte. Kein großes Büro, Kurts Büro, obwohl er kein größeres brauchte, eigentlich sehr ordentlich, abgesehen von dem bescheidenen Durcheinander auf seinem Schreibtisch. Das Zimmer war nur mit diesem Schreibtisch und einigen Stühlen ausgestattet, Bücherregale bedeckten die eine Wand, auf einer anderen war ein Kalender angepinnt. Die Deckenlampe war aus, das einzige Licht im Büro kam von der Neonlampe auf Kurts Schreibtisch.

Kurt unterschrieb ein letztes Formular, seufzte, lächelte. Er fischte eine halbverbrannte, aber noch glimmende Zigarette aus dem Aschenbecher, zog tief an ihr und zerdrückte anschließend, mit einem zweiten langen Atemzug den Rauch ausstoßend, den Stummel energisch in der schwarzen Schale des Aschenbechers. Noch drückend und den Stummel im Häufchen der zerquetschten Filter im Aschenbecher hin und her drehend, schaute er träge auf seine Uhr. Er war überrascht, als er entdeckte, daß die Uhr schon halb eins zeigte – und stehengeblieben war! Schon nach Mitternacht!

Er sprang auf, rollte die Ärmel herunter, knöpfte die Manschetten zu, schnappte sich sein Sakko von der Stuhllehne, stieß die Arme in die Ärmel. Halb eins war schlimm genug – aber mein Gott! Wieviel *später* war es denn? Das Sakko erst zu drei Vierteln den Rücken hochgezogen und den Schlips ganz schief, stapelte er hastig die losen Blätter auf dem Schreibtisch und knipste die Lampe aus. Er stolperte durch das dunkle Zimmer auf den Flur, der von einer einzigen trüben gelben Glühbirne beleuchtet wurde, und zog die Bürotür hinter sich zu. Das dicke, solide Schloß dröhnte hohl im leeren Korridor.

Er knöpfte den Hemdkragen zu, zupfte seinen Schlips zurecht und den Kragen des Sakkos, der an seiner rechten Schulter eingeschlagen war, während er den Gang entlang an den anderen geschlossenen Bürotüren des vierzehnten Stocks vorbei zum Aufzug rannte, daß seine Absätze auf dem Marmorboden die Stille in Stücke zerhämmerten. Aus unerfindlichem Grund zitterte er. Die völlige Stille des alten Gebäudes verstörte ihn. Immer mit der Ruhe, sagte er zu sich; wir werden bald genug wissen, wie spät es ist. Er drückte auf den Knopf für den Aufzug, doch nichts passierte. Sag bloß, daß ich auch noch runterlaufen muß! brummte er bitter. Er drückte erneut auf den Knopf, fester, und diesmal hörte er unten ein feierliches Rumpeln, ein gedämpftes Pochen und undeutlich mahlendes Klagen, das nach und nach näher ächzte. Es hörte auf, und die Aufzugtür glitt auseinander, um ihn zu empfangen. Beim Eintreten verspürte Kurt ein plötzliches Verlangen, über die Schulter zurückzusehen, aber er unterdrückte es.

Sobald er eingestiegen war, drückte er auf dem Brett den Knopf mit der Nummer «1». Die Tür ging zu, doch der Aufzug fuhr weiter nach oben statt nach unten. Zur Hölle mit diesem alten Wrack! fluchte Kurt verärgert und fummelte wieder und wieder an dem Knopf mit der «1» herum. Ausgerechnet heute abend! Der Aufzug blieb stehen, die Tür ging auf, und Kurt stieg aus. Später fragte er sich, warum er das getan hatte. Die Tür glitt hinter ihm zu, er hörte den Aufzug nach unten fahren, bis das lustige Rumpeln in der Entfernung verklang. Obwohl es stockfinster hier war, schienen sich Gestalten zu formen. Obwohl er nichts deutlich erkennen konnte, war er sich absolut bewußt, daß er nicht allein war. Seine Hand tastete an der Wand nach dem Aufzugknopf. Kalter Wind packte ihn an den Knöcheln, im Nacken. Narr! verdammter Narr! schluchzte er, es *gibt* überhaupt keinen fünfzehnten Stock! Er drückte sich an die Wand, konnte den Knopf nicht finden, konnte nicht einmal die Aufzugtür finden, und selbst die Wand als solche war nur

8

Carruthers polternde Stimme dröhnte in dem engen Fahrkorb. «Kurt ließ ihn furt, den Furz!» ertönte die unvermeidliche Antwort. Die fünf Männer lachten. Kurt wurde rot. Das Mädchen täuschte Gleichgültigkeit vor. Der Gestank von Fürzen machte sich in dem stickigen Aufzug breit.

«Geh in dich, Kurte, verdammt noch eins, genug Gefurze!»

Kurt blickte sie unverwandt und gelassen an. «Carruthers fickt seine Mutter», sagte er mit Nachdruck. Carruther schlug ihn voll ins Gesicht, Kurts Brille zersplitterte und fiel zu Boden, Kurt selbst taumelte gegen die Wand. Er wartete auf den zweiten Schlag, doch es kam keiner. Irgendwer stieß ihm den Ellbogen in die Rippen, und Kurt rutschte zu Boden. Er kniete dort unten, weinte leise und tastete mit den Händen nach seiner Brille. Kurt konnte das Blut aus seiner Nase schmecken, das ihm in den Mund lief. Er konnte die Brille nicht finden, konnte überhaupt nichts sehen.

«Paß auf, Baby!» donnerte Carruther. «Furzer Kurte will man bloß schnell 'nen Gratisblick auf deine hübschen Unterhöschen werfen!» Donnerndes Gelächter. Kurt spürte, wie das Mädchen vor ihm zurückwich.

9

Ihr weicher Bauch schmiegt sich wie ein Schwamm in seine Lenden. Nein, es ist sicherer auf dem Rücken, Liebes, denkt er, aber schiebt den Gedanken beiseite. Sie weint vor Todesangst, preßt ihren heißen feuchten Mund auf den seinen. Um sie zu beruhigen, umklammert er ihre weichen Pobacken, streichelt sie sanft. So jäh ist der Fall, daß sie in der Luft zu schweben scheinen. Sie hat ihren Rock ausgezogen. Wie wird es sich anfühlen? fragt er sich.

10

Kurt fährt, ohne auch nur einmal darüber nachzudenken, automatisch mit dem Aufzug in den vierzehnten Stock, wo er arbeitet. Das Systematisieren, das ist der Fehler, beschließt er, das läßt sie hysterisch werden. Er ist spät dran, aber nur um ein paar Minütchen. Sieben andere Leute steigen mit ihm ein, besorgt, schwitzend. Sie blinzeln nervös auf ihre Uhren. Keiner von ihnen drückt auf den Knopf «K». Hastig werden Höflichkeiten ausgetauscht.

Ihre dümmliche Unruhe durchdringt die Atmosphäre wie ein böser Geist, befällt auch Kurt. Er ertappt sich dabei, daß er oft auf die Uhr schaut, wird ungeduldig mit dem Aufzug. Jetzt aber mal halblang, warnt er sich. Ihre ausdruckslosen Gesichter bedrücken ihn. Freudlos. Gehetzt. Tyrannisiert von ihrer eigenen willkürlichen Reglementierung der Zeit. Selbstverhängte Folter, dennoch höchstwahrscheinlich unentrinnbar. Der Aufzug bleibt mit einem Ruck im dritten Stock stehen, daß allen das fahle Fleisch im Gesicht zittert. Sie runzeln die Stirn. Niemand hat auf die drei gedrückt. Eine Frau steigt ein. Sie alle nicken, räuspern sich, machen kleine flatternde Handbewegungen, damit die Tür schneller zugeht. Sie alle sind sich der Frau mehr oder minder bewußt (sie hat sie aufgehalten, verdammt noch mal!), doch einzig und allein Kurt registriert – bei sich – ihre ganze Gegenwart, während sich der Aufzug weiter nach oben kämpft. Die Schürzung der Tragödie. Diese geht immer weiter, erzeugt sich stets von selbst aufs neue. Rauf und runter, rauf und runter. Wo soll das enden? fragt er sich. Das Parfüm der Frau hängt schwer in der miefigen Luft. Diese verunstalteten, eingeschüchterten Verstandes-Tiere. Schlimmes ertragend und nicht zu ertragen. Rauf und runter. Er schließt die Augen. Einer nach dem anderen verlassen sie ihn.

Er kommt allein im vierzehnten Stock an. Er steigt aus dem alten Aufzug, starrt zurück in seine verbrauchte Leere. Da, nur da herrscht Friede, beschließt er müde. Die Aufzugtür geht zu.

II

Hier in diesem Aufzug, meinem Aufzug, von mir erschaffen, von mir in Bewegung gesetzt, von mir verdammt, verkünde ich, Kurt, meine Omnipotenz! Am Ende packt die Verdammnis einen jeden! MEINE Verdammnis! Ich verhänge sie! ERZITTERT!

12

Der Aufzug kreischt irrwitzig, während er nach unten saust. Ihre nackten Bäuche klatschen aufeinander, Hände fassen einander, ihr vaginaler Mund umfängt sein steifes Organ wie ein Schwamm. Ihre Lippen versiegeln sich, ihre Zungen verknoten sich. Die Körper: Wie wird man sie finden? Innerlich lacht er. Er stößt nach oben, weg von dem herabstürzenden Boden. Ihre Augen sind braun und lieben ihn unter Tränen.

13

Doch – ach! – die Verdammten, alter Mann, die VERDAMMTEN! Was bedeuten sie uns, was MIR? ALLES! Wir lieben, ich liebe! Laß ihr Fleisch schlaff werden und ihre Halsfalten zittern, laß ihren Gestank zum Himmel steigen, laß ihre Grausamkeit Wunden reißen, ihre Dummheit Fesseln legen – doch laß sie lachen, Vater! AUF EWIG! Laß sie weinen!

14

aber holla! da kommt diesa kerl daher vastehste er steigt in den gottverdammten aufzug und is berühmt dafür daß ern dingensbumens hat fast einen meta fuffzig lang ich red echt kein quatsch ein meta fuffzig und er steigt in den – jawoll! kannste dir das vorstelln ein scheißa wie der und steigt in nen beknackten erotischn ich mein automatischn aufzug? harhar! nein ich hab keinen blassn schimma wie er heißt Karl glaub ich oder Kunz aber das problem is daß er imma bloß diesen verflixtn feigenzinker im kopf hat größer als olle Rahab vastehste – wassa damit macht? keine ahnung ich denk er wickelt sichs ums bein oder packt sichs auf die schulta oder sonstwas herjee*ßus*! was fürn problem! und wettn der hat mehr arme fleißige lieschen *totgemacht* als wo ich im leben mein armes würmchen reingesteckt hab! einmal war der sogar – hör mal! Carruther schwört daß es die reine beknackte wahrheit ist ich mein er *respektiert* den scheißa – der war sogar einer von den handorgelgöttern ich vageß wie sie heißen da drüben bei den itakern nach dem zwotn weltkrieg vastehste die dödels als die eines tags sahen wie der seinen meta fuffzig schlauch auspackt – er hat man bloß vasucht die beknackten knoten rauszutüddeln sagt Carruther – na da hamse gedacht der muß ein beknackta handorgelgott sein oda was und wolltn ihn gleich anstelln oder was man so mit nem gott macht und na ja Kunz denkt sich das is kein so schlechta job nich vastehste jedenfalls besser als mit dem teil ölbohrn in arabien oder in holland löcha in den deichen zu stopfn wie ers vorher gemacht hat also bleibt der scheißa ne weile da und die kleinen sonjas da in dem itakertreibhaus die schmiern ihn mit schweineschmalz ein oder mit olivenöl und dann packn sie alle gemeinsam wie ehrenjungfrauen an und zerrn ihn raus in die felder und sprühn die feldfrüchte ein und na ja Kunz er sagt *er* sagt so nah issa nie wieder am ringelpiez mit klumpatsch drangewesn herrjeeßus! die kichern sich die rübe runta! und sie schleppn ihm alle altn tanten und omis ran und er knackt sie mittenmang wie bei ne art supatolle euthanasie für die alten damen und er segnet all ihre beknacktn nachkömmlinge mit nem schwenker von seim dingensbumens und betreibt nebenbei nochn bißchen brunnengräberei aber er kriegt scherareien mit den katholikers weil er nicht beschnitten is und die wolln das teil glatt runtasäbeln aber Kunz sagt nee und sie können nicht richtig an ihn ran wegen dem satten rammbock den er da hat also zaubern sie ihm n paar wunda aufn buckel und schrumpeln ihm den alten ladestock mit weihwasser klein und heizn ihm den wonnekleister glühheiß daß er die felda versengt und eines tags sogar nen beknackten vulkan zum zündeln bringt und herr*jeeßus*! er verliert keine zeit und schmeißt sich das teil über die schulter und macht ne mücke bloß *weg da* ich sags dir! aber jetzt wie ich schon sagte is schluß mit den schäferspielen und er fährt im aufzug rauf und runter wie wir alle und da steigt er also in den vadammtn korb und n trupp von uns kackern kaspert mit dem miezeken rum das die mausefalle bedient rumpelt ihr üba den klasse podex so wie von ungefähr und du liebes bißchen sie wird ganz zappelig und heiß und schubst uns halb weg und holt uns halb ran und spielt an dem hebelchen rum *schwupp!* fetzt den Wolkenkratzer hoch und genau in dem moment packt ihr olle Carruther herrjeeßus der bringt echt schotn manchmal der durchgeknallte scheißa der packt ihr den lüttn lila rock hoch und hastenich gesehn! da hat die kleine sonja übahaupt keine scheibengardinen an! es ist echt *klasse* mann ich mein n süßes gespaltnes pfläumchen wie frisch aus nem obstgartn im sonnign süden und olle Kunz der arme der kichert halb und halb tuts weh und n minütchen lang kapiert der rest von uns übahaupt nich was die ganze aufregung soll doch dann ploppt plötzlich das ganze unglaubliche teil da unter sein kinn hoch und wackelt wie das beknackte auge gottes fixsakrament und dann hört man dieses laute irre reißen und mann! das teil da rauscht hoch und zischt raus wien beknackta tannenbaum der umfällt *dumeinegüte*! und knallt olle Carruther *karums*! voll auf den fußboden! sein besta kumpel und die arme kleine möse die wirft nen kurzn blick auf die unglaubliche nille da wie die rumfuhrwerkt und an die wände rumst und sie wird glatt ohnmächtig und herr*jeeßuss*! sie purzelt volle kanne auf den hebel von dem aufzug und mann! ne minute lang hab ich gedacht gleich sind wir *alle* mausetot

15 ...

Sie stürzen ins Leere, ihre feuchten Körper sind ineinander verschmolzen, prallen heftigst hoch und nieder, vor Todesangst, vor Glück, der Aufprall ist

Ich, Kurt, rufe gegen alle Verdammnis den unzerstörbaren Samen zum Herrscher aus

Kurt fährt nicht mit dem Aufzug in den vierzehnten Stock, wie er es gewöhnlich tut, sondern beschließt, nachdem er einmal und aus einer merkwürdigen Vorahnung heraus darüber nachgedacht hat, die vierzehn Stockwerke zu Fuß zu gehen. Auf halbem Weg nach oben hört er den Aufzug vorbeisausen und dann das splitternde Krachen von unten. Kurt zögert, bleibt unsicher auf einer Stufe stehen. Unergründlich ist das Wort, mit dem er sich schließlich zufriedengibt. Er spricht es laut aus, lächelt ein wenig, traurig, ziemlich müde, setzt dann seinen mühsamen Aufstieg fort, macht ab und zu kurz halt, um hinter sich die Treppe hinunterzustarren.

*D*ie *R*omanze vom dünnen *M*ann und der dicken *F*rau

Nun, gar manche Geschichte hat man bereits erzählt, gar manche Ballade gesungen vom dünnen Mann und der dicken Frau. Nicht allein liegt eine gewisse Komik in der Verbindung, sondern die hohe aufrechte und knochige Statur des Mannes sowie die zwiegespaltene Masse rosa Fleisches der Frau sind als solches allzu offensichtliche Metaphern, als daß man sie übersehen könnte. Um sich dessen sicher zu sein, muß man sich nur einmal eine dünne Frau als Gegenstück zu einem dicken Mann vorstellen. Das ist nicht grotesk, es ist nachgerade unerfreulich. Nein, die oftmals berichtete Paarung des dünnen Mannes mit der dicken Frau ist eine Zirkuslegende voller Wahrheit. Tatsächlich ist sie kaum mehr oder weniger als das grundlegende Bild all unserer geläufigen Alltagsromanzen, die ihrerseits, wir wollen es gestehen, irgendwie komisch sind. Wir sind samt und sonders dünne Männer. Ihr seid samt und sonders dicke Frauen.

Derartige Schlichtheiten sind freilich trügerisch; unsere Metaphern wenden sich gegen uns und zeigen uns ihre Kehrseiten, die so menschlich wie komplex sind. Seht sie doch nur einmal in diesem Augenblick an: Der dünne Mann hockt triefäugig und mit hängenden Schultern vornübergebeugt da, kommt einem nicht so sehr dünn als vielmehr krank vor, und die dicke Frau kauert düster selbstversunken und unbeweglich in ihrer Box. Ein Passant stupst sie spielerisch mit dem Daumen in den Oberschenkel, ein unschuldiges und alltägliches Vorkommnis, und sie spuckt ihm ins Auge.

«Sachte, meine Dame!»

«Mittenmang ins Auge! Ich hab's genau gesehen!»

«Was für 'n Zirkus isn das überhaupt?»

«Die ist wahrscheinlich gar nicht dick, die hat bloß aufgepumpte Plünnen an!»

«Komm, Liebes, geh nicht so nah ran an die dicke Frau, mit der stimmt was nicht.»

Kinder plärren, und Verliebte, merkwürdig verstört, kehren den beiden rasch den Rücken zu, begeben sich stracks zum Affenkäfig. Hoppla! Das Sinnbild all unserer Romanzen, in der Tat!

Doch vielleicht – ja doch! unbedingt! – sind die Zeichen unmißverständlich: Jemand Drittes hat sich dazwischengedrängt.

Madame Kobra, die Schlangenbeschwörerin?

Der unglaubliche Ulrich mit den Gummigelenken?

Der Tiermensch?

Nein, unser Dreieck verrät einen finstereren Geist. Unser Schurke ist der Zirkusdirektor.

«Wir haben immer gedacht, er versteht das. Wir haben nie ein Geheimnis draus gemacht. Das Leben im Zirkus ist prima, aber auch hart. Ein Mann muß schließlich und endlich ein Mann sein.»

«Schluß mit der Schlankheitskur, dicke Frau, sagt er. Das Schwein. Na schön, na schön, sag ich. Aber er glaubt mir nicht. Nimmt uns auf den Kieker! Hat man so was schon gehört?»

«Ich war drüben im Zelt vom starken Mann. Ich stemme fünfundzwanzig Pfund in die Luft, nicht übel für einen dünnen Mann. Ich bin ziemlich stolz drauf, und als er reinkommt, sag ich: He! Sehn Sie sich mal die Muskeln an! Ich zeig dir gleich mal Muskeln, sagt er und tritt mich kreuz und quer durchs Zelt. Das sollte er nicht tun. Ich hab 'n verdammt empfindliches Rückgrat!»

«Maßband, Kalorientabellen, Waage, einfach alles. Läßt seine Schweinsäuglein Tag und Nacht nicht von uns. Ich darf nicht schwitzen, mein Mann darf sich nicht anstrengen. Was bleibt uns denn da noch *übrig*?»

«Wie Tiere, so behandelt er uns. Wie Vieh. Kontrolliert ihre Zähne, hebt ihr die Meierei hoch, patscht ihr auf den nackten Podex, wenn sie auf der Waage steht. Hat einfach kein Herz. Sie weint, aber schert ihn das? Friß! sagt er. Friß! Man muß eine Frau eine Frau sein lassen, das ist meine Meinung.»

Es läuft also auf folgendes hinaus: Daß nicht einmal die allergrößten Helden von den Grillen der Mode frei sind. Der dünne Mann hat Muskeln ansetzen wollen, um seine dicke Frau in größere Erregung zu versetzen –

«Man kriegt auch mehr Ausdauer. Hat mehr Puste.»

Und die dicke Frau hat versucht abzuspecken, um ihrem Mann besser zu gefallen –

«Und ich mußte an mein Herz denken. Das verstehen Sie doch.»

Nun denn, wäre der Zirkusdirektor ein Philosoph, hätte er die Katastrophe abwenden können – denn in allen wahren Romanzen, und gewiß in der allerwahrsten von ihnen, darf eine Katastrophe nicht fehlen. Er hätte das Paar vielleicht mit dem simpelsten Syllogismus der Absurdität – ja der *contradictio* an sich! – von ihrem jeweiligen Wunsch überzeugen können. Aber weit davon entfernt, ein Philosoph zu sein, frönt der Zirkusdirektor dem niederträchtigsten aller Gewerbe (und daher ist er der denkbar beste Schurke!): Er ist ein Ganeff, ein Geschäftsmann, ein Finanzmann, ein Hüter der Hochheiligen Bücher.

«Philosophie! Philosophie wollen Sie haben? Ich geb Ihnen gleich Philosophie! Na schön, na schön, die beiden sind also romantische Symbole, das kapier ich, ich bin ja nicht doof, aber was sie symbolisieren, Freundchen, ist keineswegs die Schönheit. Genau wie dieser alte Betrüger Merlin, der Taschenspieler, sagte, als er ankam und mir Honig um den Bart schmieren wollte: Wer kann den beiden denn einen Vorwurf machen, wenn sie sich ihre eigenen Symbole suchen? In uns allen steckt irgendwas drin, Herr Zirkusdirektor, sagt er, das gegen die Extreme aufbegehrt. Zum Henker, dem kann ich folgen. Und ein Symbol zu *sein*: Wer hat da schon Bock drauf? Narzißmus, weiter ist es nichts. *Aber was zum Geier meinen Sie denn, wozu so'n Zirkus gut sein soll?* Philosophie! Philosophiern Sie mich doch am Arsch! Und das gleiche gilt für die menschliche Natur! Soll ich mir etwa mein gottverdammtes Geschäft kaputtmachen? Hören Sie mal! Wäre die dicke Frau nicht die dickste überhaupt und der dünne Mann nicht der dünnste auf der ganzen Welt – jetzt reden wir Tacheles, Kumpel –, dann würde kein Mensch Eintritt bezahlen, um sie anzuglotzen.

Wo bleiben denn dann alle Ihre gottverdammten edlen Abstraktionen, wenn der Zirkus bankrott geht und wir alle auf der Straße sitzen? *Anpassung,* Jungs und Mädels! *Zweckdienlichkeit!* Und zum Henker mit der Natur!»

Die Sache läuft aber nicht so gut, wie sich der Zirkusdirektor gedacht hat. Die dicke Frau verliert vor lauter Kummer den Appetit und beginnt dahinzuschwinden. Der dünne Mann hört ganz und gar auf zu essen und muß den ganzen Tag lang mit Stützen aufrecht gehalten werden. Und selbst den Zirkusdirektor, der normalerweise ein robustes, wenn auch unerfreuliches Naturell hat, befällt in den langen qualvollen Nächten am Sorgenbett des Paares eine unerklärliche Ruhelosigkeit.

«Sie kann nicht schlafen, die arme liebe. Wimmert die ganze Nacht. Ich versuche sie zu beruhigen, so gut ich kann, aber mir sind sozusagen die Hände gebunden.»

«Ein einziger Quietscher der Matratze, und das Licht geht an!»

«Der Mann hat 'ne Meise!»

«Er glotzt meinen Mann an und sagt: Das ist ein Muskel zu viel! Und schüttet gleich kaltes Wasser drauf –»

«Die ganze Nacht in einem pitschnassen, eiskalten Bett!»

Zuletzt handelt der Zirkusdirektor einen überaus günstigen Tauschvertrag mit einem konkurrierenden Zirkus aus, durch den er für die im Schwinden begriffene dicke Frau einen Abgesandten vom Mars und ein bescheidenes Sümmchen Bargeld einhandelt. Noch ein paar Wochen, denkt er bei sich, und sie wäre keinen Pappenstiel wert gewesen. Haha! Ein wunderbares Geschäft, ein Geniestreich! Mit leisem (und ohne Zweifel fiesem) Kichern sinkt er in jener Nacht in einen angenehmen Schlummer, den ersten seit Wochen, während das Bett neben ihm aufs heftigste im Trennungsschmerz der verzweifelten Liebenden erbebt.

«Das war nicht Mord, das war eine Revolution.»

«Eine Revolution der *Liebe*!»

Wie ein Mann erhebt sich um Mitternacht die ganze Belegschaft des Zirkus –

«Jetzt!»

«Freiheit!»

«Gleichheit!»

«Macht ihn fertig, den dreckigen Lustmolch!»

– und exekutiert und verscharrt den Zirkusdirektor am Rande der verlassenen Landstraße (wobei er gleich noch symbolisch kastriert wird – Zirkusleute besitzen einen angeborenen Sinn für Symbolik!), um sodann die dicke Frau und den dünnen Mann als Sprecher und Repräsentanten des gemeinschaftlichen Eigentums zu ernennen.

«Wir waren uns alle einig. Tatsächlich erfuhren es der dünne Mann und die dicke Frau als letzte.»

«Ein Abgesandter vom Mars! Hat er denn gedacht, daß wir keinen Funken Stolz im Leib hätten?»

Jetzt also herrscht im Zirkus wochenlang eitel Freude. Jede Vorstellung endet mit einem Fest. Das Glück der beiden Liebenden scheint magische Kreise zu ziehen und lockt neue Zuschauermassen herbei, die ihrerseits das Glück vervielfachen. Es ist wirklich und wahrhaftig ein Paradies. Der dünne Mann trainiert ohne Gewissensbisse und erzielt rasch einen drahtigen kleinen Bizeps. Die dicke Frau, die vom Kopf bis zu den Zehen strahlt, tauscht mit dem dünnen Mann die Kalorientabellen aus und verliert schon binnen einer Woche einen Ring in ihrem Mehrfachkinn. Jedermann, der dünne Mann inbegriffen, bemerkt, wie schön sie aussieht. Liebe ist die Losung des Tages. Zirkusleute sind im Grunde herzensgute Menschen. Ihr Haß auf den vormaligen Zirkusdirektor legt sich, das ihm weggenommene Souvenir wird an die Löwen verfüttert, und bald ist er ganz vergessen. An einem neuen Tag bleibt kein Raum für alten Grimm.

«Ich meine, man macht jahrelang einfach gute Miene, verstehn Sie, weil man denkt, man hat 'nen Zirkusdirektor, weil man eben einen haben muß. Haben Sie schon mal 'nen Zirkus ohne Zirkusdirektor gesehn? Nein. Tja, das zeigt nur, wie einen die Geschichte austricksen kann!»

«Es war wunderschön! Alles lief *wie von selbst*! Die einzelnen Nummern kamen wie von selbst, hier, da, es war irre, voll geil und unberechenbar!»

«Plötzlich raffst du's, verstehste. Dein Lebtag lang hast du dir Zirkusse angesehn und dir gesagt, so ist der Zirkus eben. Aber was ist, wenn er's gar nicht is? Was ist, wenn's alles nur'n gottverdammter Mythos ist, den die Zirkusdirektoren propagieren? Kapito? Was ist, wenn alles machbar ist, und wir, wenn wir Bock haben, von Luft und Liebe leben können?»

«Plötzlich haben uns sogar die Nummern der andern Spaß gemacht!»

«Ich bin mal auf dem Elefanten geritten!»

«Wer sagt denn, daß die Clowns sich immer auf'n Arsch setzen müssen? Ich hab gelernt, in der Kapelle mitzuspielen und Bären zu dressieren und mit 'nem Gaul durch 'nen brennenden Reifen zu springen!»

Doch dann, als alles im schönsten Rosarot leuchtet, traurige Nachrichten: Es wird nur allzu deutlich, daß immer weniger Leute die Boxen des dünnen Mannes und der dicken Frau aufsuchen, und daß die, die dort vorbeischauen, es hastig und ohne großes Interesse tun.

«Na schön, sie sind also glücklich, sie sind verliebt. Na und? Hast du einen Verliebten gesehen, hast du alle gesehen.»

Zuerst werden die Anzeichen von allen dickköpfig ignoriert. Die Feste gehen weiter, das Singen und Feiern. Der dünne Mann übt Gewichtheben wie eh und je, und die dicke Frau ist auf Schonkost. Die frohen Herzen der beiden, obschon von erster Besorgnis angenagt, bleiben von Liebe und Freude beseelt. Man könnte beinahe sagen, hier sei eine romantische Legende zur Wirklichkeit geworden. Doch zuletzt können sie die schwarz auf weiß addierte Wahrheit des Zirkuskassenbuchs, das ihnen ja jetzt anvertraut ist, nicht mehr ignorieren. Irgendwo gibt es offenbar eine noch dikkere Frau und einen noch dünneren Mann. Die neue Welt der beiden droht zu zerbrechen.

«Wir wollten ihre Gefühle nicht verletzen, verstehn Sie. Wir haben sie 'n bißchen gehänselt, haben gehofft, sie würden den Wink kapieren.»

«Warum konnten sie einander nicht lieben, so wie sie waren?»

«Wenn's doch dem ganzen Zirkus nützt, haben wir gesagt.»

Eines Abends kommen sie in ihrem Zirkuswagen überein, nachdem der Zweifel die Flamme der Leidenschaft vorübergehend gelöscht hat: Die dicke Frau wird ihre über Bord geworfene Korpulenz wiederherstellen, der dünne Mann seine Hanteln dem starken Mann zurückgeben. Sie tauschen erneut ihre Kalorientabellen aus. Sie machen sich ernsthaft daran, ihr Publikum zurückzuerobern, welches sie schließlich und endlich als festen Bestandteil ihrer Bindung erkannt haben.

Es ist nicht leicht. Weil ihr der Rückgang der Geschäfte Sorgen macht, muß sich die dicke Frau doppelt plagen, um ein Pfündchen zuzulegen. Und der dünne Mann stellt fest, daß seine kleinen Muskelpakete eher schlapp werden, als daß sie verschwinden. Doch beide sind von der ernsthaftesten Entschiedenheit getrieben. Die Augen des Zirkus ruhen auf ihnen. Vorübergehende Rückschläge stählen sie nur um so mehr für ihre Aufgabe.

«Schokolade! Für mich? Das ist schon so lange her!»

«Geschenkt mit Liebe.»

«Wirst du mich denn auch wirklich lieben, wenn ich wieder dick bin, nachdem du mich so schlank gesehen hast?»

«Um ehrlich zu sein, Liebes, ich bin mir nicht sicher, daß ich den Unterschied überhaupt bemerke.»

Für die dicke Frau ist es der schlimmste Augenblick des Tages, wenn sie sich auf die Waage stellt. So widerlich sie ihren Speck findet, so widerlich findet sie es, daß sie so wenig davon zugelegt hat. Der dünne Mann notiert pflichtbewußt jeden Tag ihr Gewicht, und seine Anwesenheit geht ihr allmählich auf die Nerven. Er schnalzt mit der Zunge, wenn sie nicht zunimmt, und seufzt wehmütig, wenn sie erfolgreich ist. Sie würde am liebsten losheulen, hat aber Angst vor jedwedem Verlust, selbst wenn es nur Tränen sind. Sie verweigert die Teilnahme an jedweder Aktivität, die sie zum Schwitzen bringen könnte, verlangt sogar, daß man sie jeden Tag in den Zirkuswagen hinein- und dann aus ihm heraustrÄgt.

Der dünne Mann stellt sich täglich vor einen großen Spiegel. So widerlich er seine zaundürre Gestalt findet, so widerlich findet er es, daß er nach wie vor diese Beutelchen unter der Haut hat. Er möchte nur noch aus Knochen bestehen. Lachhaften Knochen ohne das kleinste Fitzelchen Fleisch, daß einem angst und bange wird. Die dicke Frau nörgelt und zwackt ihn in die Knubbelchen, die vormals seine Muskeln waren. Er fragt sich, ob er sie inzwischen haßt.

«Heb doch mal die Ärmchen hoch, Schätzelchen, laß mich mal

das Pölsterchen anfassen – he! wie niedlich! genau wie 'ne kleine Auster!»

«Ach ja? Und wenn schon?»

«Und wenn: Austern sind Luxusware, Knochengestell. Die Leute bezahlen allenfalls dafür, die Dinger zu futtern, aber sie bezahlen nicht dafür, sie bloß anzuglotzen!»

Die dicke Frau zeigt mit den Fingern auf die Hautsäcke des dünnen Mannes und äußert Zweifel, ob er eisern bei seinem Vorsatz bleibt, schnüffelt herum, ob sie nicht versteckte Lebensmittel findet. Der Mann, der verbissen Tag für Tag seine Frau auf die Waage zerrt, beginnt Verdacht zu schöpfen, daß sie hinter seinem Rücken Kalorien verbrennt. Die beiden schleichen sich also untertags in die Box des anderen, bespitzeln einander beim Essen, kriegen sich nachts in ihrem Zirkuswagen heftig wegen der Kassenbücher in die Haare. Nimmt die dicke Frau an einem Tag auch nur einen einzigen Groschen mehr ein als der dünne Mann, muß er für seinen offensichtlichen Wankelmut Rechenschaft ablegen. Versäumt es ein Kind, das an der Box der dicken Frau vorbeigetragen wird, zu lachen und mit den Fingern auf sie zu zeigen, gilt dies dem dünnen Mann als Beweis für ihre Täuschungsmanöver. Was nützt sie dem Zirkus, wenn nicht einmal ein Kind seinen Spaß an ihr findet? Was gibt es denn Ärgeres als einen dünnen Mann mit Hautsäcken, der nicht einen lausigen Groschen nach Hause bringt?

«Tut mir leid. Ich hab mir den gottverdammten Bizeps nicht über Nacht antrainiert, also schrumpft er auch nicht über Nacht. Du kannst dir die Muskeln nicht rückwärts trainieren, sag ich zu ihr. Du läßt deine Muckies einfach schlapp werden und hoffst aufs beste. Aber wenn ich das mache, lacht sie mich bloß aus. Ich glaube, sie hat ein Auge auf den unerschrockenen Ulfried geworfen.»

«Denk an meine Nerven, sag ich zu ihm. Wenn's keine Nerven aus Speck sind, sagt er, dann helfen sie mir nix. Den ganzen Tag lang stopft er mir irgendwelches Zeug rein. Will sogar noch mit künstlicher Ernährung anfangen. Eines Abends schleppt er mir diese Schnepfe ins Haus. Hat dabei so ein fieses Funkeln in den Augen – vergiß es, sag ich. Aber seither hat er diese fixe Idee. Vielleicht solltest du schwanger werden, sagt er. Das mag zwar neun

Monate lang hinhauen, sag ich, aber was dann? Und da schaut er mich so komisch an.»

Die Lage verschlechtert sich rapide. Der dünne Mann wird griesgrämig und verdrießlich, läßt die Schultern hängen, schwelgt in finsteren Gedanken. Die dicke Frau, bedrückt und unbeweglich, geht sogar soweit, daß sie obszön rülpst, wenn ein Passant verlauten läßt, sie sei eigentlich gar nicht so dick. Die beiden streiten sich pausenlos, und ihre Trübsinnigkeit breitet sich wie nasses Sägemehl überall im Zirkus aus. Die Kasseneinnahmen gehen zurück, und selbst der Verkauf von Erdnüssen läßt nach.

Und dann eines Abends zieht der dünne Mann urplötzlich in den Zirkuswagen des alten Zirkusdirektors um, was ein ziemliches Opfer für ihn ist, da der Wagen in der Zwischenzeit von zwei Kamelen benutzt worden ist. Die dicke Frau brüllt ihm hinterher, sie sei froh, daß er abhaut (das mit dem unerschrockenen Ulfried ist aber nicht wahr: wer könnte denn unter solchen Umständen an Liebe denken?), als er mißmutig aus ihrem Zirkuswagen stapft und unter dem Hemd die Kassenbücher wegschmuggelt. Er handelt das alte Geschäft mit dem konkurrierenden Zirkus neu aus, und bevor irgendwer kapiert hat, was los ist, haben sie einen Abgesandten vom Mars in ihrer Mitte, während die dicke Frau verschwunden ist. Man hört unzufriedenes Gemaule, aber weil niemand Lust hat, an den Konkurrenzzirkus verkauft zu werden, der bekanntlich aus dem letzten Loch pfeift und für seinen korrupten und tyrannischen Zirkusdirektor berüchtigt ist, halten sich diese Maulereien dezent im Rahmen.

«Naja, es war immerhin ’ne Notlage. Er hat getan, was er tun mußte. Man mußte an den Wettbewerb denken. Die hatten’s alle auf uns abgesehen. Es war das beste für alle.»

«Sie war meine Busenfreundin. Alle liebten sie. Aber keinem schien es was auszumachen. Ich war allein. Was konnte ich da sagen?»

«In diesem Leben gewöhnt man sich an alles.»

Der dünne Mann gewinnt neue Kraft, nachdem er an der Macht ist. Er legt sich ins Zeug und sieht zu, daß der Zirkus wieder auf die Beine kommt. Er kennt kein Mitleid mit sich und hat gelernt, kein Mitleid mit anderen zu kennen. Je verbissener er ackert, desto rigoroser fastet er. Er *wird* dünn werden, und wenn die Welt zum Teufel fährt! Und selbst die unglückliche dicke Frau, Tagesreisen entfernt, fügt sich resigniert in ihr Schicksal und findet es daraufhin leicht, wieder tüchtig zuzulegen.

Doch Moment mal! Seht mal, wohin wir gekommen sind! Die dicke Frau getrennt von ihrem unzertrennlichen dünnen Mann! Diese Lösung kann, ganz gleich wie bewundernswert der Wille des dünnen Mannes ist, nur zum Scheitern verurteilt sein. Es ist ein Zirkus ohne Freude. Was bedeuten drei Ringe des eisernen Entschlusses? Dies sind triste, düstere Zelte, und wer kann durch ihre weit geöffneten Einlaßklappen spazieren, ohne das Grauen auf der Zunge zu schmecken? Nein, nein, das ist noch schrecklicher als die mythologische dünne Frau gepaart mit einem dicken Mann! Unsere Metapher ist mit der Zeit völlig windschief geworden! Hilfe in der Not ist dringend angesagt!

Nehmen wir also an, daß der dünne Mann unversehens abgesetzt wird, gleichgültig wie und warum.

«Hat alles selbst eingesackt.»

«Hat sich sogar 'nen Schnäuzer stehen lassen und sich 'ne Peitsche angeschafft!»

«Wir haben eine Versammlung und –»

Egal. Der Abgesandte vom Mars, unerwartet beliebt, übernimmt das Amt des dünnen Mannes, und dieser wiederum wird im Austausch für eine Familie von Zwergen mit Schwimmhäuten zwischen den Zehen zum Konkurrenzzirkus ins Exil geschickt.

Und schon geht's weiter! Der dünne Mann, ein einziges Nervenbündel mit Tränen in den Augen, kommt und stürzt Hals über Kopf ins Zelt der dicken Frau! Alle Zirkusleute, alle Zuschauer, alle Tiere rennen hinterher, prusten und jauchzen und lachen vergnügt. Juchu! stürzt er sich in ihre Arme! Und sie drückt ihn ungeduldig und alles vergebend an ihren wogenden Busen. Zuschauer weinen vor Freude! Das Bild ist wieder rund und heil!

«Wunderbar! Trotz der bösen Vorgeschichte!»

«Sieh nur, wie die Freudentränen fließen!»

«Oh! Ich bin selbst zum Weinen aufgelegt und aufgeregt!»

«Er bettet seinen Kopf in ihren Schoß!»

«Halt mich fest!»

Später, als die Liebe der Welt fürs erste aufgebraucht ist und sich die Menschenmassen still und leise davongeschlichen haben, räumt die dicke Frau in ihrem kleinen Zirkuswagen ein Plätzchen für ihn frei. Der Wagen ist ein Wrack wie der ganze heruntergewirtschaftete Zirkus, trotzdem findet sich dort noch ein Eckchen für das Glück. Der Zirkusdirektor ist, wie alle richtig behauptet hatten, ein korrupter und sarkastischer Dreckskerl und so geizig, daß man es nicht glauben mag. Aber indem die beiden sehr dick beziehungsweise sehr dünn bleiben, befriedigen sie seine Anstachelungen, die er bei Tag verlauten läßt, und in der Nacht ist er viel zu sehr in seine Kassenbücher vertieft, als daß er sich um sie kümmern könnte.

So haben wir uns, auch wenn die Opfer beträchtlich, wenn nicht sogar letztlich untragbar gewesen sind, den unschuldigen Happen auf unserer Gabel nicht vermiesen lassen und unsere kostbare Metapher fest in der Hand behalten.

Trotzdem hat diese sonderbarerweise ein wenig von ihrem alten Charme eingebüßt. Wir gehen in den Zirkus, um uns die dicke Frau und den dünnen Mann anzuschauen, und obwohl ihr Anblick uns immer noch erwärmt und vielleicht sogar amüsiert und erregt, gehen wir dennoch irgendwie unbefriedigt nach Hause. Dick, ja, die Dickste, und dünn – aber was stört uns? Vielleicht nur die Tatsache, daß sie – wie stets – grotesk aussehen und daß wir jetzt, nachdem wir uns energisch ins Zeug gelegt haben, um die beiden erneut zu vereinen, vergrätzt sind, ihre Grenzen zu entdekken und festzustellen, daß das Groteske nicht auch das Schöne ist.

«Als müßten sie, na ja, als müßten sie halt eigentlich *mehr* für uns tun –»

«Nach allem, was wir für sie getan haben!»

«Dünner Mann, dicke Frau, schön und gut, das ist nett, lustig vielleicht, aber ...»

Nun, wir wollen es zugeben, vielleicht sind wir ja selbst korrumpiert. Vielleicht haben wir einfach zu viele Zirkusdirektoren gesehen oder sind selbst zu viele Zirkusdirektoren gewesen, haben wir einfach zu viele Paraden angeschaut, zu viele Aufregungen von sicherem Posten aus erlebt, zu viele Bücher durchgeprüft. Vielleicht haben wir schlicht die Lust am Einfachen verloren in einer frappierend einfachen Welt. Denn da, seht ihr das? Da lacht ein Kind herzhaft über das angestrengte Lächeln des dünnen Mannes, und dort kichert ein junges Pärchen los, das vor der nudeldicken Frau steht.

Also was zum Teufel, Zirkusmusik bitte schön! Ein paar wutschnaubende Löwen und Schimmel dazu und das scharfe Geknall schwarzer Lederpeitschen! Knallfrösche! Erdnüsse! Und einen Affen, der seinen Schwanz um den Fahnenmast wickelt!

Denn vergeßt nicht: Diese beiden, ob magische Metapher oder auch nicht, sind nicht der ganze Zirkus. Ebensowenig ist das Leben – um den billigsten Spruch mit dem längsten Bart zu zitieren – der ganze Zirkus, wo die Rede vom Zirkus ist. Es gibt zunächst drei Ringe –

«VerehrteDamnunHerrn, absolut einzigartig, immer hier lang, werte Kunstfreunde, die ödeste Wildnis, das tiefste Hinterindien, von Werwölfen gepäppelt, pudelnackicht und doch behaart –»

«Immerhierher, Leute! Die ist halb Mensch, halb Reptil! Bei der gloomse Ihren eignen Glubschern nicht!»

«Total wild, da dürfense nicht zu dicht ran, bloß noch begrenzte Zeit, holense sich die Karten hier bei mir bevorse ins große Zelt rinspaziern, kiekense sich den jetzt mal gleich an, ne zweite Changse gibt's vielleicht nich wieder, ernährt sich ausschließlich von Menschenfleisch, richtig gehört, mein Sohn! Und wa ham nich die leiseste Ahnung, wie lang wa den übahaupt noch am Leben halten könnn –!»

– Und dann gibt es noch mehr. Wer kann das alles begreifen? Und wer, selbst wenn er es begreift, kann es in der Hand behalten? Nein, vieles ist uns schon verschütt gegangen, geht uns auch fürderhin verschütt und muß uns noch weiter verschütt gehen. Selbst der dünne Mann wird alt und bucklig werden, die dicke Frau wird zusammenschrumpeln und sterben. Wir können uns an nichts festhalten. Am allerwenigsten am Einfachen.

«Immerhierlang, JungsundMädels, rinindieRiesenshow, die innenpaarMinütchen losgeht! Immer noch reichlich Sitzplätze, aberdiejutenjehnwechwiediewarmenSemmeln! Jawoll, meinHerr und wieviele Karten dürfens sein –?»

«Hallo Zuckerwatte Popcorn Limonade!»

«Holnsesich det Erinnrungsbuch solangsnoch Vorrat gibt! Fumfzichpfennje, bloß man fünnef Jroschn! Spitzenvierfarbdruck, alle Künstler drinne, nehmsesich den Spaß mitnachhaus!»

«Da kommen sie! Die Zirkusparade!»

«Letzte Gelegenheit! Gemmagemma Leidln aufgehtsaufgehts! Gradno a paar Minütaln, bis die Riesenattraktion losgeht! Passns gut auf, meine Dame, solang da Vorrat reicht, bloß fuchzg Pfening, gemmagemma! Semptliche Attraktionen im Vierfarbdruck, bloß fuchzg Pfening und gratis oa Sackal Erdnüss dazua! Häda, Sie da drübn –!»

Doch aufgepaßt! Die Verluste! Auch die sind grotesk, oder? Auch sie sind Teil der Komödie, stimmt's? Ein Ring um die anderen Ringe! Also zum Henker damit, laßt uns juchzen und jauchzen und Gänsehaut bekommen und Erdnüsse futtern und klatschen und unseren Beitrag leisten zu dem Radau und dem Lachen und Johlen! Los jetzt! Alle wir dünnen Männer! Alle ihr dicken Frauen!

«Un jetzte meineDamnunHerrn unihrButtjers dazu! (schnalz!) worauf alle Welt jewartet hat! (schnalz!) im ersten Ring die Hauptattraktion, die Zwei Zwerge aus Zwickau! (schnalz!) Applausbitte! (schnalz!) im zwoten Ring zumerstnMal auf unsrer Seite vom Atlantik, die tollen Künstler aus (schnalz!) Und auf dem Einrad (schnalz!) wasisndet fürne Rakete, diededamithast, Kalle, Obacht! (schnalz!) und hochüberuns ohne Netz und doppelten Boden die Mädels, die mit dem Tode flirten (schnalz!) und alle Gesetze der Schwerkraft außer Kraft setzen (Trommelwirbel und Peitschengeknall!) watsachsteda, detisne neue Geheimwaffe fürs Militär, Kalle? na los, wie fungsioniertn det Teil? (schnalz!) nüscht zwischen die Dame und der Schattenwelt als wie bloß ihre Beißerchen, Herrschaften! (Fanfare!) Und hier die Vollblutlippizaner! (schnalz!) Jetzsachbloß du willst det Riesenteil hier drinne anzünden, Kalle! (schnalz!) Und gleich hier neben der dünne Mann und die dicke Frau, hahah, jetzemal tüchtig Applaus, meine Herrschaften (schnalz!) *Obacht jetzt!*»

Quenby und Ola, der Schwede und Carl

Nacht über dem See. Leichte Wolkendecke. Das Boot schaukelt stumm, aus irgendeinem Grund ist der Motor abgestorben. Es gibt so viel Licht am Horizont, daß man in ein oder zwei Meilen Entfernung schemenhaft die Buckel von Inseln erkennen kann, aber in der Nähe: nichts. Dazwischen gibt es noch weitere Inseln, deren ungewisse Umrisse man allerdings eher fühlen als sehen kann. Dasselbe ließe sich übrigens auch vom Boot selbst sagen. Von jedem der beiden Enden aus scheint das andere Ende mit der Schwärze des Sees zu verschmelzen. Man hat das Gefühl, es könnte regnen.

Stell dir Quenby und Ola beim Grillplatz vor. Blasse Gesichter in der beginnenden Dämmerung. Die Stille nach dem plötzlichen Knall wird nur vom Summen der Stechmücken im feuchten Gras unterbrochen, einem Pfeifen in der Ferne. Quenby hat offenbar Ola wegzuschicken versucht, zurück zum Haus, doch Ola starrt über die Schulter zurück. Was schaut sie an, den Schweden oder die Katze? Kann sie beide überhaupt sehen?

Im Bug saß Carl. Carl war aus der Stadt. Er kam jeden Sommer ein oder zwei Wochen hoch in den Norden zum Fischen an den See. Manchmal kam er mit anderen Männern, dieses Jahr kam er allein.

Er hatte sich immer eingeredet, daß es ihm hier oben am See gefiel, daß er gern abhaute, das hatte er auch den Kollegen erzählt: raus aus dem alten Trott, pflegte er zu sagen. Aber er war sich nicht sicher. Vielleicht gefiel es ihm gar nicht. Jetzt in diesem Moment, mit einem abgewürgten Motor auf einem pechschwarzen See, meilenweit von nirgendwo, verfroren und hungrig und nach einem langen Tag ohne einen einzigen Fisch zum Vorzeigen, war er sich ziemlich sicher, daß es ihm gar nicht gefiel.

Du weißt, daß die Inseln da draußen sind, wahrscheinlich nicht mehr als ein paar hundert Meter weit weg, weil du sie tagsüber gesehen hast. Alles, was du jetzt erkennen kannst, ist da und dort der fahle Strich von wahrscheinlich einem Birkenstamm, aber du weißt, daß es auch Fichten und Strauchkiefern gibt und Balsamtannen und Weißkiefern und Norwegerkiefern und sogar Ahorn und Lärchen. Auf diesen Inseln sind ganze Wälder immer wieder über anderen Wäldern zusammengekracht.

Die alten Federn knirschen und ächzen wie brechende Knochen, ermattete Bäume, in die Bucht purzelnde Felsen, wie der Seewind, wenn er durch trockene Zweige und Kiefernnadeln fährt. Sie ist heiß, feucht, geschmeidig, weich und weit offen. Ausgehungert. «O ja!» flüstert sie.

Beim Herumspazieren auf den Inseln hast du Steinbrech und Glockenblumen, Clintonien, Wintergrün und stengellosen Frauenschuh bemerkt. Ehemals alles Jagdgründe der Sioux, hast du sagen hören, auch der Algonkin, vor allem aber der Cree und der Ojibwa. Solche Sachen weißt du. Oder die Namen der Vögel hier oben: zum Beispiel Rauhfußhuhn und Grauhäher und amerikanischer Dreizehenspecht. Blauschopfvireo. Scharlachmeise. Nutzloses Wissen. Im Moment jedenfalls. Du weißt nicht einmal, was den komischen Pfeifton macht, der soeben die Stille zerreißt.

«Sag mal, was isn das für 'n Pfeifen, Schwede? Klingt wie 'ne gottverdammte Polizeipfeife!» Das war eigentlich lustig, aber der Schwede lachte nicht. Sagte gar nichts. «Irgend 'n Vogel, vermute ich. Häh, Schwede? Irgend 'n gottverdammter Vogel.»

«Eichhörnchen», sagte der Schwede schließlich.

«Eichhörnchen!» Carl war froh, daß der Schwede irgendwas gesagt hatte. Zumindest wußte er, daß er noch da war. Mein

Gott, war das finster! Er wartete hoffnungsvoll auf eine weitere Reaktion des Schweden, aber es kam keine. «Man lernt nie aus.»

Ola lachte fröhlich, wenn sie die Geschichte erzählte. Die anderen lachten mit. Was hatte sie in dieser Nacht gesehen? Es war egal, es war lange her. Es gab noch mehr Zitronencremetorten, und es gab noch mehr Katzen. Sie genoß es, im Mittelpunkt der Aufmerksamkeit zu stehen, und sie erzählte die Geschichte gut, imitierte köstlich die lakonische Art ihres Vaters. Sie stapfte mit langen Beinen durch das Wohnzimmer des Haupthauses, hielt eine imaginäre Katze am Kragen gepackt, das Gesicht zu einer ulkigen Fratze verzerrt. Nur ihre knospenden Brüste unter dem orangefarbenen Hemd, ihre jungen Hüften, die drall in grellweißen Shorts vom letzten Jahr steckten, ihre weichen, jungmädchenhaften Schenkel, die schlanken Waden: all das war nicht wie beim Schweden.

Sie ist eine schemenhaft verlockende Gestalt, die mal den Schimmer des Mondlichts auf der Bucht zerreißt, mal damit verschmilzt. Geht sie zum Ufer, zum Haus? Nein, sie steckt drüben bei den Booten am Ende des Stegs, taucht in den Schatten. Du folgst.

Bei Tage herrschen schwere Grüntöne vor, besonders das satte, tiefe Grün der Kiefern und des schattigen Unterholzes, dazu das lasierte Blau und das Weiß der Felsen und des Treibholzes. Bei Nacht herrscht nur Dunkelheit. Zweige kratzen leise übers Dach des Gästehauses: Manchmal huschen Eichhörnchen darüber. Man hört Vogelgezwitscher, das Quaken von Fröschen, das Geraschel von Stachelschweinen und Bisamratten und ab und an etwas, das sich anhört wie das Getrappel von Rotwild. Manchmal hört man Wind oder Regen, Wellen, die in die Bucht branden. Doch im Grunde herrscht tiefe Stille, eine Stille und Dunkelheit, wie man sie in der Stadt nicht kennt. Und oft, von weit draußen auf dem See, vielleicht meilenweit weg und doch so klar und deutlich, als sei es gerade vor der Tür: die Stimmen von Männern, die in Fischerbooten miteinander reden.

«Tja, du kennst dich hier in der Gegend vom See wohl ziemlich gut aus. Häh, Schwede?»

«Na klar.»

«Wohl wie in deiner Hosentasche.» Carl fühlte sich irgendwie ermutigt, weil ihm der Schwede geantwortet hatte. Das «na klar» war das Kennzeichen des Schweden. Er sagte fast nie etwas, und wenn, war es in der Regel nur «na klar». Rauf beim «na», runter beim «klar». Der Schwede hatte sich über den Motor gebeugt, aber was schaute er sich da an? Schaute er den Motor an, oder schaute er hierher? Schwer zu sagen. «Für mich schaut alles gleich aus, bloß 'ne Menge Bäume und Wasser und Himmel, und jetzt kann man noch nicht mal das sehen. Diese gottverdammten Eichhörnchen machen echt Krach, was?» Tatsächlich waren sie wahrscheinlich meilenweit weg.

Carl seufzte und knackte mit den Knöcheln. «Kann man hier Enten jagen?» Vielleicht war es hier oben im Herbst oder Winter schöner. Vielleicht konnte er eine Gruppe dafür interessieren. Wahrscheinlich kalt, allerdings. Es war jetzt schon reichlich kalt. «Na ja, kann man vermutlich. Sicher, zum Teufel, wieso eigentlich nicht?»

Quenby beim Grillplatz beim Grillen von Steaks. Dicke T-bones, weil er wieder da ist, nachdem er zwei lange Wochen fortgewesen war. Er hat sich ein Glas Whiskey eingeschenkt, ein bißchen Wasser dazugeschüttet, einen dünneren für Quenby gemischt. Er reicht ihr das Glas und macht es sich in einem Gartenstuhl bequem. Flammen züngeln hoch und lecken an den Steaks, der Rauch vom verbrennenden Fett wabert am Grillplatz in die Luft. Quenby hat Hosen an, wahrscheinlich diese bequemen ausgeblichenen Blue Jeans, dazu eine weiche Lederjacke. Die Abendsonne gibt dem Leder einen sanften, geschmeidigen Glanz. Quenby hat etwas Kräftiges und Gutes an sich. Die meisten Frauen regen sich über Jagdausflüge auf. Quenby bäckt immer Zitronencremetorte, um die Heimkehr zu feiern. Ihre vollen Pobacken straffen sich in dem weichen blauen Jeansstoff, als sie die Steaks mit der Zange umdreht. Sieh mal an.

Ihre Hüften sind ans Dollbord gepreßt, eure feuchten Körper gleiten gegeneinander, bibbernd, verblüfft, eure Lippen treffen sich – du verwunderst dich über deine Kühnheit, was so eine Insel aus einem Mann machen kann, was so ein Inselmädchen alles anfangen kann. Später, nachdem ihr die Bucht wieder überquert habt und zu den Felsen zurückkehrt, ist deine Unterwäsche weg. Ja, da ist der Pfad, da ist eindeutig der Baum – aber weg. Ein Kinderstreich? Aber sie war doch die ganze Zeit über bei dir. Unten beim Zwinger fangen die Hunde zu jaulen an.

Der Schwede war sozusagen ein Einheimischer. Er und seine Frau Quenby lebten das ganze Jahr über auf einer Insel hier im See. Sie betrieben eine Art kleines Landgasthaus für Männer aus der Stadt, die zum Angeln und Jagen hochkamen. Der Schwede zeigte ihnen die besten Plätze, Quenby kochte und hielt die Hütten in Ordnung. Sie konnten jeweils bis zu acht Leute unterbringen. Sie waren schon vor Jahren hierhergezogen, kurz nachdem sie geheiratet hatten. Echte Einheimische, Leute, die am See geboren wurden und dort auch aufwuchsen, gibt's ziemlich selten; ihre vierzehnjährige Tochter Ola ist eine der wenigen.

Wie weit war es bis zur Insel des Schweden? Das ist vielleicht eine bessere Frage als «Wer ist der Schwede?» Aber du weißt die Antwort sogar noch weniger. Du hast den ganzen Tag lang geangelt und nicht besonders gut aufgepaßt. Nirgends sind Lichter zu sehen, und der Schwede läßt immer ein Licht am Steg brennen, aber vielleicht seid ihr ja auf der Rückseite seiner Insel, durch die dichten Kiefern vom Licht abgeschnitten, sozusagen nur ein paar Meter von zu Hause weg. Oder vielleicht Meilen. Höchstwahrscheinlich Meilen.

Ja verflucht, es würde gleich regnen. Carl nuckelte im Bug an einem Bier. Der Schwede bastelte im Heck still am Motor herum.

Wieso zog ein Kerl bloß in diese Gegend? fragte sich Carl. Eine oder zwei Wochen lang war das ja in Ordnung, aber er konnte sich nicht vorstellen, hier für immer zu leben. Na ja, natürlich, wenn ein Mann wirklich für sein Leben gern Angeln ging. Angeln und auf die Jagd ging. Wenn ihm der ganze Rummel in der Stadt nicht gefiel und so weiter. Muß aber echt hart sein für die Frau und die Tochter des Schweden. Carl wußte, daß seine Frau schon bei der bloßen Vorstellung ausrasten würde. Und der Schwede sprang wahrscheinlich ziemlich ruppig mit der alten Quenby um. Bei dem Schweden gab's keine Fisimatenten. Zumindest hatte Carl diesen Eindruck.

Carl kippte die Bierdose hoch, trank sie aus. Schal und lauwarm. Widerwärtig. Er warf die leere Dose hinaus in die Dunkelheit, hörte sie irgendwo auf dem schwarzen Wasser aufplatschen. Er konnte nicht sehen, ob sie unterging oder nicht. Wahrscheinlich nicht. Er würde bald wieder pinkeln müssen. Wahrscheinlich sollte er es tun, bevor sie wieder losfuhren. Es machte ihm nichts aus, vom Boot zu pinkeln, irgendwie machte es ihm sogar Spaß, er kam sich wie ein Teil der Gegend hier oben vor, wenn er vom Boot pinkelte, aber jetzt im Moment schien's ihm zu still oder sonstwas zu sein.

Dann kam er ins Grübeln, daß er sie vielleicht nicht einfach so ins Wasser hätte werfen sollen, die Dose, wahrscheinlich war das verboten, und außerdem konnte sich solches Zeug im Motor verfangen oder nicht? Zum Teufel, vielleicht war das gerade jetzt bei dem verdammten Motor der Fall. Er hatte wahrscheinlich mal wieder seine Ignoranz unter Beweis gestellt. Das haßte er am meisten, wenn er hier hochkam, daß er seine Ignoranz unter Beweis stellte. In Gruppen war es nicht so schlimm, sie waren alle ignorant und konnten Witze darüber reißen, aber auf dieser Fahrt war Carl ganz allein. Nie wieder.

Die Coleman-Lampe brennt. Ihr Fleisch schimmert in dem unheimlichen Licht, und die gestärkten weißen Leintücher wirken geheimnisvoll lebendig durch ihre hin und her zappelnden Schatten. Sie hat saubere Handtücher mitgebracht; oder vielleicht Kaffee, ein Buch. Es wäre nicht gerade nett, wenn er die Lampe ausmachte, solange sie hier ist, aber der scharfe Lichtschein macht ihn unruhig. Kiefernzweige kratzen übers Dach. Die Federn knarren, und irgendwas huscht raschelnd unter die Hütte. «Mach schnell!» flüstert sie.

«Hör mal, Schwede, brauchst du Hilfe?» Der Schwede gab keine Antwort, also erhob sich Carl geduckt und machte eine Bewegung, als wolle er nach hinten gehen und mitanfassen. Er konnte den Schweden da hinten kaum erkennen. Er hielt sich vorsichtig in der Mitte des Bootes. Er war ja nicht total blöde.

Der Schwede grunzte. Carl legte das so aus, daß er keine Hilfe wollte und setzte sich wieder hin. Es lag noch eine Bierdose unter seinem Sitz, aber er hatte keine große Lust, sie zu trinken. Seine Hose, hatte er beim Aufstehen und Hinsetzen gemerkt, war feucht, und er fühlte sich völlig steif und zerschlagen. Es war spät. Die Wahrheit war, daß er sowieso keinen blassen Dunst hatte, wie Außenborder funktionieren.

Da gab's diese Geschichte vom Schweden. Ola erzählte sie gern, und sie erzählte sie gut. Vor ungefähr drei Jahren, als Ola elf war, war der Schwede von einem zweiwöchigen Jagdausflug nach Norden zurückgekommen. Von der Entenjagd. Wenn Ola die Geschichte erzählte, zeigte sie sich schwer beeindruckt von dem Bart, mit dem er zurückkam, und von den Witzen, die ihre Mutter darüber riß.

Quenby hatte den Schweden mit einem großen Steakessen begrüßt: dicken T-bones, in der Glut gegarten Kartoffeln in Folie, einem Berg Kopfsalat. Und Zitronencremetorte. Nichts Leckereres gab's in der Welt als Quenbys selbstgemachte Zitronencremetorte, und sie hatte sie nur für den Schweden gebacken. Es war ein prima Essen. Ola übersprang die meisten Details, aber man konnte sie sich vorstellen. Nach dem Essen hatte der Schwede gesagt, er würde jetzt die Torte und den Kaffee holen.

In der Küche entdeckte er, daß Olas Katze durch die Torte gelatscht war. Glatt mittendurch. Sie war voller Katzenspuren, und überall auf der Sitzbank und dem Fußboden klebte Zitronencreme. Daddy hatte sich zwei Wochen lang auf diese Zitronencremetorte gefreut, sagte Ola, und jetzt war sie voller Katzenspuren.

Er griff sich sein Gewehr neben der Hintertür, zog ein paar Patronen aus der Jackentasche und lud. Er fand die Katze in der Waschküche, immer noch mit Zitronencreme an Pfötchen und Schnurrbarthaaren. Er packte die Katze beim Genick und trug sie nach draußen. Es wurde allmählich dunkel, aber man konnte noch gut genug sehen. Zumindest gegen den Abendhimmel.

Er stapfte am Grillplatz vorbei. Es war jetzt so dunkel, daß die Holzkohlen zu glühen schienen. Gleich hinter dem Grillplatz machte er halt. Er schwang langsam mit dem Arm aus und schleuderte die Katze hoch in die Luft. Ihre vier Pfötchen ruderten herum. Er hob das Gewehr an die Schulter und schoß der Katze mitten in den Kopf. Ihr Daddy war ein Meisterschütze.

Ihr gespielter Schmollmund, wenn sie durchs Zimmer stapft und die imaginäre Katze am Kragen gepackt hält, bringt einen zum Lachen. Sie braucht neue Shorts. Letztes Jahr saßen sie noch lose und warfen Falten, wo sie an der Hüfte zusammengezurrt waren, schlackerten um ihre dünnen Schenkel. Aber sie ist gewachsen, hat tüchtig zugelegt, wie's junge Mädchen in ihrem Alter tun. Wenn ihr das Hemd über die Taille rutscht, sieht man, daß der Reißverschluß über ihrem Hüftknochen wie ein offenes V ausschaut. Der weiße Stoff sitzt stramm und glänzend über ihrem festen Hintern; die einzige Falte ist die beinahe schmerzliche Spalte zwischen ihren Beinen.

Carl rieb sich den Bart. Er war ziemlich stachlig, aber das lag daran, daß er noch neu war. Er konnte sich vorstellen, was seine Frau sagen würde. Er würde zum Spaß ein ernstes Stirnrunzeln aufsetzen und ihr sagen, zum Henker, er hätte sich überlegt, den Bart jetzt für immer zu tragen. Na ja, er würde es natürlich nicht tun, er würde sich damit im Büro wie ein Idiot vorkommen, er würde es nur sagen, um seine Frau ein bißchen zu ärgern. Obwohl ihm der Bart verdammt noch eins gefiel. Er wünschte, bei seiner Arbeit gäbe es mehr Kollegen mit Bart. Er strich sich gern mit dem Bart über den Handrücken und das Handgelenk.

«Magste das letzte Bier, Schwede?» fragte er. Er bekam keine Antwort. Der Schwede war schrecklich mundfaul. Er war ein mundfauler Typ. Zurückhaltend, das ist er, dachte Carl bei sich. «Vielleicht hat Quenby eine Torte gebacken», sagte er und hoffte, daß das nicht zu offensichtlich klang. Das dauerte ja wirklich verflucht lange.

Er hebt den Saum seines T-Shirts vom haarigen Bauch hoch und über die Brust, doch sie kann es anscheinend nicht abwarten – ihre Schenkel fahren hoch, ihre Knöchel verhaken sich hinter seinen Pobacken, und sie krachen aufs Bett, daß die alten Federn krachen und kreischen wie eine anfahrende U-Bahn, wie der Stoßverkehr zur Mittagszeit, wie einlaufende Züge. Seine Beine und Pobacken, obwohl blaß und schlaff, wirken dunkel vor dem Reinweiß der gestärkten Leintücher und dem rötlichen Schimmern ihres üppigen Körpers, der sich hier im grellen Licht der Coleman-Lampe hebt und senkt. Merkwürdig, daß sie die Lampe brennen lassen. Sein kurzer, rauher Bart kratzt über ihre Kehle, seine breiten Hände kneten ihr zitterndes Fleisch. Sie seufzt, wimmert und jammert, als ihr Körper rhythmisch gegen den seinen klatscht. «Ja!» schreit sie heiser.

Du wendest dich stumm vom Fenster. Im Haus findest Ola beim Abwaschen, als du hereinkommst.

Worüber redete Quenby wohl? Wahrscheinlich über ihren Garten, übers Tortenbacken, die Nachbarn. Über den Wind, der eines Abends aufgekommen war, als er weg war, und daß sie einige der Boote hatte umsetzen müssen. Über seinen Zweiwochenbart: sah aus wie ein verdammter Besen, sagte sie. Er würde bei den Hunden schlafen müssen, wenn er sich den nicht abrasierte. Ola würde kichern bei der Vorstellung, daß ihr Daddy bei den Hunden übernachtete. Und ja, Quenby würde vermutlich über Ola reden, was sie alles getan oder gesagt hatte, während er weg war. Was sie gerade in der sechsten Klasse durchnahm, wie es ihren Haustieren und ihren Freunden ging und wie sie im Haus mitgeholfen hatte.

Quenby beim Grillplatz, mit ihrem üppigen Hintern zu ihm und die Steaks umdrehend, ihren Whiskey nippend, vom Leben auf der Insel redend. Oder vielleicht redete sie auch überhaupt nichts. Behielt vielleicht nur die Steaks im Auge. Ola im Haus beim Tischdecken. Oder beim Schwimmen unten am Steg. Sehr erfrischend hier oben. Die Sonne jetzt ein orangefarbener Ball dort drüben hinter den Kiefern. Das Wasser leckte am Steg und an den Booten, brach sich ein paar Minuten nachdem ein Boot in einiger

Entfernung vorbeigefahren war, am Ufer. Die Flammen und der Rauch. Unten beim Zwinger machten vielleicht die Hunde Rabatz. Vielleicht stolzierte Olas Katze gerade da unten herum. Die Katze hatte die Angewohnheit, draußen vorm Zwinger die Hunde zu necken. Die Hunde hatten schwer gearbeitet, sie verdienten eine Ruhepause. Im Geist verpaßte er der Katze einen Fußtritt in die Rippen. Er hatte die Hunde bereits gefüttert, aber nachher würde er ihnen die Steakknochen runterbringen.

Quenbys Schenkel reiben beim Gehen aneinander. In Jeans pfeifen sie; nackt tuscheln sie. Nicht so Olas. Selbst wenn sie die Knie zusammen hält (was nur selten der Fall ist), bleibt ein Zwischenraum zwischen ihren Schenkeln. Das verrät einen Drang, nicht den Drang, die Beine zu öffnen, sondern den der Verlegenheit.

Vielleicht ist ihr Gang anders, weil sie auf der Insel geboren wurde. Das Gewicht ihrer Mutter ruht fest unterhalb der Pobakken; sie bewegt sich von dort heraus, leicht, ruhig, schwerelos. Olas Mitte ruht noch zwischen ihren schmalen Schultern, irgendwo in der Mitte zwischen ihren schönen, neuen Brüsten, und ihr rascher, erstaunter Schritt wird von den Spitzen der Hüftknochen gelenkt, von den Knien, den Zehen. Quenbys üppiges schwarzes Kissen ist ein prächtiger Ausgangspunkt für Bewegung; ihre Tochter beugt sich noch immer linkisch möglichst weit weg von dem merkwürdigen Ansatz blassen Pelzes, der neuerlich an den Innenseiten ihrer weißen Shorts hervorspitzt.

Es ist schwer für einen Mann, auf einer grünen Insel allein zu sein.

Carl wünschte sich, er hätte eine Zigarette. Er war mit Zigaretten losgefahren, aber einmal war er völlig aus dem Häuschen geraten, als er einen gottverdammten Fisch am Haken hatte, und da waren sie allesamt auf die nassen Planken des Bootes gekullert. Noch schlimmer war, daß der verfluchte Fisch – ein kapitaler Hecht, hatte der Schwede gesagt – die Schnur abgerissen hatte und ihm durch die Lappen gegangen war. Guter Gott, der einzige Biß, den er an dem Tag überhaupt hatte, und er hatte die Sache verhunzt! Der Schwede hatte zwei Fische gefangen. Beides Barsche. Insgesamt ein schwacher Tag. Der Schwede rauchte nicht.

Um die Wahrheit zu sagen, hätte er noch lieber einen kräftigen Drink als eine Zigarette. Ein warmes Abendessen. Ein Bett. Selbst die zugige leere Hütte beim Schweden mit ihrem schalen Harzgeruch und den klammen Leintüchern und merkwürdigen Geräuschen erfüllte ihn mit unbändiger Sehnsucht. Um gar nicht erst zu reden von Zuhause, seinem richtigen Zuhause, dem Fernseher, den Freunden, die zum Bridge oder Poker da waren, von der eigenen Heizdecke.

«Echt zappenduster, stimmt's?» Carl sagte «stimmt's» aus Hochachtung vor dem Schweden. Der Schwede sagte immerzu «stimmt's», und Carl redete gern auf die Tour daher, wenn er hier oben war. Er trank dann gern Bier und sagte «stimmt's» und «stimmt's nicht» und stapfte geräuschvoll mit seinen großen Stiefeln herum. Er ertappte sich sogar manchmal dabei, daß er «na klar!» sagte, genau wie es der Schwede machte. Hoch beim «na», runter beim «klar». Carl fragte sich, wie das wohl im Büro ankommen mochte. Vielleicht könnte das sein Markenzeichen werden. Wenn er tot war, würde man sagen: «Tja, genau wie der gute alte Carl zu sagen pflegte: na klar!»

Im Geiste schaute er zu, wie die Enten herunterfielen. Er trank seinen Whiskey und beäugte die Steaks und hörte Quenby zu und schaute zu, wie die Enten herunterfielen. Sie plumpsten nicht einfach kerzengerade herunter, sie flatterten und zappelten. Manchmal plumpsten sie zwar doch kerzengerade herunter, doch im Geiste sah er die Enten, die weiterfliegen und kapieren wollten, was zum Teufel eigentlich passiert war. Es war das Geraschel und Geflatter und das sachte, weiche Patschen des Aufpralls, das ihm an der Entenjagd so sehr gefiel.

Der Schwede, Quenby, Ola, Carl... Bei einem Drink nach dem Abendessen im Wohnzimmer am Kamin, obwohl kein Feuer brennt. Ola trinkt keinen Alkohol, versteht sich. Sie erzählt eine Geschichte von ihrem Daddy und einer Katze. Man kann herzlich lachen. Sie ist ein hübsches Mädchen. Carl reckt sich. «Tja, ab in die Heia, Leute. Danke für das umwerfende Abendessen. Bis morgen früh, Schwede.» Quenby: «Der Schwede oder ich bringen Ihnen noch frische Handtücher, Carl. Ich habe heut früh vergessen, welche hinzulegen.»

Du weißt, was hier los ist, oder nicht? Du bist ja nicht blöde. Du weißt, warum der Motor verreckt ist, weit draußen, meilenweit von nirgendwo. Du weißt, warum er so schweigsam ist. Warum er dich warten läßt. Es in die Länge zieht. Es dich spüren läßt. Schließlich und endlich war die Unterwäsche futsch. War auch in der Früh im Sonnenschein nicht zu finden.

Aber was konnte ein Mann schon machen? Du erinnerst dich an die verlockenden Pobacken, als sie wegkraulte, daran, wie ihr feuchter Bauch auf dem Dollbord des Bootes schmeckte, an das entsetzliche Platschen, als du ins Wasser fielst. Vor einem Weilchen erst hast du am Schwimmer gezupft. Du warst hungrig und halb versucht, das Boot ans nächste Ufer zu paddeln und die beiden Barsche zu braten. Der Schwimmer fühlte sich eigenartig schwer an. Du hattest mit einem Mal eine Vision von einem langen kalten Körper am anderen Ende des Schwimmers, mit einem Haken durch die Wange, die Augen glasig, die kindlichen Glieder im Wasser treibend. Was tust du mit einer solchen Vision? Du vergißt sie. Du probierst es zumindest.

Sie gehen zum Abendessen rein. Er mixt noch ein paar Drinks. Der Whiskey blubbert aus der Flasche. Draußen geht die Sonne unter. Olas Katze schmiegt sich an sein Bein. Denkt wahrscheinlich schon an das große Fressen, wenn die Enten ausgenommen werden. Arschkriecher. Er hebt einen Fuß und krault die Katze mit der Stiefelspitze am Ohr. Kehliges Schnurren. Er grinst, bringt die Drinks herein und setzt sich an den Eßtisch.

Quenby erzählt Klatschgeschichten aus dem Dorf, Ola erzählt von der Schule und den Pfadfindern, und er erzählt von der Entenjagd. Ziemlich heitere Stimmung. Er ißt mit Begeisterung. Er erzählt, wie er den ersten Vogel runtergeholt hat, und Ola erläutert, was sie über die Golden Gate Bridge weiß, über Fremdbestäubung und über Tom Sawyer, Zeug, das sie in der Schule gelesen hat.

Er ißt seinen Teller ratzeputz leer und nimmt sich von allem noch eine zweite und dritte Portion. Quenby lächelt, als sie ihm beim Essen zusieht. Sie warnt ihn, daß er noch Platz für die Torte frei lassen muß, und er antwortet, daß er eine ganze Elefantenherde verputzen könnte und immer noch Platz genug für zehn Torten hätte. Ola lacht froh, als sie das hört. Sie hat wirklich ein nettes Lachen. So linkisch sie derzeit ist, sie wird ein hübsches Ding werden, beschließt er. Er trinkt seinen Whiskey aus und verkündet, daß er die Torte und den Kaffee reinholen wird.

Was für ein schönes Gefühl es gewesen war! Trotz des muffigen Geruchs und des rauhen Gewebes der steifen Leintücher, trotz des grellen Lichts der Coleman-Lampe, der ängstlichen Hast, der kalten Luft, die die Pobacken kitzelte, trotz der Eichhörnchen auf dem Dach, des Abhakens der Präliminarien (ein verblüffender Kuß, Hemd und Jacke und Hose wurden in einer einzigen nervösen Geste zu Boden geworfen, und schon kamt ihr zur Sache, du noch mit T-Shirt und Socken): als es erst losgegangen war, war es wunderschön! Rücksichtslos hast du in diese dampfende Weichheit gestoßen, deine einsamen Hände begrapschten hungrig Fleisch, und ihre vollen Schenkel strampelten höher und höher, knallten dann aufs Bett, die Hüften hoben sich, und ihre Stimme röchelte: «Mach rasch!» – alles andere war vergessen, wie gut, wie gut!

Und dann war sie fort. Und du lagst mit T-Shirt und Socken da, hast halbbenommen auf die Coleman-Lampe gestarrt und eine Zigarette geraucht, an die morgige Angeltour gedacht, mit den Shorts träge das Feuchte von deinen Lenden abgetupft. Du hast die Zigarette ausgedrückt, die Khakihose angezogen, die sich auf deiner nackten und erregten Haut ganz kratzig anfühlte, und bist zur Tür rausgeschlüpft, um zu pinkeln. Das Licht, das aus deinem mit Läden versehenen Fenster drang, ist dir aufgefallen. Du hast dich davorgestellt und durch die kaputten Läden aufs Bett, auf die verwurstelten Laken gestarrt, hast dir selber zugeschaut. Hm. Hm. Du hast an die Wand gepinkelt und durch die Kiefern zum Haupthaus gestarrt. Schwach konntest du Olas Kopf im Küchenfenster erkennen.

Du weißt es. Du weißt es.

«Äh, hör mal, Schwede...»

«Jaha?»

«Och nichts. Ich meine, na ja, was ich sagen wollte, vielleicht sollt ich mal loslegen und mir eins der Paddel schnappen oder wie zum Henker man sie nennt. Ich – na ja, außer du bist dir ganz sicher, daß du es hinkriegst –»

«Na klar. Ganz sicher.»

«Ja dann...»

Der Schwede, Carl, Ola, Quenby... Einer oder auch mehrere von ihnen sind vielleicht schon bald tot. Der Schwede oder Carl zum Beispiel, aus Rache oder Lust oder Notwehr. Und falls einer oder auch beide auf die Insel zurückkehren, was werden sie dort vorfinden? Oder vielleicht ist der Schwede schon lange tot, und Carl bildet sich bloß ein, daß er da ist. Ein Mann kann sich eine Menge einbilden, wenn er in einer dunklen Nacht allein in einem Boot auf einem fremden See hockt.

Carl, Quenby, der Schwede, Ola... Drinks im Wohnzimmer. Alle ein wenig schläfrig nach dem guten Essen. Außer Ola. Wunderbares Abendessen. Frischer Barsch ist echt das Beste. Und Quenbys Zitronencremetorte. «Haben Sie schon mal die Geschichte von Daddy und der Katze gehört?» fragt Ola. «Nein!» Alle lächeln. Ola rückt auf ihrem Hocker nach vorne. «Also, Daddy war zwei Wochen weggewesen...»

Hör mal: Allein, weit weg von deiner Frau, nicht mal ein Mensch da, mit dem man eine Runde Poker spielen könnte, da begeht ein Mann eben mal eine Dummheit. Du liegst beispielsweise in der Nacht in Unterhemd und Unterhose auf einem unbequemen Bett und kannst nicht schlafen, bist vom Getrappel von Rehen aufgewacht oder vom Gepfeife der Eichhörnchen, vom Kreischen der Seetaucher. Du gehst raus, um an die Vorderwand der Hütte zu pinkeln. Es sieht aus, als ob unten in der Bucht jemand schwimmt, drüben bei den Stegen, schräg unter der Anhöhe hier. Kein Licht im Haupthaus, nur die eine schwache Glühbirne, die am Ende des Stegs funkelt und kaum Licht gibt. Heller Mondschein.

Du tappst leise runter zur Bucht, weg von den Zwingern, hoffst, daß die Hunde nicht aufwachen. Sie schwimmt in deine Richtung. Sie kommt zu den Felsen bei der Anhöhe hier, zieht sich auf die Steine hoch und steht bibbernd da, dreht dir den schlanken Rükken zu und schaut nach drüben, von wo sie gekommen ist, zu den Booten und Stegen, massigem Balkenwerk, das im mondbeschienenen Wasser hockt. Helles Mondlicht funkelt auf ihrem Kopf, auf ihren schmalen Schultern und Schulterblättern, der Wölbung ihrer Pobacken, auf ihren Waden und Fersen.

Ohne groß nachzudenken, ziehst du Unterhemd und Unterhose aus, wirfst einen Blick zurück zum Haupthaus und schleichst dann hinaus auf den Felsen neben sie. «Wie ist das Wasser?» flüsterst du.

Sie verschränkt die Arme über den Brüsten, ein bißchen überrascht, aber lächelt zu dir hoch. «Jedenfalls wärmer als hier draußen», sagt sie, und ihre Zähne klappern leise vor Kälte.

Du hockst dich hin, zum Teil, um deine anschwellende Erregung zu verbergen, die du gehofft hattest, käme nicht, und tauchst die Finger ins Wasser. Ist es kalt? Du registrierst es kaum, denn du schaust jetzt wieder hoch, an dem harten gespaltenen Hügelchen entlang, wo feine Wassertröpfchen das Mondlicht fangen und den weichen Flaum mit Juwelen schmücken, über den flachen schimmernden Bauch und die zusammengepreßten Ellbogen bis zu den dunklen, bibbernden Lippen des jungen Mädchens. Auch sie scheint befangen, denn wie du hat sie sich jetzt hingekauert, zeigt dir nur ihre knochigen Knie und die zitternden Schultern und ihr Lächeln. «Alles in Ordnung», sagst du, «ich hab 'ne Tochter, die genauso alt ist wie du.» Was eine ziemlich bescheuerte Bemerkung ist.

Sie trieben jetzt zwischen zwei schwarzen Inseln. Carl kniff die Augen zusammen und konzentrierte sich, aber er konnte die Ufer nicht sehen, konnte nicht abschätzen, wie weit weg die Inseln waren. Spielte auch keine Rolle. Keine Menschenseele wohnte dort. «Hör mal, Schwede, brauchst du Licht? Ich glaub, ich hab noch 'n paar Zündhölzer hier, wenn sie nicht feucht geworden sind –»

«Nein, setz dich. Bloß noch 'ne Sekunde...»

Na ja, zum Henker, denk mal einen Moment nach, verdammt noch eins, du kannst doch nicht mit brennenden Zündhölzern an 'nem Benzinmotor herumfummeln. «Na ja, ich dachte nur...» Carl fragte sich, warum der Schwede eigentlich keine Taschenlampe dabeihatte. Mein Gott, da lebt ein Mann all die Jahre hier oben am See und hat nicht mal soviel Grips, daß er 'ne verdammte Taschenlampe mitnimmt. Vielleicht war er doch nicht so clever.

Er fragte sich, ob die Frau des Schweden sich nicht inzwischen Sorgen um sie machte. Na ja, sie war es wahrscheinlich gewohnt. Eine nette Frau, freundlich, eine prima Köchin, hatte wahrscheinlich früher einmal 'ne gute Figur, obwohl sie eigentlich nicht Carls Typ war. War ein bißchen zu schlaff um den Hintern. Ein spindeldürres Töchterchen, das eher wie der Schwede aussah. Legte jetzt Rundungen zu. Wahrscheinlich in ein paar Jährchen ein niedliches Ding. Carl hatte plötzlich die vage Ahnung, daß Quenby, die Frau des Schweden, sich hier oben nicht besonders wohl fühlte. Zu einsam oder sonstwas. Konnte man gut verstehen.

Er wußte, daß es eine verrückte Idee war, aber er hatte den anhaltenden Wunsch, daß es hier ein verdammtes Neonlicht oder sonstwas gäbe. Er fummelte unter dem Sitz nach dem zweiten Bier.

«Ich habe Daddy gefragt, wieso er meine Katze abgeknallt hat», sagte sie. Sie stand am anderen Ende des Wohnzimmers, ihnen genau gegenüber, in ihrem orange Hemd und den grellweißen Shorts, die dünnen Beine auseinandergestellt. Es war eine traurige Frage, doch auf ihren Lippen lag ein Lächeln, und ihre weißen Zähnchen blitzten fröhlich. Sie hatte soeben nachgemacht, wie ihr Daddy die Katze in die Luft schleuderte und dem Tier in den Kopf schoß. «‹Tja, Liebes, ich hab ihr doch 'ne faire Chance gegeben›, sagte er. ‹Ich hab sie hoch in die Luft geschmissen, und wenn sie weggeflogen wäre, hätt ich sie nicht abgeknallt!›» Sie fiel ins allgemeine Gelächter ein und hopste linkisch, kleinmädchenhaft in die Gruppe zurück. Es war eine gute Geschichte.

Sie gleitet wortlos ins Wasser und krault fort, daß ihr schmächtiger Hintern nur kurz auftaucht und gleich wieder abtaucht. Was zum Henker, das Haus ist dunkel, die Hunde bleiben stumm: du hüpfst ins Wasser – holla! mit einem Mal die Wucht des eiskalten Eintauchens, daß dir die Luft wegbleibt! juchu! – und folgst ihr, einer dunklen, verlockenden Gestalt, die die mondbeschienene Wasseroberfläche kräuselt.

Du gehst davon aus, daß sie wieder zum Ufer schwimmt, zum Haus, und weil du dir plötzlich mitten in der hellen Bucht ungeschützt und nackt und doof vorkommst, hältst du einen Augenblick inne und machst dich trotz deiner Gier, sie noch einmal außerhalb des Wassers zu sehen, bereit, wieder zu der Anhöhe zurückzuschwimmen. Aber nein, sie ist da drüben bei den Booten, am Ende der Stege, und verschwindet im Schatten. Du tauchst unter, damit du unsichtbar bist, und schwimmst zu den Stegen rüber – eine lange Strecke für einen Mann deines Alters –, und da findest du sie. Sie hält sich an der Strickleiter des Boots fest, das ihr Vater benutzt, wenn er große Gruppen führt. Das Haus ist außer Sichtweite und alle Vorsicht vergessen.

Sie zieht sich die Leiter hoch, und du steigst so dicht hinterher, daß ihre Beine dir über Gesicht und Schultern streichen. Beim Dollbord taucht sie im vollen Mondlicht auf, und als sie sich nach vorn beugt, um ins Boot zu krabbeln, reckst du dich hoch, völlig hin und weg von der phantastischen Inspiration des Augenblicks, und küßt sie auf die glitzernden Pobacken. In deinem pochenden Kopf hast du die närrische Idee, daß du, falls sie protestiert, irgendeinen Witz über deinen Bart reißen wirst.

Er stieß ein Loch in die Dose, und das Bier kam ihm entgegengeschossen. Er duckte sich gerade rechtzeitig, bekam aber einen Teil davon ins Ohr. «He! Hab ich dich erwischt, Schwede?» lachte er. Der Schwede sagte nichts. Teufel, es war lächerlich nachzufragen. Das Bier war über seine Schulter gezischt, weg vom Bug, genau in die entgegengesetzte Richtung vom Schweden. Er hatte bloß aus Gewohnheit gefragt. Weil er das Schweigen nicht mochte. Er bohrte ein zweites Loch und hob die Dose an die Lippen. Zuerst kam nur Schaum. Aber als er die Dose fast senkrecht hochkippte, kamen doch ein paar Schlucke Bier. Erst dachte er, es schmecke prima, doch einen Moment später, als ihm der schale, warme, hefige Geschmack den Mund verschleimte, fragte er sich, warum zum Henker er die Dose überhaupt aufgemacht hatte. Er dachte daran, den Rest in den See zu kippen. Aber, verdammt noch mal, der Schwede würde ihn hören und sich wundern, warum er das tat. Diesmal allerdings würde er daran denken, nicht die leere Dose wegzuwerfen.

Der Schwede, Quenby, Carl, Ola... Die Geschichte und das Gelächter, und dann ab in die Falle. Das Mädchen hat ein Detail unterschlagen. Nach dem Schuß ihres Daddys war die Katze auf die Erde geplumpst. Doch danach konnte man ein Geraschel auf dem Erdboden hören, wo das Tier aufgeprallt war. Immer noch mußte sie spät in der Nacht darüber nachdenken. Zweige scharren leise übers Dach. Eichhörnchen pfeifen und trappeln vorbei. Man hört das Geraschel von Bibern, Füchsen, Stinktieren und Stachelschweinen. Eine tiefe Stille, die bestimmt bald vom Regen unterbrochen wird. Und weit draußen auf dem See hört man Männer in Fischerbooten, die sich streiten, schwatzen, Bierdosen aufmachen. Geschichten erzählen.

*D*as empfindsame *K*ameraauge

1 «*Winterszene*»

Kein Laut, Auftakt in völliger Stille, kein Laut außer vielleicht ab und zu ein unmerkliches Knistern, nicht unähnlich atmosphärischem Rauschen, doch unser Ohr kompensiert dies leicht, registriert nicht den Laut, sondern die Abwesenheit von Lauten, dehnt sich, greift über alle atmosphärischen Unvollkommenheiten hinaus, die vorkommen könnten, und findet: nur die Stille. Und damit beginnt es. Nicht einmal ein Lufthauch. Nur der puderfeine Schnee, der stumm und gleichmäßig rieselt, nichts weiter als unendlich kleine Lichtflecken, die sich eisig wie gefrorener Staub auf den stillen Forst senken. Der Schnee hat sich zu Verwehungen gefältelt, oder vielleicht ist auch die Erde selbst unter ihm gerippt, von umgestürzten Bäumen und Haufen vermodernden Laubs zu Furchen geformt – wir können es nicht wissen, wir können uns einzig und allein an die Oberfläche halten, die wir jetzt sehen, eine sanft gewellte Oberfläche, welche die schwarzen Schatten der Bäume in ein Gitterwerk komplexer Muster biegt und bricht, komplex und doch gelassen, wohlplaziert, nachdenklich: Die miteinander vernetzten Schatten und Polygone grell taghellen Schnees gemahnen an die vibrierende Festigkeit von Licht, an das unmerkliche Ungestüm und Zappeln von Schatten. So dicht stehen wir bei den Verwehungen, daß man keine ganzen Bäume sehen kann, nur dicke schwarze, weißgesprenkelte Stämme und tief herabhängende, schneebeladene Zweige, die gefährlich dicht über die weißen Erdhügel streifen: Wir kommen unter ihnen durch, gleiten an den schwarzen Baumstämmen vorbei, über die jungfräuliche Schneedecke.

Kurzes hartes Krachen! Wir machen halt. Anders als das atmosphärische Rauschen. Wieder! Neben uns, ganz in der Nähe: der säulenförmige Stamm einer mächtigen Föhre. Knack! Im Holz. Ja, wieder! Die subtile, beißende Stimme gefrierenden Holzes. Wir zögern, erwartungsvoll, strengen uns an, die Stimme erneut zu hören – aber unsere Aufmerksamkeit wird mit einemmal gestört, von einem neuen Laut gefangen, einem unregelmäßigen, knisternden, schmetternden Lärm, der sich vier- oder fünfmal wiederholt, aufhört, dann aufs neu ertönt – ja natürlich! Das quietschende, platschende, gedämpfte, unverkennbare Knarren von Schnee, der unter den Füßen zertreten wird! Eine Bewegung! Jetzt sehen wir ihn – *da!* Weiß vor Weiß vorbeigehuscht, dennoch deutlich. Kaninchen! Knirsch knirsch knirsch knirsch. Halt. Knirsch knirsch knirsch. Halt. Lauscht. Nervöses Zucken des geblähten Näschens. Weg! Leiser werdendes knirsch knirsch krack. Halt. Dann wieder, jetzt lauter. Halt. Ach! Hinter der Föhre da drüben! Dann wieder weg, knirsch knirsch knirsch knirsch. Schließlich: Stille. *Plötzliche verblüffende Nahaufnahme eines Hundekopfes, kleine schwarzglänzende Augen, lange schwarze Schnauze, die schnuppernd hin und her fährt, auf und ab geht über den weißen Boden, scharfkantig gespitzte, dreieckige Ohren*, und jetzt sehen wir den ganzen Hund, drahtig, kurzes Fell, ein edles Tier, muskulös. Mit der Schnauze am Boden witscht der Hund lautlos durch den stummen Forst, durch das schwerelose Rieseln des weichen Schnees.

Wir gelangen, den Hund vergessend, zu etwas, das wie ein kleiner offener Platz aussieht, beinahe eben, die vertrauten Helldunkel-Konfigurationen nicht von aufragenden Formen gestört. Hier machen wir kurz halt.

Unser Blick streift nach oben durch das abnehmende Schneetreiben, über den Bogen der hereinragenden Äste zum Himmel empor, dorthin, wo die Baumwipfel sich nach innen neigen, als seien sie beherrscht von, hingezogen zu einem omnipotenten Fluchtpunkt. Wir können den Fluchtpunkt nicht sehen, nicht einmal den Himmel: Der auf den Boden und auch auf uns herabrieselnde Schnee tilgt alles bis auf die unbewegten, schwarzen Umrisse der Bäume. Als wir wieder nach unten blicken, erkennen wir, daß dieses offene Gebiet in Wirklichkeit ein Park ist, mit starr und unergründlich herumstehenden Laternenmasten, mit breiten, schneegepolsterten Bänken, die im tiefen Schnee zu deren Füßen hocken. Ein kleines verwittertes Schild lugt hervor, dessen Farbe beinahe gänzlich verblaßt ist. Nur mit Mühe und auch nur aus extremer Nähe können wir das Wort MÄNNER ausmachen, aber es gibt keinen Pfeil, der uns mitteilen würde, wo diese zu finden sein möchten. Die Laternen brennen nicht: Dies ist die helle Hälfte des Tages.

Eine Straße führt durch den Park, kaum zu sehen im unzertrampelten Schnee, erkennbar als eine leicht abschüssige Ebene von ungefähr zehn Fuß Breite, die sich in unendliche Entfernung erstreckt. Tatsächlich stehen wir mitten darauf, und als unser Blick zum Horizont schweift – einem Horizont übrigens, der keineswegs klar umrissen, sondern vom herandrängenden Forst verwischt ist –, da sehen wir einen Schlitten näher kommen, von zwei dunklen Pferden gezogen. Lautlos, rasch braust er heran, die Hufe der Pferde wirbeln den Pulverschnee in einem Strudel aufstäubender Wolken auf, donnern auf uns zu, freilich ohne jedes Geräusch. Herrliche Pferde, mit wehenden Mähnen und festen, grazilen Körpern, mit schneeweißen Flanken, bebenden Muskeln, mit Schaum vor dem Maul. Und dann bricht mit einemmal das Tosen der Schlittenglöckchen über uns herein, das Donnern der Hufe, als der Schlitten an uns vorbei-, ja über uns hinwegrast in einem Schneewirbel, der uns alle Sicht nimmt!

Der Lärm bricht ebenso jäh ab, wie er eingesetzt hatte. Einen Augenblick lang sehen wir alles verwischt. Dann, als der feine Puder kalten Schnees um uns zu Boden fällt, sehen wir einen Mann, der hinter dem Schlitten aufgetaucht ist. Er geht zu Fuß, lächelt, winkt dem Schlitten zu, als erkenne er ihn; jetzt stapft er hinterdrein, geht festen, gemessenen Schrittes in einer der zwei schmalen Spurrillen, die die Kufen des Schlittens gebahnt haben.

Das Gesicht des Mannes sieht vertraut aus, jemand, den wir kennen oder zumindest schon einmal gesehen haben, oder jemandem sehr ähnlich, den wir schon einmal gesehen haben, ein maskulines, Wind und Wetter gewohntes Gesicht mit einer zerklüfteten Stirn über einer kühnen, geknickten Nase, mit dünnen, gerunzelten Augenbrauen, eng zusammenstehenden hellen Augen, die der Mann gegen das Gleißen zusammenkneift. Die Stirn ist, wie es uns vorkommt, abwechselnd von frappierter Verwunderung oder aber langgehegtem Zorn gefurcht, Krähenfüße ziehen tiefe Falten bis zu den Schläfen, das kräftige Kinn springt energisch vor, das derbe sonnengebleichte Haar ist wirr zerzaust. Seine Augen fixieren einen weit entfernten Punkt, vielleicht den Schlitten, der geräuschlos mit dem Horizont hinter uns verschmilzt, oder vielleicht auch lediglich resolut den Horizont selbst. Der Mann behält sein Lächeln bei, es furcht seine wettergegerbten Wangen mit launigen tiefen Grübchen. Das grelle Gleißen der Sonne ist unerbittlich. Auf den Wangen des Mannes sprießen die Stoppeln eines Eintagesbarts, struppige Härchen spitzen aus ihren dunklen Taschen hervor wie eine Invasion unermüdlicher Parasiten. Ein großer, unregelmäßiger Leberfleck von der Größe eines Ameisenkopfes unterbricht das dichte Stoppelgestrüpp bei einer der Vertikalfalten, die gegenwärtig von dem Lächeln vertieft werden. Das Lächeln verschwindet allmählich, wenn auch nicht vollständig, dafür verstärkt sich das Stirnrunzeln, doch ist es – *wir bemerken dies sogleich* – das angenehme, virile Stirnrunzeln der Entschlossenheit. Eine Besonderheit: Seine schmalen Lippen erscheinen ungewöhnlich dunkel, beinahe schwarz, und seine Augenwimpern stehen auffällig weit vor. Zweifellos ein bloßer Mangel an gewissen Fertigkeiten; wir übersehen das, wie wir ein falsches Wort, eine unerwünschte Träne, einen ausgetretenen Schuh, atmosphärisches Rauschen ignorieren würden. Der Mann trägt eine offene, kurze Lederjacke über der Brust und den starken Schultern, schwingt seine breiten, ledrigen Hände in weiten, rhythmischen Bögen, stapft kraftvoll durch den Schnee, die Beine fest in derbe, graue Gamaschen gewickelt. Seine Stiefel trampeln absichtlich in die Schneewächten, doch das vom Schnee reflektierte Licht blendet dermaßen, daß diese Stiefel dem Anschein nach nichts weiter sind als schwarze schuhförmige Stummel: Nur selten erhaschen wir einen Blick auf ein Schuhband oder einen Haken – nein, vorwiegend ist das Ganze nur ein pelziges Auf- und Abtauchen von schwarzer Farbe in unbeständigem Weiß.

Aus einiger Entfernung beobachten wir, wie der Mann auf uns zugestapft kommt, das Kinn in einer merkwürdigen Mischung von Zorn und Verblüffung vorreckt. Er ist allein, mutterseelenallein in einer immensen weißen Ödnis. Es hat aufgehört zu schneien. Der Himmel ist klar. Man sieht keine Bäume, keine Schatten, selbst die Schlittenspuren sind verschwunden – man sieht nur diesen schlanken Mann in der Lederjacke mit windzerzaustem Haar, der zornig über eine öde Weite schattenloser Hänge schreitet. Der Mann unterbricht jetzt von Zeit zu Zeit seinen Schritt. Er scheint besorgt, blickt unsicher um sich, hat sich vielleicht verlaufen. Er bleibt stehen. Dann: drei nervöse, unentschlossene Schritte. Er bleibt erneut stehen. Schaut sich um. Wir sind näher gerückt. Er hebt eine breite Hand an die Stirn, um seine Augen abzuschirmen, beugt sich ein wenig aus der Hüfte vor, sucht den Horizont in einer vollständigen Kreisbewegung ab. Er läßt die Hand sinken, zieht die Hose hoch, scheint zu seufzen, runzelt die Stirn. Er zieht ein Päckchen Zigaretten aus der Jackentasche, ein zerknautschtes Päckchen, in dem nur eine einzige Zigarette steckt. Er holt sie heraus, klopft sie gegen den Handrücken, steckt sie trotzig in den Mund. Er zerknüllt die leere Schachtel mit einer schnellen, geübten Gebärde, schleudert sie einige Fuß weit in den Schnee. Jetzt, aus derselben Tasche: ein Briefchen Streichhölzer. Er reißt eines ab, zündet es an, hält es an das Ende der Zigarette, hält massig die Hände darum gewölbt. Rauch strömt aus seiner Nase. Er wirft das Streichholz weg, zieht tief an der Zigarette. Sein Gesicht ist unbewegt, angespannt, zeigt entschlossene Härte; er atmet langsam aus, die Lippen zusammengepreßt und die Augen auf die Entfernung konzentriert. Geistesabwesend schnippt er die Zigarette beiseite, blickt eilig um sich und macht sich dann, den Kopf vorreckend, wieder auf den Weg.

Er hat nicht mehr als drei oder vier Schritte getan, als er erneut stehenbleibt. Er schaut um sich. Leckt sich die Lippen. Preßt den rechten Handballen an die Lende. Erneut späht er müde und diesmal ein wenig unbeholfen im Kreis um sich, beschirmt mit der linken Hand die dunkelbewimperten Augen. Offenbar befriedigt, daß er allein ist, knöpft er den Hosenlatz auf und macht sich bereit zum Wasserlassen.

Von hinter seiner linken Schulter, an seinem geröteten linken Ohr vorbei, haben wir gute Einsicht in den gleißenden, ununterbrochenen Abhang vor ihm. Die Spannung in seiner linken Schläfe läßt nach, als eine gewisse Versunkenheit in seine Aufgabe – gleichsam eine Art Befriedigung – über den Teil seines Gesichts zieht, den wir sehen können: nur die linke Seite und noch nicht einmal alles davon. Überdies bewirkt der blendende Glanz dessen, was hinter dem Gesicht liegt, daß es beinahe schwarz erscheint. Der Mann schreibt in den Schnee, während er sich erleichtert. Wir folgen dem Urin, der eine gelbe Spur durch die makellos weiße Ebene schneidet, doch wir können die Wörter nicht entdecken – oder vielmehr können wir sie deutlich erkennen, uns aber später nicht mehr an sie erinnern, können uns nicht einmal mehr erinnern, ob er das Wort oder die Wörter beendet hat, ehe der Urinstrom versiegte, vom anfänglich drängenden Ungestüm zu einem spärlich sickernden Rinnsal verkümmerte, drei unkontrollierte Spritzer tat und dann zu einem gelegentlichen Tröpfeln verkam. Die Schultern des Mannes zucken, und wir sehen, daß er lacht, *daß er bei seiner Beschäftigung die ganze Zeit gelacht hat* und jetzt unkontrolliert lacht, doch wir hören nichts davon, noch immer beherrscht Lautlosigkeit unser Bewußtsein, es gibt nur ein gelegentliches nicht ortbares atmosphärisches Rauschen, das wir vielleicht sowieso die ganze Zeit gehört haben.

Der Mann schüttelt ab, knöpft sich die Hose zu, lacht dabei die ganze Zeit, hat den Kopf zurückgeworfen, den Mund weit offen, fletscht die weißen Zähne, kneift die eng zusammenstehenden Augen fest zusammen, daß man die Krähenfüße feucht und übertrieben erkennt. Er läßt sich auf die Knie fallen und schreibt mit dem Finger in den Schnee:

ICH WAR'S!

doch bald lacht er so heftig, daß er kopfüber in den Schnee purzelt und sich dort herumwälzt. *Das Lachen! Jetzt hören wir es! Laut, quälend, hysterisch, hervorgeprustet, wirr und pervers, immer lauter und lauter hervorgebellt* – doch obwohl sein Lachen immer haltloser wird, beobachten wir, daß das Gesicht des Mannes verblüffend nüchtern ist! Er kauert im Schnee, hat sich vor schierer

Angst zu einer Kugel zusammengerollt, seine krähenfüßigen Augen sind feucht, seine Wangen weiß, als wären sie mit Mehl bestäubt – und wir sehen jetzt zum ersten Mal, daß sein Lächeln nicht echt ist, sondern aufgemalt: Sein wirklicher Mund ist nach unten verzogen, während das Lächeln, *das, was wir für ein Lächeln gehalten haben*, hartnäckig und unpersönlich auf seinem weinenden Gesicht verharrt. Das verrückte Lachen erreicht einen donnernden Höhepunkt, verliert sich dann bellend in der Entfernung. Hohl. Sonderbar. Jetzt: nicht mehr als ein Echo. Und dann wieder diese Stille. Eine Stille, die wir inzwischen kennen. Die dunklen Lippen des Mannes bewegen sich, immer und immer wieder, als leierten sie irgendeine schreckliche Silbe herunter, die das aufgemalte Lächeln zerstört, obwohl wir, wie wir es mittlerweile erwarten, nichts hören können. Nur dieses – doch dann, eigentlich erstaunlich, unterscheiden wir *wirklich* einen Laut, ein neues Geräusch, das wie ein Würgen klingt, eine Art ersticktes, kehliges Würgen –

Langsam, *rasch* weichen wir zurück, weg von dem Mann und dem Geräusch, lassen ihn dort zusammengerollt im Schnee liegen, hilflos wie ein Käfer auf dem Rücken, gleiten weg von der endlos weiten blendenden Ebene, kehren dankbar in den tröstlichen Schatten des Forsts zurück, in den mächtigen, niedergedrückten Forst mit seinem tiefen Baldachin aus schneebeladenen Zweigen. *Einen kurzen, freilich verblüffenden Augenblick lang sehen wir urplötzlich erneut das hysterische Gesicht des Mannes, beinahe wie in einer Erinnerung, einer plötzlichen angsteinflößenden Rückschau, die uns einen kalten und unerwünschten Schauer durch Mark und Bein jagt* – aber nach und nach begreifen wir, daß es überhaupt nicht der Mann ist, nein, es ist nur das Gesicht des weißen Kaninchens, nichts weiter, sein Näschen mit den weit geblähten Nüstern zittert, seine Nagetieraugen brechen, sein Schnäuzchen ist zu einem sardonischen Grinsen verzogen. Während wir uns zurückziehen, entdecken wir, daß es zwischen den Zähnen des drahtigen Hundes steckt. Sorgfältig lauschend gelingt es uns, ein rhythmisches Krachen zu hören, ein wenig wie Soldaten, die über zerbrechliches Porzellan marschieren. Das Krachen wird lauter und immer lauter, sogar nachdem der Hund und das Kaninchen, auf dem er herumbeißt, längst außer Sichtweite sind. Zuletzt verklingt selbst dieses Geräusch, wird von der transzendenten Stille des Winters verschlungen. Es beginnt wieder zu schneien.

2 *Das Milchmädchen von Samaniego*

Llevaba en la cabeza
una lechera el cántaro etcetera *futuro;*
mira que ni el presente está seguro.

Wir haben nichts Greifbares, das uns die Vermutung nahelegen könnte, außer vielleicht die vage Einsicht, daß wir uns irgendwo auf dem Lande befinden, und doch ist es wahr: Es nähert sich, obgleich wir sie jetzt im Moment nicht sehen, ein Milchmädchen. Ihr Kommen wird auch nicht im geringsten vom Gesichtsausdruck oder der Haltung des Mannes verraten. Er sitzt lediglich, wie eben ein Mann alleine dasitzen kann, am Fuße der kleinen Bogenbrücke und guckt müßig in den vorbeiströmenden Bach, bricht gelegentlich ein Stück Brot von dem Laib in seinem Schoß und stopft es zwischen seine gelben Zähne. Er kaut ohne großes Interesse, und die dicken Brotbrocken formen an verschiedenen Stellen in seinen dunklen unrasierten Wangen Beulen. Und dennoch bleibt die Tatsache bestehen, daß sich ein Milchmädchen nähert, auf dem Kopf einen hohen, sanft gebauchten Krug voll frischer Milch für den Markt. Es scheint beinahe, als hätte es eine Art unausgesprochenen und trotzdem wohlverstandenen Prolog gegeben, keinen bloßen Sinnspruch rein zufälliger Gestalt, sondern eine präzise Struktur vorherbestimmter Bilder, sowohl räumlich als auch zeitlich vor uns, die uns das Mädchen beschreibt, bevor unsere Sinne sie in der gegenwärtigen Kombination von Formen und Farben lokalisiert haben. Wir sind uns folglich ihrer unbestreitbaren Ankunft bewußt, bewußt auch des schlanken, eleganten Kruges, des roten Tuchs, das sie um den Hals geknotet hat, der gestärkten weißen Bluse und des buntgeblümten Rocks, des festen und doch frohlockenden Schrittes über die staubige Straße, diese staubige Straße, die zu der Bogenbrücke führt, vorbei an den Eichen und Zypressen, an den windschiefen Zäunen, vorbei an den planlos aufeinanderfolgenden Schaf- und Kuhweiden, vorbei an der gelegentlichen Hütte und den allgegenwärtigen Feldern, Feldern mit Klee, Kohl und Timotheusgras, vorbei an Hühnern, die im Kies neben der Straße scharren, all das unter der ungemilderten Hitze der Sommersonne.

Wir hätten andererseits vielleicht nicht an den Mann gedacht. Und sogar wenn die Vieldeutigkeit unserer Erwartungen Raum für ihn gelassen hätte, wie beispielsweise für die verschiedene Anordnung der Eichen, der Zypressen, der Gänseblümchen und des Kohls, so hätten wir den Mann wahrscheinlich nicht genau dort an der Brücke postiert, genau dort, wo unsere Aufmerksamkeit im falschen Moment von dem Mädchen abgelenkt werden könnte. Und dann obendrein noch sein zerfledderter schwarzer Hut, das Haar, das sich ihm um die Ohren und den sonnengeschwärzten Nacken lockt, sein zerfetztes gelbes Hemd, das an der Brust offensteht, sein starres und geschwollenes rechtes Auge, das beinahe zwei Finger tiefer sitzt als das linke: Auch all dies sind Überraschungen, und zwar solche, daß sie uns Mut machen möchten, uns nach einer anderen Brücke und einem anderen Milchmädchen umzusehen, wäre so eine glückliche Auswahl verfügbar. Doch da fährt der Mann plötzlich, als spüre er, daß wir ihn als Eindringling und Störenfried empfinden, aus der müßigen Betrachtung des Baches unter ihm hoch und neigt den Kopf aufmerksam nach rechts, wodurch sein schlimmes Auge noch grotesker wirkt, dreht sich dann langsam und überlegt um, um über die rechte Schulter zu schauen, und lenkt so unseren Blick direkt auf das Milchmädchen, das jetzt an einer Biegung der Straße, ein paar hundert Schritt entfernt, mit einiger Mühe zu erkennen ist.

Das Mädchen bewegt sich graziös, gleichmäßig und sicher auf uns zu, als würde sie von einem Windhauch getragen, obgleich an diesem heißen Tag kein Lüftchen weht, hält die zarten Hände in den Falten ihrer buntgeblümten Schürze, lüpft Schürze und Rock ein ganz klein wenig, um ihren leichtfüßigen Schritt noch graziler zu machen, während auf ihrem Kopf, wie für alle Ewigkeit dort befestigt, der hohe, eierschalenweiße Krug ruht, wie er verwendet wird, um frische Milch zum Markt zu bringen. Die Füße des Mädchens wirbeln Staubwölkchen von der Straße auf, was die allgemeine Wirkung mittsommerlichen Dunstes noch verstärkt. Eine weiße Henne schreckt hoch, plustert die Federn, flattert dann vor dem Mädchen über die Straße, um gleich wieder halt zu machen und im Kies auf der anderen Straßenseite zu scharren. Selbst aus dieser Entfernung können wir auf dem feingeschnittenen Gesicht des Mädchens den Anflug eines Lächelns erkennen, dazu unter dem roten – oder vielmehr narzissengelben – um den Hals geknoteten Tuch ihre vollen Brüste, voller vielleicht, als wir erwartet hatten, die in der weißgestärkten Bluse stolz vorgereckt sind.

Als das Mädchen langsam um die langgezogene Kurve der Straße gegangen ist und nun direkt auf uns zukommt, werden ihre Hüften merklich breiter, die Röcke bauschiger. Der Krug, ein Henkelkrug aus Steingut, lang und glatt mit engem Hals, zeigt ein weiches, lichtabsorbierendes Weiß, die ein wenig gräuliche Farbe von Eierschalen; er ruht fest auf ihrem kastanienbraunen Haupt, während sie darunter mit gleitenden und völlig linearen Bewegungen die staubige, furchige Straße entlangschreitet. Auf ihrem rotgeschminkten Munde spielt beziehungsreich ein Lächeln, ihre Augen schweifen weder nach rechts noch nach links, sondern sind unbeirrbar einige Schritt voraus auf die Straße gerichtet. Wie sie so ausschreitet, flattert und weht ihr Rock, als sei er von einem Windhauch erfaßt, obgleich kein Lüftchen weht. Ihr – doch der Mann, der Mann mit dem zerfledderten Hut und dem vorquellenden Auge, er steht auf und – nein, nein! das Mädchen, *das Mädchen!*

Durch die Staubwirbel um ihre Füße können wir einen gelegentlichen Blick auf ihre Knöchel erhaschen, die eher kräftig gebaut sind, doch in der Sommersonne hurtig unter ihrem dunklen Rock und der buntkarierten Schürze aufblitzen. Ihre Hände, obgleich derb und mit breiten Handflächen, sind stark und selbstbewußt, die dunklen schwieligen Hände eines Milchmädchens, Hände, die Vieh striegeln, nach geschwollenen Zitzen greifen und Futter in Tröge schaufeln. Über dem Tuch in der satten Farbe der Goldrute, das sie um den Hals geknotet trägt, entblößt ihr gedankenverlorenes Lächeln große ebenmäßige Zähne, weiß und gesund. Ihre Nase ist ein ganz kleines bißchen nach links verschoben, steht ein klein wenig vor, und über dem rechten Nasenloch taucht ein kleiner, dunkler Fleck auf, oder ist aufgetaucht, nicht unähnlich einer Warze oder einem Leberfleck. Ihre zusammengekniffenen schwarzen Augen blicken weder nach rechts noch nach links, sondern blicken geistesabwesend ein paar Schritt voraus auf die Straße. Über dem Gesicht mit der hohen Stirn, dunkel verbrannt von der unablässigen Sommersonne und sicher in ihrem torffarbenen Haar geborgen, schwebt der hohe Krug vollkommen ungestört von ihrem anmutigen, kraftvollen Schritt.

Der Krug selbst ist von blaßgrauer Farbe, am Hals eine Idee dunkler, und über und über von einem komplizierten Netzwerk winziger rostfarbener Äderchen durchzogen. Selbst aus nächster Nähe sind wir verblüfft, wie sehr er, sowohl in Tönung als auch Textur, an die Schalen weißer Eier erinnert. Tatsächlich stellen wir, als wir noch näher herangehen, fest, daß es sich gar nicht um einen Krug handelt, obgleich er wie einer ausgesehen hat, sondern wirklich um echte Eier, mindestens sechs Dutzend, vielleicht sogar sieben, alle in einem großen Bambuskorb geborgen, der Art Korb, die verwendet wird, um frische Eier zum Markt zu bringen. Plötzlich, noch während wir zusehen, scheint sich so etwas wie eine innere Energie der Eier zu bemächtigen: Sie purzeln im Korb durcheinander, platzen auf, und hundert Küken oder mehr noch – ja! gewiß mehr noch! – schlüpfen aus, eines nach dem anderen, plustern ihren gelben Flaum auf und wuseln munter durcheinander, um den Samen aufzupicken, den ihnen das fröhlich aufgeregte Milchmädchen in der buntgeblümten Schürze zuwirft. Die Küken flattern ängstlich, beinahe wie von Sinnen um die spitzen Knöchel des Milchmädchens herum, und je schneller sie laufen, desto schneller wachsen sie – im einen Augenblick sind sie fette weiße Hennen, im nächsten noch fettere gelbe Sauen, deren Bäuche über den Boden schleifen, während ihre Schnauzen gefräßig in dem Überfluß von Kohl, Kleie und Eicheln wühlen, den ihnen die schlanke Magd in die Tröge wirft. Und als wir uns nun zum ersten Male genauer umsehen, entdecken wir noch mehr Sauen, auch

Hennen, sogar Kühe mit ihren Kälbchen, die allesamt das fröhliche Milchmädchen mit dem eierschalenweißen Krug auf dem Kopf umringen, als würden sie sie lobpreisen.

Nicht mehr als ein Dutzend Schritte entfernt, striegelt ein hochgewachsener Bursche, dunkel und feingliedrig mit blitzenden braunen Augen und keckem Mund, einen pechschwarzen Stier mit mächtigem Brustkorb, und sein kräftiger gebräunter – doch genug davon! Denn kurzum, er blickt hoch, die beiden tauschen tiefe Blicke, beide lächeln, sie schlägt die Augen nieder. Der Junge wirkt wie gelähmt, starrt sie verwundert an, ihr wunderschönes kastanienbraunes Haar, das in der glühenden Sommersonne glänzt, ihre sanft errötenden hellen Wangen, ihren weichen Körper mit den reifen Brüsten in der gestärkten weißen Bluse und dem buntgeblümten Rock. Die Striegelbürste fällt zu Boden. Der junge Bursche drängelt sich an den Sauen und Kälbchen vorbei, kämpft sich zu dem Mädchen vor, das Lächeln ist von seinen Lippen gewichen, seine Augen sind weit offen und erstaunt, seine Nüstern gebläht. Seine Hände betatschen ihre Brüste, ihr Gesicht, zerren an ihrem Kleid, verfangen sich in ihrem Haar – *nein! nicht doch –!* Sie reißt sich frei, doch als sie dies tut, verspürt sie mit einemmal ein Gefühl der Erleichterung, beinahe als würde sie größer, während sich der Krug mit der frischen Milch nach vorne neigt, umkippt, von den wegruckenden Schultern des Jungen prallt und vor dessen flüchtenden Füßen in den Staub stürzt. Die weiße Flüssigkeit ergießt sich aus der engen Öffnung, versickert nutzlos im trockenen gelben Staub der gefurchten Straße am Fuße der kleinen Bogenbrücke.

Das Mädchen bückt sich, um den Krug aufzurichten, doch zu spät. Weg. Die Milch, die Eier, die Hennen, die schmerbäuchigen Sauen, die Kühe und die Kälbchen, jener ungeschickte, dumme, prachtvolle Junge: alles weg. Tränen rinnen über das gebräunte Gesicht des Mädchens. Weg, *weg!* In ihrer Pein bemerkt sie zunächst die beiden rissig aufgesprungenen Hände nicht, die ihr helfen, den Krug aus Steingut aufzurichten, aber als sie zuletzt durch ihre Tränen hindurch die Hände wahrnimmt, dauert es nur eine kurze Sekunde, bis das Mädchen auch den ganzen Rest entdeckt: den zerfledderten schwarzen Hut und das ungeschnittene Haar, das dunkle, bärtige Gesicht mit dem vorquellenden, blutunterlaufenen Auge, das schweißverdreckte, bis zum Gürtel offenstehende Hemd. Das Mädchen schreckt zurück, schlägt die rechte Hand vor den weit offenen Mund. Sie rappelt sich auf die Füße. Ihre linke Hand fährt nach oben, als wollte sie einen Schlag abwehren. Das Mädchen macht einen Schritt nach hinten, scheint wegrennen zu wollen. Der Mann stellt den Krug ins Gras am Fuß der Brücke, dreht sich zu dem Mädchen um, lächelt. Sie lächelt zaghaft, wischt sich die Tränen von den Wangen, macht noch einen Schritt nach hinten. Er blickt an sich herab, betrachtet sein zerrissenes gelbes Hemd und seine schlammverdreckten Schuhe, macht eine entschuldigende Geste, verbeugt sich leicht aus der Hüfte heraus. Sie nickt, hält mit beiden Händen ihre buntkarierte Schürze fest, lächelt erneut, schüttelt den Kopf, macht keinen Schritt nach hinten. Er zuckt die Schultern, deutet auf die Sonne, auf den Krug bei der Brücke, auf das Brot daneben im Gras. Sie lächelt offen, zeigt ihre großen weißen Zähne, schüttelt den Kopf, deutet ebenfalls auf die im Zenit stehende Sonne und dann auf die Straße, auf der sie soeben entlanggewandert kam. Er folgt ihrer Geste, blickt mit aufrichtigem Mitgefühl die lange staubige Straße hinunter, dann wieder auf den leeren Krug, zögert, faßt schließlich in seine Tasche und zieht einige Münzen hervor. Er zeigt sie dem Mädchen. Sie macht einen Schritt vorwärts, um die Münzen näher in Augenschein zu nehmen: Es sind nur einige wenige, aber aus Gold und Silber. Sie sehen, um die Wahrheit zu sagen, in der starken, dunklen Hand des Mannes wie nichts Geringeres aus als ein komplettes privates Universum von Mitsommersonnen. Sie lächelt, schlägt die Augen nieder.

Der Krug, von dem wir gedacht hatten, er sei sicher im Gras am Fuß der Brücke abgestellt worden, befindet sich in Wirklichkeit, wie wir jetzt erkennen, auf einem schmalen Felskamm: Er wankt, neigt sich, poltert schließlich in einem sachten Kreisbogen herunter, daß die rostfarbenen Äderchen in tausend winzige Bruchstücke zerschellen, Bruchstücke, die den geborstenen Schalen weißer Eier nicht unähnlich sehen. Viele dieser Bruchstücke bleiben am Fuß der Brücke im Gras liegen, während andere lautlos den Hügel hinunter in den vorbeiströmenden Bach purzeln.

3 *Die Spirale des Aussätzigen*

Zunächst, in einem halb realen, halb erinnerten Augenblick, sitzt der Aussätzige ruhig da und rastet; dann beginnt er näher zu kommen, eilt über die – nein, nein! unmöglich! er hatte von vornherein damit begonnen, war von vornherein näher gekommen, es war das grelle Gleißen, nur das grelle Gleißen, das die Täuschung heraufbeschwor: Die Sonne steht am Zenit, und dieser Aussätzige kommt auf uns zu. Ein einsames Geflatter nähert sich wie ein verkrüppelter Vogel, der Aussätzige, der aus der Absonderung heraustaumelt, taumelt auf uns zu, hier unter der sengenden Wüstensonne, über den verdörrten und wüsten Erdboden, unter Zukken und Winden, als sei er erstaunt, froh, ungläubig. Seine weiße Robe – sofern es überhaupt eine Robe ist – raschelt steif und einengend, verdeutlicht die Mängel seines Vorankommens, die schmerzlichen Verschiebungen des Drehpunkts durch den Unterleib, die sonderbare, unsichere Gangart, als wisse er nicht, wie es richtig geht, oder könne es, falls er es gekonnt hatte, jetzt nicht mehr richtig. Blendend weiß diese flimmernde Gestalt, die die schmelzflüssige, rote Ebene überquert, die Umrisse vom unbarmherzig grellen Gleißen verwischt.

Unser eigenes Vorwärtsschreiten hingegen ist präzise, beherrscht, war es von Anfang an. Das aktive Prinzip könnte man es nennen. Könnte man es spöttisch nennen. Wir beschreiben einen großen Kreis auf dem Wüstenboden, nehmen die Ausgangsposition des Aussätzigen als Mittelpunkt (und erzwingen damit zugegebenermaßen eine neuerliche und genauere Betrachtung der Realitäten jenes ersten Augenblicks der Ruhe – gütiger Gott! Müssen wir denn immer und ewig auf solche Rätsel stoßen?). Da ja der Aussätzige immer näher kommt, immer näher kommen muß, zwingen wir ihn mit dieser ausgeklügelten Tour dazu, sein lächerliches und stümperhaftes Herangehoppel spiralförmig zu krümmen, regulieren unsere eigene Geschwindigkeit dergestalt, daß seine Ankunft, sofern er bloß nicht stolpert, der Narr, und der Länge nach hinschlägt (und er tut es nicht, wird es nicht tun), an unserem Ausgangspunkt erfolgen muß.

Er scheint über unseren Zug verblüfft – ha! Er muß ihm wie

Flucht, wie Rückzug vorkommen, da er sich bei einer solchen räumlichen Trennung gar nicht vorzustellen vermag, daß unserem flotten Galopp eine Form unterliegt – doch o Beharrlichkeit! er widmet dem Vorhaben nur desto mehr Kraft, nur desto mehr von seiner nachlassenden Kraft, watschelt im einen Moment mit der einen großen Zehe über der anderen daher, um dann im nächsten Augenblick die Beine weit zu spreizen, die Arme wie zerfetzte Segel ausgebreitet, um mühsam Halt zu suchen, im einen Moment das Schambein vorgereckt, im nächsten Augenblick zur Seite verdreht, während sein Kopf bedenklich (Verlängern wir denn diese erbärmliche Reise um der Kunst willen! Ob Kunst oder nicht, *er soll ruhig die äußerste Verzweiflung kennenlernen!* – wie sonst sollte er gerüstet sein für ihr Gegenteil?) auf dem dürren, weißen Hals wackelt. Unter anderen Umständen könnte sein Näherkommen gut und gerne komisch wirken, dieser linkische, spindelbeinige, die Glieder kreuz und quer verrenkende Tanz in der heißen Sonne. Es ist die Absonderung des Aussätzigen, die allen Spaß beiseite fegt. Falls überhaupt irgend etwas ernst zu nehmen ist, dann muß es der Aussätzige sein.

Unsere Geschwindigkeit ist nicht gleichförmig. Nein, wäre dem so, würden wir ihn am Ende hinter uns zurücklassen, müßten wir zusätzliche Kreise einflechten, um ihn von hinten zu erwischen, eine stumpfsinnige und sinnlose Strategie. Also nimmt unsere Schnelligkeit ab, zweifellos in berechenbarem Maß. Der Aussätzige freilich weiß dies nicht. Er tanzt einfach immerzu weiter, wirft die Arme und Beine von sich, tanzt hilflos immerzu weiter – doch voller Hoffnung, jener steinalten Krankheit – und kratzt dabei seine Spirale in den Wüstenboden, vielleicht weniger maßgenau als unser perfekt abgezirkelter Kreis, doch gerade deswegen um so schöner, diese dampfende, weiße Spirale auf der terrakottaroten Ebene. Seine Robe sieht nicht so sehr wie eine Robe aus als vielmehr wie… wie ein Leichentuch! *Der Tod!* so schreien wir inwendig, schlagen uns allerdings die (aufschreckende!) Absurdität sofort aus dem Kopf. Es ist die Sonne, nur die Sonne, das grelle Gleißen, die Hitze – doch nur einen Augenblick lang! Es ist, und wird es bis zuletzt sein, ein Aussätziger in einer weißen Tunika. Und er wird sterben, nicht wir.

Schon gleiten wir hinein ins letzte Kreisbogensegment, schließen es jetzt, unsere Arbeit ist zu mehr als zwei Dritteln getan, das Schlimmste vorbei. Unser Tempo nimmt stetig ab – der Aussätzige ist jetzt nahe genug, daß wir sein beflissenes Lächeln sehen können: *Sonderbar* ist dieses Lächeln! Denn der Mund des Aussätzigen ist an den Mundwinkeln tief eingerissen, und selbst falls er nicht lächeln sollte, würde man es sicherlich annehmen. Verkrustete Augen stehen über glänzendweißen Wangenknochen hervor, Fitzelchen seines weißen Fleisches vermischen sich (vielleicht scheint sie ein wenig merkwürdig, diese sinnliche Abschweifung, noch dazu in diesem Augenblick, aber in ihr, verstehen Sie, läßt sich eine gewisse Freude finden, ein Bedürfnis stillen), vermischen sich mit seiner wehenden Robe, blättern als schuppiger Staub ab, der seine Umrisse verwischt, tanzen leicht um ihn herum, während er ungestüm weiterstolpert, auf uns zukommt. Das Fleisch, das Fleisch erinnert an Glimmer: durchscheinende Schichten toten, schuppigen Materials, da und dort zu glänzenden Knötchen verhärtet, da und dort durch tiefe Höhlen aufgebrochen. In diese Höhlen eingebettet: eine dunkle Substanz, die nicht so sehr an Blut gemahnt als an … an: Exkrement. Nun, dies ist schlichte Einbildung, Blut gemischt mit Eiter und in der Sonne verbacken, das ist alles. Die nackten Füße hinterlassen eine Spur dieser klebrigen braunen Farbe.

Doch jetzt – o mein Gott! –, als uns nur noch einige wenige Schritte voneinander trennen und unser Ausgangspunkt – und Endpunkt! – soeben vor uns sichtbar wird, da durchbricht die brutale Wirklichkeit die Schranken unserer Sinne: *Die Begegnung steht jetzt unmittelbar bevor!* Völlig in unsere visuellen Eindrücke, unsere sinnlosen Berechnungen, unsere hedonistische Freude an der schieren Aktion und ihre Kraft vertieft – wie hatten wir bloß all das vergeuden können! –, hatten wir vergessen, was am Ende kommen sollte! Hätten wir nachgedacht, bloß *nachgedacht*, dann hätten wir zwei Kreise oder auch zehn Kreise beschreiben und diese ultimative Erfahrung hinausschieben können, *hätten* können, doch diese Wahl stellte sich uns nur ein einziges Mal, unsere impulsive erste Handlung ist mittlerweile – ach! – eine Tatsache geworden, eine unerbittliche Regentin all dessen, was bleibt – oder hat uns der Aussätzige von vornherein zum besten gehalten? Hat sein Tempo zwei Kreise erlaubt? Und spielt dies eine Rolle? Denn die Begegnung muß erfolgen, oder etwa nicht? Einerlei, ob nach einem Kreis oder zwei Kreisen oder zehn.

Es ist ohne Belang. Es steckt etwas in uns, das Einverständnis vorausbedingt. Wir drehen uns um und begrüßen den Aussätzigen.

Unsere Hände, *meine* Hände, tauchen vor uns auf, gesund, behaart, mit kräftigen Handgelenken, muskulös und von sattem, kostbarem Blut durchpulst, Hände, die jetzt zur Umarmung ausgestreckt sind. Sie zittern nicht. Der Aussätzige, mit heraushängender Zunge – *mein Gott! beinahe schwarz!* – und erbärmlich viel Schaum vorm Mund, mit ausdruckslosen Augen und eine Art milchigen Schweiß aus dem ganzen elenden Körper aussondernd, wirft sich uns in die Arme, erstickt uns, wirft uns in den roten Lehm, sein schmieriges kaltes Fleisch klebt an dem unseren, an dem meinen, seine schwarze Zunge leckt mir übers Gesicht, blinde Augen, dazu dieses Gewinsel! Sein Geruch erstickt uns, wir liegen, ich liege hilflos unter der ekelerregenden Last seines absterbenden Fleisches. Dann, noch in demselben Moment, ist es vorbei. Von allem Ekel geläutert, befreien wir uns aus seinem Griff, betten ihn sanft auf die rote Erde, trocknen seine letzten ekstatischen Tränen. Zunächst bemühen wir uns, die Erde mit den Fingern aufzureißen, ein Loch zu graben, das groß genug ist, die Pestilenz seines raschen Zerfalls zu verbergen. Doch bald sind wir es leid: Die Erde ist hart, das Begräbnis nur ein uralter Reflex. Wir lassen ihn liegen und setzen uns daneben, warten ab. Unter der Wüstensonne. Wir warten ab, wie er auf uns wartete, auf dich. Verzweifelt in seiner Bedrängnis, aber auch voller Furcht. Welch furchtbares Spiel werdet *ihr* mit *uns* spielen? Mit mir.

*E*in ganz banaler *V*erkehrsunfall

Paul trat vom Gehsteig und wurde von einem Lastwagen angefahren. Er wußte erst nicht, was ihn da angefahren hatte, aber jetzt, auf dem Rücken unter dem Lastwagen, konnte es keinen Zweifel geben. Bin ich das? fragte er sich. Bin ich auf Erden gewandelt, um hier zu landen?

Just als er den Aufprall spürte und vor dem Lastwagen wie auf dem Rummelplatz einen Kobolz aus Schmerz und Schrecken schoß und dann unter die Räder geriet, hatte er gedacht: Das ist bereits schon einmal geschehen. Er hatte einen Schlag in den Nakken bekommen, ein jäher Lichtblitz, und im Hinterkopf loderte ein Feuer auf. Der heiße – beinahe aromatische – Schmerz: das war neu. Das Gefühl der Heimkehr bezog sich auf den *Ort*.

Er lag rechtwinklig zum Lastwagen, unter dem Anhänger, genau hinter dem zweiten der drei Zwillingsreifenpaare. Bis auf Kopf und Schultern lag sein Körper vollständig unter dem Lastwagen. Vielleicht erlebe ich eine Wiedergeburt, überlegte er. Er starrte geradewegs nach oben, an der Seitenwand des Lastwagens hoch in den Himmel, der blaßblau und wolkenlos war. Die Spitzen von Wolkenkratzern drängten sich in der Mitte seines Blickfelds zusammen; jetzt, wo er darüber nachdachte, merkte er, daß er zum ersten Mal seit Jahren an den Häusern hochblickte, und sie schienen gleich umfallen zu wollen. Die alte Illusion; jedenfalls eine von ihnen. Der Lastwagen war rot mit weißen Buchstaben, aber der eng begrenzte Blickwinkel auf die Seitenwand verhinderte, daß er die Buchstaben entziffern konnte. Ein großes «Z», soviel konnte er erkennen – und eine Zahl, ja, es schien eine «14» zu sein.

Er lächelte innerlich über diese Ironie, denn er hegte ein heimliches Faible für Zahlen: vierzehn! Er meinte, sich erinnern zu können, daß die Ampel Grün gezeigt hatte, aber es spielte letztlich keine Rolle. Keine Chance, es zu beweisen. Inzwischen hatte die Ampel sicherlich ohnehin umgeschaltet. Sonderbarerweise beunruhigte ihn der Gedanke.

«Son beknackter gottverdammter Idiot latscht vor mir mitten auf die Straße null Checkung der hats glatt drauf angelegt daß es knallt!»

Die Stimme, irgendwie vertraut, guttural, aber piepsig, kam von rechts oben. Leute blieben stehen, starrten kopfschüttelnd auf ihn herunter. Er kam sich vor wie auserwählt. Er versuchte, den Kopf zu der Stimme zu drehen, doch da durchzuckte es ihn wieder heiß im Nacken. Das sah nicht gut aus. Lieber ruhig liegen bleiben, kein Risiko eingehen. Zumindest sah er jetzt noch aus dem Augenwinkel das Fahrerhaus des Lastwagens, rot wie der Anhänger, und aus dem Fenster heraus guckte der dicke Kopf des Lastwagenfahrers, der in der Sonne wackelte. Der Fahrer trug eine kleine Tweedmütze auf dem Kopf – tatsächlich allzu klein: sie saß gerade eben oben auf dem Kopf.

«Mannomann ich hab mein Lebtag schon jede Menge Luschen gesehen aber der Blödkopf ist echt der allergrößte Gott segne die Arbeiterklasse sag ich immer und beschütze uns vor dem bösen Hansdampf!»

Der Lastwagenfahrer redete mit ausdrucksstarken Gesten und rollenden Glubschaugen. Sein kleinwüchsiger Körper tauchte im Fenster des Fahrerhauses blitzschnell auf und wieder weg, die kleinen Hände flatterten wild hin und her. Paul machte sich immer noch Gedanken wegen der Ampel. Es war wichtig, aber wie sollte er das jemals herausfinden? Die Welt war schnellebig, im Handumdrehen war man weg vom Fenster. Der Fahrer hatte eine krumme rote Nase und struppige rötliche Haare, die wie Strohhalme abstanden. Dazu ein kantiges, glänzendes Kinn, ganz wie das Spiegelbild der Hakennase. Pauls Augen schmerzten vor Anstrengung, und er mußte wegsehen.

«Hörnse meine Damen und Herrn ich bin ein braver Christenmensch bei Gottlieb ein anständiger sich abrackender Familienvater verdien mir ehrlich mein Geld und hab'n liebes Frauchen zu Hause und sieben sehnsüchtig wartende Kindchen alle mein eigen Fleisch und Blut ich bin ein *verantwortungsbewußter Mann* und Gott verdammich noch eins was macht der Knabe da daß er mir mittenmang vor die Fresse und den armen alten Lastwagen spaziert.»

Auf manchen Gesichtern sah Paul Mitleid oder zumindest neutrale Neugier, müßiges Belustigtsein, die meisten aber blickten ihn vorwurfsvoll an. Es gab ein paar Leute, die zusammenzuckten, als sie seinen Zustand sahen und zu begreifen schienen, aber es gab andere – die Mehrzahl –, die höhnisch lachten.

«Der ist selbst schuld, wenn Sie mich fragen!»

«Die Faulpelze spielen den Hanswurst, und die Malocher müssen den Schlamassel ausbaden!»

«So einer wie der dürfte nicht frei rumlaufen!»

«Was hilft alles Hetzen, wenn man auf dem Holzweg ist?»

Es wurde immer schlimmer. Das Gebrüll wurde lauter, die einzelnen Rufe gingen ineinander über. Es gab Ansprachen und Fahnengeschwenke. Paul fragte sich: hatte er etwas dabeigehabt? Nein, nein. Er hatte bloß – *Moment mal!* Ein Buch? Gut möglich, aber... ach na ja. Vielleicht hielt er es noch in der Hand. Er hatte kein Gefühl in den Fingern.

Die Leute umsummten ihn wie ein Fliegenschwarm, sie brachten Beschwerden vor, ergriffen Partei, womöglich hätte es eine Schlägerei gegeben, doch ein Polizist kam daher und löste die Versammlung auf. «Also, meine Herrschaften! Ein Stück zurück, bitte sehr!» schrie er. «Lassen Sie dem Mann ein bißchen Luft! Sehen Sie denn nicht, daß er verletzt ist?»

Endlich, dachte Paul. Er entspannte sich. Einen Augenblick lang hatte er das Gefühl gehabt, in einem fremden und feindlichen Land zu sein, doch nun fühlte er sich wieder zu Hause. Er fing sogar an zu glauben, daß er vielleicht überleben könnte. Obwohl im Ernst: Hatte er je daran gezweifelt?

«Alle zurücktreten, *zurücktreten!*» Der Polizist machte seine Sache gut. Die Menge wurde still, und dem Geräusch ihres verdrossenen Geschlurfes nach zu schließen, wichen die Leute ein Stück zurück. Nicht, daß er dadurch mehr oder weniger Luft bekam, aber er fühlte sich trotzdem erleichtert. «Na also», sagte der Polizist sanft, aber bestimmt, «was ist hier eigentlich passiert?»

Und schon ging alles wieder von vorne los, genau wie vorhin, der Radau, die Entrüstung, der Streit, die gelehrten Redensarten, allerdings lauter und mißtönender denn je. Ich bin verletzt, sagte Paul. Niemand hörte es. Der Polizist rief die Leute zur Ordnung, und langsam brachte er sie mit seinem Geschrei und seinem Gummiknüppel und seinen Drohungen wieder zum Schweigen.

Eine einsame Stimme war zuletzt zu hören: «– zum letzten Mal, Mister, *hören Sie auf, mich in den Po zu kneifen!*» Alle lachten erleichtert.

«Hören Sie auf, sie in den Po zu kneifen, Mister!» befahl der Polizist mit barsch vorgerecktem Unterkiefer, und alle lachten wieder.

Paul hätte beinahe gelacht, aber er schaffte es nicht ganz. Außerdem war er erst in diesem Moment eigentlich richtig darüber im Bilde, was geschehen war, und angesichts seines Zustands war es alles andere als lustig. Er schlug die Augen auf, und da stand der Polizist über ihn gebückt. Er hielt ein Notizbuch in der Hand.

«Also erzählen Sie schon, Sohnemann, was ist hier passiert?» Das Gesicht des Polizisten war schmal und bleich wie das eines Schuljungen, und unter der verkniffenen Nasenspitze trug er einen kurzgestutzten schwarzen Schnäuzer.

Eben hat mich dieser Lastwagen angefahren, erklärte Paul, und dann begriff er, daß er es vermutlich gar nicht gesagt hatte, daß er die Kunst des Redens nicht mehr beherrschte. Er rollte die Augen vielsagend zum Fahrerhaus des Lastwagens.

«Hören Sie mal, ich habe gefragt, was hier passiert ist! Hat Ihnen die Katze die Zunge gemopst, junger Mann?»

«Son beknackter gottverdammter Idiot latscht vor mir mitten auf die Straße null Checkung der hats glatt drauf angelegt daß es knallt!»

Der Polizist blieb über Paul gebückt, drehte aber den Kopf nach oben, um sich den Lastwagenfahrer zu betrachten. Der Polizist trug eine knallblaue Uniform mit großen Messingknöpfen. Und goldene Schulterstücke.

«Mannomann ich hab mein Lebtag schon jede Menge Luschen gesehen aber der Blödkopf ist echt der allergrößte Gott segne die Arbeiterklasse sag ich immer und beschütze uns vor dem bösen Hansdampf!»

Der Polizist blickte nach unten zu Paul und dann wieder zurück zu dem Lastwagenfahrer. «Ich weiß Bescheid über Lastwagenfahrer», hörte Paul ihn sagen.

«Hörnse meine Damen und Herrn ich bin ein braver Christenmensch bei Gottlieb ein anständiger sich abrackernder Familienvater verdien mir ehrlich mein Geld und hab'n liebes Frauchen zu Hause und sieben sehnsüchtig wartende Kindchen alle mein eigen Fleisch und Blut ich bin ein *verantwortungsbewußter Mann* und Gott verdammich noch eins was macht der Knabe da daß er mir mittenmang vor die Fresse und mein armes altes Dreirad spaziert. Meinen Lastwagen mein ich!»

Man hörte ein keckes Kichern in der Menge, aber das Stirnrunzeln des Polizisten und sein erhobener Gummiknüppel hielt sie im Zaum. «Wie heißt du, Junge?» fragte er und wandte sich wieder an Paul. Zuerst lächelte der Polizist, er wußte Bescheid über Lastwagenfahrer, und er wußte Bescheid über Leutchen wie Paul, und irgendwie steckte eine Erlösung in diesem Lächeln, doch nach und nach verblaßte es. «Na mach schon, Junge! Hab keine Angst!» Er zwinkerte, stupste ihn sachte an. «Wir wollen dir doch helfen.»

Paul, antwortete Paul. Aber nein, kein Zweifel, es steckte da drin fest, und er brachte es einfach nicht heraus.

«Na ja, wenn du mir nicht helfen willst, kann ich dir auch nicht helfen», sagte der Polizist eingeschnappt und reckte die Nase in die Luft. «Kennt irgendwer hier diesen Mann?» rief er in die Menge.

Wieder lautes Getöse, ein bedrohlicher Aufruhr aus Worten und Geräuschen, hin und her geworfenen Zurufen. Es war schwer zu kapieren, ob ihn keiner kannte oder ob sie alle ihn kannten. Doch dann kam eine Stimme durch, die lauter schmetterte als alle anderen: «O Gott im Himmel! Es ist Amory! *Amory Westerman!*» Die Stimme, eine Frauenstimme, dem Klang nach reichlich hysterisch, kam näher. «Amory! Was ... *was* haben sie bloß mit dir *angestellt*?»

Paul begriff. Es war kein Irrtum. Er war überrascht über seinen eigenen Scharfsinn.

«Kennen Sie diesen jungen Mann?» fragte der Polizist und zückte sein Notizbuch.

«Was? Ob ich ihn kenne? Kannte Sarah Abraham? Kannte Eva Kain?»

Der Polizist räusperte sich verlegen. «Adam», sagte er leise.

«Sie wissen, wen Sie kennen, ich weiß, wen ich kenne», sagte die Frau und lachte wiehernd mit tiefer, kehliger Stimme. Die Menge reagierte mit dröhnendem Gelächter.

«Aber dieser junge Mann –!» insistierte der verdatterte Polizist.

«Wer, Sie und Amory?» rief die Frau aus. «Das kann ich nicht glauben!» Die Menge lachte, und der Polizist biß sich auf die Lippe. «Amory! Was sind das für neue Scherereien?» Sie blähte sich auf über ihm: alt, vielleicht sogar siebzig, korpulent und dickbusig, teigiges Gesicht mit dick aufgetragenem, knallrotem Rouge, um den Kopf einen Heiligenschein von dünnen, orangeroten Ringellocken. «Mein armer Amory!» Und schon stürzte sie sich auf ihn. Paul versuchte den Kopf einzuziehen, was aber nur einen heißen Blitz durch den Nacken auslöste. Ihr Atem stank nach billigem Gin. Hilfe, sagte Paul.

«Halt, meine Dame! Schluß!» rief der Polizist und zog die Frau am Ärmel zurück. Sie stellte sich wieder hin, schlug die Hände vors Gesicht, taumelte zurück. Was sie sonst noch tat, konnte Paul nicht sehen, denn ihr Gesicht wurde für ihn weitgehend von der Wölbung ihres Busens und Bauches verdeckt. Er hörte aber Lachen. «Alles in Ordnung hier», brummte der Polizist und klopfte auf sein Notizbuch. «Nun, wie heißen Sie bitte... äh... Miss, Madam?»

«Wie ich heiße?» Grobschlächtig fuhr sie auf einem dickgeschwollenen Knöchel herum und brüllte der Menge zu: *«Soll ich's verraten?»*

«Ja doch! Ja doch! Ja doch!» grölten die Zuschauer und klatschten rhythmisch Beifall. Paul ließ sich davon ganz gefangennehmen; letztlich blieb ihm auch nichts anderes übrig.

Der Polizist, im Rhythmus des Sprechchors mit dem Bleistift auf sein blaues Notizbuch pochend, beugte sich hinunter zu Paul und flüsterte: («Ich glaube, jetzt haben wir sie auf unserer Seite!»)

Paul, dessen Blick desorientiert am hageren weißen Gesicht des Polizisten und an der roten Seitenwand des Lastwagens vorbei in den horizontlosen blauen Dunst darüber schweifte, fragte sich, ob solche Verbrüderung wirklich der Schlüssel zum Ganzen war. Was *bin* ich ohne sie? Könnte ich sogar sterben? Plötzlich schien die ganze Welt vornüberzukippen: seine Füße plumpsten herunter, sein Kopf sauste hoch. Unter ihm spuckte die rote Maschine Schmierfett und Dreck, die Menschenmenge randalierte über seinem Kopf, die Erde schubste ihn von hinten, und vorne zeigten die Hochhäuser wie unzählige gefühllose Zeigefinger den Pfad, auf dem er in die Vergessenheit marschieren mußte. Er kniff die Augen zu, um die Welt wieder ins rechte Lot zu bringen – er hatte Angst, er würde ganz und gar unter den Lastwagen rutschen und dort auf immer und ewig außer Sicht verschwinden.

«Ich heiße –!» röhrte die Frau, und die Menge verstummte, gluckste leise. Paul schlug die Augen auf. Er lag wieder auf dem Rücken. Der Polizist stand über ihm, den Mund sperrangelweit aufgerissen, den Bleistift gezückt. Das aufgedunsene Gesicht der Frau war von Schweißperlen wie paillettenbestickt. Paul fragte sich, was sie wohl gemacht hatte, solange er nicht zugesehen hatte. «Herr Wachtmeister, ich heiße Grundy.»

«Verzeihung?» Wenn er nervös war, hatte der Polizist die Angewohnheit, mit den unteren Schneidezähnen auf seinem Schnäuzer herumzubeißen.

«Mrs. Grundy, mein süßer Junge, was hatten Sie denn gedacht, wer ich bin?» Sie tätschelte dem Polizisten die hagere Wange, drehte ihm die Nase herum. «Aber Sie können mich Charity nennen, mein Hübscher!» Der Polizist wurde rot. Sie spielte mit dem Zeigefinger in seinem kleinen Schnäuzer. «Eidi-deidi-deidi!» Tosendes Gelächter in der Menge.

Der Polizist nieste. «Bitte!» protestierte er.

Mrs. Grundy machte einen Knicks und bückte sich, um den Reißverschluß am Hosenlatz des Polizisten aufzuziehen. «Hallo! Jemand daheim!»

«Schluß damit!» quiekte der Polizist durch das Donnern des Gelächters und Beifalls. Merkwürdig, dachte Paul, wieviel Spaß mir das macht.

«Herausspaziert, herausspaziert, wo immer du steckst!»

«Jetzt aber heraus mit der Geschichte!» insistierte der Polizist in all dem Aufruhr.

«Geschichte? Welche –?»

«Dieser junge Mann hier», sagte der Polizist und deutete mit seinem Bleistift. Er zog den Reißverschluß zu, putzte sich die Nase. «Mr., äh, Mr Westerman... Sie haben doch gesagt –»

«Mr. *wer*?» Die Frau schüttelte ratlos die Backen. Sie starrte stirnrunzelnd auf Paul herab, dann erhellte sich ihre Miene. «Ach ja! Amory!» Sie erbleichte, schien sich übergeben zu wollen. Wenn er gekonnt hätte, hätte Paul gelächelt. «Du meine Güte!» ächzte sie, als sei sie entsetzt von dem Anblick. Dann faßte sie sich erneut mit dramatischer Pose an den Busen und taumelte einen Schritt zurück. «O Sterblichkeit! O tödliche Gefahr! Verloren! Ein edler Mann liegt steif und starr. Delenda est carthago! *Sic transit glans mundi!*»

Gloria, korrigierte Paul. Nein, laß es.

«Zerquetscht wie eine lausige Wanze!» rief sie. «Und das auf der Höhe seiner Manneskraft!»

«Moment mal, Moment mal!» protestierte der Polizist.

«Schluß, Aus, Amen! Das letzte Lebewohl! Endstation! Koppheister in die Grube! Schlußappell!» Jede Phrase wurde vom Mob mit einem frohen Ausruf quittiert. «Über den Jordan! Den Weg allen Fleisches! Zur allerletzten Razzia!» Sie schluchzte, beugte sich dann wie ein enormer Ballon zu ihm herunter, zwickte ihn ins Ohr und flüsterte. («Wie deht's denn Charity ihrem kleinen Rotzbubi, hä? Isse hindefallen und hat sich den dleinen Pimmel destoßen? Mammie dibt Bussi und macht heile, heile!») Und dann verpaßte sie ihm einen auf die – na ja, in etwa auf die linke Nasenhälfte, die linke Wange und Teil des linken Auges: Ein nasser, schleckender, saurer, schmatzender Kuß, und diesmal griff leider der Polizist nicht ein. Er machte sich eifrig Notizen. Herr Wachtmeister, sagte Paul.

«Hmmm», murmelte der Polizist und schrieb. «G-R-U-N- äh, ahem, Grundig, Grundig. -D, ja. D-I-G. Also, was haben Sie –?»

Die Frau mühte sich schwerfällig auf die Füße, stapfte hinter den Polizisten und schielte ihm über die Schulter auf die Notizen, die er niederschrieb. «Das muß'n ‹Y› sein, Chef, 'n ‹Y›.» Sie stupste mit einem dicken, an der Spitze purpurroten Finger auf das Notizbuch.

«Grundigy?» fragte der Polizist ungläubig. «Was ist denn das für ein Name?»

«Nein, nein!» greinte die alte Frau, deren stolzes Gehabe sich in Nichts aufgelöst hatte. «Grundy! Grundy! Ohne das ‹-ig›, sehen Sie das nicht? Sie nehmen einfach Ihren –»

«Ach, *Grundy*! Jetzt hab ich's!» Der Polizist rieb mit dem Ende seines Bleistifts im Notizbuch herum. «Verdammter Radierer. Fast hinüber.»

Das Papier zerriß. Er sah verärgert hoch. «Können wir nicht einfach Grundig schreiben?»

«Grundy», erwiderte die Frau kalt.

Der Polizist riß das Blatt aus seinem Notizbuch, zerknüllte es zornig und warf es auf die Straße. «Na schön, verdammt noch eins!» rief er wütend und kritzelte: «Grundy. Das haben wir. Jetzt aber zur Sache, meine Dame!»

«Herr Wachtmeister!» schniefte Mrs. Grundy und preßte ein Taschentuch an ihren Hals. «Vergessen Sie nicht, wer Sie sind, oder ich sehe mich gezwungen, mit Ihrem Vorgesetzten zu sprechen!» Der Polizist wich zurück, wurde kreidebleich, kaute auf der Unterlippe.

Paul wußte, was jetzt kommen würde. Er konnte in den beiden lesen wie in einem Buch. *Ich* bin der komische Vogel, dachte er. Er hätte gerne ihre Gesichter beobachtet, aber sein Blickwinkel auf Straßenniveau ermöglichte ihm bestenfalls, ihre Unterkiefer zu sehen. Am augenfälligsten war die Stelle zwischen ihren Beinen. Hintern und Bäuche: die Perspektive des zerquetschten Käfers. Und auch das war sonderbar: daß er gerne ihre Gesichter beobachtet hätte.

Der Polizist flehte um Gnade, rang die bleichen Hände. Man hörte leises Zischen, das sich aus der Menge wand wie Natterngezücht. «Schluß mit der Scheiße, Bürschchen», sagte Charity Grundy zuletzt, «du übertreibst.» Der Polizist kaute auf seinem Schnäuzer herum, starrte beschämt in sein Notizbuch. «Sie wollen wissen, wer der arme Hanswurst da ist, richtig?» Der Polizist nickte. «Na schön, sind Sie bereit?» Sie warf sich erneut in die Brust, und die Menge verstummte. Der Polizist hielt sein Notizbuch hoch, zückte den Bleistift. Mrs. Grundy zog geräuschvoll die Nase hoch, blickte hinunter zu Paul, zuckte zusammen, wandte sich ab und weinte. «Herr Wachtmeister!» stieß sie hervor. *«Er war mein Liebhaber!»*

Hallogebrüll und Beifallsrufe aus der Menge, die in Lachen übergingen. Der Polizist begann zu lächeln, warf einen scheelen Blick auf Mrs. Grundys Körper, unterdrückte aber mit einem Zucken des Schnäuzers das Lachen.

«Wir sind uns ... heute vor genau einem Jahr begegnet. O schicksalsschwere Stunde!» Sie lächelte tapfer, wischte mit bebender Unterlippe eine Träne beiseite. Einmal, die Hände klagend vors Gesicht geschlagen, zwinkerte sie Paul zu. Das Zwinkern überzeugte ihn beinahe. Vielleicht bin ich's wirklich. Warum eigentlich nicht? «Er verkaufte Seemannskisten, ging damit von Tür zu Tür. Ich sehe ihn noch vor mir, wie er damals war –» Sie hielt inne, um ihn anzusehen, wie er jetzt war, und verzog ihr Gesicht vor Abscheu. Aus irgendeinem Grund brachte das die Leute zum Lachen. Sie sah weg, schürzte die Lippen, machte Glubschaugen und ließ eine Hand schlaff aus dem Handgelenk baumeln. Die Menge war begeistert.

«Mrs. Grundy», flüsterte der Polizist, «bitte...»

«Ja, da stand er, ein Häufchen Elend, mißhandelt, von der räuberischen Welt zum Waisenkind gemacht und dennoch rein und unbefleckt, da stand er: vor meiner Tür!» Ihr ausgestreckter zitternder Arm mit den schlaffen Hautsäcken zeigte auf die Tür. «Unter seiner unmöglichen Seemannskiste war er beinahe bis zum Boden gebeugt, der Schweiß erleuchtete ihm die männliche Stirn, troff ihm schmerzlich ins Auge, zerknautschte ihm das Unterhemd –»

«Vorsichtig!» warnte der Polizist nervös und blickte von seinen Notizen hoch. Er mußte mittlerweile zwanzig oder dreißig Seiten vollgeschrieben haben.

«Kurzum, mein Herz flog ihm zu!» Geste eines fliegenden Herzens. «Und obwohl – leider! – mein Bedarf an Seemannskisten begrenzt war –»

Die Zuschauer entdeckten darin irgendwie etwas Amüsantes und kicherten wissend. Lag wohl an der Art und Weise, wie sie es sagte, vermutete er. Ihre Geschichte beunruhigte Paul in Wahrheit nicht so sehr wie die Tatsache, daß er davon wie gebannt war. Er wußte, wohin das Ganze führen würde, aber es war nicht von Belang. Tatsächlich war es vielleicht *genau das*, was ihn daran bannte.

«– bat ich ihn herein. Setz diese grauenhafte Seemannskiste ab, mein lieber Junge, und komm herein, rief ich, komm herein zu deiner warmherzigen und folgsamen Charity, mein Liebster, komm herein auf ein Täßchen Tee, komm herein und ruhe dich aus, ruhe die hübschen kleinen Schultern aus, den hübschen kleinen Rücken, den hübschen kleinen...» Mrs. Grundy machte eine Pause, lächelte, zog eine Augenbraue ein wenig hoch, und die Menge quittierte dies mit einer erneuten Lachsalve. «Und er war *wirklich* hübsch klein, echt», brummte sie, und wiederum jauchzte die Menge, während die alte Frau kehlig kicherte.

Wie war er wohl jetzt? fragte er sich. Wirklich hatte er sich das die ganze Zeit über gefragt.

«Und, na ja, Herr Wachtmeister, das hat er dann getan, er hat *wirklich* seine Seemannskiste abgesetzt – leider, traurig, aber wahr, just auf mein unglückliches Katerchen Rasputin, das da im kurzen Sonnenschein des Tages sein Nickerchen hielt, Gott sei seiner Seele gnädig, seiner (wiederum leider!) ein wenig kolloidalen Seele!»

Die Zuschauer waren ganz Auge und Ohr. Sie ließen sie nie im Stich und taten es auch jetzt nicht.

Der Polizist, der sich schließlich hingehockt hatte, um auf den Knien zu schreiben, stand auf und rief die Leute zur Ordnung. «Ruhe, *Ruhe!*» Sein Schnäuzer zitterte. «Sehen Sie nicht, daß das hier eine ernste Sache ist?» Er ist der Spaßvogel, dachte Paul. Die Menge dachte dies ebenfalls, denn das Gelächter schwoll an und erstarb schließlich. «Und... und was ist dann passiert?» flüsterte der Polizist. Aber sie hörten ihn trotzdem und kreischten vor Vergnügen, machten wieder einen Heidenspektakel, aus dem man mehrere derbe Paraphrasen der Frage des Polizisten heraushören konnte. Er blickte mit einem kurzen mitleidigen Lächeln zu Paul hinunter, zuckte die Schultern, daß die Schulterstücke wackelten. Paul versuchte eine Geste vom Typ na-macht-nichts, freilich ohne daß ihm dies gelang, wie er vermutete.

«Was als nächstes passiert ist, fragst du, du frecher Bengel?» Mrs. Grundy wand sich und schüttelte sich. Bravorufe und Pfiffe. Sie packte die feisten Hände unter den Busen und schwenkte beherzt die üppigen Hüften. «Ihr versteht das nicht», teilte sie der Menge mit. «Ich wollte dem Burschen nur eine Mutter sein.» Krakeelen und Buhrufe. «Doch in jenem vergänglichen tragischen Augenblick, als er sein Gepäck auf dem armen Rasputin ablud, begriff ich gar nicht, wie ich ihm das junge und jungfräuliche Herz zerriß! O ja, ich weiß, ich weiß –»

«Das ist die dümmste Geschichte, die ich je gehört hab», unterbrach der Polizist sie schließlich, doch Mrs. Grundy achtete nicht auf ihn.

«Ich weiß, daß ich alt und fett bin, weiß, daß ich das Große Klimakterium überschritten habe!» Sie zwinkerte, als sie das Lachgeheul der Menge hörte. «Ich weiß, das duftende Aufblühen der ersten Knospe ist auf ewig dahin!» rief sie, noch eins draufsetzend, preßte die runzligen Handflächen an die weichen Kurven ihrer Hüften, so unförmig wie Zeppeline, und zwinkerte über eine dralle Schulter schüchtern in die juchzende Menge. Der Polizist stampfte mit dem Fuß, doch niemand außer Paul bemerkte es. «Ich weiß, ich weiß – *und doch*: aus irgendeinem Grunde, so von Angesicht zu Angesicht mit der kleinen Charity, brauste ein primitiver, unsagbarer Drang in seinen unerfahrenen Lenden auf, in seinem hübschen kleinen –»

«Schluß jetzt!» brüllte der Polizist wie aufs Stichwort. «Das reicht!»

«Und *Sie* fragen, was als nächstes passiert ist? Ich sage es Ihnen, Wachtmeister! Denn wozu die Wahrheit verbergen... ausgerechnet vor *Ihnen*?» Obwohl er sich unbehaglich fühlte, schmeichelte es dem Polizisten offensichtlich, daß sie es so formuliert hatte. «Ja, ohne ein weiteres Wort zu verlieren, vergrub er sein hübsches kleines Köpfchen an meinem Busen –» (Paul spürte ein beklemmendes Gefühl der Atemnot, obwohl er das vielleicht schon die ganze Zeit über gehabt hatte) «– und warf mich zu Boden, jawohl, mitten auf der Veranda neben seine Seemannskiste und meinen sterbenden

Rasputin, im hellen Tageslicht, vor Gott, vor den Nachbarn, vor Mr. Dunlevy, dem Postboten, der schwerhörig ist, vor den Kindern aus den Nachbarhäusern, die vorbeifuhren auf ihren glänzenden kleinen –»

«Son beknackter gottverdammter Idiot latscht vor mir mitten auf die Straße null Checkung der hats glatt drauf angelegt daß es knallt!» tönte eine vertraute Stimme.

Mrs. Grundys breites Gesicht, jetzt tränenüberströmt und vor Anspannung tiefrosa angelaufen, blickte finster drein. Ein langes, peinliches Schweigen trat ein. Dann kniff Mrs. Grundy die Augen zusammen, lächelte schwach, straffte die Schultern, tupfte sich mit einem Taschentuch die Augen, stopfte das Tuch zurück in den Busen und fuhr fort: «– kurzum, vor der ganzen Welt, die es so juckte, daß ihr die Augen aus den Höhlen quollen, eine Paarung ohnegleichen in der Geschichte der westlichen Lüsternheit!» Hier und da lebhafter Beifall, den sie huldvoll entgegennahm. «Gewaltsam überwältigt, jedoch – ja, ich gebe es zu – gewaltsam überwältigt, jedoch *entflammt*, ich erinnerte ihn an –»

«Mannomann ich hab mein Lebtag schon jede Menge Luschen gesehen aber der Blödkopf ist echt der allergrößte Gott segne die Arbeiterklasse sag ich immer und beschütze uns vor dem bösen Hansdampf!»

Als er den matter werdenden Blick ganz nach rechts wandte, konnte Paul den Lastwagenfahrer vor der Menge mit dem massigen Schädel hin und her wackeln sehen. Mrs. Grundy, deren feister Nacken sich rötete, tappte schwerfällig zu dem Fahrer hinüber und holte im hohen, weiten Bogen mit der Handtasche aus, doch der Mann verzog sich unter herausforderndem Gackern in sein Fahrerhaus. Dann, beinahe im selben Augenblick, streckte er den Kopf mit dem roten Zinken wieder heraus und sagte mit einem Augenrollen: «Hörnse meine Damen und Herrn ich bin ein braver Christenmensch bei Gottlieb ein anständiger sich abrackernder Familienvater verdien mir ehrlich mein Geld und hab'n liebes Frauchen zu Hause und sieben sehnsüchtig wartende Kindchen alle mein eigen Fleisch und Blut ich bin ein *verantwortungsbewußter* –»

«Dein Verantwortungsbewußtsein ist gleich am Arsch!» plärrte Charity Grundy und schlug wieder mit ihrer Handtasche nach ihm,

doch erneut duckte sich der Lastwagenfahrer geschickt und gakkerte obszön. Die Menge, die jetzt Partei ergriff, gebärdete sich hysterischer denn je. Es ertönten laute Hurrarufe, und Wetten wurden abgeschlossen.

Wieder schoß der wackelnde Schädel des Lastwagenfahrers aus dem Fenster: «*Mann* und Gott –» begann er, doch diesmal lauerte Mrs. Grundy auf ihn. Ihre riesige klobige Handtasche traf ihn mitten auf die krumme rote Nase – ka-ROMMS! –, und der Lastwagenfahrer sackte leblos über der Tür des Fahrerhauses zusammen, die kurzen Ärmchen baumelten schlaff herab, reichten ihm gerade bis unter den Kopf. Soweit Paul feststellen konnte, fiel die Tweedmütze nicht herunter, aber da ihm vor Anstrengung die Augen brannten, mußte er wegsehen, ehe noch der Kopf des Lastwagenfahrers aufhörte, gegen die Tür zu schlagen.

Mann und Gott! dachte er. Natürlich! Großartig! Was hatte das zu bedeuten? Nichts.

Der Polizist vollführte vergebliche kleine Gesten des Eingreifens, hatte aber allem Anschein nach zuviel Respekt vor Mrs. Grundys Handtasche, um sie wahrzumachen. Die Handtasche war groß genug, um eine Bowlingkugel darin zu verstauen, und vielleicht war ja eine drin.

Mit heraushängender Zunge und heftig keuchend, schlug Frau Grundy eine Hand aufs Herz und fächelte sich mit dem Taschentuch in der anderen Luft zu. Paul sah, daß ihr der Schweiß die Beine herablief. «Und so – *puhh!* – erinnerte ich… erinnerte ich – *huff!* – ich ihn an… an das – *huu!* – das Täßchen Tee!» japste sie. Sie machte eine kurze Pause, schluckte, wischte sich die Stirn, holte tief Luft und atmete langsam aus. Sie räusperte sich. *«Und so erinnerte ich ihn an das Täßchen Tee!»* brüllte sie mit einer großartigen Bewegung des kräftigen Armes, hatte die alte Grandezza zurückgewonnen. Es erklang allgemeiner beifälliger Applaus, den Mrs. Grundy mit einem knappen Nicken entgegennahm. «Wir gingen ins Haus. Erwartung hing in der Luft und der unverkennbare Geruch nach Katzenscheiße. Man konnte beinahe froh sein, daß Rasputin den Geist aufgegeben hatte –»

«JETZT ABER SCHLUSS!» schrie der Polizist. «DAS IST –»

«Ich goß uns Tee ein, wir sangen das berühmte Duett ‹¡Ciérrate la bragueta! ¡La bragueta está cerrada!›, ich tanzte für ihn, er –»

«GENUG, HAB ICH GESAGT!» plärrte der Polizist, dessen kleiner Schnäuzer empört zitterte. «DAS IST ABSURD!»

Nah dran, sagte Paul. Aber das ist nicht der Punkt.

«Absurd?» kreischte Charity Grundy entgeistert. «*Absurd?* Sie nennen es *absurd*, daß ich tanze?»

«Ich... ich habe nicht gesagt –»

«Grotesk, das vielleicht, und ja doch, ein wenig furchterregend – aber *absurd*!» Sie packte ihn am Revers, hob ihn vom Boden. «Was hast du gegen Tanzen, du Wurm? *Was hast du gegen Grazie und Anmut?*»

«B-bitte! Lassen Sie mich runter!»

«Oder wollen Sie etwa nicht glauben, daß ich tanzen *kann*?» Sie ließ ihn fallen.

«N-nein!» quiekte er, bürstete sich ab, zupfte die Schulterstücke zurecht. «Nein! Ich –»

«Zeig's ihm! Zeig's ihm!» tönte die Menge im Chor.

Der Polizist wirbelte herum. «AUFHÖREN! IM NAMEN DES GESETZES!» Sie gehorchten. «Dieser Mann hier ist verletzt. Er stirbt vielleicht. Er braucht Hilfe. Das ist nichts zum Scherzen. Ich bitte um Ihre Mithilfe.» Er machte eine kurze Pause, damit seine Sätze besser wirkten. «Na also.» Der Polizist strich sich den Schnäuzer, warf sich ein bißchen in Pose. «Nun, ahem, ist ein Arzt anwesend? Einen Arzt bitte?»

«Ach, Herr Wachtmeister, Sie sind niedlich! Sie sind *überaus* niedlich!» sagte Mrs. Grundy und versuchte eine neue Taktik. Die Menge kicherte. «*Ist ein Arzt anwesend?*» äffte sie ihn nach. «*Einen Arzt bitte?*»

«Jetzt aber genug damit!» befahl der Polizist und funkelte über Pauls Brust hinweg Mrs. Grundy zornig an. «Verdammich, Sie hören augenblicklich auf oder... oder Sie werden sehen, was passiert!»

«Aach, Sie sind *eifersüchtig*!» schrie Frau Grundy. «Auf den armen kleinen, auf dem Rücken liegenden Rasputin! Amory meine ich.» Die Zuschauer waren wieder Feuer und Flamme, der absolute Aufruhr drohte, der Polizist wußte nicht mehr aus noch ein. «Na, *kein Grund* zur Eifersucht, lieber Junge!» gurrte Mrs. Grundy. «Charity verrät dir auch ein klitzekleines Geheimnis.»

«*Aufhören!*» schluchzte der Polizist. Passen Sie auf, wo Sie hintreten, sagte Paul unten am Boden.

Mrs. Grundy beugte sich gefährlich über Paul weg und packte den Polizisten am Ohr. Er zuckte zusammen, versuchte aber nicht mehr zu entfliehen. «Der Junge da», sagte sie, «*der vögelt zum Gotterbarmen!*»

Die Menge hörte den Satz und geriet total aus dem Häuschen. Das war Mrs. Grundys Knalleffekt; sie watschelte triumphierend herum, verzog den rotbemalten Mund zu einem schlaffen, zahnlosen Grinsen und fing die Pennies auf, die die Leute ihr zuwarfen (Paul wußte das, weil er von ihnen getroffen wurde; einer landete auf seiner Oberlippe und blieb dort kleben, gab jenen altvertrauten dumpfen Geruch von sich, der Pennies auf der ganzen Welt zu eigen ist), reckte den Busen vor, um die Münzen im Spalt zwischen den Brüsten aufzufangen. Sie schüttelte sich und klimperte dabei. Sie packte den Polizisten bei der Hand und zog ihn nach vorne, damit sie sich gemeinsam verbeugten. Der Polizist lächelte verlegen, seinen Schnäuzer zwirbelnd.

«Sie haben nach einem Arzt gerufen», ertönte eine alte, aber sanfte Stimme.

Die Geräusche der Menge klangen ab. Paul schlug die Augen auf und erblickte über sich einen buckligen alten Mann in einem zerknitterten grauen Anzug. Sein Haar war ungepflegt und weiß, sein Gesicht ledrig, vom Alter zerfurcht. Er hatte eine randlose Brille auf der Nase, trug eine schwarze Ledertasche. Er lächelte zu Paul herab, das ungezwungene Lächeln eines Mannes, der Schmerzen versteht und lindert, sah dann wieder den Polizisten an. Aus unerklärlichem Grund überkam Paul eine Woge der Angst.

«Sie haben nach einem Arzt gerufen», wiederholte der alte Mann.

«Ja! *Ja!*» rief der Polizist, den Tränen nahe. «O Gott sei Dank!»

«Es wäre mir lieber, Sie bedankten sich bei der Profession», sagte der Arzt. «Nun, wo liegt das Problem?»

«Oh, Herr Doktor, es ist schrecklich!» Der Polizist wrang sein

Notizbuch in den Händen, riß es beinahe in Fetzen. «Dieser Mann ist von diesem Lastwagen angefahren worden, zumindest sieht es so aus, niemand scheint es zu wissen, es ist alles schrecklich mysteriös, und da ist eine Frau, aber jetzt sehe ich nicht –? Und ich weiß nicht einmal, wie er heißt –»

«Unerheblich», unterbrach der Arzt mit einem freundlichen Nicken des alten Kopfes, «wer er ist. Er ist ein Mensch, und das, lassen Sie sich dessen versichert sein, genügt mir.»

«Herr Doktor, es ist so schön, daß Sie das sagen!» schluchzte der Polizist.

Ich sitze in der Patsche, dachte Paul. Au weia, ich sitze echt in der Patsche.

«Wohlan denn, lassen Sie uns einmal nachsehen», sagte der Arzt und kauerte sich über Paul. Er hob Pauls Augenlider mit dem Daumen hoch und spähte konzentriert in Pauls Augen; Paul, der unbedingt mithelfen wollte, rollte sie von links nach rechts. «Ganz ruhig, mein Sohn», sagte der Arzt. Er öffnete seine schwarze Tasche, kramte darin herum, zog eine Taschenlampe hervor. Paul war sich nicht sicher, was der Arzt anschließend tat, aber er schien ihm in die Ohren zu schauen. Ich kann den Kopf nicht bewegen, sagte Paul, aber der Arzt fragte nur: «Warum hat er einen Penny unter der Nase?» Er fragte nicht so, als erwartete er eine Antwort, und er bekam auch keine. Sachte, routiniert hebelte er Pauls Zähne auseinander, drückte ihm die Zunge mit einem Holzspatel nach unten und untersuchte den Hals. Pauls Kopf tat höllisch weh. «Ah ja», murmelte der Arzt. «Tja, tja.»

«Wie... wie geht es ihm, Herr Doktor?» stotterte der Polizist mit vor Angst und Ehrfurcht gedämpfter Stimme. «Wird... wird er...?»

Der Arzt musterte den Polizisten verächtlich, zog dann ein Stethoskop aus der Tasche. Er klemmte es sich in die Ohrmuscheln, schob den Schallkopf in Pauls Hemd und horchte konzentriert, neigte den Kopf zur Seite wie ein Vogel, der auf Würmer lauscht. Es herrschte absolute Stille. Paul hörte den Arzt atmen, den Polizisten leise greinen. Er hatte den vagen Eindruck, daß der Arzt ihm ein- oder zweimal auf die Brust klopfte, aber falls ja, spürte er es nicht. Wenn er den Mund schloß, hatte er weniger Kopfweh. «Hmmm», sagte der Arzt ernst, «tja…»

«O bitte! Was ist *los*, Herr Doktor?» rief der Polizist.

«Was los ist? *Was los ist?*» schrie der Arzt in einem plötzlichen Wutanfall. «Ich sage Ihnen, *was los ist!*» Er sprang hoch, gelenkig für einen alten Mann. «Ich kann den Patienten nicht untersuchen, wenn Sie mir über der Schulter hängen und jammern wie ein verdammter Schulbub, *das ist los*!»

«A-aber ich wollte doch –», stammelte der Polizist und wich ein, zwei Schritte zurück.

«Und wie soll ich überhaupt einen Mann untersuchen, der halb unter einem verfluchten Lastwagen vergraben liegt?» Der Arzt war schrecklich schlechter Laune.

«Aber ich –»

«Verdammt noch eins! Ich werd Ihnen gleich aber-ich geben, Sie Vollidiot, wenn Sie nicht den Lastwagen vom Schauplatz entfernen, damit ich feststellen kann, wie ernst die Verletzungen des Mannes sind! *Habe ich mich deutlich genug ausgedrückt?*»

«J-jawoll! Aber… aber wa-was soll ich denn *machen*?» flennte der Polizist und schlug die Hände vor den Mund. «Ich bin nur ein einfacher Polizist, Herr Doktor, und tue meine Pflicht vor Gott und Vaterl –»

«Einfacher, Sie sagen es!» blaffte der Arzt. «Ich hab Ihnen doch *gesagt*, was Sie tun sollen, Sie Gott-und-Vettel Einfaltspinsel – *also jetzt dalli!*»

Gott und Vettel! Voll ins Schwarze, dachte Paul. Was jetzt?

Der Polizist, zerknirscht auf den Ecken seines Notizbuches herumkauend, starrte erst Paul an, dann den Lastwagen, dann die Menschenmenge und wieder den Lastwagen. Paul war ziemlich sicher, daß der Buchstabe, der auf der Seitenfront des Lastwagens nach dem «Z» kam, ein «A» war. «Soll ich… soll ich ihn da vorholen –?» fing der Polizist zaghaft und mit bebendem Kinn an.

«Um Himmelswillen, nein!» tobte der Arzt und stampfte mit dem Fuß auf. «Dieser Mann hat sich vielleicht das Genick gebrochen! Wenn wir ihn bewegen, *bringen wir ihn um*, sehen Sie das denn nicht, Sie Schwachkopf von einer Heulsuse? Jetzt putzen Sie sich verflucht noch eins die verdammte Nase, und wek-

ken Sie Ihren – Ihren Spießgesellen da oben auf, *und zwar auf der Stelle*! Sagen Sie ihm, er soll seinen Lastwagen *runter* von dem armen Teufel da fahren!»

«R-runterfahren –! Aber... aber da müßte er doch wieder über ihn *drüber* fahren! Er –»

«Herrschaftszeiten, kommen Sie *mir* bloß nicht noch einmal mit Ihrem da-muß-er-doch-wieder-über-ihn-drüber-fahren, Sie bezahltes Schwarzhemd, *oder ich laß Ihnen den Polizeistern wegnehmen*!» brüllte der Arzt und schwang drohend sein Stethoskop.

Der Polizist zögerte nur einen kurzen Moment, um auf Pauls Körper hinunterzuschauen, drehte sich dann um und rannte nach vorne zum Lastwagen. «Heda! Sie da, los jetzt!» Er zog dem Fahrer eins mit dem Gummiknüppel über den Kopf. Hohles *bonk*! «Los jetzt, dalli!»

«–VERDAMMICH NOCH EINS WAS MACHT DER KNABE DA», schrie der Lastwagenfahrer und fuhr heftig hoch, drehte den Kopf von der einen zur anderen Seite, als habe er sich verirrt, «ER SPAZIERT MIR MITTENMANG VOR DIE FRESSE UND VOR DEN ARMEN ALTEN LISTER! LASTER MEINE ICH!» Die Menge lachte erneut los, zum ersten Mal seit langer Zeit, doch der Arzt stampfte mit dem Fuß auf, und sie wurden sofort wieder still.

«Los, lassen Sie sofort den Motor an, Sie da, sofort! Aber dalli!» befahl der Polizist und strich sich den Schnäuzer. Er fand allmählich zu seiner alten Form und Kraft zurück. Er patschte zwei- oder dreimal mit dem Gummiknüppel in die Hand.

Paul spürte das Pflaster unter seinem Rücken beben, als der Lastwagenfahrer den Motor anließ. Die weißen Buchstaben über ihm zappelten in ihren roten Feldern wie Schmetterlinge. Das Blau des Himmels dahinter war dunkler geworden, aber jetzt sah man überall weiße Wolken. Die Hochhäuser waren grau geworden, als hielten sie Informationen zurück.

Der Lärm des Lastwagens übertönte die Stimmen, aber Paul hörte doch ab und an den Arzt und den Polizisten. Der Arzt wetterte hitzig, der Polizist flehte inständig, es ging um Masse und Gewicht und Kraftvektoren und Richtung. Zuletzt beschloß man, nach vorne zu rangieren, weil es vorne zwei Zwillingsreifenpaare gab und hinten nur eines (so wird letztlich doch noch etwas anständige Menschlichkeit gewahrt, dachte Paul), aber der Lastwagenfahrer hatte sie offenbar mißverstanden, denn er rangierte trotzdem zurück, so daß das mittlere Reifenpaar auf Paul rollte.

«HALT! HALT!» kreischte der Polizist, und der Motor des Lastwagens spotzte und starb ab. «Ich hab Ihnen doch befohlen, *vorwärts* zu fahren, Sie Rindvieh, nicht rückwärts!»

Der Fahrer schob den Kopf zum Fenster heraus, beglubschte mit seinen tischtennisgroßen Augen den Polizisten, wackelte dann mit den winzigen Händchen in den Ohren auf und ab und trompetete los. Der Polizist holte aus und zielte mit einem raschen, geübten Streich nach dem massigen Kopf des Fahrers (ob Schulterstücke oder nicht, die eine oder andere Sache verstand er), doch dieser wich geschickt aus. Er klatschte in die winzigen Händchen und tauchte wieder im Fahrerhaus ab.

«Was, oh *was* sollen wir denn *jetzt* bloß anfangen?» flennte der Polizist. Der Arzt funkelte ihn mit unverhülltem Ekel an. Paul hatte das Gefühl, er müsse gleich ersticken, konnte allerdings unterhalb seines Nackens keinen bestimmten Schmerz lokalisieren. «Guter Gott im Himmel! Jetzt sind Reifen links und rechts von ihm und Reifen in der Mitte!»

«Großartig!» schnaubte der Arzt. «Haben Sie das ganz allein rausgekriegt, oder hat Ihnen jemand geholfen?»

«Sie machen sich über mich lustig», winselte der Polizist.

«UND SIE BRINGEN DIESEN MANN HIER UM!» röhrte der Arzt.

Der Polizist stieß einen kurzen Angstschrei aus, hetzte dann wieder nach vorne zum Lastwagen. Die Menge wurde feindselig, Paul hörte es deutlich. «Na schön, na schön!» rief der Polizist. «Fahren Sie rückwärts oder vorwärts, *bitte*, es ist mir egal, aber machen Sie rasch! RASCH!»

Der Motor sprang wieder an, man hörte es im Getriebe krachen und knirschen, dann langsam langsam langsam rollte das mittlere Reifenpaar von Pauls Körper herunter. Es folgte eine kurze, spannungsgeladene Pause, ehe das nächste Reifenpaar auf ihn kletterte, zögerte, wie ein Riesenrad am Scheitel seiner Kreisbahn zögert, dann von ihm herunterglitt.

Es verging einige Zeit.

Er schlug die Augen auf.

Der Lastwagen war weggefahren, zumindest aus Pauls begrenztem Blickwinkel verschwunden. Seine Augenlider wurden schwer, fielen zu. Er erinnerte sich daran, daß der Arzt über ihm gekauert, daß man Fetzen seiner Kleidung abgeschält hatte.

Viel später, oder vielleicht auch nicht, schlug er die Augen noch einmal auf. Der Arzt und der Polizist standen über ihm, auch noch einige andere, die er nicht erkannte, obgleich er aus irgendeinem Grunde das Gefühl hatte, er sollte sie kennen. Mrs. Grundy, sie war da; tatsächlich sah es stark so aus, als habe sie eine Kasse aufgebaut und verkaufe Eintrittskarten. Manche Leute hielten kleine Kinder hoch, damit sie besser sehen konnten, warme Gesichter, zärtlich, mitleidvoll; mehr oder weniger. Reporter machten Photos von ihm. «Sie werden berühmt», sagte einer von ihnen.

«Sein verdammter Körper sieht aus wie Mulligan Stew», sagte der Arzt zu einem Reporter.

Der Polizist schüttelte den Kopf. Er war ein bißchen grün im Gesicht. «Glauben Sie, daß –?»

«Glaube ich was?» fragte der Arzt. Dann lachte er, das leise, heisere Lachen eines alten Mannes. «Sie meinen, ob ich glaube, daß er stirbt?» Er lachte wieder. «Du meine Güte, guter Mann, das sehen Sie doch! Von dem ist nichts mehr übrig, er ist ein gottverdammtes Mischmasch und obendrein kein besonders appetitliches!» Er steckte seine Finger in Paul, leckte sie ab, schnitt eine Grimasse. «Pfui!»

«Ich denke, wir sollten ihm eine Decke besorgen», sagte der Polizist matt.

«Natürlich sollten Sie das!» blaffte der Arzt und wischte sich die schmutzigen Hände mit einem weißen Handtüchlein ab, das er aus seiner schwarzen Tasche gezogen hatte. Er blinzelte über seine randlose Brille zu Paul hinunter, lächelte. «Immer noch da, was?» Er kauerte neben ihm nieder. «Tut mir leid, mein Sohn. Ich kann leider nichts tun. Na ja, ich denke, ich kann Ihnen diesen Penny von der Lippe wegnehmen. Der hilft Ihnen herzlich wenig, hä?» Er lachte leise. «Tja, wollen wir mal sehen, er ist nicht nötig, hab ich recht? Nein, nein, da ist er schon.» Der Arzt wollte ihn schon wegwerfen, steckte ihn dann aber statt dessen in die Hosentasche. Die Augen, benutzt man sie nicht für die Augen? «So, da fühlt man sich bestimmt besser. Aber wir wollen aufrichtig sein: Es löst unser wirkliches Problem nicht, habe ich recht?» Pauls Lippe kitzelte, wo der Penny gewesen war. «Nein, von mir können Sie herzlich wenig erwarten, mein Junge. Ich kann Ihnen noch nicht einmal irgendeine einlullende Platitüde verschreiben. Das wollen wir den verdammten Pfaffen überlassen, hä? Hahaha! Hoppla, Entschuldigung, mein Sohn! Würden Sie gerne einen Priester sehen?»

Nein danke, sagte Paul.

«Kommt nichts raus, was?» Der Arzt tastete Pauls Nacken ab. «Hmmm. Nein, offensichtlich nicht.» Er zuckte die Achseln. «Macht auch nichts. Was könnten Sie schon groß zu sagen haben, hä?» Er gackerte trocken, sah dann zu dem Polizisten hoch, der immer noch nicht losgegangen war, um eine Decke zu besorgen. «Stehen Sie nicht dumm rum, Mann! Besorgen Sie diesem jungen Mann einen Priester!» Der Polizist schlug die Hände vor den Mund und eilte davon, aus Pauls Gesichtsfeld hinaus. «Ich weiß, es ist nicht einfach, den Tod zu akzeptieren», sagte der Arzt. Er rieb sich die Hände trocken, warf dann das Handtuch in seine schwarze Tasche, schnappte sie zu. «Wir alle wehren uns dagegen, mein Junge, es ist Bestandteil und bittere Last des Lebens, dieser Kampf, dieses sinnlose Ringen mit dem Tod. Tatsächlich, lassen Sie es sich gesagt sein, mein Sohn, nur darum geht's im Leben, basta.» Er fuchtelte mit dem Finger, um diese Aussage zu unterstreichen, und tippte zum Abschluß mit der Fingerspitze auf Pauls Nase. «Das ist das Geheimnis, *das* ist mein lustiges Schmerzmittelchen! Hahaha!»

ZA, dachte Paul. ZA und 14. Was mochte das gewesen sein? Jetzt werde ich's nie wissen. So ist das eben.

«Aber der Tod gebiert Leben, *das* wiederum gibt's auch, mein Junge, und vergessen Sie das nie! Überleben und Totschlag sind Synonyma, mein Sohn, der erste Grundfehler des Universums!

Hahaha h-oh! Tut mir leid, mein Sohn! Keine gute Zeit für Scherze! Vergessen Sie, daß ich's gesagt hab!»

Ist schon in Ordnung, sagte Paul. Als er dem Arzt zuhörte, hatte er wenigstens das Kitzeln auf der Lippe vergessen, und jetzt war es weg.

«Neues Leben sprießt aus Moder, neue Mäuler verspeisen alte Organismen, Vater stirbt beim Orgasmus, Mutter bei der Geburt, nur die alte Dame Masse mit ihren Zwillingszitzen Stoff und Kitzel bleibt bestehen und muß ertragen, daß sie langsam in reines Licht und reinen Kohlenstoff aufgespalten wird! Hahaha! Ein tröstlicher Gedanke! Stimmen Sie mir etwa nicht zu, mein Sohn?» Der Arzt starrte ins Leere, sinnierte frohgemut über den Vorgang.

Ich sage Ihnen was, sagte Paul. Vergessen wir die ganze Sache.

In diesem Moment kam der Polizist mit einer großen, gesteppten Flickendecke zurück, und er und der Arzt breiteten sie sanft über Pauls Körper, ließen einzig sein Gesicht unbedeckt. Die Leute drängelten sich näher heran, um zuzuschauen.

«Zurück! *Zurück!*» rief der Polizist. «Habt Ihr gar keine Ehrfurcht vor Sterbenden? *Zurück, sage ich!*»

«Ach, papperlapapp», schimpfte der Arzt. «Sollen die Leute doch zuschauen, wenn sie Lust dazu haben. Dem armen Kerl hier macht es nicht viel aus, und selbst wenn, kann es ihm nicht mehr lange etwas ausmachen. Und außerdem hilft es, die Fliegen von ihm fernzuhalten.»

«Nun, Herr Doktor, wenn Sie meinen...» Seine Stimme verlor sich. Paul schloß die Augen.

Als er umringt von den Schaulustigen dalag, gingen Paul dauernd einige merkwürdige Fragen im Kopf herum. Er wußte, sie waren sinnlos, aber er wurde sie einfach nicht los. Das Buch beispielsweise: Hatte er ein Buch dabei? Und wenn ja, was für ein Buch, und was war damit passiert? Und was war mit der Ampel, jenem verlorenen Zuwachs dessen, was die Menschen Geschichte nennen, wieso hatte kein Mensch die Ampel erwähnt? Und reiner Kohlenstoff, das verstand er, aber was das Licht anging: Woraus mochte dessen Reinheit bestehen? ZA. 14. Der Eindruck, daß das Ganze bereits schon einmal geschehen war. Ja, das waren allerdings Rätsel. Er bekam Kopfweh davon.

Von Zeit zu Zeit kamen Leute zu Paul, um unter die Decke zu sehen. Manche warfen nur einen kurzen Blick darunter und wandten sich dann ab, während andere verweilten, um ein bißchen herumzustochern, ihre Hände in die Verstümmelungen zu tauchen. Jetzt, da sie bedeckt waren, schienen sie interessanter zu sein. Es gab ein paar Streitereien und gelegentlich ein wenig Unfug, aber der Arzt und der Polizist sorgten dafür, daß alles einigermaßen unter Kontrolle blieb. Wenn sich jemand arrogant mit einem lateinischen Sprichwort großtat, machte ihn der Arzt stets mit irgendeiner barbarischen Scheißhausparole nieder; seine reinste und honigsüßeste Toponymie behielt er sich umgekehrt für kleine Kinder und junge Mädchen vor. Mit letzteren vereinbarte er verschiedentlich medizinische Konsultationen. Der Polizist, obschon ihm flau war, blieb in der Nähe. Einmal, als Paul zufällig die Augen aufschlug, nachdem er sie eine ganze Weile geschlossen gehabt hatte, lächelte der Polizist warmherzig zu ihm herab und sagte: «Machen Sie sich keine Sorgen, mein Bester. Ich bin immer noch da. Nehmen Sie es nicht so schwer. Ich bleibe bis zuletzt hier. Sie können sich auf mich verlassen.» Beschissenes Gesülze, dachte Paul, freilich nicht undankbar, und als er wieder einnickte, glaubte er, gehört zu haben, daß der Arzt seinen Kommentar wiederholt hatte.

Als er wieder erwachte, lag die Straße menschenleer da. Sie hatten es allesamt sattbekommen, wie er von vornherein gewußt hatte. Es hatte sich bewölkt, der Himmel war dunkel, vermutlich herrschte Nacht, auch hatte es zu nieseln begonnen. Zu seiner Linken sah er jetzt den Lastwagen deutlich vor sich. Vorher waren wohl Leute im Weg gewesen.

ZAUBERKUSS LIPPENSTIFT
IN
14
VERSCHIEDENEN FARBTÖNEN

Nie hätte er das erraten. Nur im wirklichen Leben konnten solche Dinge geschehen.

Als er nach rechts schielte, war er überrascht, dort einen alten Mann sitzen zu sehen. Ein Priester, keine Frage. Er war also wirklich gekommen… schwarzer Hut, langer grauer Bart, hockte er mit übereinandergeschlagenen Beinen zwischen den Pfützen, die sich jetzt auf der Straße bildeten. Gehen Sie, sagte Paul, machen Sie sich wegen mir keine Umstände, warten Sie nicht auf mich, doch der alte Mann blieb, wo er war, stumm, in sich gekehrt. Der Regen glitzerte auf seinem Hut, Gesicht, Bart, Kleidern: die personifizierte Geduld. Der Priester. Aber irgendwas war mit den Kleidern: ja, es waren nur Fetzen. Zusammengeflickt und zerfleddert. Ebenso der Hut, jetzt, da er darauf achtete. In kurzen Abständen sank dem alten Mann der Kopf auf die Brust, die Augen begannen zu schielen, der Körper kippte, der Mann schreckte hoch, grunzte, blickte mißtrauisch um sich, sah zu Paul herunter, entspannte sich schließlich wieder, und alles ging von vorne an.

Pauls Augen wurden müde, vor allem, weil der Regen sie benetzte, also ließ er sie wieder zufallen. Doch er litt unter beklemmenden Visionen von dem alten Priester, deshalb schlug er sie wieder auf, blinzelte nach links, zum Lastwagen hinüber. Ein kleiner Hund, struppig und gelb, patschte durch die Pfützen, das Fell vom Regen pitschnaß und verfilzt. Er beschnupperte die Reifen des Lastwagens, hob an einem davon sein Bein, schnupperte erneut, trabte weiter. Er beschrieb einen Kreis um Paul, bemerkte ihn offenbar nicht, stupste aber mit der Schnauze gegen alle Gegenstände, verringerte mit jedem Kreis die Entfernung zwischen sich und Paul. Er trabte dicht an dem alten Mann vorbei, knurrte, beschrieb einen weiteren Halbkreis und näherte sich Paul von links. Er blieb nahe an Pauls Kopf stehen – der Gestank nach nassem Hund verschlug ihm den Atem – und winselte, leckte Paul übers Gesicht. Der alte Mann unternahm nichts, hockte einfach mit übereinandergeschlagenen Beinen da und sah teilnahmslos zu. Natürlich... überhaupt kein Priester: ein alter Bettler. Wartete auf die Kleider, bis er gestorben war. Sofern er noch welche hatte. Na los, holen Sie sich schon die Klamotten, sagte Paul zu ihm, mir macht es nichts aus. Aber der Bettler saß einfach da und starrte ihn an. Paul spürte von unten ein Ziehen und Zerren, hörte den Hund knurren. Pauls ganzer Körper schien hochzurucken, und erneut peitschte ihm ein heißer Blitz durch den Nacken. Der Hund hatte seine Hinterpfoten neben Pauls Kopf in den Boden gestemmt, ab und zu rutschte die rechte Pfote aus und trat Paul nervös ins Gesicht, ein durchschlagendes Gegengewicht zu den Wellen heißen Schmerzes hinter Hals und Augen. Zuletzt gab irgend etwas nach. Der Hund schüttelte das Wasser aus dem gelben Fell und trabte davon, einen frischen Fetzen Fleisch zwischen den Zähnen. Der Bettler begann zu schielen, der Kopf sank ihm auf die Brust, und er sackte nach vorn, aber fing sich wieder, holte tief Luft, streckte die Beine aus, schlug sie erneut übereinander, allerdings in umgekehrter Reihenfolge, griff in die Hosentasche, zog einen alten Zigarettenstummel hervor, rollte ihn zwischen den gelben Fingern, steckte ihn in den Mund, zündete ihn aber nicht an. Einen Augenblick lang machte die Erde einen Satz nach vorn, und Paul baumelte unversehens an der Straße, Zielscheibe für die Millionen Regentropfen, mit denen ihn irgendwer in der Nacht bewarf. Da ist niemand, erinnerte er sich, und das brachte die Erde wieder ins rechte Lot. Der Bettler spuckte aus. Paul beschirmte mit den Lidern die Augen vor dem Regen. Er meinte, andere Hunde zu hören. Wie lange mußte das wohl noch weitergehen? fragte er sich. Wie lange noch?

*D*ie *B*abysitterin

Sie kommt um zwanzig vor acht, zehn Minuten zu spät, aber die Kinder, Jimmy und Bitsy, sitzen noch beim Abendessen, und ihre Eltern sind noch nicht ausgehfertig. Aus den anderen Zimmern hört man ein Baby plärren, Wasser laufen, ein Musical in der Glotze (kein Text: wahrscheinlich eine Ballettnummer – man denkt an ein Muster vorbeigleitender Gestalten). Mrs. Tucker kommt, sich am Haar herumfummelnd, in die Küche gesaust und schnappt sich ein Babyfläschchen voll Milch aus einem Topf mit warmem Wasser, stürzt wieder hinaus. «Harry!» ruft sie. «Die Babysitterin ist schon da!»

Das ist mein Herzenswunsch? Ich schau demnächst mal rein? Er lächelt, daß die Zähne blitzen, neigt und reibt über den rasch kahl werdenden Kopf. *Verhext,* womöglich? Oder *Wieso denn eigentlich?* Er zieht sich die Unterhose an, patscht sich auf die Hüften. Das Baby verstummt mitten im Geplärr. Ist das nicht die, die beim letzten Mal ein Bad genommen hat? *Wem bitte tut's jetzt leid*, genau, das ist es.

Jack stromert durch die Stadt, weiß nicht, was er anfangen soll. Seine Freundin ist bei den Tuckers zum Babysitten, und später, wenn sie die Kinder ins Bett gebracht hat, schaut er vielleicht mal auf einen Sprung vorbei. Manchmal sieht er mit ihr fern, wenn sie babysittet, es ist so ungefähr seine einzige Chance, ein bißchen rumzuknutschen, weil er keine eigene Karre hat, aber sie müssen aufpassen, weil es die meisten Leute nicht abkönnen, wenn die

Sitterinnen ihre Freunde einladen. Sie wird sogar schon beim Küssen nervös. Sie macht nicht mal die Augen zu, weil sie immer zur Tür gucken muß. Verheiratete haben's echt gut, denkt er.

«Hallo», sagte die Babysitterin zu den Kindern und legt ihre Bücher oben auf den Kühlschrank. «Was gibt's zum Abendessen?» Bitsy, das kleine Mädchen, starrt sie nur mißmutig an. Sie setzt sich zu ihnen an den Küchentisch. «Ich muß erst um neun ins Bett», verkündet der kleine Junge kategorisch und stopft sich den Mund mit Kartoffelchips voll. Die Babysitterin erhascht einen flüchtigen Blick auf Mr. Tucker, der in der Unterwäsche aus dem Bad hastet.

Ihr Bauch. Unter ihren Armen. Und ihre Füße. Das sind die besten Stellen. Sie wird ihm den Hintern versohlen, sagt sie manchmal. Soll sie doch.

Der süße Geruch, den die Mädels haben. Wie weich ihre Bluse ist. Er erhascht einen flüchtigen Blick auf die zarten Schatten zwischen ihren Schenkeln, als sie die Beine unter sich hochzieht. Er starrt sie unverwandt an. Er hat eine Menge Bedeutung in diesen Blick gepackt, doch sie schaut nicht einmal hin. Sie läßt ihren Kaugummi ploppen und schaut fern. Sie hockt da direkt vor seiner Nase, bloß ein paar Zentimeter weit weg, weich, duftend und bereit: Aber was fängt er als nächstes an? Im Drugstore sieht er seinen Kumpel Mark, der am Flipper steht, und er geht zu ihm. «Hey, die Alte friert's, Jack, mein Herzchen! Der mußt du einheizen!»

Mrs. Tucker taucht mit einer zusammengerollten Windel in der Hand in der Küchentür auf. «He, mampf nicht bloß Kartoffelchips, Jimmy! Sieh bitte zu, daß er seinen Hamburger aufißt, Liebe.» Sie hastet ins Bad. Der Junge stiert die Babysitterin finster an, eine stumme Drohung, falls sie den Befehl durchsetzen will. «Wie wär's mit einem Haps leckerem Hamburger, Jimmy?» sagt sie mechanisch. Er läßt die Hälfte auf den Boden fallen. Das Baby ist still, im Fernseher trällert ein Mann ein Liebeslied. Die Kinder kauen Kartoffelchips.

Er liebt sie. Sie liebt ihn. Sie wirbeln graziös herum, daß sich ein leiser Windhauch regt, durch eine verzauberte Landschaft in Rosarot, Smaragdgrün und Dunkelblau. Ihr hellbraunes Haar wogt und weht sachte im Windhauch, und die geschmeidigen Falten ihres weißen Abendkleides kosen ihren Körper, um dann davonzuschweben. Sein Lächeln ist ein schwungvolles Crescendo aus Lauterkeit und Liebeswerben.

«Du sagst, sie ist allein?» fragt Mark. «Na ja, die haben zwei oder drei Kinder», sagt Jack. Er steckt die Münze in den Schlitz. Man hört das Rumpeln der Stahlkugeln, die in Reih und Glied herauskullern. Er drückt mit dem Daumen auf einen Knopf, und eine Kugel rollt hoch, hart und glitzernd vor Verheißung. Sein starrer Blick? Soll ihr sagen, daß er sie liebt. Daß er sie gern hat und beschützen würde, notfalls mit dem eigenen Körper. Er grinst und beugt sich über die Kugel, um sorgfältig zu zielen: Er und Mark haben die Maschine hier gründlich studiert und kennen sie aus dem Effeff, trotzdem kommt man nur schwer gegen die Kiste an.

Auf der Fahrt zu der Party ist er mit den Gedanken halb bei dem Mädchen, halb bei seinen eigenen Teenagertagen, schon lange vorbei. Als sie da bei seinen Kindern am Küchentisch saß, schien sie befangen den Rücken zu krümmen, die kecken Brüste vorzurekken, mit den Schenkeln zu zucken: Und für wen, wenn nicht für ihn? Also hatte sie ihn doch da rauskommen sehen. Er lächelt. Aber was konnte er unternehmen? Die schönen Zeiten sind vorbei, Alter. Er schielt zu seiner Frau rüber, die, einen Straps zurechtrückend, fragt: «Was hältst du von unserer Babysitterin?»

Er liebt sie. Sie liebt ihn. Und dann kommen die Babys. Und die schmutzigen Windeln und eine gottverdammte Mahlzeit nach der anderen. Der Abwasch. Das Geplärr. Das Küchenchaos. Und die Fettpolster. Er ist mehr als bloß eng, der Hüfthalter, er tut ihr weh. Neulich hat sie irgendwo gelesen, daß Frauen von zu engen Hüfthaltern Herzanfälle oder Krebs oder sonstwas kriegen. Dolly zieht die Autotür mit einem Ächzen zu, merkwürdig gereizt, weiß gar nicht recht warum. Partystimmung. Wieso summt ihr Mann

«*Wem bitte tut's jetzt leid*»? Als sie aus der Garagenzufahrt auf die Straße fahren, wirft sie einen Blick zurück zum beleuchteten Küchenfenster. «Was hältst du von unserer Babysitterin?» fragt sie. Während ihr Mann beim Versuch zu antworten mächtig ins Stottern kommt, zieht sie einen Strumpf stramm, wobei sich die Strapse nur um so schmerzhafter in ihre Schenkel bohren.

«Aufhören!» lacht sie. Bitsy zerrt an ihrem Rock, und er kitzelt sie zwischen den Rippen. «Jimmy! Nicht!» Aber sie lacht viel zu sehr, um ihn abhalten zu können. Er stürzt sich auf sie, schlingt ihr die Beine um die Hüfte, und sie alle purzeln auf den Teppich vor dem Fernseher, wo soeben ein Mann im Frack und ein kleines Mädchen in einem volantbesetzten Kleid einen Step hinlegen. Die Bluse der Babysitterin schlüpft aus dem Rock und zeigt einen Fleck nackten Bauch: das Ziel. «Ich werd dir den Hintern versohlen!»

Jack drückt auf den Knopf, schiebt eine Stahlkugel hoch und beugt sich beflissen über den Flipper. «Läuft was mit der?» fragt Mark und räuspert sich, schnippt Asche von seiner Zigarette. «Na ja, nicht richtig, noch nicht», sagt Jack mit linkischem Grinsen, versucht aber, mehr anzudeuten, als er zugibt, und läßt los. Er stemmt sich mit seinem ganzen Körpergewicht sachte gegen den Flipper, als die Kugel von einem Gummipuffer abprallt. Er spürt, wie die Kiste unter seinen Händen allmählich auf Touren kommt, spürt, wie die Flipper plötzlich zu Leben erwachen, im Blitzen der Lichter elegante Muster im Schnellfeuertempo auftauchen. 1000 WHEN LIT: *jetzt!* «Ich komm mit der Hand hin, mehr ist nicht.» Mark linst vom Flipper hoch, die Zigarette im Mundwinkel baumelnd. «Vielleicht brauchst du 'n bißchen Hilfe», schlägt er vor und deutet mit der einen Mundhälfte ein verzerrtes Grinsen an. «Wer weiß, Mann, vielleicht können wir's gemeinsam schaukeln.»

Sie mag die große Wanne. Sie benutzt das Badesalz der Tuckers und genießt es, in den heißen, wohlriechenden Schaum einzutauchen. Sie kann sich lang ausstrecken, bis hoch zum Kinn unter Wasser. Es macht ihr ein gutes, schläfriges, kribbelndes Gefühl.

«Was hältst du von unserer Babysitterin?» fragt Dolly und rückt einen Straps zurecht. «Och, ich hab kaum hingesehen», sagt er. «Hübsches Mädel. Sie scheint gut mit den Kindern klarzukommen. Warum?» «Ich weiß nicht.» Seine Frau zupft ihren Rock glatt, blickt zu einem beleuchteten Fenster hinüber, an dem sie vorbeifahren, und fügt hinzu: «Ich bin mir nicht sicher, ob ich ihr ganz vertraue, das ist alles. Mit dem Baby, mein ich. Sie kommt mir ein bißchen sorglos vor. Und beim letzten Mal, da bin ich mir ziemlich sicher, ist ihr Freund vorbeigekommen.» Er grinst, patscht eine Hand auf den breiten, strapsbewehrten Schenkel seiner Frau. «Was kratzt dich das denn?» fragt er. Außerdem noch in Söckchen. Bloße Schenkel, keine Hüfthalter, nichts weiter da oben als ein dünnes Unterhöschen und weiches, jugendliches Fleisch. Vage Erinnerungen an Siegesfeiern der Schulmannschaft und Kinologen wallen in ihm hoch.

Wie winzig und gummiglatt er ist! denkt sie, als sie den Jungen beim Baden zwischen den Beinen einseift. Bloß ein ulkiges, zippliges Dingelchen, das ausschaut, als ob es überhaupt nicht da hingehörte. Um das Ding also drehen sich die ganzen Lieder?

Jack schaut zu, wie Mark am Flipper rumruckelt und rumzappelt. Jetzt läuft die Chose, er greift massig ab. Die Vorstellung, daß Mark mit seiner Freundin rummacht, paßt ihm nicht besonders, aber Mark ist ein abgebrühterer Anmacher als er, und vielleicht könnte er, wenn sie es einmal gemeinsam schaukeln, seinen Schiß überwinden. Und wenn sie keinen Bock drauf hat, dann gibt's auch noch andere Mädels. Und wenn Mark zu weit geht, dann kann er ihn ebenfalls in den Wind schießen. Er spürt, wie er die Schultern verspannt: Genug is genug, Mann... aber, aber er sieht auch das Fleisch vor sich. «Vielleicht ruf ich sie nachher mal an», sagt er.

«Hallo, Harry! Dolly! Schön, daß ihr da seid!» «Ich hoffe, wir kommen nicht zu spät.» «Nein, nein, ihr seid fast die ersten, kommt rein! Donnerlittchen, Dolly, du siehst jeden Tag jünger aus! Wie machst du das bloß? Verrat doch mal meiner Frau dein

Geheimnis!» Er tatscht ihr hinter Mr. Tuckers Rücken auf den korsettbewehrten Hintern, bittet sie dann für Drinks herein.

Acht Uhr. Die Babysitterin läßt Wasser in die Wanne laufen, kämmt sich vor dem Badezimmerspiegel. Im Fernseher läuft ein Western, also läßt sie Jimmy gucken, während sie Bitsy in die Wanne steckt. Aber Bitsy will nicht baden. Sie ist wütend und plärrt, weil sie als erste in die Wanne muß. Die Babysitterin erzählt ihr, daß sie, wenn sie schnell badet, Fernsehen gucken darf, während Jimmy in der Wanne sitzt, aber es hilft nichts. Das kleine Mädchen boxt und kratzt, um aus dem Bad zu flüchten, und die Babysitterin muß sich mit dem Rücken vor die Tür hocken und das Kind mit Gewalt ausziehen. Es gibt bessere Familien zum Babysitten. Beide Kinder folgen nicht, und früher oder später wacht dann das Baby auf, weil es neue Windeln oder noch ein Fläschchen braucht. Dafür haben die Tuckers einen guten Farbfernseher, und sie hofft, daß alles geregelt sein wird, um sich den Film um halb neun angucken zu können. Sie packt das Kind in die Wanne, doch es plärrt immer noch und haut wie wild um sich. «Hör jetzt auf, Bitsy, du weckst noch das Baby auf!» – «Ich muß Pipi machen!» jammert das Kind und probiert eine neue Taktik. Die Babysitterin seufzt und hebt das kleine Mädchen aus der Wanne und rauf aufs Klo, macht sich dabei Rock und Bluse pitschnaß. Sie schaut sich im Spiegel an. Bevor sie es richtig mitkriegt, saust das Mädchen vom Klo runter und raus aus dem Bad. «Bitsy! Komm sofort zurück!»

«Okay, das reicht jetzt!» Ihr Rock ist zerfetzt, und sie hat ein knallrotes Gesicht und heult. «Wer sagt das?» – «Ich, Mann!» Der Saukerl grabscht nach ihr, aber er stürzt sich auf ihn. Sie wälzen sich auf dem Boden herum. Tische fallen um, Lampen kippen um, der Fernseher kracht auf den Fußboden. Er rammt dem Kerl eine knallharte Gerade in den Magen, verpaßt ihm mit der Linken einen satten Kinnhaken.

«Wir hoffen, daß es ein Mädchen wird.» Das ist keine große Überraschung, da sie bereits vier Jungs haben. Wie alle übrigen Gäste beglückwünscht auch Dolly die Frau, aber sie beneidet sie nicht, ganz und gar nicht. Das hätte ihr gerade noch gefehlt. Sie starrt durchs Zimmer zu Harry rüber, der wie üblich allen auf den Rükken haut und laut rumgrölt. Er hat in der Mitte kräftig zugelegt, wieso zum Teufel also muß er sich immer über sie beschweren? «Dolly, du siehst jeden Tag jünger aus!» hieß heute abend die nette Begrüßung für sie. «Was ist dein Geheimnis?» Und Harry: «Es sind all die Kalorien. Sie setzt wieder Babyspeck an.» – «Haha! Harry, sei nicht so herzlos!»

«Schnapp dir ihre Füße!» schreit er Bitsy zu, stupst sie mit den Fingern in die Rippen, streicht ihr über den nackten Bauch, verheddert sich in dem Dickicht aus Trägern und merkwürdigen Kleidungsstücken. «Zieh ihr die Schuhe aus!» Er hält sie fest, indem er seinen Kopf gegen ihre weiche Brust preßt. «Nein! Nein, Jimmy! Bitsy, hör auf!» Aber obwohl sie nach ihnen tritt und sich wälzt und dreht, kann sie nicht aufstehen, weil sie zu sehr lacht, und so verliert sie ihre Schuhe, und er packt einen bestrumpften Fuß und kitzelt erbarmungslos ihre Fußsohle, und sie hebt die Beine hoch, versucht ihn abzuschütteln, sie ist echt wild, o boy, aber er klammert sich fest, und sie lacht, und vom Bildschirm hört man Hufgetrappel, und er und Bitsy wälzen sich in einem verrückten Rodeo langer auskeilender Beine auf dem Boden herum.

Er steckt die Münze in den Schlitz. Man hört einen metallischen Plumps und ein abruptes Klacken, als das Wählsignal ertönt. «Ich hoff, die Tuckers sind weg», sagt er. «Mach dir keine Sorgen, sie sind bei meinen Alten», sagt Mark. «Sie kommen immer als erste und gehn als letzte heim. Mein alter Herr ätzt immer rum, was das für Säcke sind.» Jack lacht nervös und wählt die Nummer. «Sag ihr, wir schaun vorbei und passen auf, daß sie nicht vergewaltigt wird», schlägt Mark vor und zündet sich eine Zigarette an. Jack grinst und lehnt sich lässig und auf seinem Kaugummi herumkauend an die Tür der Telefonzelle, eine Hand in der Hosentasche. In Wahrheit fühlt er sich ziemlich unwohl. Er hat das dumpfe Gefühl, daß er eine gute Geschichte versaubeutelt.

Bitsy rennt nackt ins Wohnzimmer, hält ein Kissen zwischen sich und die Babysitterin. «Bitsy...!» droht die Babysitterin. Künstliches Rot und Grün und Lila flackert über den nassen Körper der Kleinen, während man Hufgetrappel, Gewehrgeknatter und das Geratter von Postkutschenrädern über unwegsames Gelände hört. «Geh weg da, Bitsy!» beklagt sich der Junge. «Ich seh nichts!» Bitsy huscht vorbei, die Babysitterin hinter ihr her, drängt das Mädchen im hinteren Schlafzimmer in die Ecke. Bitsy wirft mit etwas, das die Babysitterin weich ins Gesicht trifft: eine Männerunterhose. Sie greift das Mädchen, als es vorbeiwitscht, schleppt es trotz heftiger Gegenwehr ins Bad und packt es mit einem kräftigen Klaps auf den blanken Po zurück in die Wanne. Aus Trotz pischert Bitsy ins Badewasser.

Mr. Tucker mixt sich ein wenig Wasser in den Bourbon und witzelt mit dem Gastgeber und einem anderen Gast, der soeben angekommen ist, über ihr Golf. Sie verabreden eine Runde fürs Wochenende, einen Dreier-Flight, der noch einen vierten Mann sucht. Mit dem Drink in der rechten Hand schwingt Mr. Tucker die Linke wie beim Abschlag vom Tee. «Ihr müßt mir einen Schlag pro Loch abgeben», sagt er. «Ich geb dir gleich 'nen Schlag ab!» sagt sein Gastgeber. «Bück dich mal nach vorn!» Lachend fragt der andere Gast: «Wo steckt denn dein Sohn Mark heut abend?» «Keine Ahnung», antwortet der Gastgeber und sammelt ein Tablett Drinks ein. Dann fügt er mit leisem Knurren hinzu: «Wahrscheinlich ist er unterwegs, um Mädels aufzureißen!» Sie kichern anzüglich, zucken dann mitfühlend die Achseln und gehen ins Wohnzimmer zu ihren Frauen zurück.

Die Vorhänge sind zugezogen. Die Tür ist abgesperrt. Sie hocken vor dem Fernseher. Unter einer Decke vielleicht. Ja, genau, unter einer Decke. Sie macht die Augen zu, wenn er sie küßt. Ihre Brüste sind weich und nachgiebig unter ihrer beider Hände.

Ein harter Haken in den Magen. Ins Gesicht. Der große Bärtige kommt ins Stolpern. Der Sheriff mit dem hageren Kinn rückt näher, kriegt aber einen sporenbewehrten Stiefel ins Gesicht. Der

Dunkelhaarige stürzt vor, rammt dem Sheriff die Schulter in die sehnige Magengrube, daß sich ihr selber der Bauch verspannt, bleibt noch auf den Beinen, als ihm der Sheriff die Nase zertrümmert, ihn gegen die Wand knallt, ihm eine reinhaut! Und gleich noch eine! Der Dunkelhaarige läßt ein rhythmisches Grunzen hören, weicht zurück, hechtet dann selbstmörderisch nach vorn – sie zieht zum Schutz die Knie an –, der Sheriff taumelt! hat einen Stoß unter die Gürtellinie kassiert! doch anstatt nachzufassen, weicht der andere Mann einen Schritt zurück – eine Pistole! der Dunkelhaarige hat eine Pistole! der Sheriff zieht! schießt aus der Hüfte! Schüsse! sie preßt die Hände zwischen die Schenkel – nein! der Sheriff wirbelt herum! ist verwundet! der Dunkelhaarige zögert, zielt, ihre Beine sind ganz steif in Richtung Fernseher gestreckt, der Sheriff wälzt sich verzweifelt im Stroh, schießt: tot! der Dunkelhaarige ist tot! ächzt, krümmt sich zusammen, die Pistole sinkt in der erschlaffenden Hand nach unten, er fällt zu Boden, zu Boden. Der Sheriff, total verausgabt und von einem Streifschuß getroffen, schaut kraftlos vom Fußboden aus zu, wo er liegt. O unversehrt zu sein! Gut und stark und im Recht zu sein! Die Harmonie und Unversehrtheit zu lieben und von diesen geliebt zu sein! Der Sheriff rappelt sich unter Schmerzen auf einen Ellbogen hoch, fährt sich mit dem Rücken der anderen Hand über den zerschlagenen Mund.

«Na ja, wir ham uns einfach bloß mal so gedacht, wir schaun mal vorbei», sagt er und zwinkert Mark anzüglich zu. «Wer ist wir?» «Och, ich und Mark.» «Sag ihr, so ein Zuckerstück wie sie, das muß man einfach rumreichen», flüstert Mark und zieht an seiner Fluppe, schnippt dann die Kippe unter den Flipper. «Was sagst du?» fragt sie. «Och, Mark und ich ham uns bloß grad gesagt, daß zwei nur 'n Pärchen sind und drei schon 'ne Orgie», sagt Jack mit erneutem Zwinkern. Sie kichert. «O Jack!» Im Hintergrund hört er Schreie und Geballere. «Na ja schön, aber bloß für 'n Weilchen, wenn ihr beide hübsch artig seid.» Wer sagt's denn, Mann.

Wahrscheinlich hockt gerade in dem Moment irgend so 'n verdammter Bengel bei ihr rum. Balgen sich vor seinem Fernseher auf der Couch. Vielleicht sollte er mal kurz vorbeifahren. Bloß um nachzuschauen. Keinen Firlefanz, sie hat schließlich 'nen Job zu erledigen! Das Auto ein paar Häuser weiter weg geparkt, dann zur Haustür rein, bevor sie's mitkriegt. Er sieht die zerzausten Klamotten, die nackten jungen Schenkel vor dem flackernden Fernseher, hört sein Baby plärren. «He, was ist denn hier los! Verschwinde, Söhnchen, bevor ich die Polizei hol!» Natürlich haben sie nicht wirklich was gemacht. Sie wissen wahrscheinlich nicht mal, wie's geht. Er starrt wohlwollend zu dem Mädchen runter, deren Rock zerknautscht ist und lose um ihre Schenkel schlackert. Mit puterrotem Gesicht, verschreckt und trotzdem erregt, starrt sie zurück. Er lächelt. Sein Finger berührt ein Knie, nähert sich dem Rocksaum. Ein weiteres Ehepaar spaziert herein. Allmählich wird die Bude voll. Man würde ihn überhaupt nicht vermissen. Einfach raus hier, so ganz nebenbei zurück nach Haus, um irgendwas zu holen, das er vergessen hat, egal was. Er erinnert sich, daß diese Babysitterin, als sie das letzte Mal bei ihnen war, ein Bad genommen hat. Sie war hinterher verabredet und gerade erst vom Training als Cheerleader zurückgekommen oder irgend so was. Aspirin vielleicht. Einfach still und leise und ganz nebenbei ins Badezimmer reinspaziert, um sich ein Aspirin zu holen. «Oh, entschuldigen Sie, meine Liebe! Ich wollte nur...!» Sie starrt zurück, verdattert, doch sonderbar bewegt. Ihre weichen nassen Brüste heben und senken sich im Wasser, und ihr Bauch sieht blaß und faltig aus. Ihm fällt ein, daß ihre Schamhaare, die in der Wanne lagen, braun waren. Hellbraun.

Kaum ist sie in die Wanne gestiegen, um rasch ein Bad zu nehmen, verkündet Jimmy vor der Tür, daß er aufs Klo muß. Sie seufzt: Nur ein Vorwand, wie sie ganz genau weiß. «Du mußt warten.» Die kleine Nervensäge: «Ich kann nicht warten.» – «In Ordnung, dann komm rein, aber ich sitz in der Wanne.» Sie vermutet, daß ihn das abhalten wird, aber sie hat sich getäuscht. Er kommt reinmarschiert. Sie taucht in den Schaum ein, bis sie die Augen in Höhe des Wannenrands hat. Er zögert. «Na mach schon, wenn du mußt», sagt sie ein wenig verlegen, «ich steig jedenfalls nicht aus der Wanne.» – «Nicht hinschauen», sagt er. Sie: «Tu ich doch, wenn ich Lust hab.»

Sie heult. Mark reibt sich das Kinn, wo er ihm gerade satt eine verpaßt hat. Eine Lampe liegt in Scherben. «Jetzt reicht's, Mark! Zisch ab!» Ihr Rock ist bis zur Taille zerrissen, an der nackten Hüfte hat sie einen blauen Fleck. Ihre Unterhose liegt wie ein zerplatzter Luftballon am Boden. Später wird er ihr die Wunden waschen, ihr beim Anziehen helfen, für sie sorgen. Mitleid wallt in ihm hoch, daß er plötzlich eine Erektion kriegt. Mark lacht und zeigt mit dem Finger darauf. Jack geht in die Hocke, wartet ab, ist zu allem bereit.

Lachend balgen und wälzen sie sich herum. Ihre Patschhändchen betatschen sie überall, kitzeln und zwicken sie. Sie rappelt sich auf alle viere hoch, aber Bitsy springt ihr ins Genick, drückt ihr den Kopf auf den Teppich. «Versohl ihr den Hintern, Jimmy!» Seine Klapse tun weh: Ist ihr etwa der Rock hochgerutscht? Das Telefon läutet. «Die Kavallerie eilt zu Hilfe!» lacht sie und schüttelt die beiden ab, um ranzugehen.

Während sie mit geschlossenen Augen Mark küßt, stupst sie mit den Hüften Jack an. Er stiert auf den Fernseher, fühlt sich verunsichert, fährt ihr mit einer Hand vorsichtig unter den Rock. Ihre Hand berührt seinen Arm, als ob sie ihn abwehren wollte, gleitet dann weiter und reibt ihm übers Bein. Die Decke, unter der sie kuscheln, war 'ne prima Idee. «Hallo! Ich bin's, Jack!»

Bitsy ist draußen, und das Wasser läuft ein. «Los Jimmy, du bist dran!» Beim letzten Mal hat er ihr gesagt, daß er allein badet, aber sie ist trotzdem reingekommen. «Ich geh nicht in die Wanne», verkündet er und kriegt die Augen nicht von der Glotze. Er macht sich für den Kampf bereit. «Aber ich hab dir schon das Wasser eingelassen. Los jetzt Jimmy, bitte!» Er schüttelt den Kopf. Sie kann ihn nicht dazu zwingen, er ist sicher genauso stark wie sie. Sie seufzt. «Na ja, wie du willst. Dann steig ich eben in die Wanne», sagt sie. Er wartet, bis er ziemlich sicher ist, daß sie ihre Meinung nicht ändert, schleicht sich dann rüber und späht durchs Schlüsselloch der Badezimmertür: gerade rechtzeitig, um ihren großen Hintern zu sehen, als sie sich vorbeugt, um den Badeschaum unterzurühren. Dann verschwindet sie. Als er versucht, so weit nach unten zu spähen, wie es das Schlüsselloch erlaubt, stößt er sich den Kopf am Türknauf. «Jimmy, bist du das?» – «Ich – ich muß aufs Klo!» stottert er.

Noch nicht richtig in der Wanne, gerade erst beim Reinsteigen. Einen Fuß auf der Matte, den anderen im Wasser. Leicht vornübergebückt, mit angespannten Pobacken, schaukelnden Zitzen, sich noch am Wannenrand festhaltend. «Oh, entschuldigen Sie! Ich wollte mir bloß...!» Er übergeht ihre Verblüffung, die verlegenen Entschuldigungen, spult rasch zu der Szene, wo er die Hand vorstreckt, um – «Was um alles in der Welt machst du da, Harry?» fragt seine Frau und starrt auf seine Hand. Der Gastgeber, der gerade in dem Moment vorbeikommt, lacht. «Er übt seinen Schlag für Sonntag, Dolly, aber es wird ihm verdammt noch mal gar nichts nützen!» Mr. Tucker lacht und läßt seine rechte Hand durch die Luft sausen, als lupfe er gerade mit dem Siebenereisen einen Ball aufs Green. Er schnalzt mit der Zunge: *dok!* «Genau drinne!»

«Nein, Jack, ich glaube nicht, daß das 'ne gute Idee ist.» – «Na ja, wir ham bloß angerufen, wir ham uns bloß, äh, gedacht, weißt du, wir schaun mal auf 'nen Sprung vorbei, schaun mal 'ne halbe Stunde fern oder sonstwas.» – «Wer ist wir?» – «Na ja, Mark ist hier, ich bin mit ihm unterwegs, und er hat gesagt, er hätte Lust dazu, weißt du, also wenn es in Ordnung ist, bloß –» – «Nein, es ist *nicht* in Ordnung. Die Tuckers haben nein gesagt.» – «Na jaa, aber wenn wir doch bloß –» – «Sie schienen schon beim letzten Mal irre mißtrauisch.» – «Wieso? Wir ham doch nicht – ich mein, ich hab mir bloß gedacht.» – «Nein, Jack, und punktum.» Sie legt auf. Sie geht wieder zum Fernseher, aber es läuft gerade Werbung. Außerdem hat sie eh schon den Großteil des Films versäumt. Sie überlegt sich, daß sie vielleicht noch ein rasches Bad nimmt. Jack kommt womöglich trotzdem vorbei, das würde sie zwar wütend machen, dann wäre Schluß mit ihm, aber falls er kommen sollte, will sie nicht völlig verschwitzt sein. Und außerdem gefällt ihr die große Wanne der Tuckers.

Es ist ihm peinlich, und er dreht ihr den Rücken zu, sein kleiner Nacken ist knallrot. Es dauert eine Ewigkeit, bis es losgeht, und als es endlich losgeht, ist es nur ein kleinwinziges Rinnsal. «Siehste, es war bloß eine Ausrede», schimpft sie, aber innerlich kichert sie, daß sich der Junge so geniert. «Du bist nichts weiter als 'ne Nervensäge, Jimmy.» An der Tür, schon mit der Hand auf dem Knauf, zögert er und starrt zaghaft auf seine Schuhe. «Jimmy?» Sie blinzelt ihn über den Wannenrand an und versucht, nicht loszulachen, als er über die Schulter nervös zu ihr rüberschielt. «Wenn du mich schon nervst», sagt sie, «dann könntest du mir genausogut den Rücken einseifen.»

«Das Aspirin...» Sie umarmen sich. Sie kuschelt sich wie ein Kind in seine Arme. Liebevoll, väterlich, wissend umhüllt er ihre Nacktheit. Wie kompakt, wie fest und klein ihr Körper ist! Als er sie aufs Ohr küßt, schaut er an ihrem Hintern vorbei aufs unbewegte, klare Wasser. «Ich komm mit rein», flüstert er heiser.

Sie hebt die Unterhose auf, die Bitsy nach ihr geworfen hat. Eine Männerunterhose. Sie hält sie sich vor, schaut sich im Schlafzimmerspiegel an. Ungefähr zwanzig Nummern zu groß für sie, versteht sich. Sie schiebt die Hand in den Schlitz, streckt den Daumen raus. Was für ein ulkiges Gefühl das sein muß!

«Tja, Mann, ich würd sagen, wir gehen einfach los und vergewaltigen sie», sagt Mark entschieden und stößt sein ganzes Gewicht gegen den Flipper. «Poff! Ah! Los rein da, du Scheißer! Schau dir das an! Ha! Mann, die Luderkiste schmeiß ich gleich noch um!» Jack schämt sich wegen des Telefonats. Mark hatte bloß verächtlich aufgeschnaubt, als Jack aufgelegt hatte. Er beißt heftig auf seinem Kaugummi rum, ist stinksauer, daß er so ein Schisser ist. «Okay, ich bin dabei, wenn du mitmachst», sagt er kalt.

Halb neun. «In Ordnung, los jetzt, Jimmy, höchste Zeit.» Er ignoriert sie. Der Western ist vorbei, es folgt ein Spionagefilm. Bitsy kommt im Schlafanzug ins Wohnzimmer gewatschelt. «Nein, Bitsy, Zeit zum Schlafengehen.» – «Du hast gesagt, ich darf gukken!» quengelt das Mädchen und kriegt einen neuen Wutanfall. «Aber du hast zu lang rumgetrödelt, und jetzt ist es schon spät. Jimmy, marsch ab ins Bad, und zwar dalli!» Jimmy fixiert störrisch die Glotze, rührt sich nicht vom Fleck. Die Babysitterin versucht, die Anfangsszene des Films mitzukriegen, damit sie später alles mitbekommt, da Jimmy ja allein badet. Als die Reklame den Film unterbricht, dreht sie den Ton ab und stellt sich vor den Bildschirm. «In Ordnung, marsch ab in die Wanne, Jimmy Tucker, oder ich schlepp dich rüber ins Bad und steck dich höchstpersönlich in die Wanne!» – «Versuch's doch», sagt er, «und wart ab, was dann passiert.»

Sie stehen draußen im Dunkeln, ducken sich ins Gebüsch, spähen durchs Fenster. Sie liegt auf dem Boden und spielt mit den Gören. Zu früh dran. Die zwei kitzeln sie, wie's aussieht. Sie rappelt sich auf alle viere hoch, aber das kleine Mädchen springt ihr ins Genick und drückt ihr das Gesicht auf den Fußboden. Es gibt eine offensichtliche Zielscheibe, und der kleine Junge macht sich daran, die Zielscheibe kräftig zu vertrimmen. «He, schau dir an, wie der Lütte rangeht!» flüstert Mark und lacht und schnippt leise mit den Fingern. Jack fühlt sich hier draußen reichlich unbehaglich. Zu viele Nachbarn, zuviel Autoverkehr, zu viele Leute auf der Welt. Der kleine Junge da drin hat ihm jedenfalls eins voraus: Er ist nie auf die Idee gekommen, sie zur Aufmunterung zu kitzeln.

Seine kleine Hand umklammert die Seife und seift schüchtern einen schmalen Streifen zwischen ihren Schulterblättern ein. Sie hockt vornübergebeugt da, umklammert ihre Knie, tief in den üppigen Schaum eingetaucht, und blinzelt ihn über die Schulter hinweg an. Die Seife rutscht ihm aus dem Griff und platscht ins Wasser. «Ich... mir ist die Seife hingefallen», flüstert er. Sie: «Such sie!»

«Alle träumen von Jeannie mit dem hellbraunen Schamhaar!» – «Harry! Hör auf! Du bist besoffen!» Aber sie lachen, sie lachen alle, verdammt! Das tut ihm echt verflucht wohl, und jetzt weiß er ganz genau, daß er dieses Aspirin braucht. Als er sie da vor sich sieht, mit für ihn gespreizten Schenkeln, auf der Couch, in der Wanne, zum Teufel noch eins, auf dem Küchentisch, scheißegal, da schlägt er vom Loch Nummer neun ab, und – *zack!* – patscht er der Frau des Gastgebers auf den Hintern. «Hole in one!» grölt er. «Harry!» Warum nur wird seine gottverdammte Frau Dolly nie süß angetüttelt statt immer nur sauer angesäuselt? «Das wird voll die Härte am Sonntag, alter Kumpel!» – «Du bist im Moment selber voll die Härte, Harry», sagt sein Gastgeber.

Die Babysitterin hechtet vor, packt den Jungen an den Armen und zerrt ihn, obwohl er zwei Kissen mit sich herunterzieht, von der Couch, schleift ihn zum Badezimmer. Er schlägt nach ihr und stürzt dabei einen Beistelltisch voller Zeitschriften und Aschenbecher um. «Laß bloß meinen Bruder in Ruh!» schreit Bitsy und packt die Babysitterin um die Taille. Jimmy wirft sich auf sie, und schon liegen sie allesamt am Boden. Auf dem stummen Bildschirm sieht man eine Überblendung in einen dunklen Gang in einem alten Mietshaus irgendwo in einem fremden Land. Sie strampelt mit den Beinen, und irgendwer purzelt ihr zwischen die Beine. Irgendwer anders sitzt auf ihrem Gesicht. «Jimmy! Hör auf!» lacht die Babysitterin mit gedämpfter Stimme.

Sie sieht fern. Ganz allein. Das scheint ein guter Zeitpunkt, um reinzumarschieren. Denk dran: Egal was sie sagt, in Wahrheit will sie es. Sie stehen im Gebüsch und versuchen genügend Traute aufzubringen. «Wir sagen ihr einfach, sie soll artig sein», flüstert Mark, «und wenn sie unartig ist, versohlen wir ihr den Hintern.» Jack kichert leise, doch ihm zittern die Knie. Sie steht auf. Sie rühren sich nicht vom Fleck. Sie schaut sie direkt an. «Sie kann uns nicht sehen», flüstert Mark angespannt. «Kommt sie raus?» – «Nein», sagt Mark, «sie geht ins – das muß das Badezimmer sein!» Jack holt tief Luft, sein Herz pocht wild. «He, gibt's da 'n Fenster?» fragt Mark.

Das Telefon läutet. Sie steigt aus der Wanne, hat ein Handtuch um sich gewickelt. Bitsy reißt daran. «He, Jimmy, schnapp dir das Handtuch!» quiekt sie. «Jetzt hör auf damit, Bitsy!» faucht die Babysitterin, aber zu spät: Die eine Hand am Telefon, ist die andere nicht stark genug, um das Handtuch festzuhalten. Ihre plötzliche Nacktheit schüchtert die beiden Kleinen ein, und es dauert einen Augenblick, bis sie wieder auf die Idee kommen, sie zu kitzeln. Da hat sie allerdings schon wieder das Handtuch um sich gewickelt. «Ich hoffe, ihr habt euch alles genau angeschaut», sagt sie wütend. Ihr ist kalt, und komischerweise hat sie auch ein bißchen Angst. «Hallo?» Keine Antwort. Sie schaut zum Fenster – steckt irgendwer da draußen? Oder aber irgendwas, sie hat doch irgendwas gesehen und auch ein Rascheln gehört – Schritte?

«In Ordnung, mir ist es egal, Jimmy, dann gehst du eben nicht in die Wanne», sagt sie gereizt. Ihre Bluse ist aus dem Rock gezerrt und zerknittert, ihr Haar ist ganz zerzaust, und sie fühlt sich völlig verschwitzt. Sie würde lieber hunderttausend andere Dinge tun, als auf diese beiden Gören hier aufzupassen. Drei: wenigstens schläft das Baby. Sie klopft toi, toi, toi auf den umgestürzten Beistelltisch und stellt ihn richtig hin, packt die Zeitschriften und Aschenbecher wieder obenauf. Das einzige, was sie wirklich überhaupt nicht abkann, ist eine schmutzige Windel. «Gehst du eben einfach so ins Bett.» – «Ich muß erst um neun ins Bett», erinnert er sie. Also wirklich, ihr ist es echt egal. Sie dreht den Fernseher lauter, macht es sich auf der Couch bequem, stopft sich die Bluse wieder in den Rock und streicht sich das Haar aus den Augen. Jimmy und Bitsy sitzen am Boden und schauen fern. Vielleicht steigt sie doch noch rasch in die Wanne, wenn die zwei im Bett sind. Sie wünschte, Jack schaute vorbei. Der Mann, ohne Zweifel der Spion, verfolgt soeben eine Frau, aber sie weiß nicht wieso. Die Frau spaziert an einem anderen Mann vorbei. Irgendwas scheint zu passieren, aber es ist nicht klar was. Sie hat wahrscheinlich schon zuviel verpaßt. Das Telefon läutet.

Mark küßt sie. Jack ist unter der Decke und zieht ihr vorsichtig das Höschen von den sich windenden Hüften. Ihre Hand steckt in seiner Hose, zieht ihn raus, zieht ihn zu sich heran, zieht fest an ihm. Sie wußte genau, wo er war! Mark zieht sich ebenfalls aus. Gott, es passiert wirklich! denkt er mit einer Art frommer Freude und bemerkt dann die offene Tür. «He! Was ist denn hier los?»

Er seift ihr den Rücken ein, seidenweich und glatt unter seiner Hand. Sie hockt vornübergebeugt zwischen seinen Beinen, umklammert ihre Knie. Ihr hellbraunes Haar, das ihr bis auf die glänzenden Schultern fällt, ist am Rand naß. Die Seife glitscht ihm aus der Hand, fällt ihm zwischen die Beine. Er fischt danach, findet das Seifenstück, läßt es hinter sich gleiten. «Hilf mir beim Suchen», flüstert er ihr ins Ohr. «Klar, Harry», sagt sein Gastgeber, der eben hinter ihm vorbeigeht. «Was hast du denn verloren?»

Gleich neun Uhr, Zeit, die Kinder ins Bett zu packen. Sie räumt den Tisch ab, schmeißt die Pappteller und Hamburgerreste in den Abfall, stellt die Gläser und das Besteck ins Waschbecken und Mayonnaise, Senf und Ketchup in den Kühlschrank. Letztlich hat keines der beiden Kinder viel Abendbrot gegessen, hauptsächlich Kartoffelchips und Eis, aber das ist echt nicht ihr Problem. Sie schielt kurz zu den Büchern auf dem Kühlschrank hoch. Ziemlich unwahrscheinlich, daß sie noch Zeit dafür hat, sie ist schon reichlich geschafft. Vielleicht fühlt sie sich besser, wenn sie rasch in die Wanne steigt. Sie läßt Wasser einlaufen, gibt Schaumbad dazu, zieht sich aus. Bevor sie die Unterhose auszieht, blickt sie einen Augenblick lang auf die glatte seidige Stoffbahn quer über ihrem Bauch, betastet die Stelle, wo der Schlitz säße, wenn einer da wäre. Dann zieht sie die Unterhose schnell aus, schämt sich ein bißchen dabei, hakt den Büstenhalter auf. Sie wiegt ihre Brüste in den Handflächen und betrachtet sich im Badezimmerspiegel, wo sie mit einemmal im offenen Fenster hinter sich ein Gesicht sieht. Sie schreit.

Sie schreit: «Jimmy! Gib's sofort her!» – «Was ist los?» fragt Jack am anderen Ende. «Jimmy! Gib mir das Handtuch! Sofort!» – «Hallo? He, bist du noch dran?» – «Tut mir leid, Jack», sagt sie keuchend. «Du hast mich grad in der Badewanne erwischt. Ich hab bloß ein Handtuch umgewickelt, und diese dummen Gören haben's mir weggeschnappt!» – «He, ich wünschte, ich wär dabei gewesen!» – «Jack –!» – «Um dich zu beschützen, mein ich.» – «Aber klar doch», sagt sie kichernd. «Tja, was meinst du, kann ich vorbeischaun und mit dir fernsehen?» – «Na ja, nicht sofort», sagt sie. Er lacht leichthin. Er fühlt sich sehr cool. «Jack?» – «Jaah?» – «Jack, ich... ich glaub, da ist wer draußen vorm Fenster!»

Sie schleppt ihn, der sich die ganze Zeit über erbittert wehrt, zur Wanne, wobei Bitsy sie in den Rücken boxt und in die Hacken tritt. Sie kann ihn nicht gleichzeitig festhalten und ausziehen. «Ich schmeiß dich gleich rein mitsamt deinen Klamotten, Jimmy Tucker!» japst sie. «Das tust du nicht!» brüllt er. Sie sitzt auf dem Klodeckel, umklammert ihn mit den Beinen, zerrt ihm das Hemd über den Kopf, bevor er mitkriegt, was los ist. Bei der Hose geht's leichter. Wie alle kleinen Jungs in seinem Alter hat er so gut wie keine Hüften. Verzweifelt hält er seine Unterhose fest, aber als sie es schafft, ihm auch noch die Hose aus den Fingern und vom Leib zu reißen, gibt er auf und flennt los und drischt ihr wie wild mit den Fausten ins Gesicht. Sie zieht hysterisch lachend den Kopf ein, ist sonderbar verzaubert vom Anblick jenes blassen kleinen Dingelchens da unten, das weich wie Gummi zu der ohnmächtigen Wut und Qual des Jungen hoch und nieder baumelt und hüpft.

«Aspirin? Wozu willst du denn ein Aspirin, Harry? Ich bin mir sicher, sie haben Aspirin hier, wenn du –» – «Hab ich Aspirin gesagt? Ich meinte, äh, meine Brille. Und, weißt du, ich dachte, ich werd mal eben nachsehen, ob zu Hause alles in Ordnung ist.» Warum zum Teufel fühlt sich sein Mund bloß so an, als hätte er gleich sechs Reihen Zähne drin und eine Zunge so dick wie die Leberwurst, die die Frau seines Gastgebers soeben herumreicht? «Wozu willst du denn deine Brille, Harry? Ich versteh dich überhaupt nicht mehr?» – «Ach, na ja, Liebling, mir war ein bißchen schwindlig, und ich dachte mir –» – «Schwindlig ist richtig. Wenn du wissen willst, wie's den Kindern geht, warum rufst du nicht einfach an?»

Sie sehen, daß sie nackt und eben im Begriff ist, in die Wanne zu steigen, aber das Badezimmerfenster ist aus Milchglas, und sie können es nicht deutlich erkennen. «Ich hab 'ne Idee», flüstert Mark. «Einer von uns zieht los und ruft sie an, und der andere schaut zu, wenn sie rauskommt.» – «Okay, aber wer ruft an?» – «Jeder von uns, wir machen's eben zweimal. Oder noch öfter.»

Durch verbotene Gassen. In geheime Durchgänge. Drauf und dran, die schrecklichen Geheimnisse der Welt aufzudecken. Plötzliche Schockerlebnisse: eine Falltür! ein Sturz! das ohrenbetäubende Krachen eines Schusses, das *pooii-ii-ing!* der Kugel, die neben deinem Ohr in den Beton kracht! Sachte! Dann aufs neue ein Stückchen nach vorn gekrochen, dem Lichtschein ausweichend, Zentimeter für Zentimeter, jetzt ein schneller Hechtsprung zur offenen Tür – *Vorsicht!* ein Messer! ein Handgemenge! nein! die lange Klinge funkelt! zuckt hoch! stößt zu! getroffen! Nein, nein, daneben! Der Angreifer liegt am Boden, ja! Der Spion kniet auf ihm, hält ihn im Schwitzkasten, furchtbares Herumgezappel, der Spion reißt dem Angreifer die Maske vom Gesicht: *eine Frau!*

Als sie hinter sich herumfummelt, stößt sie darauf, legt die Hand darum, zupft daran. «Oh!» japst sie und zieht rasch die Hand zurück, kriegt knallrote Ohren. «Ich... ich dachte, es ist die Seife!» Er preßt sie eng zwischen seine Schenkel, zieht ihren Rücken zu sich heran, fährt ihr mit einer Hand über den Bauch zwischen die Beine. Alle träumen von Jeannie – «Ich muß mal aufs Klo!» tönt jemand vor der Tür.

Sie kämmt sich im Bad, als das Telefon läutet. Sie flitzt raus, um ranzugehen, ehe das Baby aufwacht. «Hallo, bei Tucker!» Keine Antwort. «Hallo?» Ein leises Klicken. Merkwürdig. Sie fühlt sich plötzlich allein in dem großen Haus und geht ins Wohnzimmer, um mit den Kindern fernzusehen.

«Hört auf!» schreit sie. «Bitte hört auf!» Sie kniet auf allen vieren, versucht sich aufzurichten, aber sie sind zu stark. Mark hält ihren Kopf nach unten. «Jetzt, Schätzchen, zeigen wir dir, was ein artiges Mädel ist», sagt er kalt und nickt Jack zu. Als sie vornübergebeugt dahockt, rutscht ihr der Rock die Schenkel hoch bis zum Gummiband der Unterhose. «Los, mach schon, Mann! Das Schätzchen friert's! Der mußt du einheizen!»

Er parkt das Auto ein paar Ecken entfernt. Schleicht sich zum Haus, späht zum Fenster rein. Genau, wie er's sich gedacht hat. Sie sitzt ohne Bluse da, und der Kerl hat sein Hemd aufgeknöpft. Er schaut zu, wie die beiden langsam, unbeholfen, kindlich an ihren Klamotten herumfummeln. Mein Gott, sie brauchen ja ewig. «Gelungne Party!» – «Du sagst es!» Als sie mehr oder minder nackt sind, spaziert er herein. «He! Was ist denn hier los?» Sie werden blaß wie Gorgonzola. Haha! «Was kiekt denn da fürn Dingelchen raus, mein Junge?» – «Harry, benimm dich!» Nein, er erlaubt es nicht, daß sich der Kerl anzieht, er schickt ihn mit nacktem Arsch nach Hause. «Mit nacktem Arsch!» Darauf trinkt er einen. «Versprechungen, nichts als leere Versprechungen», sagt die Frau seines Gastgebers. «Ich schick dir die Klamotten per Post zu, Söhnchen!» Er schaut hinunter zu dem nackten kleinen Mädchen auf seiner Couch. «Sieht ganz so aus, als müßten wir zwei jetzt ein kleines Geheimnis bewahren, Liebling», sagt er seelenruhig. «Es sei denn, du möchtest genauso nach Hause spazieren wie dein Freund!» Er gluckst vor Freude über den gelungenen Witz, beugt sich über sie und löst seinen Gürtel. «Da könnten wir doch genausogut gleich zwei Geheimnisse draus machen, oder nicht?» – «Wovon in Gottes Namen redest du da, Harry?» Er taumelt mit dem Drink in der Hand raus und sucht sein Auto.

«He! Was ist denn hier los?» Sie kauern halbnackt unter der Decke, total ahnungslos ertappt. In der Glotze: das Tripp-Trapp von Füßen, die auf Kopfsteinpflaster irgendwo in einem fremden Land erschreckt davonrennen. Jack tastet nach seiner Unterhose, die sich um die Knöchel verheddert hat. Jemand reißt die Decke weg. «Los aufstehen!» Mr. Tucker, Mrs. Tucker, Marks Eltern, die Polizei, die Nachbarn, alle drängeln sich herein. In seiner Hoffnungslosigkeit kriegt er einen Riesenständer. So hart, daß es weh tut. Alle glotzen seinen Ständer an.

Bitsy schläft auf dem Fußboden. Die Babysitterin sitzt in der Wanne. Seit über einer Stunde muß er jetzt schon aufs Klo. Er weiß nicht, wie lang er es noch aushalten kann. Zuletzt klopft er an die Badezimmertür. «Ich muß aufs Klo.» – «Na schön, komm rein, wenn du mußt.» – «Nicht, wenn du drin bist.» – Sie seufzt laut. «Okay, okay, eine Minute noch», sagt sie, «aber du bist 'ne echte Nervensäge, Jimmy!» Er will aushalten, kneift alles so fest zusammen, wie er nur kann. *«Mach schnell!»* Er hält den Atem an, kneift die Augen zu. Nein. Zu spät. Endlich macht sie die Tür auf. «Jimmy!» «Ich hab dir doch *gesagt*, du sollst schnell machen!» schluchzt er. Sie zerrt ihn ins Bad und zieht ihm die Hose runter.

Er kommt gerade rechtzeitig an, um sie, ein Handtuch um sich gewickelt, aus dem Bad spazieren und ans Telefon gehen zu sehen. Seine zwei Gören schleichen sich von hinten an sie ran und zerren ihr das Handtuch weg. Sie versucht, gleichzeitig das Telefon festzuhalten und sich das Handtuch zu schnappen. Ein hübscher Anblick. Sie hat einen süßen Arsch. In den Büschen stehend und sich mit der einen Hand betatschend, erhebt er mit der anderen sein Glas und trinkt auf ihren süßen Arsch, den sein Sohn eben vertrimmt. Haha, vielleicht wird aus dem Jungen ja doch noch was.

Sie hocken im Gebüsch und debattieren, was sie als nächstes anfangen sollen, als sie, ein Handtuch um sich gewickelt, aus dem Bad kommt. Sie hören das Baby plärren. Dann hört es auf. Sie sehen, wie sie nackt zurück ins Bad rennt, als ob sie Angst hätte oder was. «Ich geh jetzt rein und hinterher, Mann, egal ob du mitmachst oder nicht!» flüstert Mark und stapft aus dem Gebüsch. Aber genau in dem Augenblick wischt ein Licht durch den Garten, weil ein Auto in die Einfahrt einbiegt. Sie schmeißen sich mit klopfendem Herzen flach auf den Boden. «Sind das die Bullen?» – «Keine Ahnung!» – «Meinste, sie ham uns gesehen?» – «Psst!» Ein Mann kommt mit einem Drink in der Hand den Fußweg von der Einfahrt hochgetorkelt, stolpert dann durch die Küchentür und stracks weiter ins Bad. «Das ist Mr. Tucker!» flüstert Mark. Ein Schrei. «Laß uns bloß abhaun, Mann!»

Neun Uhr. Nachdem sie sowieso das meiste von dem Spionagefilm verpaßt und sonst nicht viel zu tun hat, hat die Babysitterin abgewaschen und die Küche ein bißchen aufgeräumt. Die Bücher auf dem Kühlschrank erinnern sie an ihre besseren Vorsätze, aber sie beschließt, erst mal nachzuschauen, was als nächstes im Fernseher läuft. Im Wohnzimmer liegt die kleine Bitsy fest eingeschlafen auf dem Fußboden. Sie hebt sie vorsichtig hoch und trägt sie ins Bett, deckt sie zu. «Los, Jimmy, neun Uhr, ich hab dich aufbleiben lassen, jetzt sei ein braver Junge.» Mürrisch und die müden Augen immer noch wie gebannt auf den Apparat gerichtet, geht der Junge rückwärts aus dem Wohnzimmer und in sein Zimmer. Ein Spielfilm fängt an. Sie wechselt den Sender. Eine Baseballübertragung und ein Krimi. Sie schaltet zurück zu dem Spielfilm. Irgend 'ne Liebesgeschichte. Ein Mann ist mit einer älteren Frau im Rollstuhl verheiratet, hat sich aber in ein jüngeres Mädchen verliebt. «Geh ins Bad und putz dir die Zähne, bevor du ins Bett gehst, Jimmy!» ruft sie, bereut es aber rasch, denn sie hört, wie sich das Baby in der Wiege bewegt.

Zwei unterhalten sich über ihre Mütter, die sie ins Altersheim verfrachtet haben. Mein lieber Scholli, das ist phantastisch, das ist echt 'ne heiße Party. Sie geht raus, um aufs Klo zu gehen, und nutzt das stille Örtchen, um ihren Hüfthalter ein bißchen zu lockern, ein paarmal tief durchatmen zu können. Sie hat das Bild vor Augen, wie ihre drei Kinder sie ins Altersheim verfrachten. In einer Schubkarre. Das ist ja echt 'ne klasse Zukunftsaussicht. Als sie ihren Hüfthalter wieder hochzieht, schafft sie es einfach nicht, sich reinzuzwängen. Der Gastgeber schaut eben herein. «He, Dolly, alles in Ordnung?» – «Klar doch, ich komm bloß nicht in meinen verdammten Hüfthalter rein, das ist alles.» – «Komm, ich helf dir.»

Sie zieht sie an, über ihre eigene drüber, stellt sich vor den Schlafzimmerspiegel und hält ihren Rock zusammengerafft um die Hüfte. Ungefähr zwanzig Nummern zu groß für sie, versteht sich. Sie zieht sie von hinten her stramm und steckt ihre Hand in den Schlitz vorne, streckt den Daumen raus. «Und was für ein strammer Kerl ich bin!» Sie kichert: Was für ein ulkiges Gefühl das sein muß! Dann, im Spiegel, sieht sie ihn: er steht in der Tür hinter ihr, beobachtet sie miesepetrig. «Jimmy! Du sollst doch im Bett sein!» – «Die gehört meinem Daddy!» sagt der Junge. «Das sag ich!»

«Jimmy!» Sie zerrt ihn ins Bad und zieht ihm die Hose herunter. «Selbst deine Schuhe sind naß! Zieh sie aus!» Sie seift einen warmen Waschlappen ein, den sie in der Wanne benutzt hatte, und reibt ihn von der Hüfte abwärts ein. Bitsy steht in der Tür und glotzt sie an. «Hau ab! Hau ab!» schreit der Junge seine Schwester an. «Geh wieder ins Bett, Bitsy. Es ist nur ein Unfall.» – «Hau ab!» Das Baby wacht auf und fängt zu brüllen an.

Die junge Geliebte bedauert ihre Rivalin, die gelähmte Ehefrau; sie meint, der Mann hat eine Verpflichtung gegenüber der armen Frau, und beharrt darauf, daß sie gewillt ist zu warten. Aber der Mann bringt vor, daß er auch eine Verpflichtung sich selbst gegenüber hat: Auch sein Leben ist kurz, und er könne seine Frau jetzt nicht mehr lieben, selbst wenn sie gesund wäre. Fiebrig umarmt er das junge Mädchen; sie wendet sich unter Qualen von ihm ab. Die Tür geht auf. Sie stehen grinsend da und blicken gleichzeitig verwegen, aber auch ziemlich belämmert drein. «Jack! Ich dachte, ich hätte dir deutlich gesagt, daß du nicht kommen sollst!» Sie ist wütend, aber eigentlich auch froh: Jetzt, nachdem die Kinder alle schlafen, hat sie sich in dem großen Haus allmählich doch ein bißchen allein gefühlt. Sie hätte doch in die Wanne steigen sollen. «Wir sind bloß vorbeigekommen, um nachzuschauen, ob du ein artiges Mädchen bist», sagt Jack und wird rot. Die Jungs blicken sich nervös an.

Sie hat sich eben erst in die Wanne voll warmem, wohlriechendem Badeschaum gesetzt und freut sich auf ein schönes langes Bad, als das Telefon läutet. Sie wickelt ein Handtuch um sich und geht ans Telefon: niemand dran. Aber jetzt ist das Baby wach und plärrt. Sie fragt sich, ob das Jack ist, der sie die ganze Zeit nervt. Falls ja, mein Guter, dann ist der Ofen aus. Vielleicht ist er sowieso aus. Sie versucht, das Baby mit dem halbleeren Fläschchen zu beruhigen, weil sie keine Lust hat, es zu wickeln, bevor sie ihr Bad hinter sich hat. Die schmutzigen Windeln kommen nämlich ins Bad, und dann stinkt's da zum Himmel. «Schlaf doch, schlaf doch!» flüstert sie und schaukelt die Wiege. Das Handtuch rutscht weg, worauf ihr ein unguter Schauer über den Rücken läuft. Noch ehe sie sich nach dem Handtuch bückt, noch ehe sie sich umdreht, weiß sie, daß irgendwer hinter ihr steht.

«Wir sind bloß vorbeigekommen, um nachzuschauen, ob du ein artiges Mädchen bist», sagt Jack und grinst zu ihr runter. Sie ist knallrot und stumm, ihr Mund steht halboffen. «Bück dich», sagt Mark liebenswürdig. «Wir seifen dir den Rücken ein, wenn wir schon mal da sind.» Aber sie bleibt nur zusammengekauert im Badeschaum liegen und starrt die beiden mit großen Augen an.

«He! Was ist denn hier los?» Es ist Mr. Tucker, der mit einem Drink in der Hand durch die Tür stolpert. Sie schaut vom Fernseher hoch. «Was gibt's, Mr. Tucker?» – «Och, ach, tut mir leid, ich hab mich in der Tür geirrt nein, ich mein, ich muß mir 'n Aspirin holen. 'tschuldigung!» Und er stürmt an ihr vorbei ins Bad, rempelt unterwegs an die Wohnzimmertür. Das Baby wacht auf.

«Los, runter von ihr, Mr. Tucker!» – «Jack!» kreischt sie, «was tust *du* denn hier?» Er stiert die zwei einen Augenblick lang böse an. So also läuft der Hase. Dann, als Mr. Tucker zu einem wuchtigen Boxhaken ausholt, verpaßt er dem Saukerl eine harte Rechte in den Magen. Im nächsten Moment allerdings hat er eine Altmännerfaust satt in der Fresse. Er ist sich nicht einmal sicher, als er aus den Latschen kippt, ob das seine Freundin ist, die da aufkreischt, oder das Baby…

Ihr Gastgeber drückt ihr auf den drallen Hintern und zerrt mit aller Kraft an ihrem Hüfthalter, während sie an seiner Schulter losflennt: «Ich *will* aber nicht ins Altersheim!» – «Na, na, immer halblang, Dolly, niemand zwingt dich –» – «Aua! He, du tust mir weh!» – «Du solltest dir einen größeren Hüfthalter kaufen, Dolly.» – «Das sagst du mir?» Irgendein andrer Typ steckt den Kopf zur Tür rein. «Wasissnlos? Is Dolly reingefallen?» – «Nee, umgefallen. Hilf mir mal eben.»

Als sie Jack und Mark abgewimmelt hat, kapiert sie den Film nicht mehr, den sie angeschaut hat. Jetzt ist aus irgendeinem Grund eine andere Frau in der Geschichte aufgetaucht. Der Typ da führt echt ein reichlich kompliziertes Leben. Ungeduldig schaltet sie um. Sie haßt Baseballübertragungen, also entscheidet sie sich für den Krimi. Sie hat noch gerade rechtzeitig umgeschaltet: Ein toter Mann liegt auf dem Fußboden eines Büros oder Arbeitszimmers oder so was. Ein untersetzter Detektiv, der über der Leiche hockt, schaut hoch: «Jemand hat ihn erwürgt.» Vielleicht steigt sie doch noch in die Wanne.

Sie zerrt ihn ins Bad und zieht ihm die Hose runter. Sie seift einen warmen Waschlappen ein, den sie in der Wanne benutzt hatte, aber gerade als sie ihm zwischen die Beine faßt, fängt das Ding zu spritzen an, besprüht ihr Arme und Hände. «O Jimmy! Ich dachte, du wärst fertig!» ruft sie, zerrt ihn rüber zum Klo, zielt in die Schüssel. Wie feucht und gummiweich sich das Ding anfühlt! Und man kann es in alle Richtungen drehen. Was für ein ulkiges Gefühl das sein muß!

«Hört auf!» schreit sie. «Bitte hört auf!» Sie kniet auf allen vieren, und Jack hält ihren Kopf nach unten. «Jetzt zeigen wir dir, was ein artiges Mädchen ist», sagt Mark und hebt ihr den Rock hoch. «Na, ich werd nicht mehr!» «Was ist los?» fragt Jack, dem das Herz bis zum Hals klopft. «Schau dir bloß die riesige Männerunterhose an, die sie anhat!» – «Die gehört meinem Daddy!» sagt Jimmy, der sie von der Tür aus beobachtet. «Das sag ich!»

In dem Krimi schießen Leute aufeinander, aber sie ist so verwirrt, daß sie nicht weiß, wer die Guten sind. Sie schaltet zurück zu der Liebesgeschichte. Etwas scheint passiert zu sein, denn jetzt küßt der Mann zärtlich seine gelähmte Frau. Vielleicht stirbt sie ja endlich. Das Baby wacht auf und fängt an zu schreien. Soll es ruhig. Sie dreht den Fernseher lauter.

Er beugt sich über sie, löst seinen Gürtel. Es läuft alles so, wie er es sich dachte. Wunderbar! Der Kerl ist weg, obwohl seine Hose, armer Bengel, noch da liegt. «Sieht ganz so aus, als müßten wir zwei jetzt ein kleines Geheimnis bewahren, Kindchen!» Aber er hockt unbequem auf der Couch, und alles ist zu glatt und zu eng. «Heb die Beine, Liebchen. Leg sie mir um den Rücken.» Aber statt dessen schreit sie los. Er rollt runter und kracht auf den Boden. Da kommen sie auch schon alle durch die Haustür herein. Auf dem Bildschirm sagt jemand: «Falle ich dir zur Last, Liebling?» – «Dolly! Mein Gott! Dolly, ich kann alles erklären…»

Das Spiel des Abends heißt *Packt Dolly Tucker wieder in ihren Hüfthalter*. Sie haben sie im Wohnzimmer auf den Bauch gelegt, und alle die verdammten Idioten fummeln an ihr rum. Ein paar dehnen den Hüfthalter, während andere das Fett darunterzuquetschen versuchen. «Ich glaub, hier drüben haben wir ein paar Zentimeter geschafft! Dreh sie mal um!» Harry?

Sie ist eben in die Wanne gestiegen, als das Telefon läutet und das Baby aufweckt. Sie taucht tiefer in den Badeschaum, versucht beides zu überhören. Aber das Baby plärrt nicht, es brüllt. Wütend wickelt sie ein Handtuch um sich, stapft mißmutig rüber ins Babyzimmer, läßt das Telefon weiterbimmeln. Sie schmeißt das Baby auf den Rücken, macht hastig die Sicherheitsnadel der Windel auf und bekommt prompt gelbe Babykacke auf beide Hände. Ihr Handtuch fällt zu Boden. Sie dreht sich um, und da steht Jimmy und glotzt sie wie ein kleiner Idiot an. Sie knallt ihm eine mit ihrer dreckigen Hand, während das Baby plärrt, das Telefon läutet und im Fernsehen quengelige Stimmen miteinander zanken. Es gibt echt Besseres, was sie machen könnte.

Was ist denn jetzt wieder los? Plötzlich ist ein junger Typ dabei. Ist er hinter dem jungen Mädchen her oder hinter der alten Frau im Rollstuhl? Um die Wahrheit zu sagen, sieht es ganz so aus, als ob er hinter dem Mann her ist, den auch die Frauen haben wollen. Angewidert schaltet sie um. «Schon wieder der Würger», knurrt der feiste Detektiv, der, die Arme in die Hüfte gestemmt, auf die Leiche einer halbnackten jungen Frau hinunterstarrt. Sie überlegt gerade, ob sie entweder wieder in die Liebesgeschichte schaut oder aber rasch in die Wanne steigt, als ihr plötzlich eine Hand den Mund zuhält.

«Ihr seid beide Angsthasen», sagt sie und starrt zu ihnen hoch. «Aber was ist, wenn Mr. Tucker heimkommt?» fragt Mark nervös.

Wie ist er bloß hierher geraten? Er steht in seinem eigenen gottverdammten Badezimmer beim Pissen, seine Frau ist noch auf der Party, und die drei sitzen, wie es sich für brave Teenager gehört, im Wohnzimmer und gucken fern. Einer von ihnen ist Mark, der Sohn der Gastgeber. «Es ist 'n klasse Krimi, Mr. Tucker», sagte Mark, als er vor einer Minute unversehens zur Tür hereingewankt kam. «Bleibt ruhig sitzen!» rief er, «ich bin bloß für 'n paar Sekunden heimgekommen!» Dann holterkapolter ins Badezimmer. Lange Anfahrt für einmal Pipimachen, Mister. Doch irgendwas stört ihn die ganze Zeit. Dann endlich hat er es geschnallt: die Unterhose des Mädels, die wie ein zerplatzter Luftballon an der Zimmerantenne des Fernsehers hängt! Er stürmt zurück ins Zimmer, rempelt satt mit der Schulter an den Rahmen der Wohnzimmertür – doch die Unterhose hängt nicht mehr da. Vielleicht hat er es sich nur eingebildet. «He, Mr. Tucker», sagt Mark rundheraus, «Ihr Hosenlatz steht offen.»

Das Baby hat sich vollgemacht. Stinkt zum Himmel. Sie hastet zurück ins Wohnzimmer, hört Sirenengeheul und Schüsse. Der Detektiv kauert vor einem Haus und späht durchs Fenster. Sie kapiert rein gar nichts mehr. Das Baby brüllt, so laut es kann. Sie dreht den Ton lauter. Aber es ist alles total verworren. Sie hastet zurück, patscht dem Baby wutentbrannt eine Hand auf den Mund. «Halt's Maul!» schreit sie. Sie wirft das Baby auf den Rükken, macht die Sicherheitsnadel an der Windel auf, als das Baby erneut loslegt. Das Telefon läutet. Sie geht ran, schielt mit einem Auge auf den Fernseher. *«Was?»* Das Baby plärrt so laut, daß es anfängt zu würgen. Ist ihr doch egal. «Ich sagte, hallo, ich bin's, Jack!» Dann schnallt sie es: O nein! Die Sicherheitsnadel!

«Das Aspirin...» Aber sie liegt schon in der Wanne. Tief in der Wanne. Starrt ihn durchs Wasser an. Ihr Bauch sieht blaß und faltig aus. Er hört Sirenen, Leute auf der Veranda.

Jimmy steht auf, um aufs Klo zu gehen, und holt sich eine Ohrfeige und auch noch Babykacke auf die Backe. Dann zerrt sie ihn ins Bad, reißt ihm den Schlafanzug herunter und packt ihn in die Wanne. Das ist okay, aber als nächstes zieht sie sich selber pudelnackt aus und macht Anstalten, als ob sie ebenfalls in die Wanne steigen will. Das Baby plärrt, das Telefon läutet wie verrückt, und dann kommt sein Daddy rein. Gerettet! denkt er, aber nein, sein Dad schnappt ihn wupps aus der Wanne und verdrischt ihn nach Strich und Faden, ohne irgendwelche Fragen zu stellen, während sie zusieht, schickt ihn dann – *patsch!* – zurück ins Bett. Und da liegt er nun, naß und dreckig und nackt und stinkesauer, und immer noch muß er aufs Klo, und draußen vor seinem Fenster hört er zwei große Jungs reden. «Hör mal, weißt du denn, wo wir's machen sollen, wenn wir sie am Wickel ham?» – «Nein! Weißt du's denn nicht?»

«Hoh, hepp, und jetzt hoch, hepp! *Uff!*» Dolly liegt auf dem Rükken, und alle mühen sich mit ihrem Bauch ab. Irgendwer hatte den großartigen Einfall, Dolly zuerst mit Butter einzureiben. Um nicht alles zu riskieren, was schon geschafft ist, haben sie ihr die Butter mit einer Fettspritze in den Hüfthalter gespritzt. Doch jetzt ist plötzlich ein heftiges Tauziehen entbrannt zwischen denen, die sie in den Hüfthalter reinzwängen wollen, und denen, die sie rausziehen wollen. Irgendwas reißt, aber sie fühlt sich gleich besser. Der Geruch der zerlassenen Butter erinnert sie an Kinos und Popcorn. «He, hat einer Harry gesehen?» fragt sie. «Wo steckt eigentlich Harry?»

Irgendwer wird verfolgt. Sie schaltet zurück zu der Liebesgeschichte, und jetzt küßt der Mann wieder seine junge Geliebte. Was ist da eigentlich los? Sie gibt es auf und beschließt, rasch ein Bad zu nehmen. Sie will eben in die Wanne steigen und hat einen Fuß drin, den anderen draußen, als Mr. Tucker hereinspaziert kommt. «Oh, entschuldigen Sie! Ich wollte mir bloß ein Aspirin holen...» Sie greift nach einem Handtuch, aber er reißt es ihr weg. «Na, so war das eigentlich nicht gedacht, Kindchen», raunzt er. «Bitte! Mr. Tucker...!» Er umarmt sie brutal, packt sie mit schwieligen alten Händen grob am Hintern. «Mr. Tucker!» schreit sie und windet sich hin und her. «Ihre Frau hat angerufen –!» Er stößt ihr irgendwas zwischen die Beine, tut ihr weh. Sie rutscht aus, sie rutschen beide aus – irgendwas Kaltes und Hartes knallt ihr in den Rücken, kracht gegen ihren Schädel, sie scheint im Meer zu versinken...

Sie haben sie über das Sitzkissen gelegt, ihr den Rock hochgeschoben und die Unterhose runtergezogen. «Gib ihr 'n bißchen Nachhilfeunterricht, Jacko!» Das Licht vom Bildschirm flimmert und flackert über ihr glänzendes Fleisch. 1000 WHEN LIT. Klack! Zack! Von einem Puffer zum nächsten! Er stemmt sich mit seinem ganzen Körpergewicht gegen die Kiste, spürt, wie sie allmählich auf Touren kommt.

Das Telefon läutet und weckt das Baby auf. «Jack, bist du das? Jetzt hör mir mal gut zu –!» – «Nein, Liebes, hier ist Mrs. Tucker. Ist der Fernseher nicht furchtbar laut aufgedreht?» – «Oh, tut mir leid, Mrs. Tucker! Ich wollte nur eben –» – «Ich wollte schon vorhin anrufen, aber ich konnte nicht dranbleiben. Am Telefon, meine ich. Tut mir leid.» – «Einen Moment bitte, Mrs. Tucker, das Baby –» – «Liebes, hör mal! Ist Harry da? Ist Mr. Tucker da, Liebes?»

«Hör auf!» schreit sie und patscht dem Baby die Hand auf den Mund. «Hör auf! Hör auf! *Hör auf!*» Ihre andere Hand ist voller Babykacke, und sie hat Angst, daß sie sich gleich übergeben muß. Das Telefon läutet. «Nein!» schreit sie. Sie hält das Baby fest, beugt sich dabei benommen weg, hört dem Läuten des Telefons zu. «Na gut, na gut», seufzt sie und reißt sich am Riemen. Doch als sie das Baby losläßt, schreit es nicht mehr. Sie schüttelt es. O nein...

«Hallo?» Keine Antwort. Sonderbar. Sie hängt auf und schaut, nur in ein Handtuch gewickelt, zum Fenster hinaus, sieht das eiskalte Gesicht, das hereinstarrt – sie schreit!

Sie schreit, schreit, daß er tierisch erschrickt. Er hechtet aus der Wanne, blickt zum Fenster hoch, wo sie mit offenem Mund hinstarrt, gerade rechtzeitig, um zwei Gesichter wegtauchen zu sehen, rutscht dann auf den Badezimmerfliesen aus und kracht auf den Arsch, knallt unterwegs mit dem Kopf ans Waschbecken. Sie blickt zitternd zu ihm herunter, hat ein Handtuch über die schmalen Schultern geworfen. «Mr. Tucker! Mr. Tucker, alles in Ordnung...?» *Wem bitte tut's jetzt leid?* Jawoll ja, wenn du zurückgehst, mußt du eben... Er stiert hoch auf den kleinen behaarten Sitz all seines Kummers und wird ohnmächtig, träumt von Jeannie...

Das Telefon läutet. «Dolly! Für dich!» – «Hallo?» – «Hallo, Mrs. Tucker?» – «Ja, am Apparat.» – «Mrs. Tucker, hier ist die Polizei...»

Es ist unbequem und krampfig und rutschig, aber er ist ziemlich sicher, daß er ihn in ihr drinhatte, einmal auf jeden Fall. Als er sich den Badeschaum aus den Augen wischt, sieht er, wie sie zu ihnen hochstarrt. Durchs Wasser. «He, Mark! Laß sie hoch!»

Tief in den Badeschaum eingetaucht. Angenehm schläfrig. Das Telefon läutet, sie schreckt hoch. Sie wickelt ein Handtuch um sich und geht ran. «Nein, er ist nicht hier, Mrs. Tucker.» Sonderbar. Verheiratete führen sich manchmal ziemlich komisch auf. Das Baby ist wach und plärrt. Vollgekackt, eine einzige Sauerei. O

Mann, es gibt echt 'ne Menge Sachen, die sie lieber täte, als in diesem Irrenhaus Babysitterin zu spielen. Sie beschließt, das Baby in ihrem Badewasser sauberzumachen. Sie legt das Handtuch weg, zieht den Stöpsel raus und läßt das Wasser ab, bis das Baby drin sitzen kann. Als sie über die Schulter zurückblickt, sieht sie Jimmy, der sie anglotzt. «Marsch ins Bett, Jimmy.» – «Ich muß aufs Klo.» – «Du liebe Güte, Jimmy! Sieht so aus, als ob's eh schon passiert ist!» Das Telefon läutet. Sie schert sich nicht um das Handtuch – was kann Jimmy sehen, das er nicht schon gesehen hat? – und geht ran. «Nein, Jack, und das ist mein letztes Wort.» Im Fernsehen schrillen Sirenen los, als die Polizei eingreift. Aber war das nicht der Sender mit der Liebesgeschichte? Vielleicht ein Krankenwagen. Jetzt aber los, damit sie sich wenigstens noch die Nachrichten anschauen kann. «Zieh dir den nassen Schlafanzug aus, Jimmy, ich hol dir 'nen neuen. Vielleicht gehst du besser auch in die Wanne.» – «Ich glaube, das Baby hat was», sagt er. «Es liegt im Wasser und schwimmt nicht und rührt sich nicht.»

Sie stiert vom Badevorleger zu ihnen hoch. Sie geben ihr ein paar Ohrfeigen. Nichts passiert. «Du hast sie getiltet, Mann!» sagt Mark leise. «Wir müssen abhauen!» Zwei kleine Kinder stehen mit weit aufgerissenen Augen in der Tür. Mark fixiert Jack mit hartem Blick. «Nein, Mark, das sind doch bloß kleine Kinder...!» – «Es muß sein, Mann, oder wir sind tot.»

«Dolly! Mein Gott! Dolly, ich kann alles erklären!» Sie starrt grimmig auf sie herunter, der zerfetzte Hüfthalter hängt ihr um die Knöchel. «Was ihr vier hier mit *meiner* Babysitterin in der Badewanne treibt?» kommentiert sie bitter. «Ich kann's kaum erwarten.»

Polizeisirenen schrillen, Blaulichter blitzen. «Ich hab den Schrei gehört!» ruft jemand. «Es waren zwei junge Burschen!» – «Ich hab 'nen Mann gesehen!» – «Sie ist mit dem Baby weggerannt!» – «Mein Gott!» schreit jemand, «sie sind alle *tot*!» Von allen Seiten kommen Leute herbeigelaufen. Man leuchtet mit Suchscheinwerfern die Büsche ab.

«Harry, wo zum Teufel hast du gesteckt?» jammert seine Frau, die triefäugig vom Teppich zu ihm hochblickt. «Ich kann alles erklären», sagt er. «He, was ist los, Harry?» fragt sein Gastgeber, aus irgendeinem gottverdammten Grund ganz mit Butter vollgeschmiert. «Du siehst aus, als hättest du einen Geist gesehen!» Wo hat er bloß seinen Drink gelassen? Alle lachen, alle außer Dolly, der die Tränen über die Backen kullern. «He, Harry, du läßt doch nicht zu, daß sie mich in ein Altersheim schaffen, nicht wahr, Harry?»

Zehn Uhr. Das Geschirr ist gespült, die Kinder sind im Bett, sie hat ihre Bücher angeschaut, guckt sich jetzt die Fernsehnachrichten an. Schläfrig. Die Stimme des Ansagers ist sanft, beruhigend. Sie nickt ein – wacht mit einem Ruck auf: eine Babysitterin? Hat der Ansager was von einer Babysitterin gesagt?

«Ich will mir nur rasch den Wetterbericht ansehen», sagt der Gastgeber und schaltet den Fernseher ein. Die meisten Gäste brechen auf, doch die Tuckers bleiben noch da, um sich die Nachrichten anzusehen. Als das Bild kommt, sagt der Ansager was von einer Babysitterin. Der Gastgeber schaltet um. «Der Wetterbericht ist besser im anderen Programm», erklärt er. «Moment mal!» sagt Mrs. Tucker. «Da war doch was mit 'ner Babysitterin...!» Der Gastgeber schaltet zurück. «Die Polizei hat noch keine weiteren Einzelheiten bekanntgegeben», sagt der Ansager. «Harry, vielleicht sollten wir lieber...»

Sie schlendern lässig aus dem Drugstore, treffen einen ihrer Kumpels. «He! Habt ihr das mit der Babysitterin gehört?» fragt er. Mark grunzt, schielt rüber zu Jack. «Haste mal 'ne Fluppe?» fragt er den Typen.

«Ich glaube, ich hör' das Baby schreien!» kreischt Mrs. Tucker und hastet von der Auffahrt über den Rasen.

Sie wacht auf und schreckt hoch, völlig verdattert, als sie Mr. Tucker über sich gebeugt sieht. «Ich muß eingeschlafen sein!» ruft sie. «Haben Sie das mit der Babysitterin in den Nachrichten gehört?» fragt Mrs. Tucker. «Einen Teil», sagt sie und steht auf. «Echt gräßlich, nicht?» Mr. Tucker guckt sich die Ergebnisse der Baseballspiele und Golfturniere an. «Ich fahre Sie gleich heim, Liebe», sagt er. «Ach, wie nett!» ruft Mrs. Tucker aus der Küche. «Du hast ja alles abgespült!»

«Was soll ich sagen, Dolly?» sagt der Gastgeber mit einem Seufzer und dreht die butterglänzenden Fetzen ihres zerrissenen Hüfthalters zwischen den Fingern. «Deine Kinder sind ermordet worden, dein Mann ist abgehauen, in deiner Badewanne schwimmt eine Leiche, und dein Haus ist ein einziger Trümmerhaufen. Tut mir leid. Aber was soll ich sagen?» Im Fernsehen sind die Nachrichten vorbei, Aspirin wird angepriesen. «Zum Henker, *ich* weiß es auch nicht», sagt sie. «Laß uns mal schaun, was es für einen Spielfilm im Spätprogramm gibt.»

*D*ie *N*ummer mit dem Zylinderhut

In der Bühnenmitte: ein schlichter Tisch.

Ein Mann tritt auf, gekleidet als Zauberer mit schwarzem Cape und schwarzem Zylinderhut. Mit weitausladender Geste zieht er vor dem Publikum den Hut, verbeugt sich elegant.

Beifall.

Der Zauberer zeigt das Innere des Zylinderhuts. Er ist leer. Er schlägt ihn an die Tischkante. Er ist offensichtlich leer. Der Zauberer legt ihn auf den Tisch, Krempe nach oben. Er breitet beide Hände über den Zylinder, zieht seine Manschetten zurück, bis die Handgelenke sichtbar sind, schnippt mit den Fingern. Der Zauberer greift in den Zylinder, zieht ein Kaninchen hervor.

Beifall.

Der Zauberer wirft das Kaninchen in die Kulisse. Er schnippt erneut über dem Zylinder mit den Fingern, greift hinein und zieht eine Taube hervor.

Beifall.

Der Zauberer wirft die Taube in die Kulisse. Er schnippt erneut über dem Zylinder mit den Fingern, greift hinein und zieht ein zweites Kaninchen hervor. Kein Beifall. Der Zauberer stopft das Kaninchen hastig zurück, schnippt mit den Fingern, greift hinein und zieht einen zweiten Zylinder hervor, genau wie der, aus dem er ihn hervorgezaubert hat.

Beifall.

Der Zauberer legt den zweiten Zylinder neben den ersten. Er schnippt über dem neuen mit den Fingern und zieht einen dritten hervor, genau wie die ersten zwei.

Mäßiger Beifall.

Der Zauberer schnippt über dem dritten Zylinder mit den Fingern und zieht einen vierten hervor, wiederum identisch. Kein Beifall. Der Zauberer schnippt nicht mit den Fingern. Er blickt in den vierten Zylinder, zieht einen fünften hervor. Im fünften findet er einen sechsten. Ein Kaninchen spitzt aus dem dritten Zylinder. Der Zauberer holt einen siebten Zylinder aus dem sechsten hervor. Das Kaninchen aus dem dritten Zylinder zieht ein zweites Kaninchen aus dem ersten Zylinder. Der Zauberer zieht einen achten Zylinder aus dem siebten, während die Kaninchen aus den anderen immer weitere Kaninchen hervorholen. Es wimmelt von Kaninchen und Zylindern. Die Bühne ist ein einziges wüstes Durcheinander von Zylindern und Kaninchen.

Gelächter und Beifall.

Unter Verbeugungen und Lächeln ins Publikum sammelt der Zauberer hektisch die Zylinder auf und stopft sie ineinander, wirft die Kaninchen zu dritt und viert auf einmal in die Kulisse, wieder unter Verbeugungen und Lächeln. Es ist ein verzweifelter Kampf. Erst kann man kaum sicher sein, daß der Zauberer die Zylinder schneller ineinanderstopft und die Kaninchen schneller hinter die Kulisse wirft, als beide wieder auftauchen. Er verbeugt sich, stopft, wirft, lächelt, schwitzt.

Das Gelächter wird lauter.

Allmählich legt sich das Chaos. Schon sieht man einen einzigen kleinen Haufen Zylinder und Kaninchen. Schon sieht man keine Kaninchen mehr. Zuletzt sieht man nur noch zwei Zylinder. Der Zauberer, vor Überanstrengung schweißnaß und nach Luft schnappend, torkelt mit den zwei Zylindern zum Tisch.

Mäßiger Beifall, Gelächter.

Der Zauberer wischt sich die Stirn mit einem Seidentuch und starrt perplex auf die zwei übriggebliebenen Zylinderhüte. Er steckt das Tuch in seine Hosentasche. Er späht erst in den einen, dann in den anderen. Er unternimmt einen halbherzigen Versuch, den ersten in den zweiten zu stopfen, jedoch vergeblich. Er versucht, den zweiten in den ersten zu stopfen, ebenfalls vergeblich. Er lächelt verlegen ins Publikum. Kein Beifall. Er wirft den ersten auf den Boden und stapft darauf herum, bis er zusammenklappt. Er rollt den zusammengeklappten Zylinder in der Faust, unternimmt einen neuen Versuch, ihn in den zweiten Zylinder zu stopfen. Er paßt aber immer noch nicht.

Halblautes Buhen, ungeduldiger Beifall.

Vor Anspannung am ganzen Leibe zitternd, klopft der Zauberer den ersten Zylinder wieder in Form und legt ihn auf den Tisch, Krempe nach oben, klappt dann den zweiten auf dem Boden zusammen. Er rollt den zweiten, versucht verzweifelt, ihn in den ersten zu stopfen. Nein, er paßt einfach nicht hinein. Der Zauberer wendet sich gereizt ab und wirft den zweiten in die Kulisse.

Lautes Buhen.

Der Zauberer erstarrt. Er wird blaß. Er geht mit beiden Zylindern zum Tisch zurück, der erste einigermaßen in Form, mit der Krempe nach oben, der zweite noch flach und zusammengerollt. Der Zauberer gibt sich geschlagen. Er läßt den Kopf sinken, als würde er stumm weinen.

Zischen und Buhen.

Plötzlich erhellt ein Lächeln das Gesicht des Zauberers. Er klopft den zweiten Zylinder in Form und stülpt ihn sich energisch auf den Kopf, läßt den ersten mit der Krempe nach oben auf dem Tisch liegen. Der Zauberer klettert auf den Tisch und verschwindet mit den Füßen zuerst im Zylinder.

Überraschter Beifall.

Augenblicke später tauchen die Füße des Zauberers aus dem Zylinder auf dem Tisch auf, dann die Beine, dann der Oberkörper. Als letzter Körperteil des Zauberers erscheint der Kopf, der, als er vom Tisch hochgezogen wird, den ersten Zylinder mitnimmt. Der Zauberer zieht den ersten Zylinder vor dem Publikum und demonstriert, daß er leer ist. Der zweite ist verschwunden. Der Zauberer macht eine tiefe Verbeugung.

Begeisterter und anhaltender Beifall, Bravorufe.

Der Zauberer setzt den Zylinder wieder auf den Kopf und klopft dagegen, tritt dann hinter den Tisch. Ohne den Hut abzusetzen, greift er nach oben, schnippt mit den Fingern und zieht ein Kaninchen aus dem Zylinder.

Beifall.

Der Zauberer wirft das Kaninchen in die Kulisse. Er schnippt mit den Fingern, zieht eine Taube aus dem Zylinder.

Vereinzelter Beifall.

Der Zauberer wirft die Taube in die Kulisse. Er schnippt mit den Fingern, zieht eine reizende Assistentin aus dem Zylinder.

Verdutzter, aber begeisterter Beifall und Pfiffe.

Die reizende Assistentin trägt einen hohen grünen Federhut, ein enges grünes Oberteil, ein knappes grünes Höschen, schwarze Netzstrümpfe, grüne Stöckelschuhe. Sie reagiert mit scheuem Lächeln auf die Pfiffe und den Beifall, hopst munter hinter die Bühne.

Pfeifkonzert und Zurufe, Beifall.

Der Zauberer versucht, den Zylinder abzunehmen, aber er scheint festzusitzen. Der Zauberer zappelt und windet sich bei seinem Kampf mit dem festsitzenden Zylinder.

Verhaltenes Gelächter.

Der Kampf dauert an. Verrenkungen, Grimassen.

Gelächter.

Schließlich bittet der Zauberer um zwei Freiwillige aus dem Publikum. Zwei starke, bullige Männer treten aus dem Publikum auf die Bühne, lächeln verlegen.

Mäßiger Beifall und Gelächter.

Ein starker Mann packt den Zylinder, der andere hält die Beine des Zauberers fest. Sie ziehen vorsichtig. Der Zylinder geht nicht ab. Sie ziehen beherzter. Er sitzt immer noch fest. Sie ziehen jetzt mit aller Kraft, ihre feisten Gesichter laufen rot an, ihre dicken Nakkenmuskeln sind angespannt und zittern. Der Hals des Zauberers dehnt sich, reißt auseinander: PLOPP! Die starken Männer stürzen zu Boden, rollen auf entgegengesetzte Seite der Bühne, der eine mit dem Körper, der andere mit dem Zylinder, in dem der abgetrennte Kopf des Zauberers steckt.

Schreie des Entsetzens.

Die beiden starken Männer stehen da und starren zähneklappernd auf ihr Werk, schlagen die Hände vor den Mund.

Gekreisch und Geschrei.

Der enthauptete Körper steht auf.

Gekreisch und Geschrei.

Der Reißverschluß an der Vorderseite des enthaupteten Körpers geht auf, und der Zauberer klettert heraus. Er sieht aus wie am Anfang, trägt dasselbe schwarze Cape und denselben schwarzen Zylinder. Er wirft den zusammengesunkenen enthaupteten Körper in die Kulisse, wirft Zylinder und Kopf in die Kulisse. Die beiden starken Männer seufzen unendlich erleichtert auf und schütteln den Kopf, als stünden sie vor einem Rätsel, lächeln schüchtern, gehen wieder ins Publikum. Der Zauberer zieht den Zylinder und verbeugt sich.

Tosender Beifall, Schreie, Bravorufe.

Die reizende Assistentin, immer noch im grünen Kostüm, tritt mit einem Glas Wasser auf die Bühne.

Beifall und Pfeifkonzert.

Die reizende Assistentin quittiert die Pfiffe mit scheuem Lächeln, stellt das Glas Wasser auf den Tisch, steht pflichtgemäß bereit. Der Zauberer reicht ihr seinen Zylinder, befiehlt ihr mit Handzeichen, diesen aufzuessen.

Weiterhin Pfeifkonzert.

Die reizende Assistentin lächelt, beißt in den Zylinder, kaut bedächtig.

Gelächter und lautes Pfeifkonzert.

Sie spült jeden Bissen mit einem Schluck Wasser aus dem Glas hinunter, das sie mitgebracht hat. Zuletzt ist der Zylinder bis auf das schmale Seidenbändchen, das auf dem Tisch liegt, vollständig verzehrt. Die Assistentin seufzt und klopft sich auf das schlanke nackte Bäuchlein.

Gelächter und Beifall, begeistertes Pfeifkonzert.

Der Zauberer lädt einen jungen Mann vom Lande im Publikum auf die Bühne ein. Der junge Mann vom Lande kommt schüchtern vor, tolpatschig über seine großen Füße stolpernd. Er erscheint verwirrt und peinlichst berührt.

Lautes Gelächter und Buhrufe.

Der junge Mann vom Lande steht da, die Füße übereinandergestellt, und starrt mit feuerrotem Gesicht auf seine Hände, die nervös zucken.

Noch mehr Gelächter und Buhrufe.

Die reizende Assistentin schlendert zu dem jungen Mann und umarmt ihn mütterlich. Der junge Mann zieht den Kopf ein, tritt von einem Fuß auf den anderen, ringt die Hände.

Noch mehr Gelächter und Buhrufe, Pfiffe.

Die reizende Assistentin zwinkert dem Publikum anzüglich zu und gibt dem jungen Mann vom Lande ein Küßchen auf die Wange. Der junge Mann springt hoch, als habe man ihn verbrüht, stolpert über seine eigenen Füße und fällt zu Boden.

Donnerndes Gelächter.

Die reizende Assistentin hilft dem jungen Mann auf die Beine, indem sie ihn unter den Achseln faßt. Der junge Mann, der kitzlig ist, wehrt sich und kichert hilflos.

Gelächter (wie zuvor).

Der Zauberer klopft mit den Knöcheln auf den Tisch. Die reizende Assistentin gibt den hysterischen jungen Mann vom Lande frei und tritt lächelnd an den Tisch. Der junge Mann nimmt wieder seine linkische Haltung ein, wischt sich mit dem Handrücken über die Triefnase, zieht es geräuschvoll hoch.

Verhaltenes Gelächter und Beifall.

Der Zauberer reicht der reizenden Assistentin das schmale Seidenbändchen des Zylinders, den sie verspeist hat. Sie stopft das Seidenbändchen in den Mund und kaut nachdenklich, schluckt mit einiger Mühe, schüttelt sich. Sie trinkt aus dem Wasserglas. Das Lachen und die Zurufe haben erwartungsvoller Stille Platz gemacht. Der Zauberer packt die reizende Assistentin am Genick und drückt ihr den Kopf mit dem Federhut gewaltsam zwischen ihre Knie in den Netzstrümpfen. Er läßt los, und ihr Kopf schnellt zurück in die Senkrechte. Der Zauberer wiederholt den Ablauf noch einmal langsam. Dann wiederholt er ihn vier- oder fünfmal in rascher Folge. Er blickt die reizende Assistentin fragend an. Ihr Kopf ist vor lauter Anstrengung feuerrot angelaufen. Sie überlegt, schüttelt den Kopf: nein. Der Zauberer drückt ihr den Kopf noch einmal gewaltsam zwischen die Knie, läßt los und ihren Kopf zurück in die Senkrechte schnellen. Wiederholt dies zwei- oder dreimal, blickt die reizende Assistentin fragend an. Sie lächelt und nickt. Der Zauberer zerrt den peinlich berührten jungen Mann vom Lande hinter die reizende Assistentin und fordert ihn auf, der reizenden Assistentin ins knappe grüne Höschen zu fassen. Der junge Mann vom Lande gerät derart neben die Spur, daß es nicht zu glauben ist.

Das laute Gelächter und Pfeifkonzert setzt wieder ein.

In seiner Verzweiflung versucht der junge Mann vom Lande zu entfliehen. Der Zauberer schnappt ihn und zerrt ihn erneut hinter die reizende Assistentin.

Gelächter usw. (wie vorhin).

Der Zauberer packt die Hand des jungen Mannes vom Lande und schiebt sie mit Gewalt ins Höschen der reizenden Assistentin. Der junge Mann vom Lande pinkelt sich in die Hose.

Hysterisches Gelächter und Buhrufe.

Die reizende Assistentin schneidet eine Grimasse. Der Zauberer lächelt und läßt den zu Tode verlegenen jungen Mann vom Lande los. Der junge Mann zieht die Hand zurück. Unversehens hält er darin den schwarzen Zylinder, mit dem der Zauberer eingangs aufgetreten war, absolut unversehrt mitsamt schmalem Seidenbändchen und allem.

Tosender Beifall und wildes Getrampel, Gelächter und Bravorufe.

Der Zauberer zwinkert dem Publikum anzüglich zu, bringt es so für einen Augenblick zum Schweigen und fordert den jungen Mann vom Lande auf, den Zylinder aufzusetzen. Der junge Mann senkt schüchtern den Kopf auf die Brust. Der Zauberer besteht darauf. Ängstlich und mit albernem Grinsen setzt der junge Mann den Zylinder auf. Wasser schwappt heraus und dem jungen Mann übers Gesicht, daß er pitschnaß wird.

Gelächter, Beifall, laute Buhrufe.

Der junge Mann vom Lande, nun vollends gedemütigt, läßt den Zylinder zu Boden fallen und will von der Bühne laufen, doch die reizende Assistentin steht auf seinem Fuß. Er stolpert und schlägt der Länge nach hin.

Gelächter usw. (wie vorhin).

Der junge Mann vom Lande kriecht am Boden zerstört auf allen vieren von der Bühne. Der Zauberer, der mit dem Publikum herzhaft lacht, wirft die reizende Assistentin in die Kulisse und hebt den Zylinder auf. Er bürstet den Zylinderhut am Ärmel ab, schlägt ihn zwei- oder dreimal gegen die Tischkante und setzt ihn mit elegantem Schwung wieder auf den Kopf.

Anerkennender Beifall.

Der Zauberer tritt hinter den Tisch. Er bürstet sorgfältig eine kleine Fläche sauber. Bläst den Staub fort. Greift nach seinem Zylinder. Aber er scheint wieder festzusitzen. Der Zauberer kämpft heftig mit dem Zylinder.

Verhaltenes Gelächter.

Der Zauberer bittet um Freiwillige. Die zwei starken Männer von vorhin treten auf die Bühne. Der eine packt rasch den Zylinder, der andere die Beine des Zauberers. Sie zerren nach Leibeskräften, aber vergeblich.

Gelächter und Beifall.

Der erste starke Mann packt den Kopf des Zauberers unterm Kinn. Der Zauberer scheint zu protestieren. Der zweite starke Mann legt sich die Beine des Zauberers um die Hüfte. Beide zerren mit enormer Anstrengung in entgegengesetzte Richtungen, daß ihre Gesichter rot anlaufen und die Adern an ihren Schläfen pochen. Dem Zauberer quillt die Zunge aus dem Mund, seine Hände flattern verzweifelt.

Gelächter und Beifall.

Der Hals des Zauberers dehnt sich. Aber zerreißt nicht. Ist jetzt über einen Meter lang. Die starken Männer legen sich mächtig ins Zeug.

Gelächter und Beifall.

Die Augen des Zauberers quellen aus den Augenhöhlen wie Seifenblasen.

Gelächter und Beifall.

Zuletzt zerreißt der Hals. Die starken Männer purzeln mit ihrer jeweiligen blutigen Last kopfüber in entgegengesetzte Ecken der Bühne. Im Publikum herrscht erwartungsvoll amüsiertes Schweigen. Der erste starke Mann rappelt sich auf, wirft den Kopf samt Zylinder in die Kulisse, rennt dann auf die andere Seite, um dem zweiten starken Mann zu helfen. Gemeinsam öffnen sie den Reißverschluß am enthaupteten Körper. Die reizende Assistentin klettert heraus.

Überraschtes Gelächter und enthusiastischer Beifall, Pfeifkonzert.

Die reizende Assistentin wirft den zusammengesunkenen enthaupteten Körper in die Kulisse. Die starken Männer begaffen die reizende Assistentin und zeigen dem Publikum verhalten obszöne Gesten.

Anschwellendes Gelächter und wohlwollende Buhrufe.

Die reizende Assistentin fordert einen der starken Männer auf, ihr in das knappe grüne Höschen zu fassen.

Gellendes Pfeifkonzert.

Beide starken Männer springen eifrig vor, stoßen zusammen und stürzen prompt wutentbrannt zu Boden. Die reizende Assistentin zwinkert dem Publikum anzüglich zu.

Höhnische Buhrufe.

Die beiden starken Männer stehen einander wütend gegenüber. Der erste starke Mann spuckt dem zweiten ins Gesicht. Der zweite rempelt den ersten an. Der erste rempelt seinerseits den zweiten an, der daraufhin zu Boden geht. Der zweite springt auf die Füße und haut dem ersten auf die Nase. Der erste taumelt, wischt sich das Blut von der Nase und rammt dem zweiten die Faust in den Magen.

Laute Bravorufe.

Der zweite schwankt benommen, klappt dann, sich den Magen

haltend, hilflos zusammen. Der erste tritt dem zweiten brutal ins Gesicht.

Bravorufe und verhaltenes Gelächter.

Der zweite taumelt blind auf die Füße, sein Gesicht eine blutige Masse. Der erste schmettert den zweiten gegen die Wand und rammt ihm das Knie in die Lende. Der zweite krümmt sich, vor Schmerz besinnungslos. Der erste verpaßt dem zweiten einen Handkantenschlag hinters Ohr. Der zweite stürzt zu Boden, tot.

Langanhaltende Bravorufe und Beifall.

Der erste starke Mann bedankt sich mit einer linkischen Verbeugung für den Beifall, läßt die Knöchel knacken. Die reizende Assistentin tritt zu dem ersten starken Mann und umarmt ihn mütterlich, zwinkert dem Publikum anzüglich zu.

Langanhaltender Beifall und Pfeifkonzert.

Der erste starke Mann grinst und umarmt die reizende Assistentin höchst unmütterlich, diese blickt mit gespieltem Erstaunen ins Publikum.

Geschrei und Gelächter, gellendes Pfeifkonzert.

Die reizende Assistentin befreit sich vom starken Mann und wendet ihm ihr knackiges Hinterteil zu, bückt sich vornüber, legt die Hände auf die Knie, streckt die schönen Beine. Der starke Mann grinst ins Publikum und tätschelt der reizenden Assistentin den grünen Hintern.

Tosendes Geschrei usw. (wie vorhin).

Der starke Mann faßt der reizenden Assistentin ins knappe grüne Höschen, rollt die Augen und grinst obszön. Sie schneidet Grimassen und wackelt kurz mit dem Hintern.

Tosendes Geschrei usw. (wie vorhin).

Der starke Mann zieht die Hand aus dem Höschen der reizenden Assistentin, zieht den Zauberer mit seinem schwarzen Cape und schwarzem Zylinder hervor.

Donnernder, verblüffter Beifall.

Der Zauberer verbeugt sich tief, zieht den Zylinder vor dem Publikum.

Anhaltender enthusiastischer Beifall, Bravorufe.

Der Zauberer wirft die reizende Assistentin und den ersten starken Mann in die Kulisse. Er mustert den zweiten starken Mann, der tot auf der Bühne liegt. Er öffnet den Reißverschluß, und der junge Mann vom Lande taucht auf, vor Scham und Aufregung puterrot. Der junge Mann vom Lande kriecht am Boden zerstört auf allen vieren von der Bühne.

Gelächter und Buhrufe, heftiger Beifall.

Der Zauberer wirft den zusammengesunkenen Körper des zweiten starken Mannes in die Kulisse. Die reizende Assistentin tritt lächelnd wieder auf, wie anfangs bekleidet mit einem hohen grünen Federhut, einem engen grünen Oberteil, knappem grünen Höschen, Netzstrümpfen, Stöckelschuhen.

Beifall und Pfeifkonzert.

Der Zauberer zeigt dem Publikum das Innere des Zylinders, während die reizende Assistentin auf den Zauberer deutet. Er schlägt den Zylinder zwei- oder dreimal gegen die Tischkante. Er ist leer. Der Zauberer legt ihn auf den Tisch und fordert die reizende Assistentin auf hineinzusteigen. Sie tut es.

Lebhafter Beifall.

Sobald sie vollständig verschwunden ist, breitet der Zauberer beide Hände über den Zylinder, zieht seine Manschetten zurück, bis die Handgelenke sichtbar sind, schnippt mit den Fingern. Er greift in den Zylinder, zieht einen grünen Stöckelschuh hervor.

Beifall.

Der Zauberer wirft den Schuh in die Kulisse, schnippt erneut mit den Fingern über dem Zylinder. Er greift hinein und zieht einen zweiten Schuh hervor.

Beifall.

Der Zauberer wirft den Schuh in die Kulisse, schnippt mit den Fingern über dem Zylinder. Er greift hinein und zieht einen langen Netzstrumpf hervor.

Beifall, hier und da Pfiffe.

Der Zauberer wirft den Strumpf in die Kulisse, schnippt mit den Fingern über dem Zylinder. Der Zauberer greift hinein und zieht einen zweiten schwarzen Netzstrumpf hervor.

Beifall, hier und da Pfiffe.

Der Zauberer wirft den Strumpf in die Kulisse, schnippt mit den Fingern über dem Zylinder. Er greift hinein und zieht den hohen Federhut hervor.

Stärkerer Beifall und Pfeifkonzert, rhythmisches Fußgetrampel.

Der Zauberer wirft den Hut in die Kulisse, schnippt mit den Fingern über dem Zylinder. Er greift hinein und fummelt kurz darin herum.

Gedämpftes Gelächter.

Der Zauberer zieht das grüne Oberteil hervor und präsentiert es mit großartigem Schwung.

Begeisterter Beifall, Zurufe, Pfeifkonzert, Getrampel.

Der Zauberer wirft das Oberteil in die Kulisse, schnippt mit den Fingern über dem Zylinder. Er greift hinein und fummelt darin herum. Sein konzentrierter Blick geht in die Ferne.

Einzelne Lachsalven.

Der Zauberer zieht das grüne Höschen hervor und präsentiert es mit elegantem Schwung.

Tosender Beifallssturm, Bravorufe, Pfeifkonzert.

Der Zauberer wirft das grüne Höschen in die Kulisse, schnippt mit den Fingern über dem Zylinder. Er greift hinein. Er fummelt längere Zeit darin herum. Man hört einen Klaps. Er zieht hastig die Hand aus dem Zylinder, die Miene erstaunt und schmerzverzogen. Er blickt in den Zylinder.

Gelächter.

Der Kopf der reizenden Assistentin spitzt aus dem Zylinder hervor. Sie zieht ein indigniertes Schmollmündchen.

Gelächter und Beifall.

Mühsam befreit die reizende Assistentin erst einen Arm aus dem Zylinder, dann den zweiten. Sie stemmt die Hände gegen die Krempe und zappelt und windet sich, bis eine nackte Brust aus dem Zylinder hüpft.

Beifall und gellendes Pfeifkonzert.

Die zweite Brust: PLOPP!

Mehr Beifall und noch lauteres Pfeifkonzert.

Die reizende Assistentin befreit sich zappelnd bis zur Hüfte. Sie ächzt und müht sich ab, kann aber ihre Hüften nicht frei bekommen. Sie sieht mitleidheischend, aber unsicher zum Zauberer hinüber. Er zerrt und zieht, aber sie scheint festzustecken.

Gelächter.

Der Zauberer packt die reizende Assistentin unter den Achseln und stemmt die Füße gegen die Krempe des Zylinderhuts. Müht sich nach Leibeskräften. Vergebens.

Gelächter.

Der Zauberer stopft die reizende Assistentin gewaltsam wieder in den Zylinder. Fummelt erneut darin herum. Lauter Klaps.

Das Gelächter wird lauter.

Der Zauberer erwidert den Klaps kräftig.

Das Gelächter verstummt abrupt, hier und da Buhrufe.

Der Zauberer greift in den Zylinder und zieht ein unbestrumpftes Bein hervor. Er greift erneut hinein und zieht einen Arm hervor. Er zerrt an dem Arm und dem Bein, aber schafft es trotz aller Anstrengung nicht, den Rest hervorzuholen.

Hier und da Buhrufe, einige Pfiffe.

Der Zauberer blickt unsicher ins Publikum, stopft Arm und Bein zurück in den Zylinder. Er schwitzt. Fummelt im Zylinder herum. Zieht das nackte Hinterteil der reizenden Assistentin hervor.

Laute Bravorufe und gellendes Pfeifkonzert.

Der Zauberer lächelt unbehaglich ins Publikum, zerrt verzweifelt am üppigen Hinterteil, doch der Rest will einfach nicht herauskommen.

Das Gepfeife flaut ab, mehr und mehr Buhrufe.

Der Zauberer stopft das Hinterteil energisch zurück in den Zylinder, wischt sich die Stirn mit einem Seidentuch.

Laute, ungehaltene Buhrufe.

Der Zauberer steckt das Tuch in die Tasche, gerät in ziemliche Hektik. Er packt den Zylinder und schlägt ihn energisch gegen die Tischkante, schüttelt ihn. Legt ihn wieder auf den Tisch, Krempe nach oben. Macht die Augen zu, als murmele er eine Beschwö rung, und hält dabei die Hände über den Zylinder, schnippt mehrere Male mit den Fingern, greift zaghaft hinein. Fummelt darin herum. Lauter Klaps. Hastig zieht er die Hand zurück, ist verärgert und verdutzt, packt den Zylinder. Mit den Zähnen mahlend, schleudert er den Zylinder wutentbrannt auf den Boden, springt mit beiden Füßen darauf. Irgend etwas knirscht. Ein entsetzlicher Schrei, der durch Mark und Bein geht.

Schreie und laute Rufe.

Der Zauberer hebt fassungslos den Zylinder auf, starrt hinein. Er wird blaß.

Heftiges Geschrei und Gebrüll.

Der Zauberer setzt den Zylinder behutsam auf den Boden und kniet davor nieder, ein Bild des Entsetzens und der Trauer. Er schluchzt lautlos.

Schluchzen, Stöhnen, Schreien.

Der Zauberer beugt sich gramgebeutelt über den Zylinder, schüttelt sich in Weinkrämpfen. Der erste starke Mann und der junge Mann vom Lande kommen ängstlich, ernst aus der Kulisse. Sie sehen aschfahl und verschreckt aus. Sie spähen beklommen in den Zylinder. Sie schrecken entsetzt zurück. Sie schlagen die Hände vor den Mund, wenden sich ab und übergeben sich.

Schluchzen, Schreien, Kotzen, Mordbeschuldigungen.

Der starke Mann und der junge Mann vom Lande fesseln den Zauberer, zerren ihn hinter die Bühne.

Weinen und Würgen.

Der starke Mann und der junge Mann vom Lande kehren zurück, heben behutsam den zermalmten Zylinder auf und tragen ihn, von Zuckungen geschüttelt, mit ausgestreckten Armen in die Kulisse.

Vorübergehend noch lauteres Weinen, Kotzen, Ächzen, das dann abflaut und verstummt.

Der junge Mann vom Lande kommt mutterseelenallein auf die Bühne gekrochen, lehnt ein Plakat fürs Publikum an den Tisch, kriecht dann am Boden zerstört davon.

DIESE NUMMER IST BEENDET
DIE DIREKTION GIBT MIT BEDAUERN BEKANNT
DASS EINE ERSTATTUNG
DER EINTRITTSGELDER
NICHT MÖGLICH IST